"尘幻，邂逅于动荡的生

尘幻传说

②

— 星徽锋起 —

捌贰零期 | 著

浙江文艺出版社

图书在版编目（CIP）数据

尘幻传说. 2，星徽锋起 / 捌贰零期著. -- 杭州 ：
浙江文艺出版社，2024. 9. -- ISBN 978-7-5339-7720-7

Ⅰ. I247.5

中国国家版本馆CIP数据核字第2024Z3J635号

图书策划	柳明晔　许龙桃	封面绘图	叶　茗
责任编辑	张　可　林聚佳	内文插图	章湘宜
	张　雯	装帧设计	仙境 **WONDERLAND** Book design
营销编辑	宋佳音	责任印制	吴春娟
数字编辑	姜梦冉　诸婧琦		

尘幻传说2：星徽锋起

捌贰零期　著

出版　浙江文艺出版社
地址　杭州市环城北路177号
邮编　310003
电话　0571-85176953（总编办）
　　　0571-85152727（市场部）
制版　浙江新华图文制作有限公司
印刷　浙江新华印刷技术有限公司
开本　710毫米×1000毫米　1/16
字数　365千字
印张　20
插页　2
版次　2024年9月第1版
印次　2024年9月第1次印刷
书号　ISBN 978-7-5339-7720-7
定价　59.80元

"当然了。"贾那摩高举寒剑，"全军听令！踩碎那些侵略者的尸体，再向着荣耀屹立的依在堡发起援攻！"

"我等即是临危挽救尘世所需之森幻，"甩起嫣红色的长发，凯伯因将戴维德利徽章紧握在手中，"以及将是平息顽邪尘嚣所需之焰幻。"

目　录

第1章

尼宁特与异乡客

所谓一个新的旅程，总也该以一个好的状态起始。帕克特·荣格看了看自己手上的半截神杖，又拍了拍脸。

"喂！真的要这么做吗，帕克特？说不定一去不回了……好了！别吓唬自己！我要去看看，看看墨兽所说的这世界未知的部分。为什么？该死的，是这样，我就是爱冒险。我就大方承认了吧！这太有趣了！"

未知的冒险，陌生的世界，巨大的宝藏，交心的朋友……但若要像墨兽所说的得去寻找另一半神杖，又该怎样去才好呢？

好奇心发作，帕克特拿起鱼群透镜，又捣鼓起这诡异的半截棍子来。

"达卡斯拉……炼金国……那就是这根神杖另半截的所在？稍等，我再仔细看看……很模糊，但是好像还提到了赫伦·代达维亚这个地方。"

一点头绪都没有，这当然也不是掏几十英镑坐火车就能到达的地方。

"怎么去呢……"

帕克特打开魔眼怪书，从中间翻开仍然是了无字迹。也许按照正确的翻书方式……第一页也是什么都没有。最后一页呢？

啊！有了！这像是脚注的字迹，出现在末页的尾端。书页被不知哪里来的墨迹染成了淡淡的蓝色，帕克特抬起头，这颜色就好像从这晴天的蓝里稀释出来似的。

一些稀奇古怪的……与其说是文字，不如说是图形。戴上透镜，帕克特认真地眨了眨眼睛。

"无陆之海渐深,无天之地渐吸,无法之境四十五……哈?无心之物渐……此处周遭事物,流动。"

就连鱼群透镜也读不出来这个"无心之物渐……"后面是什么。放下透镜,帕克特用手背擦了擦眼睛。

这些信息乍看起来和活见鬼的博加蒙杖可是什么关系都没有吧,但如果拼合起几个不太对劲的词……深吸?难不成深呼吸?四十五次?帕克特大口呼吸,手里紧紧握着那根断杖。

"四十四……四十五!"

帕克特紧张到闭起眼睛,睁开发现自己还在山洞里。流动,恐怕不止空气吧。

"按理讲,能被人吸取的流动东西,如果是鼻子的话,我能想到的就只有空气了。也许是水?不,太恶趣味了,至少不是鼻子,我用嘴先……"帕克特背上背包,几脚踩灭了火堆,活动了一下肩膀。

水源地并不远,山洞附近的地方前两天已经去侦察了一圈,近处有口泉眼。

走下三个树坡,拐过灌木丛,经过一块巨石,左边是先前设下的套索陷阱,果然里面还是什么都没有。想想昨天另一个陷阱捉到了野鸡真是幸运。再下行五十米,能听见水声。

"就近原则。"帕克特牢牢握住断杖,将思维集中在断杖末端。大口吸水,连着十次,感觉快喝饱了。

四十五次,帕克特扶着边上的树,吐了好一会儿。喝太多了,而且这似乎也不对。不至于要用鼻子吧!帕克特思考再三。

帕克特把脸浸在水里,用鼻子深吸一口水,呛了好一会儿,但感觉像是对的。因为握着断杖的手能感受到些微震颤。再来!真是酷刑啊。

又深吸一下,感觉水倒灌进后脑,一种钻心的痛杀进神经里,但手上的震颤愈加剧烈起来。而后,这一股股水流竟然变成了气态,像是清甜的空气一般。

错觉。

真的,真的应该不是因灌水而呛得手抖。再深深一吸,感觉脑子和鼻腔连接的通道像是被薄荷粉灌满了,凉到剧痛无比。断杖从自己的双手弹开,竟然悬浮在了空中。

"虽然好像对了……但一共要来上四十五次,天杀的。"

帕克特擦去眼泪鼻水,像是吞了几头蒜一般满脸涨红。又吸了几次,断杖似乎在顺时针渐渐旋转。每转上四圈，就回转四圈。

是不是一共要用这断杖像之前那样吸上四十五次啊？帕克特感觉自己像是在慢性自杀，吸了这么多次，感觉脑袋里可能有一半都是水了。

"我是不是那种很容易就因为好奇心把自己给玩完的人呢？鬼知道。"帕克特想来好笑，实际上已经快呛到不省人事了。

"习惯了，我居然习惯这种感觉了。"帕克特擤掉鼻子里的积水，"该死的，我居然还能习惯这个。该死的。"

可能比起在荒法之原的纹路什么的还不算啥，帕克特感觉自己现在被训练得很结实耐揍。

"四十三……"

博加蒙杖在半空中狂转着，不断激起泉水冲刷着周遭的岩石……

"四十五！"

帕克特满脸是水，像哭叫一样大声喊了出来。

只见博加蒙杖猛地朝自己撞了过来，帕克特来不及躲闪，整个人被四仰八叉撞翻在地。

"天杀的……啊啊啊，哎哟，脑袋，疼，疼！"

成功了。怎样判断是成功了呢？那就是感觉不到鼻子还在出气了。

大量的水被灌进鼻腔，甚至不知何时开启的泪腺，也被水灌入了。有些刺痛，但很快消退。感觉体内被塞进了一整个水库的水，膨胀，漂浮，下沉，上升。

"咳咳！咳咳咳……咳！"再次擦去眼角的眼泪和人中上清淡的鼻水，陌生的空气被嗅觉细胞捕捉到，反馈到了处理信息的大脑皮层中。

"这是哪儿啊?!"帕克特心里不禁暗问一声。

一个高耸的尖塔，出现在了自己的眼前。群鸟掠过林木，发出一阵不快的叫声。尖塔的建筑风格堪称诡异，这肯定不是自己知道的世界哪处文明、哪个民族的名胜古迹。

"我这是?"看到一些自己从来没见过的植被垫在自己屁股底下，帕克特被吓得忽地站起身来。

"我到哪儿了？达卡斯拉？还是什么赫伦·代达维亚？"

环顾了一圈，发现除了高耸的三座尖塔，四周并不能观察到文明的痕迹。"总之先想办法去到高塔那里吧。"

一提肩带,帕克特忽然发现自己是个浑身湿透的可怜人了。

"哇啊?!"

倒出鞋子里的水,把袜子绞干,也找不到可以生火的材料,帕克特一拍脑袋,从防水旅行包里掏出一个打火机。

"明明之前还能用的……"帕克特把手指甩了甩,打火机砂轮上终于能蹭出点火星子了,"拜托,把这火绒点起来啊。"

干草被点了起来,小小的烟柱在树冠差不多的位置消散开去。

"好冷……"

烤着鞋子和衣服,帕克特在风里颤抖着。一抬头,看见一个巨大的连生光球出现在天空中。那边上有一道极淡薄的光柱,在微微闪动着。帕克特扶了扶眼镜,那光球确实过于耀眼了。

"怎么像个通了电的花生……旁边摆着一根像染了色的中国菜外卖筷子一样。"

这就是这里的恒星了吧,和自己印象中的太阳比起来新奇多了。之前读过一些有趣的志异小说,所以这样的设定自己还是可以接受的。

两个光球贴在一起,稍微隔了一段时间再看,这个花生状的,姑且可以称作是这颗类地行星的恒星是在自转着。真是奇妙的天体系统!

大块的云从天际飞来,经验告诉自己,这块大云在稍远处造成了一轮不小的降雨。而自己更担心的是,好不容易快烤干的衣服,是不是又要被雨水淋湿了?

帕克特掏出怪书,发觉就连一页纸都不曾湿。挤了些水珠上去,水珠就像碰到荷叶的表面一般滑开了。墨兽的造物真是没法用常理解释啊。

说起这个,帕克特按动太阳穴,试着运用源能。稀薄,太稀薄了,就像自己在人群中的存在感一样。

"我没法用出荒法之原那样的源术,不,就算在我本来的世界,也要花很大力气才能使出来。这里简直就像是被稀释了数十倍,法术都难以成形。在这里,像样的源术根本就不存在吧。"

这可不好啊。帕克特吸收了一些来自火焰的源能,试着打出一个火苗来。

如预料的,一个相当干瘪的火球在指尖架了起来。由于吸取转化的源能有限,微弱火球没过多久就和电压不够的灯泡一样渐熄了。也许要多攒一些备用吧。

闲着也是闲着,帕克特积极吸收着来自身边事物的源能,觉得姿势也要紧,便坐禅一般盘腿坐着了。就和自己看过的东方电影一样，那些禅意十足的架势多少有点影响到自己。

可源术是个混合的概念，不论处在何种文化，对于能量运用的解释大多是相通的。攒积，释放，似乎就是这么简单的一个道理。但帕克特觉得不止于此。应该还有别的方式可以表达源术，他也不是很清楚，但就是觉得一定有。

倘若一直将其作为自己本身的能力看待的话，会形成偏见。所以包括墨兽也好，荒法之原那些不知名的法师术士也好，都无不重视外化、变体以及创新的技巧。

如果把源术看成一个需要成长的东西的话，也许就和墨兽的理念相符了。可是，肆意调度使用这些超自然的能量，又会产生什么相应的代偿呢？帕克特无从得知。

蓄足了一定的源能，帕克特经过一段费力的引导，将所有衣物上的水分全都提取了。

打点行装，拍掉衣服上残留的草叶，顺带也踩灭了即将烧尽的篝火。保持乐观也很重要，否则就连欲望都会迟钝下来，人就没劲了。

就像在保护区远足，走得越久，帕克特越发觉得心旷神怡起来。他看到枝丫间偶尔飞过的没有见过的异域飞禽，长着奇怪毛发的猿猴，慢吞吞爬行的奇异大型甲虫，以及跳着行进的蚁群。

"这里会有人用心撰写一本靠谱的博物志吗？"帕克特不禁如此想。

起码得设想一下，如果碰到文明，自己该怎么融入进去，最终目的还是找到另一半博加蒙杖。

"可是得考虑到这里的情况，多多了解会比较好吧。稍稍调查一下，也许他们有自己的货币系统，我身上这些钱并不能用。金属硬币？他们会和我交换吗？实在不行，只能拿我的那些小收藏来交易了吧。"

帕克特发觉，犹狄当时的那种过分现实也素有来由。

"我要把你这些收藏都卖了……你迟早要亏到血本无归的。"帕克特想起那些刺耳的话。

"不，我宁愿付出劳动，去换取报酬，就像那些勇者电玩里的主人公那样。"帕克特咬了咬牙，"这才是正向积累。也多少证明一下自己能够快速适应变化的环境，我要证明给自己看。"

行进了不少路程，周围的一切绿色显得熟悉而又陌生。树木的轮廓有些微妙的差异,硬要说区别在哪儿,恐怕也只能说是树皮的纹路,比起常见的树,这里的似乎纹路更加宽一些,而且外层都不显得干燥,仿佛吸饱了林地里的水汽。

回过神来,塔也不是很远了,感觉显得越发高大起来。脚下渐渐出现了被压实的泥土,身边也有不少树桩和被采伐的树体,这是个好兆头。

跨过一条隔离带一般的黄布,接着向有明显嘈杂声响的地方走去,帕克特内心压抑不住地紧张与兴奋起来。

"要见到人了。"

再往前走了没多久,就听见了刺耳的刹车声。帕克特一头雾水,再往前走了几步,眯起眼睛透过眼镜观察起来。"蒸汽……蒸汽马车?"有点难以置信,不过眼见为实。

"嘿!"忽然从背后传来一声呼喝,吓得帕克特跳了一下。背后稍有动静就胆小,实在难改。"喝嘿!瓦西比呼呼季卡度比欧……"

说的都是啥?帕克特心想可能不是自己知道的语言……也许有适合的源术能帮上忙吧。帕克特下意识擦了擦悬在胸口的鱼群透镜,没想到自己渐渐能听明白对方的语言了。

"我再问一遍,你小子到底从哪儿闯进来的?你再不回答,我要报官了啊!"

"别别,我是旅行者,经过这里。"

"旅行者?瞎掰吧你?告诉我,你去哪儿?"

魁梧的伐木工人扛着阔齿气动斧,叼着半截包装粗糙的卷烟。

"我也不知道去哪儿,总之想找个有人的地方。"

"好,你现在找到人了,快给我滚,最好滚去别的没人的地方,你个臭小子。"

"你怎么这么大脾气啊,先生?"

"我脾气大不大关你屁事!"

伐木工人一下脾气上来了:"你知不知道你刚才干了啥?"

"我……我干了啥?"

"你还真问啊,这林子外、林子里一堆黄带子拉的线看见没?在这里乱晃,妈的。你看见我指的方向没?那边有个破镇子,你给老子往那边滚,滚滚滚滚!"

这嘴怎么跟吃了马粪一样臭?烟味拌着脏话噼里啪啦喷出来,帕克特边连连点头道不是,边向着伐木工人指的方向小跑逃了过去。

"胡玛,胡玛!那家伙走了,抱歉我这么粗鲁,来,我们继续吧。我得说,你是我见过最漂亮的……"

帕克特走得稍远后,回头看见伐木工人深情挽着一个妙龄少女的手,什么都明白了。真是……感觉自己听了一大堆怒吼之后,已经不想再爆粗口了。

一辆蒸汽大轮车从路边驶过,看起来破破烂烂的,像是用了很多年。上面坐着几个穿着麻布长袍的人,和帕克特印象中的蒸汽时代的人完全不同。但起码还是人类,是人类就应该能好好相处吧。

这么一想,也许在去到赫伦·代达维亚的路上,还能遇到鱼人,或者半人马之类的幻想生物吗?

"可恶,好兴奋,但是现实点,得先找个地方落脚,帕克特。"

看见高塔在伐木工人所指方位的右边,帕克特迫切想要知道这里的方位和地图。需要进到小镇,看看有没有卖的情报。

大包背得肩膀有点发酸,又见天空中淡黄色的双黄太阳渐渐变红下沉,帕克特心中有种小小的感伤泛上来。

"家在哪里呢,帕克特·荣格?"

"大丈夫四海为家。"帕克特咬咬牙,念了句从幸运饼干纸条里学的东方谚语。

刚躲过几辆大轮车走进镇门,帕克特就被两个卫兵拦了下来:"您好啊,二位……"

似乎也没想回应这些客套话,卫兵径直绕到帕克特的背后,打量起他的行头来:"你,包里都有些什么?"

"都是些杂物。我是行脚商人。"

"商人? 嚯,你又打哪儿来的?"

"英格利加。英格利加·布拉迪海奥。"帕克特随便编了个地名。蠢爆了。

"我没听说过呢。"卫兵捏了捏矛柄,狐疑地看着面前的青年。

"有通用的旅行商许可证吗?"

"我也是……第一次来,所以没有。"

两个卫兵互相望了望,拿了个主意。

"总之,告诉我们你都拿着什么货,小老弟。有没有熏毒素一类的东西,可得老实交代。要知道,我们可是看得出你有没有在撒谎的。"

"没有,只有些手工艺品和香料。您瞧。"

帕克特掏出几个长颈香水瓶,庆幸自己没在之前把它们丢掉。

"拜托,别是要了命的熏毒素吧。打开我闻闻。"

这一招成功使守卫的眼神从百分之八十的怀疑变成了百分之百的好奇……帕克特一眼就能读明白。

"哦!还真是……好香啊!"

"用什么做的啊?"

"伏龙水和红明花浆,当然是我们英格利加·布拉迪海奥引以为傲的特产。"青年说罢搓了搓鼻子。

帕克特觉得自己已经快编不下去了。

"行行行,我可是搞不明白这些稀奇东西都是怎么被匠人们弄出来的。进去吧。可别忘了要去奇诺·哈里的驻马商会,那儿可是你们这样的行脚商人该去的地方。别惹是生非啊外乡人。还有,咱们记性可不差,有了旅行商许可证,记得随身带着!不然下次还得追着查你。"

"哎,特列,上次在那个迦巴迪尔人那儿买的那根剔牙细剑,我那天也给你查看过了。我给你报这个数。"

两个守卫向帕克特礼节性地点了点头,便热火朝天地聊了起来。

"自由商镇!"

"你要的东西,只要预订,定有人会为你带到!"

"造访商会,来店铺吧,你会见到——广袤的尼宁特!"

噢……这里是,尼宁特大陆啊。

如此这般的标语被墨漆涂抹在漂亮的长幅上,只消轻轻握着透镜,眼睛和脑袋自然就明白这些文字了。

这小镇由于流动经济的活力非常繁华,比起之前忙着泡妞的伐木工人口中的形容简直是天差地别。果然,谈恋爱会让再实诚的脑子都变得滑头。

通过不同样貌,可辨别出族裔各异的人。行脚商人们或步行或驱车,都化作了街坊间流动的商贸站。大街上大轮车来来往往,不少由于在车架上堆得太高而散落在地的商品被一旁经过的好心镇民们捡起,悉数奉还。

不过想要完全看明白那些标牌上的文字语法,多少有些费力。鱼群透镜所能提供的通译效果也不是完全可靠的,大部分时间帕克特只能眼睁睁看着一个标牌上的字样连着在视线中变上三四次,而最后一次最为接近,大概意思也只能靠感觉猜。猜的环节最有意思,端详之后,往往发现自己是十猜八不中。

"你也在学习吗? 鱼群透镜。"那些鱼群活动起来,像要积极地以泡沫和洋流勾勒出对这个世界的理解。无数小鱼集中有限的智能,记忆着这个世界角角落落的智识与风土。因此,帕克特也料想自己目前口中说出的话怕是很难让当地人听懂了。

这里俨然是一个建立在实业上的小镇,以小见大,所处的国家应该是个有相当工业追求的国度了。

"哎,这位小哥,你进城带的是些什么货啊?"

一个带着账本,耳朵上夹着铅笔,长着一张精明脸相的年轻女商人凑上来打听。

"问你呢。你这衣服……料子倒是上品。在哪打湿过了吧? 对了,你有什么要急着转手的货品吗?"

"我这都是打点好的行装,不打算转手卖的。"帕克特客气地回绝对方的热情。

"别搁这打哈哈。如果给的价格合适呢? 要知道这地方的商行可都舍得大把花钱收东西的。当然,我这儿也不例外。别考虑别处了,至少在这个镇上换些通银吧。"

"恐怕价格什么的不是我关心的问题吧,抱歉。"

"那你有行商证件吗?"女子扯了扯自己的袖标,"我可是有权力看看你的证件的,烦请出示一下。"

"这个,我刚来这里,其实并没有。"

第一眼见帕克特的奇装异服,这眼尖的精明女人就有了个大致推想。这怎会是什么远在天边的小国家跑出来的商人呢? 说不定还真是条没出过水的大鱼哩。

"那你从哪个城门偷溜进来的? 东门? 那儿的守卫最松散。"

瞅了瞅背后,那或许真是东边。

"我也不知道,人生地不熟,不自觉就闯进来了。"

越描越黑……对方越发觉得有点意思了。

"瞅你那直愣愣朝一个方向逛街的劲儿,那放你进来的肯定是东门。对了,我叫希德尼,你呢?"

"帕克特。"帕克特幽幽地念叨了一句。

"那么,都互相介绍过了,你得告诉我你带了些什么。我多少清楚像你这样的年轻商人不会带着什么便宜货来这里的。"

"手工艺品。"

"壶？钟表？还是磁针罗盘?!"希德尼围着帕克特打量了一圈，又凑到包裹边上听了好一会儿，"瓶瓶罐罐的，你倒是带了不少嘛！"

"可我真的不想……拿来卖。"

"哦，天啦。我来让你改变主意，来，跟我来。"

"等等，喂，你这是要拐我啊！喂!"帕克特手护着背包带，飞也似的被希德尼拽着走，"放开我！"

"放心，我听声音就知道你包里那些玩意儿碰不坏。你每隔着一层包着件衣服呢，好生细心的家伙！"

一把被拽走的帕克特忽然觉得有点莫名其妙，但跟着希德尼穿越人群，走进一个偌大的商会时，又稍稍有点惊喜。

一座堪称伟大的建筑，赫然出现在眼前。白石筑成的丰满圆顶，精心砌造的灰石墙斜面，稍下一层有环绕主楼的全是女性人物的史诗叙事绘卷雕塑，和多个仿佛女性纤手造型向外导水的落水渠，最下面则是茂盛的绿植与供孩童们踢踏玩闹的清水池。仔细甄别，那些绿植中夹杂着不少兔耳草与柴胡这般的植物，也有些像是蒲公英或是波叶毛蕊花，不知为何在这鲜沃的园地里和乐地生长在一起。

商会建筑里的天顶画十分震撼，一个巨大的三角，每一角都有一个栩栩如生的女神。巨大的三角外还有三个略小的三角，也都在女神的透明纱衣包覆下呈现出一种浮动的姿态来。那些纱衣凸显出经抛光后的灰锂辉石色泽，不论选材如何，光是这宏伟的神像造景便让人望而惊叹。多么瑰丽的文明！

黑发长衣的女神手中高持着一柄长剑，剑柄上挂着一串钱币，钱币表面借着日光散发出温和的暖色。整幅画作被这种暖色光照耀，就像是橙黄星光照亮了整个画中世界。定睛一看也能在商会中其他的雕塑上看见这个形象，帕克特猜想，这尊神祇于此大受重视，一定是有着工商兴荣的意象。

淡金发色的长发女神手中擎着一个纯白的方块，清澈的泉水从方块顶端下泄，在整幅天顶画的底端形成了一个湖。而湖边有不计其数雕画细腻的动物从旁取饮。长发女神面露微笑，仿若慈母一般注视着下界万物，也许是主生命繁荣的神祇吧。

苍白发色的短发女神赤身裸体，环抱着一只长耳异兽，异兽闭着双目，四只蹄爪紧紧攀附着女神的臂弯，而异兽的尾垂则轻轻挽住巨大三角的边侧，使得这枚巨大三角显得平稳端正。可能是象征母爱与法治，但仔细一看，短发女神又透出一丝与温情相左的冷艳来。

"这是?"

"看不出来……你是异神教的教徒吧?"

"我,算是吧。"

"这是我们普南利尔教所遵从的三女神,从左到右分别是主征伐的尤西米、主慈爱的拉艾瓦,以及主誓从的边德林格。"

救命,基本算是全部猜偏了。

"确实壮观。"

"你要是愿意加入的话,施洗教会就在商会的二层哦。"希德尼指了指头上一处向外延展的飞楼,内楼的飞檐上竖着不少合十祈祷的信众雕塑,只消抬眼一看,从天井中倾斜下来的连生阳光便穿过三女神的半透衣襟,打亮了整座飞楼的外墙,"我看你也是个成年人了,在奇诺·哈里,没成年的小孩可不让信这个。"

"为什么教会也在商站这里?"

"我们这里空间很紧凑的啦,大家聚在一起若不是行商,通常就是祷告。货物仓库还得另外租,所以一般都是从这里到码头往返来回。约度因国的风格,你看,跑一趟搞定,多省事儿。"

帕克特下意识看了一眼二楼,一群穿着圣袍、戴着圣冠的人在用方柄长勺冲洗着地面。水落入了商会一层的内环水道中,又有两个与外界自然水体相连的水道出口,一个巨大的链式输水轮将水从一楼水道的入口运至二楼。整个商会虽然人来人往,但墙壁和地面竟是一尘不染。

这是……某种宗教的庄重和开放商贸活力的有机融合。

"这些都是商会出资修筑的吗? 我是指整个建筑。"

"不,当时教会也有出钱筹建。民间也有公共募款。豪商富贾也想柱上留名,也都不惜血本帮着凑资材。"

"大部分竟然是来自善款吗?"

"哪能呢,其中大头是税。我们这边的自由贸易进出口都要收税,两种税。进出口商业税用于填补国库和补助商会盈利,泛宗教税用于修建公共设施和组织信众集会。教会可有大把的钱,在这里如果想要混得好,你无论如何都得巴结他们一下。善款另说,好心人总是愿意出钱办这些利国利民的好事,愿三女神赞美他们。"

希德尼在一张大长桌面前停下了。

"但你知道吗？就算两种税加起来，我们的税率也比周围邦国要低。这大概就是为什么你们这样的行脚商人稀里糊涂也都愿意来这里的原因——"希德尼按了按长桌上的气铃，"之一吧。之二也许是因为这里崇尚自由贸易，除了近年流行起来的熏毒花蛊和战荒人口，什么都算是合法交易。"

"噢！来了来了！"一个鹤发老翁扶着眼镜从柜台后的房间里跑了出来。将量衣用的卷尺交给从后面伸出手来的伙计，才缓缓转身。他抬头一看帕克特，就知道捡着宝贝了。

"怕又是个贵人哪！来来，小伙子，你有什么好东西带来这里？"

"可我真没什么值钱的东西啊。"

"哦……你戴着的这个，可否取下来给我瞧瞧？"

眼镜？帕克特一看对方也戴着一副擦得透亮的眼镜，便放心递了过去。

"不错啊！"只见对方用布帕小心翼翼接过眼镜，仔细地打量了一番。遇到同样对待物件特别讲究的人，帕克特心里的好感油然而生。

"老爷爷居然也是近视吗？"

"哎哟，你看，我戴上你这眼镜，我连蛛丝都看得清哩！"

"对不起，那是因为我度数深。"

"哪来的，小伙？你那儿工匠的手艺……可是不得了的。"

"我……"帕克特已经不知道怎么作答了。

"爷爷，管这么多干吗？"希德尼手捂着嘴，凑到老翁耳边说，"这小子傻拉吧唧的，赶紧把他值钱的东西全买下来，回头翻几番卖给普南利尔教工研的那帮书呆子，迪苳商会可就发大财啦，嘻嘻嘻。"

"我听得见……"

"好啊，你要是愿意，我们全买下来！"

老翁一激动，大手一挥扫过桌板。这下把希德尼急得一拍自己爷爷的肩膀："啊……老爷子！这么大声干吗？"

"这我也听得见……"

"来来来，我帮你把包卸下来。"

"别……"

希德尼见状，微微一笑，上前抱住帕克特的一只手，软软的感觉瞬间把帕克特电了个全身酸软。

"没事，你看，就算你藏着什么稍涉违禁的凝结虫、麻醉素什么的，虽说我们不会买去，但我们也不会大肆声张的啦，小金毛。要是你藏着具有成瘾性的熏毒素，那就不好意思啦。"

"那个，那个……"

"那个什么？你说啊？那个什么？"

希德尼一脸坏笑，死死抱住帕克特的半边身子。男人的弱点实在是明显，尤其是这种血气方刚的小伙子，一看和自己年龄相仿的姑娘姿态主动一点，怕是连路都不知道怎么走直了。

"那，老夫就代劳了吧。有什么不方便看的货品吗？会尽量避开的。"

"那倒是……没有……"

老先生戴着丝绒手套，一件件将包袱里的东西取出。

"别！小心着点！"

"放心，过过眼瘾，之后完完整整给你放回去。"

这有病的中世纪！

帕克特又急又气，但无奈希德尼恰巧……算是自己喜欢的那种女孩的类型，自己的身体有点不听使唤，就像是兴高采烈不能自已的感觉。这算什么感觉？好像从来没有过。

"嘻嘻嘻，安全检查啦。只想看看你是不是我们信得过的野袋商人。"

扯了扯袖标，又扯了扯帕克特发烫的耳垂，希德尼放心大笑起来，这小子果真是个直率人，内里也不像乍一眼看上去那么深藏不露。

拿她一点办法都没有，帕克特的脸整个红到了耳朵根。

"哦哦，这个，这又是什么？！"老翁颤着手从旅行包的侧袋拿出一卷稍显皱巴的纸巾，"这面料……这怕是织造工艺上乘的布匹！"

帕克特残存的理智使他头上的静脉血管差点吓得跳了一下。

"帕克特先生，照我说，你这带的好东西还真不少呢！"

希德尼这下是直接将面前的青年从侧面搂了个结实。帕克特觉得自己快尴尬到休克了，但某种正直的品质使他依然维持着一种旁人看来都很好懂的禁欲式的狂喜，不禁暗叹这小子今天的运气是有多好。

"可恶,嘿,我说,这什么情况?解释一下?"

骂自己也没用,帕克特的理智正式脱线。

"你挂着的这个造型有趣的单片镜,好想要啊。"

"不,不能……这个绝不能!"理智重新上线。

猛地挣脱开去,帕克特一个箭步跳上前去,捂住自己的包裹,将散落在桌上的什物一件件麻利地塞了回去。

"瞧你这反应,不如从商会里找几个适龄女孩陪你逍遥几天怎样?奇诺·哈里这儿可是个开放商镇,但你得先给我把你跑商的来龙去脉说说。"希德尼挑起眉毛,将耳朵上夹着的铅笔取下来,往桌台上啪的一拍,干净利落。

如此强势的问讯,帕克特可是生平未闻。

来了!是乌漆墨黑的中世纪!

"喂……我可不干这个。"

"好了希德尼,收收你那腔调,你也该有点样子,出发之前这几天好好收拾收拾,就别搁这欺负这位小客人了。"

老翁笑着咳了咳,拿起那卷厕纸,顿了顿身子,弯腰拿看珠宝用的透镜仔细地查看着。

"这织工……如此繁多的细丝,虽然错综复杂……"

"那个只是……"

"手感就像法库戈海滩边的沙砾。"

"厕……"

厕纸。

和孙女交换了一下眼神,老翁猛一拍桌板,从下面的抽屉里丁零当啷搜了一会儿,回房又四下找了半天,最后回到帕克特的面前,啪地砸出一大袋银币来。

"行,你看,我们先这样,免得你出去报官说老夫伙同孙女一起把你给抢了。我先收下你这卷丝绒,再给你整八百特拉伦银币,如何?咱姑且先不管你这个是做什么用的,瞧好了,听好了,这可是收买正常丝绒的两倍价。对外说叫你情我愿,用这八百银币你都能去买辆梁柄结实的上好骡马车了。"

"我不能,我不能啊。"

"哎,咋这么死脑筋呢? 我们这儿出价绝对比别的地方高了去了,来,先把这签了,以女,咳……神边德林格的名义。"

希德尼熟练地从爷爷处拿过商契,不知何时把木头人一样的帕克特的手印给按了上去。

这可把帕克特吓出一身冷汗。好家伙,要不是上面白纸黑字写着买这卷厕纸,若是碰上家黑心的,刚才那一拍手印子,说不定就把自己都给卖出去了。

"今天先放过你,不过你可哪儿也别想去,我给你找家住处,你明天想明白了,就带着你这堆宝贝接着来这儿吧。"

"啊,嗯……啊? 哦。"

"我们要打烊了,嘿嘿,怎么,要不要我孙女赏光陪你吃顿晚饭啊?"

赏光?

"那个那个,真的不用了! 这钱你拿回去! 我真的不能收啊!"

"臭小子,我都对女神发过誓了,你还想怎样啊?"老翁看起来也不怎么恼火,只是和蔼地笑了笑。

"就真的不能把钱退给你吗?"

"我这老头子在商会可还要做人的!"老翁捧着那卷厕纸,装作气得发抖。

"你不如看在边德林格女神庇佑商人的分上安心收下吧!"

帕克特一时不知说什么好。

"快走吧,日铺全部歇业之后,商会有夜巡轮检,像你这样没有行商证的外乡商人留在这儿可不太好。就算互相帮个忙,你日后把东西卖些给咱们,临时身份什么的,我们也能有办法给你办妥。以后凡是遇到要登记、担保什么的,也好应付。"

老翁眯眼一笑,像是把帕克特的底细看了个透。

"啊,野袋商人,我们都是这么称呼你们的。野袋商人像你这样,不带比画还会些我们这里通俗语的可不多。你懂的,一般都是运些法令不允许贩售的东西。稀奇古怪的也有,我也见过几个,都不及你这么通气儿的。不折腾你了,看你怪年轻的分上。"

"哈……"

帕克特确实听见了临时身份这事儿。一想确实也是如此,就这样跑到一个莫名其妙的秩序社会来,也许一个当地身份能让自己站稳点,有总好过没有吧。

"希德尼。"

老翁摆了摆手踱回后室,脸上皱纹悉数绽开了。

"我们可要再会,帕克特先生。在隆德毕德的拉冯·克利多。"

"嗯,先……谢谢您了。"

拉冯·克利多?

"那,帕克特先生,我带你去旁边的铁蚊子旅店登记一下吧。算交个朋友,做我们这一行的需要人脉,也需要多认识些有意思的人。哦,来,走这边的砖石台阶下楼。"

镏着金边的侧铺楼梯上即使是把手也被擦得锃亮,帕克特跟着希德尼一路走下楼,抬头看了眼略微有些让人在意的女神壁画,不觉穿过商会人群,来到了同样熙攘的街道。

自己身上的衬衣确实吸引了不少人的目光,一群整天和钱货打交道的人自然留意这些。什么材质?哪来的商人?这件衣服看起来可真……设计刁钻精细,这缝线……

仿佛走时装秀台一样,得亏佩着商会袖章的希德尼在前面顶着,那些欲开口问的嘴才被塞回到人潮中。

"多少有点自觉了吧,你这套打扮有多惹人注意。你没注意到……就刚才那会儿,十七八个人绕着你在那儿打转呢。"

"确实……我应该换上更合适的衣服。希德尼,你可有好的推荐吗?"

希德尼的眼睛乌溜溜地一转,好像一下子就在脑子里找到了街坊中的一处店面。

"铁蚊子旅店对面的小铺子。朝旅店这头的门房是卖布匹的,你绕到后门那边的铺位,有个瞎半边眼的老太太,她摆出来卖的男士衣服就很不错,挺适合你这样的身板,且价钱便宜。"商人姑娘接着拍了拍帕克特的肩膀,似乎又帮着对方想起些要紧的事来,"还有,你要是想去找约度因国的漂亮姑娘,就别嫌麻烦多走点路去马车禁行区那里。我知道你这样的远地小伙好不容易进城来都在想点什么,刚拿到钱不是花在酒上就是给酒桌边上的女人吧?"

乌漆墨黑的中世纪!

"不,我是真的两个都敬谢不敏来着。"

还真和自己见过的野袋商人不一样呢。希德尼越发觉得从爷爷那儿传来的眼力多少是有些过人的。

"别是只因为我在这儿你不好意思,回头还是乖乖去我告诉你的地方逛逛吧。"希德尼一阵坏笑。

"我打死也不去！"

"逗你玩呢。走，咱们买好衣服去铁蚊子旅店那儿吃饭。"

没有消磨时光的电视或电影，似乎在这时代也就只能靠金钱、酒精和情欲麻醉自己了吧。虽有点清风拂袖的感觉，只是帕克特也不想太把自己看高，其实自己和这里的人在本质上又有什么区别呢，仅是处理方式上的不同罢了。

两个特拉伦银币，帕克特算是穿上了一身同样轻便的内衬和一件有些动物皮革臭味的外马甲。挑选鞋子的时候稍微碰到了些问题，这里的人并没有穿袜子的习惯，自己原先球鞋上奇怪的鞋带设计也着实把希德尼吓了一跳。

"你都是从什么地方……不如说帕克特，你到底是从什么神奇的地方跑过来的啊？"桌上自己这边的饭菜一点没动，在铁蚊子旅店的餐厅里，希德尼前倾着身子好奇地问着。

"你看，为了不让其他人起疑心，刚才在店外店里我也没少帮你打掩护。赶紧告诉我吧。"

"可以，如果你真的能保守秘密的话。不过如果你不相信，别人一样也不会相信吧。"

"我肯定只是为了满足一下自己的好奇心啊。"希德尼笑了笑，"不然早该喊人把你捉进约度因疯人院里啦。"

"我是从一个叫大不列颠及北爱尔兰联合王国，兰开夏郡的普雷斯顿过来的……你能理解吗？"吃着一大块像是取材自鸟类动物的烤肉，帕克特就着一股怪味的发酵饮料解释着。

"大不……你那之前的什么英格利加果然是唬人的。你到底是这个尼宁特大陆上的人呢，还是……"

"我觉得，坦诚地说，我应该是……'另一个世界'的人，这种说法比较妥当吧。"帕克特分两端各拿起一块面包，粗略地比画着。

"哼哼。普南利尔的神只创造了我们这一个世界啊，你这样的说法可真是太荒唐了，帕克特先生。你一定要说实话，是坐桅杆帆船过来的吧，今天正午是从约唐迪夏码头那里靠的岸，还是卡辛泽帝制码头？你要真的是外陆人进城，据我所知只可能是这个方法。下船后你再从奇诺·哈里东门进的城，还能有别的路子？"

"……我并不是走的海路。"帕克特边嚼着东西边说。

虽然感觉有点无礼,可就算停下进食直到活活饿死,对方也还是会追问的。"我是被传送到这个世界来的。"

"胡扯!怎样?从上命天国被丢下来了?你……莫不是做了什么下流事给三女神大人们讨厌了?"

希德尼笑出声来,打小从来没有这么能编故事的人坐在自己面前。

"其实我是来这里找一个东西的。目标很小,并不好找。"

帕克特心想,希德尼也不像是那种糟糕的谈话对象。

擦擦手,从背囊里掏出半截神杖,连帕克特自己都清楚,这玩意儿看起来和一根破木棍也没什么区别。只希望上面的雕花文字能有足够的说服力,而且能从当地人这里了解到一些直接情报吧。单纯碰个运气。

"我在找的就是这根神杖的另一部分,应该是在这里,就在你说的这个……尼宁特大陆。"

"不介意的话,拿来我看看。"

希德尼半信半疑地接过神杖,确切地说是一根破棍子。端详了一阵子,还了回去。"对这木棍,我可是一点头绪都没有啊。你可有拿这个问过别人吗?"

"没有,说实话,我是今天才刚到这里。你也是第一个问我这个的人。"

"那就别问,趁每个被问的人都把你当疯子之前。"

"我也知道这个很扯……"拿起粗粮面包,帕克特就着蔬菜啃了几口。口感怪异,但能充饥。

"你要是找人那还方便,只是你这根东西,是能够广贴告示寻找的物件吗?"

也许神杖剩下的一半,有特殊的能力依然在作用着,而且处于十分不利的地方。之后从那本怪书里找找线索更妥当吧。

"并不是。这东西对我很重要,而且也不希望太多人知道这个东西的存在,并不适合广而告之。"

"我们这边之外,稍微远一些的底特拉伦的迦巴迪尔……你也应该去这些地方看看。不过最近几个邦国间的态势有些紧张,你最好也别蹿来蹿去,免得被当成情报贩子给抓了。"

"那这里……我能再问一下这儿的地名吗?"

"不知道的还以为你装疯卖傻呢。听好了,这里是商镇奇诺·哈里,我待会给你整一张咱们这儿绘制的尼宁特地图，你也明白得快一点。"

"真是多谢啊，希德尼。"

"可没说是免费的啊，一码归一码，地图可不便宜，你得自己乖乖掏钱。"

"其实也没想白拿白要……"

"伊杜库鲁和迦巴迪尔甚至有专门的情报商会，虽然生人进去挺难找着北的，但我想你能搞明白的。"

"我很好奇一点，希德尼。"

"你说。"

帕克特看了看街边大路上缓缓驶过的蒸汽大轮车，又看了看街上行人古朴的穿着，有些没头绪。所以是一种……蒸汽能源与中古社会的糅合……

"虽然感觉把你当学者来询问不太妥当，但要是我想知道你们现在这儿，周边的文明情况，我指……各方面的，技术也好，文化也好，我该从哪里开始比较好。"

希德尼觉得帕克特这人十分可笑，但好在不像个疯人，也许就这么原原本本地回答也没什么妨害。

"这么说吧，你得知道一个最基本的概念。"

希德尼掏出一个小纸卷，舔了舔从兜里掏出来的短尖笔的笔头，开始画起来。

"首先，这个是我们所在的大陆，尼特宁大陆。周围是一望无际的大海，当然，那上面很少有岛屿，而且没有人找到过别的大陆。"

尼宁特，一个看起来板块形状有点像腰果一般的大陆。

"你得清楚，这个大陆上是有五个国家的。我们这里奇诺·哈里商镇属于伟大的约度因国，地理位置大概是在中间偏下一点，是夹在迦巴迪尔所在的底特拉伦国和伊杜库鲁所在的隆德毕德国中间的一个小镇。"

在腰果中间偏下的位置，帕克特看着希德尼在纸卷上画了个点，那应该就是现在奇诺·哈里的位置。

"还有两个国家，你或许这辈子都不会去到。一个是在北边的塔比拉国，一个全是极寒草原的荒凉地方，以及南边的渔人国——尼安努奇。字面意思，有最好的渔夫和渔船。你会经常听人说到塔比拉，那儿的药材也好，矿石也好，都是很名贵的。"

"可以详细说说约度因……还有其他几个国家的情况吗？"

"也许那么多的名字很难记？可我们这里的老练商人早就烂熟于心啦。"希德尼笑了笑。

"是因为和整个大陆的行商人经常打交道吧？"

"是啊。商会就得靠这个吃饭，怎么能不记常客的名字呢，是吧？旦吐拉大婶！这边再给上两杯大绳汁。"

"好嘞！"

只见那个健壮的大婶用大手抄起一旁清水桶中的大木勺稍稍晃了晃，拎出一条大太阳下绝对能出彩虹的轨迹。木勺伸进一个盖子厚重的大木桶里，将原油一般颜色的饮品打到两个饰有铁环的大木杯中。踏着木质拖鞋发出的哐哐声，大婶熟练地将一手夹着的两个带着不明泡沫的杯子砸在了早已放了不少鲜美食物的桌板上。

"这大绳汁！"随着大婶这声吆喝，周围的酒客纷纷举杯，"敬三女神！"

这铁蚊子旅店里的气氛一下变得火热异常。

看了看自己将要喝的这个难以名状的发酵谷物饮品，帕克特忽然觉得这个大绳汁的原料肯定是什么恶心的几种蕨类植物的混合，恶心死了。

"这两杯，你来结啊。"接过一杯大绳汁，希德尼一口灌掉了一半。帕克特只是针对这个不怎么过分的请求点了点头，这可把希德尼给乐坏了。

"舒服，可以。哎，你知道吗？约度因国最好喝的东西，喏，就是这个。国宝，名副其实，一国之宝。这特酿又是奇诺·哈里特供，可谓宝中之宝。"只见希德尼仰头一饮，"六种蔬果，再加上好的麦酿。"

帕克特看着杯里的液体像是煮沸的肉汤一样喷着泡泡，回味起这种像是熟樱桃和香蕉再加上一点啤酒和酱油的口感，也没多想，稍微喝了一口。没承想回甘后是那种将放久氧化了的西瓜塞进嘴里一样的浓厚味道。

"约度因这个国家，其实很早之前是隆德毕德国的一个小小属国，后来因为隆德毕德人和底特拉伦人之间闹翻干了一仗——其实现在也一直在打啦，嗝！然后就趁机独立出来了。老国王，我是指好几代前的国王了，是底特拉伦那一任皇后的二儿子……本应与底特拉伦世代交好的约度因，被夹在了两个大国中间，所以约度因理所应当就变成了现在的样子—— 一个左右逢源的中立邦国。如今，四海商人令这个国家的街道车马如龙，约度因就像一粒金子在尼宁特双星的光辉之下变得无比耀眼。"

"奇诺·哈里的商贸确实热络，"帕克特挠了挠头，"我不曾想过这镇子快入夜时街市上竟能火亮得像正午一样。"

"约度因是名副其实的商人国家,有这样的认识就可以了。所以这里不但有底特拉伦的行军技术,也有你刚才看到的那种来自隆德毕德新兴的蒸汽机械。底特拉伦是典型的军事大国啦,可说要是真的联合隆德毕德和约度因的全部军力倾力一战的话,其实底特拉伦会输得很惨才对。好在国境交壤之处有地方领主之间的君子情谊,这些年大国间才没有撕破脸皮。"

"说到大国……我有点好奇,底特拉伦也有什么特别的技术吗?"

"啊,他们有相当厉害的锻金火炮,能轻松击碎甲胄的紫铁锤钉和能搭上弓弩弹的枪矛……这些比起隆德毕德尚未成熟的武器确实显得凶狠很多。约度因用的一直是两边皆有的军备,所以其实除了基本的东西,也没有什么拿得出手的东西啦。不过这里的人骁勇善战,所以多少也有些旧日帝国的底气来着。但和底特拉伦那些打起仗来不怕死的纹章骑士比,还是差了一点……嘘,这儿的隆德毕德人多,就不和你谈这类国事了。"

"这么一听,起码从我的角度看,我觉得隆德毕德的技术有些超前啊。"

"你在的地方也有蒸汽什么的吗?"

"那是挺早的事情了。我的祖国有一位了不起的发明家在日常生活中发现了蒸汽的功用……斗转星移,我们后来开始普遍使用一种叫作电气的能源,后者显然更为高效,它驱动着……"

帕克特滔滔不绝地向希德尼说了许多他所在的现代文明里的人、事、物。希德尼听了很久,渐渐从帕克特的表情中看出一丝不属于这个年龄的疲累来。

"总觉得从你这儿听到的东西都像是在梦里呢。"

希德尼转了转酒杯。

"如果,"她用食指轻轻敲着纸卷上的尼宁特大陆,"也许我脑子没那么好使,但如果形容一下的话,就用这张纸卷来说,你原本所在的地方——英国,应该是在哪里呢?如此惊异的文明居然坐落在尼宁特人制图之外的某处,这令我感到非常好奇和惊喜。"

"稍等。"帕克特想了一会儿,从背包里翻出一本便笺,又掏出一支老钢笔,朝笔尖处哈了口热气,甩了甩。

希德尼看这招确实看得有些出神了。这笔没蘸着任何墨水,黑色的墨迹却从里头源源不断地冒出来。

"这样吧,假设我现在画的就是我之前所在的地方。"

帕克特画了个象征地球的圆，又在上面的欧洲大陆上标了一个点，随后把便笺的这一页撕了下来，举在空中。

"然后，你能明白我之前和你说的我能使用的源术吗？"

"魔……法？天知道，我真不明白你是怎样做到那些事的。"希德尼摸摸下巴，露出错愕的表情。

"对，乍一看是没有道理可循的力量。不过我想，它令我能够自在驱策这世间的种种能量与物质。"

"这来由没有道理的东西，在我看来像极了创世女神的能力。"

"或许径直将它们理解成神力也不为过，"帕克特笑了笑，"直到我彻底弄明白它的机理之前，我得小心对待这危险又迷人的能力。"

"那也行。然后，帕克特，回到我最初好奇的问题，你究竟是经历了什么才来到尼宁特这儿的？"希德尼追问道。

"就是依靠这半截断杖，它将我……"

帕克特用手指从便笺上的点快速移动到希德尼的纸卷的点上。"就这样呼哧……呼啪——一下子传送过来了。当然，我好像没法自在往返于这里与来处，就好像是……重获新生那样。"

帕克特忽然感觉咽喉一酸，不禁哽咽了。

"你怎么忽然一副吓到了的样子？喂……"希德尼连忙起身打了一杯清水，把水杯送到帕克特的手边，只见对方一口气将那一大木杯水给喝了个底朝天。

"不，谢谢你，我没事。"

"哪像没事的样子。有什么事感到难过了吗？是想家了吗？"希德尼看了看眼前的青年，缓了缓自己的表情，"说实话，你刚才短暂露出的那表情像极了我认识的离乡远行的每一个人。"

"也许是吧。"帕克特重新拾起笑容，"不过，我并不留恋往昔。我想成为英雄。"

"英雄什么的……话说，你能回去吧？你想，就是那个你说叫源术的东西。既然能让你过来，那你应该也能借它返回去啊。"

"抱歉，就是有点不知道说什么好。这是我来这儿的第一天，我也没想到心里会有这种反应……"

"想必有家人在等你回故乡吧。"

听罢，一声不吭的帕克特的一滴眼泪就顺着笑脸下来了。

"啊，那个……旦吐拉大婶，钱我可放这儿啦！"

希德尼忙从一旁喝得烂醉哄笑的酒客们中间引着帕克特走出了铁蚊子旅店的酒厅，空气一下变得宜人多了。奇诺·哈里附近的林地提供了很好的芬芳气息，到了夜晚，街道上可不存在任何除了草木清香以外的异味。

穿过在夜晚也稍显熙攘的人群，两人在一个水池边的长椅子上坐下了。"说看不出来倒也不是，但你可真是故事比人大啊，男子汉。"

希德尼拍了拍帕克特的肩膀。那厚实粗糙的肩膀，像是早早承担起了年少生活不该有的重量。

"我想，远行在外，达到目的前的过程只会比这刚开始更难熬。你有好好做足准备吗？"希德尼望了望远处南方的天空，若有所思。

"准备永远跟不上变化。"在秋虫的鸣叫中，帕克特朝着夜空做了一个深呼吸，将自己的情绪很快地平复了下来，"就像尼宁特，这地方对我来说过于陌生，我必须尽快适应这里的一切。"

"想点开心的吧，在结束了这里的旅途后，你大可以满足地归乡。"

"归乡……吗？我其实，也没有值得回去的家了。我长大后一个人生活，也没有亲族和朋友惦念挂记，事实上，我的家就在我的背包里——这是我出发前早早想好了的，我想去尽可能多、尽可能远，而且尽可能有趣的地方。"

"可你还跑这么……远？看你脸上现在这副镇定自若的样子，我想象不到你究竟有多坚强。"

"我想遵从自己的内心。"帕克特攥了攥拳头，抬头看了看夜幕中闪亮的双星，憨厚地笑了笑，"它隐约告诉我这地方能教会我许多事，尽管我从来不相信人的潜意识能起到多大效用，但我决定跟着它走走。"

"你这家伙。"希德尼听罢也苦笑一声。

"不过，我有些担心自己在这里的兴奋劲过去之后，是不是又会回到令自己害怕的那种落寞中。我早前有幸受教于一位杰出的师长，他给了我踏上旅途的勇气，他也让我有机会从乏味的生活中跳出来。但在那之后该怎样，如何照顾好自己，我得自己多多上心才是。所以，虽然听起来有些丢脸，但现在我正在这陌生的夜晚对抗彷徨与害怕。"

"你也努力在想办法了，不是吗？"希德尼眯起眼睛，伸了一个像家猫般放松的懒腰，

"我觉得你有大志在前。"

通常,一瓶好酒能解决诸如这样苦闷的问题,但对帕克特来说,如此并不够。

"我也不知道自己到底对不对,感觉一离开自己熟悉的地方,做什么都有点不知所措。我该用我学会的东西做些什么,我还在慢慢领悟。"

"照我们的说法,帕克特。隆德毕德有句很有意思的谚语,叫作'既然爬上树梢,可千万别怕那儿离地太高',既然先前都决定要做这么了不起的事情了,你有本事迈出最开始那一步,你当真还害怕接下来会发生的事吗?"

希德尼掏出一枚硬币,在空中一丢。"命运就和谚语里离地那点距离一样,是个混蛋东西。如过索桥般令人生惧,事后又让人心头扬扬自得不是?说不清楚,我想很多人甚至没本事往上头迈出一步。"

希德尼接住硬币,放在额前擦了擦,交到了帕克特的手中:"树就是这样,风吹就动,但也生得结实,又长了一副方便你爬上去的模样。你既然渴望高处,帕克特……喏,拿着。当大英雄前,先当个努力家吧。"

"这是?"帕克特握了握手中的硬币,那上头留有不少擦划的斑驳痕迹。

"运气。你知道吗?善良内向的家伙都欠点运气。这枚特拉伦银币上刻着的是征伐女神尤西米的头像,通常来说是祝福经商者一往无前,这枚不一样,我认为它是有特殊力量的。举个例子啊,起码带上它出门,我就从来没踩过狗屎。你也一样,带卜它能少去很多烦恼。天才什么都不缺,而咱们努力家就需要这个。"

帕克特破涕为笑。

"可这是希德尼你自己珍藏的银币吧?"

"不过是枚随处可见的旧王朝底特拉伦币罢了。收好,权当给你当护身符了。加上这点运气,现在你还好意思担心什么?"

"希德尼,我该怎么感谢你好呢……"帕克特高兴地看着对方,心头的忧虑尽在方才的言语间一扫而空。

"你那么大一背包东西,说真的,我就没觉得你想拿来换盘缠。都是行李吧?这样,你来我们商会干上几天活吧,不是很赶的话,这几天的食宿费包括之前借你的盘缠就这么两两抵消。奇诺·哈里的旅者商会神通广大,你要是想了解点什么,你得找些更加见多识广的人才行。而且,你刚开始扭扭捏捏的,尽想着不占人便宜,估计也是那种闲不住的性格吧。我算是先交上你这么个异客,谁知道你日后会怎样发达呢。"希德尼慢慢地拍了一把青年的背脊,那宽厚的身躯上发出一道坚毅的声响。

"你真的是什么都看得通透的人啊,希德尼。"

"那当然。我爷爷总有一天会干不动了,到时候肯定是我顶上啊。"

"这又得说回来了,我真的觉得我那卷……纸巾,不值那么多钱。这些银币,能帮我给老爷子原路退回去吗?"

希德尼听罢笑了笑。

"我爷爷素来是以大商人的眼光在估价的,你真以为他老糊涂到看见异邦东西就高价收吗?要是你一无脾性,二无品格,怎么会有强给你这些东西的好事?也不想想。安心吧,我们知道什么是人才,也知道对人才的投资意味着一本万利。"

想来,绝不能低估了这里的一切。人也好,事物也罢。推了推眼镜,帕克特从长椅上站起身来。

"原谅我这么多愁善感,很高兴认识你,希德尼。我是帕克特·荣格,一个从英国来到这里的冒险家。再一次向你正式介绍自己,实在见笑了。"

"哈,你这异邦人整理完情绪还附带正式自我介绍的做法还真是有趣。希德尼,希德尼·莫娜·迪苓。迪苓商会的当主,"希德尼笑了笑,"至少现在还是迪苓商会的希德尼,就这么称呼就好。"

"受你太多照顾了。我得尽快熟悉尼宁特,也是为了更好答谢你的恩情。谢谢你,希德尼小姐,各种意义上的。"

"行吧,看你也没什么事了,那就先带你回铁蚊子旅店投宿,早点休息吧。哦,对了……马车禁行区!我有和你说过吧?千万别错过啊,最近好像特别热闹的样子,嘿嘿。可话说在前头,那袋盘缠可是富余着,但你可别把我给你的那个幸运银币给报销了呀,小混蛋。"

"你就放一百个心吧。"帕克特苦笑一声。

在铁蚊子旅店的客房里,帕克特卸下行囊,坐在不算特别松软的床铺上,借着油灯,将这一天的所见所闻都记在了自己的便笺上。

合上便笺,吹灭油灯,窗外有两个月亮,一远一近。这不是普雷斯顿的月光,但照在人的脸上,就像迎面而来的家乡。白日是连生的高阳,夜里是连生的明月。

有些爱上这里了,约度因国的商镇奇诺·哈里。

云积得有些厚,明天可能会下雨,虽不能撑自己带着的伞应付,可既然这里的人也能往来营生,总也会有办法的。

怀中抱着怪书,帕克特想了很久。

其实为什么不能呢? 睡之前帕克特满脑子都是旧日的片段。总有一种舍弃一切的虚无之感,在心头试图和海潮般澎湃的冒险精神相抵触。

真不知道接下来会怎样。抚摸着怪书上面硬皮的皱褶,青年渐渐遁入梦乡……

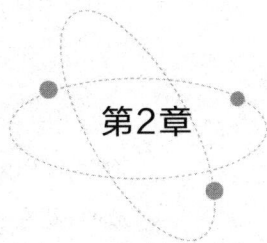

第2章

凤凰计划:渐进

勒克莱尔时空议会,重力长廊。

"哎,喂……喂……鲍马力!"一阵响亮的声音穿过人群,汇入交错的走道。鲍马力闻罢便停下了奔走,应声后便轻轻将背上的薇妮亚放在走道的一边。

来者的眼睛盯着那位红发少女,与自己相比,薇妮亚的身材可谓是小而单薄。这奇异却和善的注视持续了很久,似乎对方对这位凯伯因家族的来客兴趣颇深。

"抱歉,急着在半途中叫住二位。三号码头那里的事情你们听说了吗?那儿发生了一些故障,导致未经批准的对象进入卸货区了。"

"啊,你是说船闸光子门的维护延迟吗?那已经和整备部知会过了,有专门的技工会去维护的。"鲍马力歪了歪头,打了个粗粗的鼻息。

"三号码头不就是我们在负责的审核区吗,鲍马力先生?"薇妮亚搓了搓脸,心想这十有八九是自己的新上司打瞌睡所导致的疏忽。

"别紧张,三号船闸的光子门认证系统确实出了点故障。你俩刚才是不是在开会来着,情报部授意的汇报讲演?巧了,我正是情报部的雇员,欧安尼呀。说到你,薇妮亚,不知道你还记不记得,我在你还很小的时候,小豆丁那么小的时候,嘿嘿,还抱过你呢。"

薇妮亚看着来者,那个像一块长着五只眼睛的巨大橡皮擦一样的家伙。针一般的细须在它身躯的各处自然飘摆着,每一条触须都用植物提取物浸泡液细心地保养过,十分讲究。

当然,对薇妮亚而言,小时候抱过自己的人实在太多了,这也绝非能够被记住的那一个。

"抱歉,没印象了。薇妮亚·凯伯因,履新入职,还请老前辈多多关照。"

"放心,我在这里会好好关照你的!说回三号码头的事,刚才说是在那里找到了几个似乎因为接触漏电设备而失去意识的整备员,现在情况还不清楚,但是……有些奇怪,我是这么认为的,"那块巨大的橡皮擦忽然靠到了鲍马力的耳边,"那儿一定发生了什么事,在我替班前了解到有许多列达卫兵正在吉卡匹亚三塔的授意下赶往那里,而进行管理的鲍马力你却没收到任何到岗通知,你不觉得事情有些奇怪吗?"

薇妮亚想不听见都难。说实话,欧安尼敲钟一样的嗓门实在是不适合在人耳边吹气。

"等级一般的安保问题吧,记得上次是在押犯脱控来着。既然没通知我的终端,那说明不需要我到岗,"鲍马力咕哝着,搓了搓自己厚硕大足腕上的投影终端,看到上面并无提示,便转手将它熄灭了,"如果需要事故调查,那也只需要由我提供一份简单的脑读取答述记录就可以了。"

"当然,好像情况也受到控制了,只是得让你知道第一手消息,虽然之后调控中心会详尽说明。"

鲍马力点了点头。

"谢啦。正好,我这里正带个新人,不如一起去餐厅?在那小叙一阵,远好过在这走道中央。"

欧安尼展开触须,用复杂的肢体语言表达了同意的态度。

"新工作怎样,薇妮亚?听说你之前是在那位银鸟哈德曼的手下做事,说来那老小伙在旧TCC时期也是个狠角色啊。"欧安尼一路飘行着穿过长廊中的装饰射灯,那半透明的躯体在光线的作用下像极了一只庆典时所用的装饰灯球,"自TCC时代起,他便是一个富有人格魅力的将领,你和他共事期间一定感触颇多。"

"是啊,和哈德曼团长共事的感觉确实令人心潮澎湃。他富有那种天生的勇者气概……抱歉,我这么背后谈论他是不是不太好?"薇妮亚心想TCC时期的豪将哈德曼无疑是自己心中的个人偶像,交谈所用的语气不由得放得拘谨了一些。

"他自然不会介意这个。来,不妨进去再说。"

两个体形巨大的同事引着自己向去往餐区的分支走道行进着,而薇妮亚不知在哪里磕了一下鞋尖——只见四下无物,稍稍顿了几步,便拔步跟上了。

怪事儿,好像不经意间踢到了什么东西,明明行走在平地上。

"其实一直很想打听一下,哈哈,薇妮亚。关于一些与你相关的问题,当然,我保证对我们仨之外的人守口如瓶。"

"您不妨先问吧。"薇妮亚笑了笑。

"记得薇妮亚小姐您去鲁贡骑兵团之前,是有带领一个勒克莱尔名下的搜探战队,是吧?"欧安尼小心翼翼地选择询问的语气,生怕令对方不快。

"啊……"薇妮亚想起了许多悲伤的往事。

"节哀!"

欧安尼合上了三只眼睛,触须亦显得姿态肃穆。

"那后来……我听说你与那位依尔菲克族的安诺内茵·希琳德,一个去了鲁贡骑兵团,一个去了绝境钢卫商会。"

"确实,绝境钢卫更适合安诺内茵,加入也是她自己做出的选择。"薇妮亚轻轻叹了口气。

安诺内茵·希琳德,和自己一块儿长大的妹妹。虽非血亲,但也在同一个屋檐下结伴度过漫长的美好时光。

招呼两人坐下,鲍马力前去柜台,憨憨地用大足腕上的磁环接下了智能厨工妥放着三杯热饮的递送浮板。

"我非常关注你的动态,包括你最近的一些人事调动。怎么说呢,像你们这样的小队能在充满异数的危险边境做成那么多不得了的事,确实有点让我们这些平常的勒克莱尔人感到震撼呢。"欧安尼盘起触须,宽慰地夸赞着面前英气十足的红发少女。

"是看了转播吗? 我记得当时确实有媒体在跟着记录,但作为当事人并没有想很多。敢问我们尽力了吗?"

说的是欣瑟牺牲的那件事……

"你们尽力了,姑娘。"

鲍马力放下浮板,轻抬磁环,将热饮放在了薇妮亚的面前。随后就座,合上前爪的拇指。

"就我知道的,异数TzRot入侵,如果没有你们小队出手炸掉它们巢舰'前星'号的核心,它们的巢群势力应该会在TI-291星系发展变成近伏德战争级别的威胁……不,凭它们对甬道破穿技术的理解,威胁只会在这以上才对。"

那些隐匿在宏时空黑暗中的威胁，时时刻刻挑战着所有勒克莱尔人的不屈信念。

"你们所知道的版本是这样的？"薇妮亚拿起瓷杯，放在身前轻轻对着液面斜向吹了几下。

"我们……也没什么其他渠道去知道啊，获准在报道的也就只有克恩新闻社一家而已。"鲍马力如是说道。

克恩新闻社，也是出了名的勒克莱尔左翼新闻媒体。

"当事人应该是最清楚的吧？所以我想问问。"

"我认为媒体其实并没有客观记录下当时的情况，而且事后的评估也是有问题的。当时我们接近'前星'号的时候就清楚了，这艘船和它的护航舰队被防壁阵列毫无防备地放进监视圈内，绝对是议会军管高层应对不力的恶果。"

"啊，果然。"鲍马力喝了一口热饮，抱起前臂，"然后我们看到的新闻说是对方强行破除监视力场，为此损失了大约五分之一的舰队规模，然后在外圈渗透的时候，先锋阵列被你们的小队先行阻击，受到重创后被勒克莱尔军团全歼……可这也太扯了。我们干船坞工作期间，不仅传闻听得多，见得也多，问过的人都说议会自TCC时期后未曾迭代的防壁阵列不过就是个好看的花架子，尽管他们并不愿意承认这一点，托卡马克·塔西都要笑出声来了。"

薇妮亚端起水杯，稍稍抿了一口。

明明是异数们破译了监视阵列的暗码，由巢舰率领着整个舰队一艘不落试图从星脉甬道潜航进来……若自私些说，全然是因为勒克莱尔防卫的疏忽害死了欣瑟，可一点也不为过。

激战中为了重创敌军巢舰，欣瑟·布德里克在和自己的座舰一同冲击充能核心的过程中被近防镭射击中了乘舱，于异数巢舰核心炉腔中壮烈殉职。

"你是说他冲进火力网的时候没看过情报雷达吗？不。我了解他，他无时无刻不关注着战情信息。勒克莱尔过时的情报与遭遇的实际状况差之千里，若不是他当机立断，关停情报联动保护数据，抱着必死的决心突击'前星'号，阻止了异数的破穿阵列……就凭我们这支搜探战队与姗姗来迟的勒克莱尔援护军团，怎有可能阻挡下对面那支声势浩大的怪物舰队？"

厚重的棺材板，覆盖着欣瑟残破的遗骸，而安诺内茵那对哭干了的泪眼，薇妮亚仍历历在目。

　　勒克莱尔媒体的报道,全然偏重在勒克莱尔军团的大胜之上,仿佛这一切与棺材中的英雄毫无瓜葛,尽管这位英雄,不惜用自己如歌的生命逆转了一场必败之役的结局。

　　在事后报道的时候,安诺内茵说的那句话震撼着自己的内心:"要说为何有些牺牲总被看作是无谋,只因为背后那些胆小鼠辈所做的臆想一定是冷冰冰的。但若你有勇气当面向棺材中血肉模糊的他献上哀思,或是真正握起枪杆成为战士,你才够资格同情他的高尚。"在说完这番话后,安诺内茵便从勒克莱尔媒体的视线中彻底消失了。

　　"当然,大多数人还是更相信克恩这边轻描淡写的报道。"鲍马力插了一嘴,"如今大家都懒得翻看坏消息,只是抱着那些像是好消息的东西热闹一番,就好像自己也为之努力了一样。"

　　"只是我觉得于情于理,欣瑟的事情都不该淡出大众视线。他是个英雄,为了这个勒克莱尔议会付出了常人想象不到的代价。"

　　"恕我说句冒犯的话,对克恩新闻社这种媒体来说,安静地追悼逝者并不是他们素来具有的美德。"薇妮亚的语气中满是不悦。

　　"他们就是擅长给那些热爱粉饰太平的家伙们挑故事。"像海绵一样吸干了杯中的热饮,欧安尼清了清嗓子——准确说是那巨体之中的发声部位,"当然,这样做永远没法帮着勒克莱尔向更好的方向进步。"

　　"我早就学会了在这里干活,闷头干活。"鲍马力懒洋洋地说着,"要知道倾心于音乐和绘画并非坏事,且越早越好,全然不必日夜为了勒克莱尔的颓势急火攻心,那使人焦虑极了。"

　　"哪能都像你这样……议会迫切需要的是认识到陈腐问题所带来的严重性。我们无法再依赖托卡马克·塔西的慧光,但这并不意味着没人能被允许在他的设计基础上做些更新。"似乎丝毫不避讳身处场所的特殊性,欧安尼大声地表达着自己的不满,"我们迫切需要更好的防壁阵列,更好的一切——包括三相计划的延伸,勒克莱尔应该大胆做出改革,否则只会被如今引领撒巴莱亚的托卡马克·塔西给远远甩开。不只是我们,这份愿景也寄托在小凯伯因你们这代身上。"

　　薇妮亚静静看着欧安尼最上面那只圆洞洞的大眼睛,那就像是在指望着自己去弥补勒克莱尔人在过去所有的缺憾。而如今只是勒克莱尔名下一介文员的自己,还做得到吗?

　　答案被重重迷雾萦绕着,薇妮亚尽力挥散,仍旧看不真切。

"杯子给我，我再去要一点。"鲍马力接过杯子，起身续杯，"我们最好讨论些不那么严肃的话题，看着吉卡匹亚三塔仍然安在的分上。"

"所以，这位欧安尼……怎么称呼好？您最初想问的是什么呢？"薇妮亚意识到谈话中对方忘了提问，感觉还是由自己回敬一下比较好。

"欧安尼，彼此都没有称呼的，出于礼仪，只要看着我从上数下来的第二只眼睛就行。哦，还有，叫我先生就行，虽然说来见笑，不过我好歹还是两个孩子的父亲。"

薇妮亚一下回想起，欧安尼最上面的眼睛是与配偶示爱用的，而第二只才应该是礼仪上适合对视用的眼睛。

"其实也没事，在议会生活的欧安尼早就不在乎这种事情了。说到要问您的，凯伯因大小姐，接下来您可是要给鲍马力这个傻大个打下手了。"

"真是失礼呢，我明明在同族里还算瘦小的。"鲍马力放下浮板，苦笑地看着薇妮亚。

"像薇妮亚你这样了得的身手，实在很难想象会屈尊来做个勒克莱尔的一般文员呢。不觉得在这儿的第一天显得有些拘束吗？"

欧安尼打量了一下薇妮亚，即使身处议会要地，那枚据说可敌千军的戴维德利徽章果然也寸不离身，佩戴于内领之上。

"这是家父的安排，说实话要不是他说服哈德曼团长解了我的职，我并不会乖乖转来这里工作。"

"确实，西博文会长先生如传闻所言是个控制欲很强的人，但这样真的好吗？我觉得当你的部门主管还真是挺难的，我完全不知道怎么应付你这样的人物嘛。你看，让你像今天这样做这么多活好像是我为难你，但什么都不让你做又显得我不尊重你，是吧？"鲍马力递来水杯，尴尬地笑了笑。

"活见鬼……明明当班时间你自己是睡得最香的那个！"薇妮亚暗自叫骂了一声。

"其实不瞒你们二位，我自己也清楚在这样的地方工作不合我的脾性。只是，在想到下一步该怎么做之前，我应该会在这里待上一阵子。"

少女早就为这下一步做了许多打算。凯伯因精神里的有些东西像是骨子里的狂风一样，使猎于天空的飞鸮有别于家禽。正是这种桀骜使自己不得不武装起自己的内心。

于是薇妮亚表达的态度十分坚决："毫无疑问。"

究竟执着于那样的选择是为了什么呢？薇妮亚心里有个声音。

父亲把声音的源头，也就是那些秘密的真相，都藏在了自己够不到的地方。仅有撒巴莱亚,那个在托卡马克·塔西率领下使大半个宏时空染上战火的组织,拥有说出真相的唯一证人。

托卡马克·塔西,传闻是曾经在自己母亲身边最受器重的亲信。在母亲失去音讯之前,他便是可以追查到的记录中最后一个和母亲对话的勒克莱尔人。薇妮亚只知道这点,但这点也足够了。

为此,为了能直接去到那些地方,见到那些仇人,又或者说,亲自撬开父亲或者托卡马克的嘴,找到宏时空中所有自TCC时期以来失踪的真相。

"果然,这才像是我从各种资料上知道的薇妮亚·凯伯因嘛。这下好,见到长大成人的小凯伯因了,你可比小时候要健壮多了。"欧安尼兴奋地抖了抖巨大的身板。

"你这话可不是在夸别人啊,老海绵。"

"您过誉了。我是一名虔诚的勒克莱尔索源主义者,用你们都知道的西博文先生也就是我父亲的口吻来形容的话,每一个凯伯因都只是怀抱着自己的索源精神在现实中慢慢经营罢了。"

"哦?索源主义!是我理解的那个意思吗?"

"'去向未知索要,向已知奉献。去将未来不确定克服,将已确定指引至明天',前半句话可是他年轻时候的演讲了,老海绵你也听见过的。TCC那会儿的西博文·凯伯因,可和现在的气势大不一样啊。"鲍马力说出这些话,但他对谈话的内容表现得兴趣不济。

"过去是英雄,现在是商人。但没几个商人有那胆识说得出后半句话,不过细细品味,这话放到现在,反而像是精英政客的说辞了。"欧安尼缓缓吸去半杯饮品。

早听闻凯伯因长女薇妮亚长年与父亲意见不合,结合薇妮亚的几句答复,再加上稍看了几眼谈论西博文会长时薇妮亚脸上的表情,欧安尼就明白个大概了。

说真的,根据自己对西博文的了解,薇妮亚的心气欧安尼也不是全然不知了。可看着薇妮亚,就仿佛看见了年轻时期的西博文。

那种无所不能的如同燎原之火般的眼神,就好似是同一个人。想到这里,欧安尼也只能苦笑了。

"薇妮亚,你还年轻,断不要被我们这些老东西的杂谈影响去了。管他是什么呢,说真的,去做想做的事就好了。我对我儿子也是这么个要求,更多地去表现意志,远比安于现状重要,只是……"郑重地看着薇妮亚,欧安尼顿了顿语气,"我也只是想以一个父亲的角度告诉你一些事情……与生死有关。"

"……究竟怎么了?"

"3493-3航道宙域急难事故,爱子为了保护一个要员,于航宙器受损的动力部殉职……明明和内人告诉他多珍重的……嗯哈哈。如今欧安尼我选择安于现状……当个看客,也算是我对当初怂恿他去大胆尝试的忏悔吧。不像你们人形生物那样,我们欧安尼没有丰富的面部肌肉和激素血压构成表现。可是心里的悲伤——是一样的。当然,我不会因此诅咒这个世界运行的规律,我只是想说,一个父亲是绝不会任由孩子到战场那样的地方去的,除非是那孩子心甘情愿。"

"抱歉……"

"所以,得多少照顾到那些为你铺设安全港的人内心的爱惜。往后思考进路时,万不要太莽撞了。"欧安尼语重心长地说着,"当然,我觉得你一定会引领勒克莱尔人做一番大事,就像你父亲那样。你们实在太过相像。"

"请问……你曾经也是我母亲往日率领的TCC联合的一员吗?"薇妮亚敏锐得像只栖息在高枝的雀鸟。

"可以说是,也可以说不是吧,薇妮亚小姐。"

欧安尼内心打了个寒战——他有一种不好的预感。尽管这样的对话已经持续了一会儿,巨大的飘行生物仍然感受到了空气中些微的危机感。

"慢着慢着,我们聊点别的吧。"鲍马力一看左右,急着想要缓和气氛,可薇妮亚心里怒气一下就上来了。

"抱歉,鲍马力先生。欧安尼先生,你说的那位你孩子舍命救下的要员,恐怕就是我父亲吧?"

周围鼎沸的人声霎时停下了,似乎都因好奇凯伯因家族的内情而竖起了耳朵。

"你冷静点,冷静下来听我说,薇妮亚。"

空气仿佛凝固了一般。

"我调查过我父亲先前的一些行动,那些日志里的情节与你所说的能够对照上。"薇妮亚回想起日志中无数人在异数战争中拼死掩护父亲逃生的情景,只觉得内心歉疚万分。

"过去的事情了。你可千万别过多责难那位大人啊。"

"我只是很难认同他现在做的很多事,希望他至少有好好抚恤曾经为他牺牲的伙伴。"红发少女十指交错,"我为你孩子的牺牲感到十分抱歉,欧安尼先生。"

"他在那之后立刻为我安排了在勒克莱尔的工作,也把我的家人照顾得很好,不仅是我,还有其他在异数战争中受伤的家庭,西博文先生都没有忘记。放心吧姑娘,你的父亲为人高尚,我或许这辈子都不会忘记凯伯因家族的恩情。"

"感谢你,欧安尼先生。"薇妮亚站起身,将手中的空杯子轻轻放在自动浮板的托盘上,"我将会为勒克莱尔尽我所能,作为一名勒克莱尔人,你永远拥有我的尊重。"

欧安尼宽慰地发出洪钟一般的笑声。

"差不多该回去办公了,凯伯因。"有力的四肢撑起巨大的躯体,鲍马力慵懒地说道,"虽说晚点部门里也没有什么特别的工作要做,就去把白天完成的那些审阅工作的结果写个简短报告。写点意思意思,填表后都打上钩就行了,走个流程的事情。"

"我明白了。那各位,我就先告辞了。"

当薇妮亚转身欲走的时候,欧安尼忽然也从座席上拔身而起,一道巨影从薇妮亚的背后投射而来。

"薇妮亚……可有闲暇时间吗?容我占用你大概三到五分钟的样子……就陪老人再聊上一支烟的时间如何?"

"我并不赶时间。"薇妮亚活动了一下手腕,表盘上投影出自己宽裕的午休时限。

"好。鲍马力,务必回避一下,我有几句话想单独和她说说。"

"行。那我就先回办公区了。"离开座席,拉约克族的鲍马力便抬起足腕朝餐区的侧门出去了,"之后在办公区见我,薇妮亚·凯伯因。"

"回见,鲍马力先生。"

身旁一块巨大的海绵状生物持续投下的阴影,使与它一同走出餐厅的薇妮亚感觉自己的视野变得比平常时灰暗了一些。

"敢问您是希望去没有人的地方说吗?"

"正是。吸烟室就不错。"

穿过走道,在一处偏僻行道的边角处,随着吸烟室滑动门的一张一合,欧安尼闷钟一般的声音又震响起来。

"恐怕这事确实需要以这种形式告诉你。"

"您请说吧。"

借着燃烟台上的微温激光束,欧安尼点燃一支尺寸大许多的烟卷。

"首先,今天的勒克莱尔议会有些怪异。我就实话实说了吧,薇妮亚,也不知是不是因为你出现在这里。因为我确信你是我熟知的那个小小丫头，所以我约你过来说几句话……我希望你小心点保护好自己。"

薇妮亚一时没反应过来什么状况。

"奇怪？您是说，有什么特别反常的情况吗？"

"说是老家伙的直觉也好，或者我欧安尼的潜意识也好，所有试探的结论导向同一个事实，我判断有敌对势力正在议会的各处谋划着什么。"

同样也礼节性地点起一支女士烟，薇妮亚先是习惯性地搓了搓脸颊。

"总不可能是撒巴莱亚人吧？不过，我初来乍到，不熟悉这里，也不知道欧安尼您形容的勒克莱尔平时的正常状态是什么样。要不您指教一下？"

"哈，这地方正常的时候挺让人安心的，实话说。"

欧安尼用细小的触须轻轻掸掉烟头上的燃灰。那些纤细触须的环境耐受能力十分强，甚至可以从事一些恶劣的修理工作。

"等你把烟抽完，我再说具体是哪里不对劲。"

"行。"薇妮亚也不含糊，很快把手中的女士烟抽完了。

"虽然大体的情况我也都清楚了，但这次调职的事情，西博文会长有陪你一起过来吗？看你的反应，肯定是没一起过来吧？"

"嗯，和我一起的只有哈德曼团长。"

"嗯……哈德曼，哈德曼·普拉斯马。"

欧安尼吐出一个大大的烟圈。

"是这样的，能不能帮我欧安尼给令父西博文带上一段话，虽然我认为你应该不太乐意。但还是请你帮我这个忙，对我和他而言，此事非小。"

"不在话下。等我见到他时就帮你转达。"

"辛苦孩子了。细心听着，是这么个意思。"

用细小触须从体侧取下通译装置，欧安尼的大眼睛里扑闪扑闪的，有一种看不真切的浓重情感：

"齐赛海格，杜尔比安迪耶。"

再次戴上通译装置，后面的话薇妮亚也能听明白了。欧安尼的话是："记住的话，务必跟我念一遍，薇妮亚。"

去模仿那种模糊不清的声音确实有些困难，但好在如此低沉的喉音也有清晰可辨

的音节在,薇妮亚组织了一下发音顺序和声调:

"齐赛海格……杜尔比安迪耶?"

"对,对啊。人类真好啊,什么都能很快记住。我为了记住这段话花了不少代价,可千万把这句话尽快带到。当面转达,别借助远程通信,拜托了。"欧安尼接着说。

薇妮亚对欧安尼知之甚少,也实在想不出什么好夸奖的话:

"明白了。可我的通译器没法将这段话转译过来。难道是赛普杜路语吗?"

"不是,单纯就是一句话而已,薇妮亚。它简单到,只要你对你父亲一说,他就能立刻明白的。"欧安尼摊开触须,笑了笑。

"我可不收你费用。"薇妮亚叼着烟,把烟盒子塞回到了衣兜里。

"我欧安尼这儿也没有什么积蓄了。"

"预算不足?"薇妮亚徐徐吐了口烟,打趣道。

"薇妮亚小姐你要是成家立业了就知道了,钱多少都不够用的。孩子学习,培养兴趣爱好什么的……不过,你是一位凯伯因呢。"

"说笑了。情报部门的工作肯定不轻松。"

"哦,那当然了。我们时时刻刻关心着周围的变化,以让勒克莱尔平稳安全地运作。这么说来,我还记得当初西博文先生安排我来这里是为了保护我来着。"欧安尼思考了一阵,回忆起了不少往日的细情。

"欧安尼先生,您是签了这里的Ju-8891协作案前来入职的吗? 有听闻是因为族群中有黑名悬赏的事情。"薇妮亚问。

"是啊。欧安尼这个族群,偏偏被特图拉机关这种掐脖子要命的给盯上了。就因为我们中的多数在撒巴莱亚供职,在勒克莱尔的同族整天在生计问题上愁破脑袋,也真的算是活得憋屈晦气了。"

深深吸了口卷烟,欧安尼转动眼珠,看着薇妮亚。

"这还得谢谢你父亲,没有他的委托信,我也不可能来这里。"

"他怎么就只给你安排了个下级主管的活呢?"

"那好歹也是个部门主管不是? 起初他是希望我去上层情报部的,就等于在勒克莱尔中多了一双可靠的眼睛,无奈我在丧子之后只想落个清净。之前也说过了,喜欢打听和干正经情报收集可是两码事。曾经,我也为TCC的情报战场赴汤蹈火,现在我早没那劲头了。"

"既然是这样，咱们算是差不多了。"

"我怎么没从薇妮亚小姐你身上看出来呢？"

"哪方面？自搜探队解散以来，我可是好好想过要清净一段时间的。"

"你在说这话的时候毫无自信啊，小薇妮亚。"

确实如此，薇妮亚听罢忍不住笑出了声。

被看穿了。

"刚才也和你半开玩笑说过了吧，虽然才第一天上手新工作就和你说这个不太好，但你和这一身文员装实在有点格格不入了。你可是个征战星海的逸才。"

"我本人也觉得不久就会辞了的。反正也没人限制我，只是暂时没有能引起我兴趣的事情罢了。"薇妮亚从兜里掏出的文员笔在手指间飞速地换旋着，轻轻朝上一弹，一侧身，笔竟原原本本地落回到衣兜中去了。

"有这么利落轻快的身手，真羡慕你们人类啊。"

"我要是对你们有更多的了解的话，也会羡慕你们的。"

"比方说能自由自在飘来飘去？"欧安尼笑了笑，"我花了很久才理解重力的概念。"

"啊，这就是了。包括同时协调许多肢体这类，人类做不到的事情多了去了。所以不管怎样，我们也都在想尽办法利用各种手段拓展可能性，不是吗？"

抽完了手中的烟，薇妮亚顺手将它摁灭在了一旁的无氧灭烟台里。

"就再聊一支烟吧。既然刚才欧安尼先生你也和我说过有什么要事相谈来着，还有不少时间余裕。"

薇妮亚从烟盒插片里弹出一支新的女士烟，轻轻用右手夹住，又在一旁的微温激光束中点燃起来。一丝和欧安尼喜用的浓厚烟草味不同的淡淡香气伴着白色的烟气从发梢撞散开去。

"我还是有很多疑问的，欧安尼先生。人活在疑问里却无从解惑，实在挺痛苦的，就和被告知在先天器质上有所不能的那种不甘一样，总想着要超越，去克服。"

"不甘心吗？"

薇妮亚用左手搓了搓脸颊，叹了一口气："我想我总归也能在某处找到属于我的答案的。"

欧安尼的几只大眼睛轻轻翻动了一下，然后轻轻地闭上了。

"啊，对了，你吸烟的惯用手改了吗，薇妮亚大小姐？"

稍稍觉得有些夹不住烟,薇妮亚忽然打了一个冷战,头疼。

"怎么了?"欧安尼弯下身躯,将烟卷熄灭在气体喷台里,"照我看,这难道不是什么反常的现象吗?"

一时想不到什么,只是在阵阵头痛中,薇妮亚右手忽然痉挛起来:"恕我冒昧,你是怎么做到保持清醒的?"

"我欧安尼方才也经历了一阵不适。怎样,在这里发生的怪事,意识到了吗?"欧安尼静静凝视着惊诧中的薇妮亚,"我也不知道是怎么回事。但从你刚来那个时空时的节点开始,整个勒克莱尔议会就像是被谁里应外合发动了什么东西一样,我感觉身边有些东西运行得不是那么顺畅。所以我要把你约出来,包括召开那个毫无意义的讨论组会也是……我觉得肯定有哪里不对劲。"

打开身边的携行投影电脑,薇妮亚连通了议会的力场波探测站,在即时更新的稳定性数据汇报中,也没有看到反常的警示与异常的确率变动。

"没有入侵的迹象呢。"

"是在担心异数入侵的问题吗? 欧安尼认为这回不可能是他们干的。"欧安尼巨大的身躯跨越磁吸长桌,在有靠背的一排粒子椅上坐了下来。

"我之前执行任务的时候有听说过异数一定程度上了解了勒克莱尔的屏障护卫机制,如果有人告诉我他们摸进防卫力场外层了我可能会信,因为我确实见识过了……"

"可在议会毕竟是不可能的,薇妮亚。我欧安尼也是知道这点的。"

"对,勒克莱尔议会主星区从未受到过异数的入侵。"

"那么既然也不可能是什么投放装置引发的问题了,那究竟是为什么呢? 我欧安尼想不明白,所以觉得危险。所以,需要能做点什么的人物帮忙打消疑虑才行。你是我能想到的最合适的人。"

"撒巴莱亚聚合意志……也不至于吧,议会的确切位置他们也不可能清楚才对。"

"总之,大小姐,你有件事情必须做,请让西博文先生知道我传达给你的那段话。"

"齐赛海格,杜尔比安迪耶……没错吧。"

"你记住了……没错。"

那块巨大的海绵生物低沉地笑了笑。薇妮亚就像她的父母那样,她注定不会平凡的。

"那,就去找吉米尔吧。吉米尔·莫乌斯,或者列辛·法拉加。想必他们俩应该已经就一些事达成了妥协。"欧安尼语重心长地交代着。

"你认识吉米尔？那个勒克莱尔的议员。"

"哦，那解释起来方便多了，就是那个平时说话歇斯底里的家伙。正因为他表面上看起来疯疯癫癫的，所以藏得住事儿。欧安尼我已经把我这边需要传达给你的信息悉数交代了，你可得好好转达到。"

"荚派议员是吧……"

"对，和我一样出身旧TCC的他可是收集情报的一把好手。"

欧安尼从后面的背篓里掏出一张青蓝色的磁卡。

"当然，忘了告诉你。好歹我欧安尼算是有这个办公区域保管处的访问权限来着，要是出了什么特别的事情，而你又需要自己的装备的话，可记得去'辛克基020'的办公室后面的保管库取。那里有西博文先生帮我留下的后备，但比起我，你应该更需要用到它们。"

"这磁卡交付给我，不要紧吗？"

"既然早就认识了，有什么要紧的呢。就说我欧安尼让你去取的，这个议会也就两个欧安尼在，另一个欧安尼负责在议事区收拾杂物，没可能和我弄混的。你只要不瞎胡闹，在这儿出了什么事有我顶着。"

"谢谢你了。那吉米尔议员现在在什么地方呢？"

"天知道。你得去找到他们，就是这么个意思了。"

呃……

"找到他，然后那个TCC出身的家伙肯定能聪明到想出办法搞清楚勒克莱尔发生了什么事。或者列辛，你可以无条件信赖他们中的任何一个人。"

薇妮亚想起之前和哈德曼团长一起面见列辛议员的时候，吉米尔议员那张怎么看都让人严肃不起来的脸。

"那我届时会判断的。"

"我可不担心你，薇妮亚。去吧，趁敌对势力还没有行动之前。"

头部稍稍有些余痛，薇妮亚起身走出滑门。

"嗯，我们再聊吧。"

"哦哦，欧安尼会在茶水室等你的消息。"

"保重。"薇妮亚撒腿向着办公区狂奔而去。

"多保重啊,小凤凰。"

这可是薇妮亚的小名。

脚步声渐远了。欧安尼叹了口气。

"那给我欧安尼点时间把剩下的钱全寄给家里,总行了吧?"门口一阵沉重的脚步声逼近了。

"看你为了支开其他人谋划了很久的样子,这也就算不情之请了,如果你听得懂我欧安尼在说什么的话。"

滑门渐渐移开,一张欧安尼感觉有些违和却又熟悉的脸出现在自己的面前。

"鲍马力……你?不,之前的你果然只是五感迷障罢了。"

那张温柔可亲的脸一下就染上了掠食者的色彩。

"你可不是在和我欧安尼开玩笑吧?开玩笑,你可不是什么别人,你这邪恶的东西。撒巴莱亚人!下地狱吧!"

巨大的身体猛地撞向怒目圆睁的巨兽,可这没有顶上多大用处,只是利爪轻轻一刺,欧安尼的身体就被整个戳穿了。

"唑……呜呜呜。"

一阵扑咬,吸烟室的地面淌满了灰白色如泥浆般的液体。几根细小的触手无力地抓挠挣扎着,就像是要用牙线勒倒一棵一抱粗的大树那样。

"西……西博……西博文!"欧安尼声嘶力竭地大喊着,"我欧安尼……我塔吉……若有来生!"

在啃咬中尽力捏碎了一枚玫红色的芯片,触须渐渐在阵痛中失去知觉。

"一定助你……"

滑门打开了,但欧安尼的塔吉并没有从那里面出来。灰白色的液体流出一些到了走廊中,使得房顶停着的自动清扫无人机很快降落下来,把那些黏稠而又带有一些甜腥味的液体擦洗干净。

凯伯因商会,会客室。

"会长,西博文会长,您这是……"上一秒居于上风的谈判对象此时竟央求着对方回到谈判桌前。而红头发的男子拔脚起身,丝毫没有停留的念头。

"都说了,我请这么多秘书不是白请的,我有事要抽身,请找布尔尼耶,找布尔尼耶去。"西博文焦虑地用双手搓了搓脸颊,双腿如生风般从商谈室里快速迈了出去。

"西博文会长……"

"烦死了!先生您再这么跟叫娘一样地喊我,我干脆转世投胎当你亲娘算了!"

"啊……抱歉,等你本人有空,我们再坐下来谈谈,这可不是小数目,或者你先留步听我把话说完……"

"请理解我现在没空,合作相关的细节请找布尔尼耶商谈,最后等我回来做决定,你也不必亲自在这里等我,这么简单的三个步骤,可听明白了?"拉了拉西装的衣领,戴着凯伯因会长羽饰的男子面露愠色,显然也是受够了一天天积攒下来的无理取闹似的公务。

"好……"

砰地关上原本会自动开合的楼门,西博文·凯伯因一脸不快,额头上的青筋横走。在不断下行的传送梯井里理顺了唇沟两边的胡须,攥了攥拳头。

"塔吉,你这家伙向来命硬……"

"直接着装,让尤尼塞因小队和五人组随我出发,穿梭指令到勒克莱尔时空议会,内层协议动用权限批复,让我能够最快到达那里。武装选择就全能腕套和周天防护服,尽快。"

"了解了。"

名叫里比尼的作战管家僚机很快就应声启动了机库的闸门,一整个列队的战斗员以极快的速度做好了战斗准备。

"尤尼塞因小队的姐妹兄弟们,塔吉,这次是我们曾经最优秀的情报官塔吉。我不知道这次又是谁找我们凯伯因商会庇护的人员的麻烦。但如果要是再发生这种事,不管是什么东西,给我统统撕成太空垃圾,然后砸进黑洞里!出发!把欧安尼·塔吉救下来!"

"是!"

开启协议折跃,倒计时15……14……

紧了紧自己腕套的环索,手指捏紧发出咯嘣作响的声音。咬牙切齿,西博文颤抖着自言自语道:

"塔吉……托卡马克·塔西……如果你敢伤害我的宝贝女儿,我发誓一定把你活活摁死在我的双掌之间。"

8······7······

"尤尼塞因疗愈小队以最快速度搜寻救护目标,所有成员允许自由作战,指令完毕。突击队员从议事区随我突入,优先确保薇妮亚·凯伯因的人身安全,指令完毕。"

3······2······

"凯伯因,出发!"

"哈诺!"

一阵狂风刮过机库,随着几根巨大的导线管深处传来的震动与加速轨道上朝着扭曲力场中依稀可见的三塔中心处射去的一束银白色的辉光,风压一瞬收束进入那个无比幽幻的隧洞,带着那位往日传奇般的英雄与他麾下的别动队,去往了目标的所在之处。

第3章

但丁之旅

勒克莱尔议会，文物库。

"你差那么点就被整个抹消了，凌踪先生。即使我让薇妮亚来救援，从我的计算来看仍有可能赶不及。你看，你是多么大的不确定因素……有在听吗？"列辛看着眼前的青年，皱了皱眉头。

凌踪手中紧紧握着黑色光束刀，一时不敢大意。比起正在说话的列辛，他眼中的怒火更像是朝着那个使自己失去一切的罪魁祸首之一，别斯科。

"好好听这位先生说话，凌踪小弟。顺带一提，我被告知你的事情了。说在前面，我可不是当时在尤尼乌斯号上的那个家伙了，无论如何我都希望你理解一下，要不然玩笑开大了。"

"嗖——"奇怪的声响。

"你知不知道我对你……"

"别急，凌踪小弟，你不仔细看看吗？我和那个家伙是有很大区别的。我才是本尊，尤尼乌斯号上的那个家伙是我的复制人，这周围的长得像我的家伙……呃，都是那个复制人的复制人……你整明白了吗？"别斯科连忙解释着，只见面前的青年眼里露出一阵阵寒光来。

"不是整不明白。"怒火中，青年不经意间熟练地擦亮了手中的光束刀，双手止不住地颤抖着，这让一旁的薇妮亚也吃了一惊，"我恐怕忘不了一些事。"

"你也不容易，朋友。那我把脸遮起来，看起来好些了吧？"别斯科把脖颈前面的布罩向上一拉,愣是把半张脸给一丝不漏地遮住了。为了保险,巨汉还把高透墨镜往鼻梁上一架,使得形象与之前变得截然不同。

"他们可不是带着和我们较劲的心态出来发起对话的,"薇妮亚从备战的弓腰姿势直起身来,冷冷地看着列辛,"而且,要是你仔细看,这个列辛甚至不是以实体的方式出现在这里的,是绝真投影。我刚才试着用边上捡来的小石子弹向他的裆部,那石子径直从他衣服里穿过去了。"

"你究竟在做什么啊,薇妮亚小姐?"列辛喊出声来。

"啊,不好意思,列辛先生……我站得有点太挨着你了。"

别斯科忙着挪开身子,注意到自己的手肘也不经意挨到了列辛的身体,但这些微小的破绽上一刻就被薇妮亚敏锐地捕捉到了。比起列辛那边的形象是产生碰撞对应的变形来看,更明显的是别斯科手肘碰到的那部分是直接消失在列辛身体里的。

仿佛每一个毛孔都在呼吸一样,稍稍注意看的凌踪觉得他面前的列辛怎么都不像是个投影,简直就像是被自己的感官欺骗了。

"有话快说。"凌踪皱着眉头说道。

别斯科又让开一些,身后露出一具方才完全没注意到的复制人尸体。

"那么凌踪先生,你是不是可以把光束刀收起来了呢? 我们可以再梳理梳理之前的事情。"列辛无奈地耸了耸肩膀。

和薇妮亚交换了个眼色,凌踪把架着的军刀缓缓放下了。但手指不停触摸,也找不到收起军刀的开关。

"下面,你那个护柄的下面,有个方的顶板,你手指腹去碰一下。也不想想你刚才是怎么打开它的。"别斯科实在看不下去了,主动提醒。

"好。"凌踪生平第一次,硬是把一句"谢谢"消化在口腔里。

"鄙人这边是这样的,完全也没有意料到现在这样的结果。不过我留的后手都奏效了,也算是诸多不幸中的大幸了。"

"我是否可以认为现在的混乱场面是由你一手引起的,列辛先生?"薇妮亚的眼神所指仿佛刀尖一样抵着列辛的脖子。

"可以说,是的。"对方背着手,微笑了一下。

"那你试图解释什么?"

"我的意图并不是在时空议会里形成混乱,是这样。这个议会里显然有巨大的阴谋在运作着，和我的行动居然选在同一个时间点，真是凑巧。"

"那真是可信啊。你不是自称正义的伙伴吗，列辛先生？"

"不如这样，我先试着解答你旁边那个年轻人的疑惑，你不介意吧，凯伯因大小姐。我的投影既不会跑，也不会躲。"

"请吧。"被喊到名号的大小姐向对方做了个大方的手势。

列辛点了点头。面对凌踪，他也能看出这个青年脸上写满了由各种复杂情感构成的困惑。

"别斯科复制人，沃哈计划的产物，起源你也知道，撒巴莱亚聚合组织的幕后科研者，也就是大名鼎鼎的托卡马克·塔西博士。"

"等等，托卡马克·塔西？"薇妮亚抢过话茬。

"那你应该知道荻德露娜·康沃翠斯……我的母亲，是吗，列辛先生？"

"知道，不如说，我也很清楚托卡马克博士和令母的关系。你看样子早就有所准备，薇妮亚。现在就先好好听着，别打岔。"列辛整了整衣领。

"托卡马克·塔西，准确说也只是他的化名。但他在旧TCC活跃时期的末期，被旧TCC，也就是薇妮亚的父母，荻德露娜·康沃翠斯与'范夫卡极光'西博文·凯伯因拉起的那支传奇小队收入麾下。由他发起的三项计划极大地助力了勒克莱尔：莱德计划、霍丁计划和臭名昭著的沃哈计划，分别对应能源、探知和生命领域。由复制人构成的撒巴莱亚惩击者队伍中的大部分成员，就是沃哈计划最早的产物。门外那些就是，他们都听命于托卡马克，替他做一些不干不净的勾当。"

凌踪和薇妮亚一个急转头，从方才走廊尽头处冲来几个全副武装的复制人。刚摆出架势之际，一阵凶猛的枪响之后，对面刚到四五十步范围内领头的复制人就被射翻在地。

"对，就是那样。因为托卡马克的缘故，我必须再这样亲手杀死不知多少个自己。我的心情很是复杂。"

别斯科本人轻抬双臂，连同背后背包荚舱中伸出的几股机械臂一起组成的冲锋枪火力网，将剩下几个复制人死死压制在掩体之后。

"后面的事我们进房间说。"列辛笑了笑，"外面就交给我们的正牌别斯科·申多洛夫先生。"

"这位不需要帮忙吗？抱歉，因为早前的对话误解了你。"

薇妮亚挽起手套,看着那几个被密集射击压制到出不了掩体的复制人喽啰。"完全是我能应付的程度。当然,这话我说得有点满。去吧,至少有我在看门,且我向三女神保证绝不开之前那样的玩笑了。"

三女神?将信将疑,凌踪跟着列辛连同薇妮亚一起走进了文物库。门外传来一阵阵枪响,一股复制人积液呛鼻的焦味又从外部长廊的远端飘了进来。

"那一整个撒巴莱亚惩击者的队伍里,绝大多数都是TCC组织'解药小队'的精英复制人。这之中包括丹朗,也就是分别和薇妮亚、凌踪你们交手过的那位。他的原型曾经也是解药小队的一员,目前下落不明。"列辛背着手,思量了片刻。

那个丹朗?不……

"我更想知道的是,为什么我差点就被那台抹消仪给送上天,列辛先生?"想起自己差点就被抹掉存在的凌踪,正颜厉色问道。

"有一个可憎的家伙打乱了我原先的部署……不用在意,凌踪先生,那不是需要你操心的事。"

列辛很快从背后掏出那台凌踪有些眼熟的投影屏幕,甚至好奇为何身为投影的列辛也能随意使用投影。

"你被抹除其实不是什么特别的手段。为什么整个时空都能被牺牲而用于合并,而凌踪你却被大费周章地提取出来?因此,计划的最初就是,和议会的大多数一样,想要妥善、保险地利用好神器以及与其调谐的你,使你作为一个人能发挥你的最大效能。"

"最大……效能?"凌踪听得直打了一个寒战。

"那台抹除仪,其实是联合霍丁和沃哈计划的克隆机蓝图中,不分体化系统的A端,简单说,就是复制拷贝机的复制端罢了。抹除只是一个其内置的功能。这台机器的所有者,是一个撒巴莱亚多年来潜伏在勒克莱尔的内线集团——索性,他们中的大多数已被摸排出来,我和别斯科这次前来没费多大劲,拔了一回连根萝卜。"

列辛点开一张名目,从上面一路滑到下面,在一个节点处停下,将其中的一个名字放大,上面赫然有着凌踪的个人档案。

"不过你这事也不全赖撒巴莱亚人——析离超越存在的难度和成本都相当高,也需要更久的时间来预先研究机理。拷贝复制却不那么难——如果要做利弊衡量,与其帮下行时空的人免费做这一台康复手术,那我情愿将其完全化为自己可以掌控的力量。当然,这就是为什么勒克莱尔高层与撒巴莱亚内线们如此不约而同地想要促成此事,名义上的抹除,事实上的复制……倘若能够成功复制并量产能够使用化形神器的你,可是好事一件。好在他们没能得逞,不然真是浪费了你这块上好璞玉,凌踪。"

"你说这话可没法让我开心起来,列辛先生。"

"当然,这就是为什么我提起与你合作的原因——你需要全力协助你身边的这位凯伯因小姐,她会是你解明宏时空道路上最优秀的领队。"

"等等,怎么擅自给我拉人结了个伙？我可不曾说过我要带队去干任何事,列辛,拜托先搞搞清楚这点。"薇妮亚从一旁抖擞起来,一脸不悦地说着。

"凌踪会是你问剑星海期间最优秀的辅佐者。"列辛笑了笑,"以至于你会怀疑以他的聪明才智为你出谋划策会是屈了才——我看得可比你远多了,因此,你可以相信你一开始对这位先生的判断,那全都是正确的,薇妮亚。"

"摆出一副和我非常热络的样子并不代表你能轻松把话全吹进我耳朵里,列辛先生。"薇妮亚撇了撇嘴,闭目养神了起来。

"见鬼,这个叫列辛的家伙满是谜团。看似糊涂的布局,却是精打细算,以防在任何一个节点上出岔子……好一个精明的怪人。"反应过来的凌踪不禁内心暗骂道。

"如果这就是你我合作的内容,我不会拒绝。"黑发青年抓了抓自己的头发,做了一个深呼吸,"相对地,你得为你之前说过的承诺负责。"

"你能看见我的诚意,凌踪。"列辛指了指凌踪腰间别着的投影电脑棒。

"你已经用我给你的信物换到了你开始活动所需的一切。强大的终端、万用的配置,还有托卡马克·塔西留给勒克莱尔的钱别礼。利用好它们,为我,也是为了你自己,去解开那道闸锁存在的意义。"

黝黑的眼窝中露出一双灰色的眼瞳,列辛面带笑容地看着眼前的两人,不知为何沉默了许久。

"本想以真人与你们见面,只可惜我已经死去多时了。"列辛笑着说道,"我死在追逐太阳的路上——就像古老神话里那样。我只是使骨肉化作的山与肌血化作的水纵横时空,为你们搭建一座足以高高跃上烈日的跳台,与满天的星辉齐肩。"

忽然,一旁的玻璃罩消散了,瞬间变成了一阵流光,照亮了灯光昏暗的文物库前厅。那应为绝真投影的列辛在这景象中渐渐模糊,轻轻拍了拍自己厚实的大手。

"像在给你们念一首诗,对吧？"

"一首令人听不太懂的诗,如果你问我诚实的看法,就是这样。"凌踪耸了耸肩膀。

"这些之后靠你们自己不断摸索也会清楚的事情,我就不赘述了,毕竟对现阶段也没什么助益。凌踪,还记得我对你说的,希望你去到整个时空界的隘口吗？很荒谬,没错吧？"

"你先前说那样就有可能让我回到自己本属的时空去,我起初还是相信的。但现在,我想你八成也是在糊弄我吧？"

"我姑且告诉你'神曲'本体存在的位置,至于使不使用,便是你的事儿了。"

将手中的投影电脑向凌踪一抛,凌踪本以为是投影虚接了一下,没想到却是个轻金属外壳的实体。

"我们可是说好了的,帮我把时空节点上方的闸口封妥之后,你就能回到自己原本的生活中去。但你要是不愿意,对我也没什么太大损失就是了,可我是确认过你的意志的,要是现在由这些偏见左右你当时的判断,想必是很遗憾的一件事。跟着上面自动开启的路线导引,就能找到'神曲'发射舱的所在地。"

"你甚至指望我也搭乘这台'神曲',是这个意思没错吧？"薇妮亚抱着双臂,思考着之前列辛对自己说的话。

"不,我只有一个真相想要告知你,小凯伯因。"

"想要说服我？"

"围绕你所有问题的根源都在于你那下落不明的母亲,荻德露娜。"

薇妮亚听罢身心一震。

"就这样信口雌黄,你胆敢再说一遍我母亲的名字试试看。"

"这也可以说是一次为你设计的机会,使你能够在陌生的环境下放开手脚,大干一场。而错过这次机会,你恐怕一辈子都无法接近真相。"

"我厌恶你的话术,列辛·法拉加先生。"薇妮亚虽表露着嫌恶语气,但对此言的考量,反映在举止上已是坐立难安。

"可你总不能要求每个人说话都好听得像百灵鸟唱歌吧,小凯伯因。"列辛斜斜嘴,却也道出一句事实,"你身边的凌踪先生可是一直觉得我说话就像垃圾桶煲汤,至少我很高兴一向嘴不饶人的他这会儿没在抱怨。至于薇妮亚,据我所知,你为这机会准备已久了吧？"

"你在自我审视的措辞方面真是个天才,列辛·法拉加。"薇妮亚心中不禁暗骂道。

凌踪握着仿佛失而复得般的投影电脑,想起西博文说过不可能回到原本生活中的论断,他只是希望有个更切实际的手段罢了,再荒诞不经也没什么太大的所谓。事实上,经历了生死攸关的洗礼,对他而言,在这个地方发生的所有怪事,都没什么好感到意外的了。不如,相信自己最初的判断。

看着自己左手上超越神器夸克的纹痕,回想起当时夸克略显跳脱的回应,凌踪深吸了一口气。

卷入,不断被卷入依自身能力看似难以应付的风云之中。这就是所谓的在这宏大世界中践行理念的代价吗?

"原谅我,至于最后到了那边发现状况究竟是不是那么一回事,请允许我见仁见智,列辛先生。"

"这本来就是一次不可预测的行动,亲爱的凌踪先生。"列辛双手抱肩,歪头笑了笑,"我希望你们能够建构一股在这宏时空中足以钳制撒巴莱亚的崭新的秩序势力。"

"你根本没理由去迎合这个疯子的节奏,他说起话来就像个预录制的文艺电台。但是认真听我说,兄弟。"薇妮亚看着凌踪的双眼,用着十分认真的语气,"假设,我就假设好了,你只身去到那里,还是没法顺利地应对各种情况,你就有很大可能会在这种没保证的旅途中送命。即使如此,你也想要听信他的方案,深潜到也许是这个宏时空中最危险的地界里吗?"

"我更不可能做到在这里安心度过缓慢失去记忆的余生。"凌踪脱口而出,"比起让脑子生锈,时空旅行的危险对我来说并不算什么。"

"呃,先别管列辛说的话,凌踪兄弟。起码在这里,你还活着,你还有能做到的事。想想,如果你失败了,更现实的结果会是怎样?折命路中,适得其反。与这相比,在时流引擎作用下的勒克莱尔,你或许真的等得到那一天来到,打趟快车拍拍屁股回到老家。"薇妮亚加上了手势,试图说服凌踪接受自己父亲先前的提议。

"我仍在怀疑列辛所说的许多事。"青年做了个深呼吸,"但一码归一码,既然在他的安排下我存活了下来,作为合作的内容,我必须履行我的部分。"

"尽管那部分内容让人完全摸不着头脑?他可没好心到把所有细节都帮你考虑周全。"

薇妮亚自知凌踪的难处,先不说自己也做不到设身处地去为凌踪代入思考,也多少明白,列辛的那番话,在一定程度上是能说服自己的。

"我并不清楚所有细节,"凌踪苦笑了一声,"因此它们将不妨碍我为自己做些符合性格的决定,除非现在我从这怪梦中醒来,所经历的一切事物都不是真的且可以赖掉,而我则继续我的游轮假期。"

"哈哈,我倒是赞同你这种活法,毕竟,我也时常会在缺失信息的条件下做出一些符合我性格的决定。但是呢……"薇妮亚用靴尖点了点地,发出声响,"单说没得反悔这点,梦就不及这现实有趣。"

它充满谜团,诱惑与危险各占百分之五十。

"借助这次深潜,你们能够很快接近撒巴莱亚势力的所在。对于你们两个各自的答案,我相信你们日后如果有机会见到托卡马克·塔西本人,也就能一下问明白的。"列辛语重心长地说着,"千万不要小看撒巴莱亚聚合意志——如今的撒巴莱亚毫无疑问可以轻松毁灭任何阻挡在它们面前的事物。托卡马克正用他麾下的无畏军团复写着宏时空的全章,以战争这种粗暴、懒惰的手法。"

"所以至今都没有人阻止他的这种偏激?"凌踪内心对托卡马克印象复杂,从之前列辛的言论中得出的印象,他是一个走上戾乱之路的天才,"或是他真的足够强大,就像你说的那样。"

"勒克莱尔时空议会的力场、探针、调谐波,以及你们可能会用到的特殊折跃装置'神曲',全都是拜三项计划协议中的霍丁计划所赐。要说他这个人是宏时空中技术知能的顶点或集成,毫不为过。比他聪明的人不是死了,就是还没活着证明这点。"

咽下一颗压缩水珠,列辛背着手转过身去。

"如果你对这些评价都不感到心生敬畏的话,那同样,所谓能让你回到原本生活中的技术手段,少了托卡马克这个关键人物,也就无从谈起了。最糟的情况下,你也只有求着他帮你回到那个被修改了的时空。"

"但愿没那一天。也就是说,勒克莱尔议会一直在大方使用的,其实都是并没有从托卡马克那儿完全掌握到的技术?"凌踪不禁感到一丝小小的惊诧,他看着手中的投影电脑棒,就像看着一张托卡马克对自己下的战帖。

"试做'神曲'就是最好的例子。托卡马克叛逃勒克莱尔之前,这是他留下的最后一个遗留项目。还有凌踪,你手上的那台勒克莱尔投影电脑中的一部分数据,正是托卡马克·塔西博士所遗留的。我们一定程度上也利用了残留在其中的各种研究档案……别问我们是谁,至少包含我在内,'神曲'于勒克莱尔的再完成也算是我等勒克莱尔人的匠心之作吧。"列辛仿佛看到了什么,在一阵惶恐中忽然转过身来。

"那个数据块,对,就是交给你的那个小投影电脑,你或许已经发现了吧,凌踪——里面的数据是通过独特的手法层层加密的。但我们发现其中,使用一次'神曲'后也许能够相当程度上解密的文件占有绝大多数。也许托卡马克·塔西,他是希望有人能跟着走上自己的道路也说不定——这只是我的一个猜想。至于'神曲'的第一个使用者,无疑就是叛逃的托卡马克·塔西博士本人。使用后严重遭到损毁的'神曲',修复后的试运行,我希望由你来参与完成,只因为我欣赏你潜在的才能,或者说,我已通过我的双眼看到一些有趣的事实,凌踪。至于薇妮亚,我就不用多说了。祝你们好运吧,我得解除投影离开了。这无疑是一段漫长的旅途,好好照顾自己。"

"列辛,你真的就像你说的,只是借助质量影像费尽千辛万苦到这儿来为你的深潜计划铺成一条路?"薇妮亚看着逐渐黯淡模糊的身影,忍不住发问道,"回答我,列辛·法拉加,你真实存在于这宏时空的某处吗?"

对方的行动凝滞了一会儿,就像是在为接下来的回答做逻辑思考。

"听着,薇妮亚。西博文·凯伯因认不出我,并不代表我不存在。这一点你现在认同了,那么我说的话多多少少其实你已经信服一半了。希望接下来你在成就自我、挑战父亲权威的道路上好运连连,包括你为将来所做的每一个决定。小凤凰,说来有趣,我可是从见到获德露娜怀孕开始看着你长大的。你所经历的一切……对我来说也并不陌生。"列辛随即朝着两人的方向行了一个郑重的点额礼,"何日再会,或是难再相见,两位。"

随着那声略显沉重的道别,列辛的身影渐渐消去,冗长而又温和儒雅的声音终于不在这个密闭的空间接着扩散下去了。

"告诉我你有什么想法,凌踪。"薇妮亚扶了扶帽檐,"我们似乎刚刚完成了一次与时空幽灵的热烈交谈。"

"就和刚才我说的那样,我得找到列辛指示的'神曲',并且用它进行一次折跃深潜。"凌踪顿了顿,说出了内心所想。

"那,一直护送你到那里之后,或许我们就分道扬镳了,"薇妮亚指了指外侧走廊的一边,"你在勒克莱尔议会这儿又不认识路。"

"其实你也不必护送我的,靠你给我的通译芯片,我自己应该也能照着去到那里。"青年按了按耳后,周围的勒克莱尔字符在短暂的切换后回到了便于理解的样式。

"我和人有约在先,要确保你在勒克莱尔时空议会期间的安全。"红发少女看了眼凌踪手上那把光束军刀，除此之外也就剩下那把火力实在单薄的光子冲锋枪，不禁叹了口气。就这副模样还想去闯撒巴莱亚的天下，真不怕死吗，你小子？

"可以问问是谁吗？"凌踪皱起眉头，确实，对方说的话可没法使人不去在意。

"欧安尼和吉米尔……你应该不认识吧？"

"抱歉……确实不认识。"凌踪迷茫了一阵子，很快露出大体习惯了的表情。虽然笨拙，却也是全然拥抱现实的态度。

"不认识就对了。"薇妮亚吁了一口气。

"这话又是怎讲？"青年挠挠后脑，生怕自己错失了什么细节。

"最好别把在这里发生的一切当回事。也许都是那批TCC时期的老人该处理收拾的烂摊子，"薇妮亚摊了摊手，"现在落到你我身上了。"

"但他们个个都是有血性的人。"想起之前与西博文·凯伯因的交谈，凌踪如是说道。

出门离开文物库，忽地瞥见一旁打扫完战场的别斯科坐在墙角吹着口哨。

"哟，你们聊完了？看这样子，列辛应该消失无踪了吧？"

"是的，非常不愉快的一次聊天。"薇妮亚大声抱怨着。

"噢，你们是指那位大人的说话方式吧。那种冗长但又不带废话的言语话术，一般人确实不太喜欢得起来。"

"那你之后怎么办？在这里待着，真就不怕自己这外貌惹上麻烦吗？"

"啊？什么，惹麻烦？噢，对了，你担心我有可能被错当成复制人被勒克莱尔的增援追杀吗？啊，那可不必，那位大人也已经帮我准备好脱身的方式了，当然也不能在这里告诉你们，毕竟加密协议折跃也不是什么常见的技术，啊哈哈。"

这个人，肯定不是什么头头派来的——鬼才相信。

"你们走吧，不过按照之后的安排，咱们往后应该不会再见了吧。"别斯科眨了眨眼睛，露出个挺阳光的表情。

"彼此好运，申多洛夫先生。"凌踪抿着嘴，愣是蹦出一句话来。

"那就彼此好运，二位。"说完这话，巨汉拔步离开，很快消失在了长廊的烟尘之中。

沿着手中托卡马克私人电脑指示的导引线路，两个人左顾右盼地在这个让人不论何时都感到陌生的巨大空间里寻找着出路。

"凌踪，如果你足够细心，刚才注意到的话……"

"你是说文物库的大门没有上锁的事情吗？"凌踪调整着身上的装备，将它们小心翼翼地摆在腰带上不会阻碍手脚的地方。

"对。列辛说过的,他来这里是顺道取个东西。"薇妮亚揉了揉手腕,那地方竟忽然酸疼得厉害,若不是感觉消退了下去,一度产生扭折了的错觉。

"那我们是不是应该回去看看明白……他究竟在这里干了什么。"

"按我的判断,凌踪。这老狐狸早在和我们聊天之前就已经趁乱得手了。"

"但那该是他和现在的勒克莱尔议会以及撒巴莱亚之间的纠葛吧,如若他和这勒克莱尔议会没有什么关系,绝不可能做到像这样随意进出。"

"这就是我想说的,兄弟。你总是不清楚也许能成为对手或朋友的人到底有多少能耐。"薇妮亚拍了拍凌踪的肩膀。

"可我就是一个普通人罢了……也没有期待很多。"

"我懂你啦。普通人中也细分出很多很多种普通人。"薇妮亚笑着松了口气,"就我对你到现在为止的了解,你就是那种但凡有一点不服气就一定会去争一下的类型。"

"所以说这是坏事吗?是坏事的话,我现在还来得及改。"凌踪听罢拘谨地笑了笑。

"不是,希望你学着惜命一点。真的。"

"那严格意义上,我是不是可以算是死过一遍了?"思忖着,凌踪看了一眼自此便在自己左手上常驻的纹痕。

"在严格意义上,你现在才算更明白地活着。"薇妮亚看着眼前的凌踪,眼神充满了肯定。

"想听听我要借这玩意儿去撒巴莱亚那儿干些什么吗?"少女一甩嫣红的长发,满脸自信与兴奋。

"之前想过,在陌生的世界确保生存,稳住脚跟已经是件难事,更别提要对付可能出现的撒巴莱亚人。我不仅和你一样想着如何胜过他们,我还确信,我们将集成并超越既有的一切——"薇妮亚停下拍了拍凌踪的肩膀,"成为比过去 TCC 时期更耀眼的引领宏时空的力量。"

往昔,为了揭示闸锁的秘密,TCC 在领袖的荣光中成立,会师勒克莱尔。那是一个集合宏时空中已知世界全部力量的辉煌整体。

而如今闸锁的秘密在岁月中蒙尘,TCC 也在事件的迷雾中渐渐消隐。空白的时代正呼唤着一股势力的崛起,它的头衔亦为此虚位以待。

凯伯因,勒克莱尔,撒巴莱亚聚合意志,或是这宏时空角落中不知何处闪起的军锋……

"你准备好了吗？兄弟，随我干点大事去。"

吉卡匹亚三塔的巡回灯正好照亮了整段通往议会建筑深处的长廊，薇妮亚的头发在明亮的光源下变得如同烈火在星宇间燃烧——事实上比这情景更振奋人心的，是那顶尖锋帽下恒星般耀目的双眼。

"你，还有我，再加上我们可能遇到的新朋友，"薇妮亚眨眨眼睛，用手坚定地拍了拍覆甲的胸脯，"惩恶扬善，畅快喝酒！"

热心地笑了笑，凌踪笑着看向眼前这个英姿飒爽的少女。

"算我一个。不过，我酒精过敏。"

"好啊！啊，我就是那个意思，不会逼你真的喝来着。"

"我清楚。我单纯只是希望我能做好力所能及的事情，且能帮上你的忙，但说到要去不知何处的某个地方，我很担心自己物质上的准备不足。"

"为了应对这种状况，我早有了准备。"拍了拍身上的披挂，薇妮亚会心一笑，"在那儿活着碰头，剩下的放心交给姐吧。"

悬空导引的数码指针渐渐变得扁圆起来，在视线的尽头是一个向下的阶梯。面对阶梯下面的一个紧紧关着的巨大闸门，凌踪转悠着看了一圈，发现一旁墙面上有一块亚光材质的通信视窗。

屏幕上自动亮起了黑白色彩的扫描波长，随着身后两盏扫描灯快速地滑过，闸门一旁的小小开口就徐徐打开了。向下的入口处是一个能容纳三个人左右的升降平台，凌踪走到边沿，回头看着薇妮亚。

"看来就是这里了。"

薇妮亚并未回答，而是站在原地，思索着。

"等一下，兄弟，你稍微给我点时间，我和家里人打个招呼。"

列辛话中所说的一切，那些在意的部分，就像幼时记忆中母亲的双手那样，轻轻环抱着自己。仍然依稀记得，在某种危难下，母亲才下定决心与自己的骨肉分离。无奈于那时的自己年幼无力，现在却不同。

面对这种无法释怀的歉疚和追忆，薇妮亚只能一再坚定自己的信念。将这一步迈出去！

薇妮亚按动戴维德利徽章，接通了一个人的通信。

"安诺,我是薇妮亚。"

"哦,安诺在的。有事吗?没事挂了。"电话那头传来有气无力的柔弱声音。

"我可能接下来要去一个比较远的地方执行任务,得告诉你。"

"什么,终于决定要去找托卡马克那个恐怖分子送死了吗,你个傻蛋?再说了,比起上次,你这是隔多久才给我打一个电话?"通信那头传来懒惰的笑声,"笑死我了,这种事情你居然不提前通知喊上我?"

"不是,认真的。这次的机会千载难逢,我赶不及通知你。所以,我必须告诉你我要出发的这件事。"

"所以咱们那个翘胡子老爹还是铁了心要拦着你吗?我看你是想躲着他才这么赶时间。"听这声音,对方准是把通信器草草夹在肩膀上,忙着手头上的事。

"你说得对。"薇妮亚干笑了一声。

"你现在怎么用一副临终遗言一样的语气在说话啊?你是不是真的要撂下我去独闯天下了啊,傻蛋姐?"

"哼,就是想问问你,你赞不赞同我这么做。"

通信那头传来一阵大风呼啸声……又像是在往什么里面填充大量的气体,但那躁动很快被凑到耳边的通信器声响给盖住了。

"忽然问我这个——其实根本没有问的必要吧,该去就去吧。只不过,你这回做好没有任何亲故在那里的准备……左手一把叉子,右手一把刀,可别到时候在托卡马克的魔王城底下孤苦伶仃到哭鼻子。"

"怎会?我可是伟大勇者。"薇妮亚笑了笑。

"扯吧,你。嘟……"

对方先行挂断了,似乎并不想听薇妮亚把道别的话说完。不如说,很有安诺内茵的风格吧。

"行,还有最后一个人要接通,再稍等我一下。"

"行啊。"

凌踪已经很清楚薇妮亚脸上充满惋惜的表情是什么意思了。

"喂,老爸。"

握着通信器的西博文走到吸烟室外走廊的舷窗边上,亲眼确认了一下今天吉卡匹亚三塔是不是在反着转。原来大女儿还会主动给自己打电话,换作平日应该会暗自高兴很久。

然后,他走回吸烟室,点起了一支烟,放在一旁的座位上。又燃起一支烟,好好地叼在嘴里。怎么抽都不是滋味。

"才没多久吧。发生什么大事找我啊,咳咳……咳,乖女儿?"

被烟不小心呛到喉咙,西博文歪头清了清嗓子,连忙将通信器凑到耳旁。

"是这样,我呢,要出趟远门。"

西博文眉头一皱。

"什么? 让我猜猜,你是要和下位时空那臭小子跑啦? 去哪儿? 你们想跑去哪儿?"腕套上膛,发出铿锵的响声,"我直说了吧,这种事让那小子当面来见我!"

"喂,好好听我说,臭老爸。"

"好。"

西博文放下虚摆着的手腕,轻轻地吐出一口烟气,再看着敬给老友的那根烟是不是需要掸灰了。

不用。虽不是对方最爱抽的烟卷,但灰尘就安安定定地落在座板上,哪儿也去不了。

"不过,我知道这次你肯定拦不住我了。"

听罢,西博文焦虑地擦了擦眼角。

"我要去找托卡马克,托卡马克·塔西。相信我,我知道我在干什么,我现在要用他在勒克莱尔留下的折跃装置做一次深潜,我要扳倒撒巴莱亚聚合意志。"

西博文惊讶地张开嘴,手微微发着抖:"先不说别的,那玩意儿,深潜失败的后果你是完全不知道的,女儿。"

"就像你清楚这点一样,我也十分清楚,父亲。"

"你叫我父亲……再确认一下,是那个叫'神曲'的装置吗?"西博文拿起一旁座位上的烟卷,用手腕郑重地掸去积存的燃灰。

"或许什么都瞒不过你,这个我即使说了也无益,父亲。"

"别胡扯。要是我现在在你旁边,薇妮亚,我肯定会阻止你的。但是获德露娜肯定,你母亲她肯定会让你大胆去尝试做任何事。我反对,你听见了吗? 我不允许。马上给我回凯伯因主星,这事没得商量。"

"我想和你道个别,父亲。"语气中已经没有什么斡旋的余地了。

"薇妮亚,还记得妈妈还在的时候吗?"

"我记不得了,你偶尔和我说这个,这让我很难受,就因为我记不得了!"

"努力想想,爸爸常和你还有弟弟妹妹一起玩的那个游戏。那么爸爸数到两百,你就藏好,别让我找到,最好别让我找到。"

"你不可能赶上。"薇妮亚看了看手上的定位器,做了一个深呼吸。

"一来你最能玩这个了。"

"老爸……"

"二来我和妈妈从来不担心你,虽然本质上是因为懒得找你,你藏得太好了。所以这个游戏只能反着玩。但开饭的时候你总是能拖着鼻涕回到家里来的。记得那个时候你会抱怨爸爸妈妈什么吗?"

西博文拿着烟卷,看着走道外面的吉卡匹亚三塔,随着星光不断地围绕主星区公转。

"'你们到底有没有认真来找过我嘛!'没有。荻德露娜她只说过一句话:'薇妮亚会找到我们的,放心回家吧。'如果我没赶上,你就去找到妈妈吧,这次或许是时候了。但是你最好别那么快,因为我数到一百五十,可能就会跑来找你。"

"垃圾老爹!你敢作弊试试?!"

通信那头,伴着抽泣声挂断了。

西博文静静熄灭快燃至滤嘴的烟卷,看着身边地上盖着的一块白方布:"198,199……200。"

拔腿就跑。

"你还好吧?"凌踪走到薇妮亚身边,试着安慰。

"很好,凌踪兄弟,我相当好。"薇妮亚的眼眶还有点微红,但语气还是坚决的,"赶在我父亲到来前,我们得动作快点。"

在触摸面板上轻轻一点,升降平台就载着两人向着下方的深处疾行而去。

"对了,这个给你。"薇妮亚从插片袋里掏出一个小巧的定位器,"互相定位用的。你要是知道这东西运作的方式和正常跃传的准确性有些不太一样……你也没体验过跃传吧?总之,如果在目的地醒来,我们两个没有在附近找到对方,就用这个定位器联络吧。"

"帮大忙了。"

"姑且告诉你我的打算,但那毕竟是个非常大的概念。总之凌踪,去到那里后,我们再一起行动。"

凌踪点了点头。

"你之前给我的通译装置，我还好好留着。我在等你的时候用托卡马克的终端做了检测，这玩意儿是在逻辑学习的基础上展现通译功能而得以使用的，我改良了一些算法，虽然临时赶工有点蹩脚，但应该比原版的效果要好那么一些。即时输入的语言，不限语种语法，不出意外都能更流利地听译。输出装置也是，本来就很优秀了，没怎么动就够用了。真让人惊奇，它居然还能联动认知神经，分析完全陌生的语言和文字。"

薇妮亚有些像看怪物那样地打量了一下眼前的凌踪。

"就那么几分钟？不是我瞎夸，你还真有点本事。"

"是只需要那么几分钟，小改动。你父亲送给我的僚机里比尼，它里面的功能显然比投影电脑棒装置固件里的要丰富得多。"

薇妮亚接过改良后的通译装置戴上后，将自己的递给了凌踪。

"索性就交换一下吧，再认证非常简单。"

"你说什么？"

薇妮亚急着比画了一下戴起来的动作，凌踪见状才反应过来说的是刚刚拿在手里关闭的通译器。

连通终端之后，很快就进行了一次更新。随后戴上时，稍稍能闻到一些薇妮亚发丝带着的淡淡的香波气味。

"呃，你刚才说什么来着，薇妮亚？"

"我的意思是，就这样交换吧。"薇妮亚好生奇怪，按理来说，解释说明这个行为并不用特别费力气。

"可……好吧。可你不能就这样把你用过的东西一股脑塞给我，对不对？"

凌踪脸上的表情尴尬到让人发笑。

"不然呢？我找个地方洗干净再给你？"

平台在释放出一阵气流之后渐渐停缓下来。前方的闸门缓缓开启，一台像是由洁白的标枪与破穿而过的巨大棕色蹦床构成而成的折跃仪在一群不停奔走的科研工作者的后面不断地旋转着基座调试着。

就是它了。这台并不稳定的试做型折跃仪：神曲。

"我的老天爷。这，这个装置，不，这个美丽的……"黑发青年嘴巴半张，看着眼前这一由托卡马克创造的工程奇迹。

"边上这么多人呢，控制一下你的表情，凌踪。"看着身边的同伴脸上的表情因目睹科学奇观而逐渐扭曲，薇妮亚下意识地沉下嗓子点了对方一句。

"不，你仔细看一眼那个储藏槽的设计和旁边输送管道里的排线，绝对的匠心之作。这是艺术品，无价之宝。你明白吗，薇妮亚？我现在就想要看到这个东西的完整设计图，现在，立刻。你是这里的主管吗？初次见面，可以让我参观一下总控台吗？"

"神经病……"薇妮亚单手掩面。

匆忙握了手，凌踪正想忽略眼前的人影，飘到总控台前去，却被薇妮亚起手一把拽了回来。

"你在暴露你的本性，丑陋的本性，凌踪先生。仔细想想，它是个高风险的一次性折跃仪，极大概率会把咱俩全在里头宰了，变成两摊在星脉甬道中迷失的不可逆的有机物质。好了，听完这些，它现在是不是没那么诱人了？"

"听完你的这番解释，它依然很诱人，薇妮亚女士。"说着这话，凌踪的眼神里竟没有一丝犹豫。

"我这就回议会上班去。"

"且慢，是凌踪先生和……凯伯因大小姐薇妮亚对吗？……很好。"

一个戴着厚投影镜片的空间科学家拿着两杯橙色的液体凑到了两人的跟前。

"这是……"

抗G力泡腾片？凌踪心里忽然冒出这么一个名词来。

"不是什么别的，勒克莱尔的温室橙汁，鲜榨的。请不要客气。"

眼看着薇妮亚将信将疑接过杯子，闻了闻，喝了下去。凌踪也跟着咕咚咕咚喝了个精光。

不得不说，有一种廉价果珍的味道。要么就是橙子不怎么新鲜。味蕾能勉强放过，但肠胃肯定不喜欢。

"接下来要简单讲解一下等会儿的事项。"两三个科学家捧着投影电脑走到跟前来。

"助手，那两个没人坐的浮板椅，帮忙给我推过来，谢谢。"

一旁的实验室助手忙不迭把浮板轻轻地放在两人身后。

"是这样，我相信你们也听列辛先生讲解过了。这里接下来要发生的事，是我们赶超托卡马克奇迹的一次尝试。虽然这么说不太好，但希望你们做好简单的几点，并不麻烦的。"

凌踪忽然发觉身边冷不丁挤过来一个人。

那家伙和科学家一样穿着白褂,但顶着一个完全尺寸不合的宇航盔。不如说,那家伙穿了很多额外的衣服,里面填充的气体使圆滚滚的他像极了一只膨胀状态的热气球。

"这位是?"

"哦,她是……谁? 不,不重要,你们好好把我要说的步骤记清楚了。"

"哦,好……"

凌踪还是很在意那个奇怪的胖家伙。

"首先,全程不要张开嘴,尤其是不要刻意去戳破我们在外面套设的稳流材质膜,听到了吗? 你要是把它弄破了,噗,你可能就变成乱序时间轴上的一个完全、完全不起眼的点了。那就意味着玩完了,听明白了吗?

"还有,不要尝试去接近过程中碰到的所有东西,你,你,你们两个,不要去听、看,还有接触除了自己材质膜的引发好奇的玩意儿,够简单的吧?"

"这个,"旁边两位科学家戴着手套扯开了一张薄膜,"自动包覆,智能的。"

"不用担心,这些材料都经过了大量的条件测试。"

"试着理解科学家的言辞是件很麻烦的事情。"薇妮亚如此想着。但凌踪似乎一边听,一边还不忘飞速地用终端键入数据。他们仿若两个世界的人。

而薇妮亚也注意到了那个圆滚滚的家伙。

"嘿?"

"啊嗷!"圆滚滚的东西吼了一声。完全不知道是什么生物。但声音倒是有点耳熟,由于外形过于怪异,薇妮亚并不想和它发生过多牵扯。

"注意这里,这里。好,现在就注射抗压药物和接受整流微波照射,我们预定两分钟后发射,准备好。"

"感觉还有点刺激啊。"从刚刚开始就一直沉默寡言的凌踪,忽然蹦出这么一句。

"你给我消停点。"抓了抓头发,加上身边这一茬,这里四溢的诡异科学狂人的气氛已经快让薇妮亚受不住了。

"不,是个人都会吧,毕竟这里进行的一切都很有趣。"

选择无视凌踪发言的薇妮亚从容伸出双臂,接受一旁助手提供的贴片注射。

正找个地方转移注意力的时候,发现旁边那个圆滚滚的胖球却不知跑去哪儿了。

"乘员登舱前,先把平台降下来,把探针向下调,我们做一次三秒钟的放能测试。"

"好。3,2,1。咯嘣。"

"全通过,指数全通过。"

"搭载乘员。"

凌踪和薇妮亚分别被稳流材质膜轻轻包住,像两个透明气泡一样被送进了仪器正中的发射槽。

"强光注意,不封舱折跃计数,无关人员请避让……倒计时20……19……"

看了一眼周围的一切,也很难找到自己熟悉的那种亲切感。

薇妮亚心中默念着母亲和父亲、弟弟妹妹的名字,还有安诺内茵,合拢双手轻轻祈祷着。

一旁的凌踪,也不由得想起自己难以回去的那个本应接纳的家。花园里的继母、嬉闹的妹妹、喜欢旅游的父亲,车库里的工作间、木箱子里最喜爱的那把定制焊枪,一只叫作哈帕斯的狗和一只叫作手风琴的猫。

能再见到的吧。或许能再见到的吧。

不知为何,有那么一瞬间,凌踪想起了之前听天体物理课时做的怪梦中的那个女孩。她从台阶上走下来,看着自己,让自己觉得,这一切的展开并不让人陌生……怪异的感觉。

"11……10……"

"谁啊? 等下,这个是谁啊?!"

一个长着两根犄角的圆滚滚身影忽然和一个巨大的气泡一起,向舱口冲了进去。

"系数调整,系数调整!"

"4……3……"

"什么意思? 什么调整?"

"将折跃人数临时调整为三个人,那是事先打了招呼的乘员,你赶快改成希姆莱算法! 把曲线滑下去! 滑到底为止! 快!"

"好,即刻更换。"

"2……1……"

标枪状的探针发出一阵炫目的强光,将整个空间实验室的边边角角照亮到没有影子。

而伴随一声受惊尖叫般的巨响,整个折跃发射舱的可视空间不断缩小,而当整个实验室的晃动渐渐停息下来的时候,折跃发射舱本身就完完全全地消失了。

"改了吗?"

"改了……万幸,差点就要把那三人给均分成两等份了。"操作员朝着身后焦急的人群,比了个1.5的手势。

"不过和当时的情况一样,是整个折跃舱的事相转移。他们已经离开了我们的认知范围,当然,本该如此!"

"所有人,"所有科学家将白袍子脱下来在空中不断挥舞,"我们可能成功了。"

"我们成功了!"

整个实验室里忽然响起了庆典的音乐,科学家和技工们热情相拥,仿佛收获了一场史诗大捷。

"不过是这样,我们甚至做到让三个对象破穿,凭着这托卡马克老狐狸的把戏!"

"塔西博士的魔盒,霍丁计划的遗产,令我们成功复制了!"

"嘭!"随着一声爆响,巨大的探针瞬间折断,爆发出电流与火花,狠狠地砸击在地板上。棕色的部分也不断喷出火舌,随着一阵及时的消防气雾的喷射,呛鼻的烟雾使在场的不同种族的科学家一脸沮丧地趴在了地面上。

"在这里的所有人,全部不准动。"

铿锵的一声转轮厉响,科学家们惊恐地看着升降闸口处站着的飒爽身姿。而他的背后,是五个穿着蓝色风袍的高瘦身影。

"会吱声的人呢? 有任何人见过薇妮亚,我的女儿薇妮亚·凯伯因吗?"

"见……见过。"

"问你们话呢,我女儿人呢?"

一道水平激光从整个实验室空旷的巨墙上划出一道暴怒的痕迹。航宙装甲舰级别的复合金属难以置信地烧熔绽开,就像流水一样沿着墙体淌了下去。

"折……"

西博文双目空洞。

"向着一个指定的坐标破穿折跃了……像托卡马克博士在沃哈计划早期做到的那样……将小组的人员抛射到一个遥远的世界,我们也做到了。"

西博文双目空洞。

"破穿折跃了……像托卡马克博士在沃哈计划早期做到的那样……我们也做到了。"

"这里的所有人、事、物,连墙带地板,全部打包带走。听明白我的意思,一个不剩都从勒克莱尔议会的框架上抠下来。立刻通知凯伯因的研究所,让他们全盘接管这处设施。"

"是。"

即使如此,这些科学家的脸上仍然挂着欢欣的神色,当各色收监用的镣铐搭在他们的活动关节处时,那种狂欢般的眼神依然四下交汇着。没人在乎即将失去的自由,一群人只是在一个人的鼓动下,做成了一件了不得的大事。

"一群蠢货,完全不知道自己干了什么。"西博文咬紧了牙,拳头狠狠收作一团,就像是要用握力无情粉碎自己的血肉,"这不相当于把自己送到托卡马克那疯子的铡刀底下!"

"薇……薇妮亚……凌踪……"

能互相看到对方的脸,但渐渐被在流动的可以被称作时间的流体中疏远开去。

又不断地,像是避开激流中的障碍物,两艘球形艇不断地拉近,疏远,而后又跟着一个球形艇,但始终没有相互离得很近。

"啊!"凌踪睁开眼,看到所有的一切就像发了疯一样在不断弥漫开去。与其称之为有序的,不如说,这简直就像是忽然开口喝起了自己的脑浆一般让人感到茫然反胃。断续的时间里,能看到金属的破片,各种各样的颜色,不知所谓的符号,几何的排布,有残破的声响掺杂在依稀可辨的薇妮亚的叫喊声中。

但朝那个方向看过去,却又不是薇妮亚,而是一个长着古怪犄角的流苏短发的生物,死死瞪着自己,就像噩梦中的生物似的。但很快就又被霉菌一般的乱流簌射开去,接着又看见了类似萤火虫的东西。不敢出声,凌踪一眨眼,就又是那张死死瞪着自己的面无表情的少女脸庞。

薇妮亚也无法理解这次折跃所见的景象。她听见了八音盒的声响,以及烈马的嘶鸣声。看到白色的夜空带着黑色的云彩飘散,有许多轨迹难以辨识。有些细碎的耳语,就像是要从鱼缸里活活捞出自己的内脏一般,有看得见的手在抚摸自己冰凉的后颈,将令人害怕的金属摩擦声传进手背的毛孔里。

剧烈的咳嗽,像是要把肉眼从食道里呛咳出来,搔抓着自己的头发,却又不是真的在搔抓，感觉不到四肢，却能听见关节抖动从身体内部传来的震响。比噩梦还荒诞，然后就如同头脚反复颠倒着，被从内壁生满铁锈的水龙头里挤压出来一般，伴着一种安心感，重重地甩砸在坚实的物面上，随后失去意识。

荻德露娜·康沃翠斯……母亲的名字。她呢喃着这个名字。

勒克莱尔议会，"神曲"密室。

"薇妮亚。"

看着喷射电光的损坏的投影屏中，关于自己女儿的断续资料。西博文·凯伯因抬头看着基本全毁的折跃仪，心里百感交集。按动通信，且没有等待太久。

"吉米尔·莫乌斯，要劳烦你去我的舰上疗伤，事关重大，我得亲自回一趟凯伯因总星。"

"你还是不肯相信列辛存在的那套说法，老伙计，"缠满疗愈绷带的吉米尔拖着沉重的呼吸机声响，在另一头高声说着，"这下好，你连个伤员都不放过了。告诉我，你和你女儿脑子里装的到底都是什么好打算？"

而正欲作答的西博文此刻眼神如炬。

"我要，"看着监视投影上不断传来的撒巴莱亚入侵者被击溃的影像，这位活着的传说在一阵沉默后轻轻开了口，"我要赶在我女儿接触真相之前，去做到内人没能活着做完的事。"

第4章

凤凰计划:促成

勒克莱尔议会,办公区。

薇妮亚匆匆回到自己的工位,本不耽误时间的事情在这一刻夹杂着心中的不安变得焦急异常。直觉告诉自己,在收拾东西之前,还得彻底弄明白在周围发生的异况。

"欢迎回到工作岗位上来。"

在听到这句提示音之后,薇妮亚试着平和地坐了下来。完全不能享受在这个岗位上工作的任何乐趣,不如说,在这段短暂又漫长的工作体验中,收获的只有大大的自我质疑。质疑是好的开端,面对那些看似平常的文件,现在有十足的必要审视一番。

事关之前欧安尼提到的一切,有关于发生在勒克莱尔之中的一些不正常之处:"您有需要处理的工作文件,请在通过生物认证后继续作业,勒克莱尔倾心感谢您的热诚奉献。"

"不用谢。"将手掌放在认证仪上,很快,那堆可憎的东西就又蹦到自己的眼前了……只是重复地打钩,确认,再检查,再打钩……

"慢着……"薇妮亚定睛一看,过到第二单,这些货物确实出现在自己记忆中时是在开会之前。

"我记得这个单子。"五组拟星片器,约二十名勤务人员以及加工重机五台,随行人员无前科及星航违规记录。确认无害。虽然简单,但内容重复得惊人。署名和视觉测试显示的图像也出奇地一致……这可不太对劲。预览了第三个单子,薇妮亚深深吸了一口凉气。

"克服,克服这种感觉……不能认为这是确实在发生的,薇妮亚。寻找,寻找周边不正常的地方……"

细微抖动的办公室雕塑,数据资料的边缘细微抖动。

"呼吸,保持均匀的呼吸,去注意一些发生的异常。"

怪异的声响,有人在互相搏斗的声音,抵抗着。不自然,不自然。

这些一样的数据,竟然在自己的眼皮底下幻化出不同的版本,毫无疑问,一个怪异的结论在头脑中形成了,恰恰是这怪异的结论,占据了焦虑的制高点。

勒克莱尔大事不妙。

只是在欧安尼提出这点之后,仿佛没有任何事遵循着正常发展的章程,而自己努力抵抗着,尽管苦苦抵抗,也无法从插片袋里掏出应对用的药物……因为在自己的大脑里,反复有一个念头,那种药物并不存在。

没错,勒克莱尔正在受到某种影响,有人在篡改数据,以让一些事情在这里顺理成章地发生。

"从什么时候开始……不。"

"就连你也已经没法抵抗了,不是吗?真是聪明,回到工位上让我好更方便找到你。"吉米尔的声音从外侧传来,和原本预想的不同,那声音中有几分沉稳的成分在里头。

"以勒克莱尔的名义,小凯伯因。有人可是径直冲着闸锁的钥匙来的……不,你放心,我搞定它了。"

只听到门外嘣的一声,薇妮亚起身开门,捂着腹部的吉米尔手握着短铳在地上痛苦呜咽着,喘了几口凉气。薇妮亚掏出救伤喷雾,将吉米尔议员平放在地,尽快处理了腹部的几处枪伤和胸口的割裂伤,算是给这个先前留下暴躁印象的家伙救回了一条命。再看了看外头,整条走廊上满是这家伙拖行引出的血迹,里头混杂着些奇怪的颜色。

"钥匙?你是指什么的钥匙?……该死,这脑袋真是生生发疼——吉米尔先生,我需要为你做医疗救护。"薇妮亚拍了拍脖子,愣是把神缓了过来。

"鸶派犯了错误……"那受了重伤的议员咳嗽着,却大声开口,"有人确实做到将最近行动的风声走漏给了撒巴莱亚人,而那家伙就在议会里头。听着,你想必知道我说的钥匙指的是什么,去,我说过的,那绝不能遗失了。"

"先告诉我你这身伤是谁干的。"薇妮亚将粒子悬浮座椅摊平,小心翼翼地将伤员搬了上去。推着座椅离开房间,沿着吉米尔指着的方向看去,只见一只庞大狰狞的异星生物倒在了血泊之中,而脖子上吊挂着的是鲍马力·巨橡子的生体验证名牌。

"那家伙可不是什么哈约克。该死的撒鲁蒙族阿尔法野兽,他竟然就在我的隔壁对我使用力场操作……"

薇妮亚一攒力气,背着吉米尔朝着医护区飞奔而去。

"我看见那家伙方才拿着枪堵在你的门口,小凯伯因……咳,"吉米尔咽下去一口血痰,嗓子一下变得能够发出声来。

"不料还是挂彩了。你就让粒子座椅自动运送吧,我有几件事要再交代一下,本来也就是因为这个来的,欧安尼希望由我出面来请求你。"

"不知如何感谢你,议员。"薇妮亚透过舷窗,猛地瞥见在勒克莱尔议事区从下至上崩裂的外舱装甲,对应的第四十六至五十五闸口全都在剧烈的爆炸中卸下了力场,几个细小破穿口在中央议会区的边沿出现。只过了这么一小会儿,蝉之塔的至尊周天力场很快就封禁了这些破损的破穿单向通路,然而这一次却出乎意料,依然有微小的蜂洞形成着,向勒克莱尔损坏的外壁之中侵入进去。

"去保证钥匙,化形圣剑不会落入敌手。撒巴莱亚人想要得到它,为此已经设计了一场专门针对化形圣剑拥有者的裁判,那必须被阻止。我试图说服列辛……当然到头来也付出了代价,"吉米尔剧烈咳嗽着,却没有停止说话的意思,"我也不想相信他,劝说中他忽然以一个现役中议会代表的身份自称是勒克莱尔这里的议长……可这事恐怕只有极少数人知道,我在早前问询了旧TCC的成员欧安尼,在没有场操作的环境下,他亲口承认了,我以人格担保,那人是实际存在的。"

"我见过他,当时你也在场,"薇妮亚按住吉米尔的伤口,用喷雾不断清洗着创面,那些脆弱的器官似乎受到了不小的打击,凭借主人惊人的毅力维持着生体的机能,"可众所周知勒克莱尔议会是没有议长的。"

"所以你需要接触到他,弄明白他葫芦里卖的是什么药——不管怎样,他现在也正在积极谋划从撒巴莱亚手中保全钥匙的方法。从这一点来看,至少他不是勒克莱尔的敌人。"吉米尔一把推开薇妮亚,自己身下的粒子座椅很快寻获了新的指定路途,滑向了三岔路的一侧,用推开薇妮亚的同一只手指着另一条通往中央议会的甬道。

"别在我身上浪费时间。去,列辛那家伙在欧安尼的指示下,不,或者说,塔吉的安排下,会在途中和你会合。我翘会出来可只有这一个请求,在你父亲西博文赶到之前,

'钥匙'的审判决不能让那帮混杂在我们之中的撒巴莱亚混账得逞。"

"保重，我这就过去。"

用从欧安尼处获得的钥匙开启了保管室的门禁，薇妮亚置身其中，环视了一圈，便了解了这个房间具体的功用。

"真是有心了。"

按动戴维德利胸针，一条长方形的装具柜随着一阵蒸汽在自己的面前弹出。一脚迈进了装具柜，再一脚迈出来，装具柜化为小小的插片收回到了腰侧的收容盒中，而薇妮亚满身披挂——着实是她最为喜爱的那套作战装束。拖着白绒球的先锋帽在跑动中不断晃动，紧按着两把西塔光束作战单元，薇妮亚像一支离弦之箭一般冲向中央议会的所在之处，虽无坐骑，仍风驰电掣。

一声咆哮，几只人形巨兽忽然从封闭的舱室中冲出，将奔跑中的少女一把推向长廊的边缘——几道射弹从漆黑的身形处喷薄而出，火红色的披风从破碎的墙体处猛地一抖，那先下狠手的撒鲁蒙怪物便在漆黑光刀的粒子响动声中沿着长廊的坡道滑倒下去。

"我视此为撒巴莱亚人对我薇妮亚·凯伯因的再度宣战，不过分吧？"

少女一甩手中的光束马刀，一摊沸腾的兽血在地板上如同点炮般炸响开去。

另外两只撒鲁蒙巨兽见势分两路咆哮直上，猛切薇妮亚的中身，而薇妮亚头顶的白绒如同一道幻象一般在巨兽爪间划出重重残影，两颗獠牙野兽的头颅应声落地，那如同铁牢般逼向少女的腕爪也在薄烟中化作两块废件。

激光！

一个娴熟的空翻，薇妮亚弓腰勉强闪开了一束从长廊尽头朝自己胸口射来的激光射弹，手中的马刀快速变形成一把大口径光束左轮，如同西部片里的快枪手那般向着远处模糊的对象快速击发，对方的枪瞬间哑了火。

还未等新的攻势逼近，少女从腰际举起另一把光束左轮，两把轰鸣的手枪连作八响，走道上便没有除自己以外别的动静了。

"真可爱。"

重新整理了下，少女朝着吉米尔指定的方向继续行进。直到见到了脚边不少早已冰冷的尸体，薇妮亚才顿住脚步。

一些长得几乎一模一样的人分为两批，倒卧在宽阔却显得狭窄的通道之中。其中那些长年服侍着勒克莱尔议会的卫兵确实不难分辨，只是另一批复制人，个个身着撒巴莱亚聚合意志的袖标,显然是在和卫兵进行了一番力战之后身亡于此。

从稍远处一群仍然站立着的列达卫兵之中,薇妮亚终于得以看见那个仅有一面之缘的身影。

"列辛·法拉加。"

"见过这位年轻的凯伯因。"对方在卫兵的圈阵中伸出黝黑的大手,轻轻放在额前致以一个标准的点额礼。

"长话短说。吉米尔议员的意思,请带我去往凌踪,也就是'钥匙'所在的地方。"薇妮亚不敢放下防备,对于这个身份不明的来客,没有任何大意是可以被允许的。

"自然是可以。我得先把一些事情给你交代清楚,以免到时候凯伯因你意气用事,坏了一些原本笃定的计划。"列辛不紧不慢从衣袖里掏出一方粒子纸文件来,开启微力引擎使其悬浮在了空中。当然,在说明这张纸的用途之前,他先是用一堆易燃易爆化学品一般的客套话把薇妮亚的火柴脑袋给活活说炸了。

"这是特赦令。别问我是怎么搞到这个的。之后进入议事厅,你我出示这份文件,若裁判继续,我们退出;若裁判中止,我们也退出。理解我的意思吗?除了出示这份特赦令,不要在议事厅做多余的动作。我们需要确保这个男孩活着,就这么简单。"列辛唤回从薇妮亚面前经过的特赦令,薇妮亚只一看也明白,这份关于凌踪的特赦令是货真价实的。

"看样子并不是我熟悉的那个议事厅,而是另在他处。"薇妮亚压低帽檐,从列辛的身边快步走过。其实不需要这位所谓的"议长"引路,薇妮亚确切知道那处审议厅的位置。对于这个凯伯因协助建造的有着神秘抽离机器的厅室,她脑海中的印象依然是深刻的。只是当时对这个厅室的功用,未做他想。

"跟上。"一名列达卫兵很快出列,与列辛一齐跟随着薇妮亚,顺着旋梯一路向上,走到了议会议事厅门前。

"不要做多余的……"

薇妮亚推门而入。

见状,另一名列达卫兵一反常态,紧跟着薇妮亚冲进了议事厅。

"特赦令!特赦令!"

列辛无奈之下使了个眼色,另一名列达卫兵随即站在了门口,像一尊石像一般戒备着。而当里面的喧闹声息止,一阵阵火光和炸裂声传来后,只是过了一小会儿,薇妮亚像一阵风一般从宽阔的门梯当中迈步而出,而在这时——列达卫兵猛一抬手,将几乎是飞奔出去的薇妮亚凭空击晕在地。

只这一击,竟让全副武装的薇妮亚天旋地转,眼前一黑。

"说了让你别做多余的动作了……"列达卫兵起开镣铐,将薇妮亚紧紧铐住,那逐渐扭曲的声音慢慢安定了下来。

"不过,也托你莽撞的福,他才得救了。"

壮硕的大汉不一会儿就从审议厅的过道里扛着失去意识的凌踪走了出来,当和列达卫兵模样的人打了照面之后,轻轻抱起失去意识的薇妮亚,将其扛在了另一个肩头上。一边扛一个,确实让大汉的步伐慢了下来。

"所以列辛先生,勒克莱尔议会内多数的叛徒已经收拾掉了,接下来需要收拾的家伙恐怕就是那个硬茬了吧?"

"通敌的关键,哈德曼·普拉斯马,银鸟哈德曼。现在TCC的西博文和凯伯因是不可能站在我们这边了,想要铲除撒巴莱亚在这里渗透的力量,就只有将这两名凯伯因从宏时空的勒克莱尔辖区里驱离出去。"列辛似乎根本没有利用任何成型的外观拟真系统,这奇妙的实体质量投影把戏在别斯科·申多洛夫看来,简直是超越神器般可怕的存在。虽然列辛一度未曾对他解释过这种远程投射的原理,不过在服务于赫伦·勒克莱尔这一虚影议会的工作经历里,可没少见过这等奇异的景象。

最让自己感到不适的,果然还是将自己与同僚的生物信息制作成克隆人军团的沃哈计划,每每提起这个,都着实让别斯科·申多洛夫无地自容。那是一种羞耻,亲眼见证着曾经钦佩的人走上了一条又一条歪门邪道。

"我会找个单独的舱室把他们收管起来,列辛先生。话说需要缴了这凯伯因的械吗?我料想她之后一定用得上这个。"

"听我的,你把戴维德利徽章摘下来塞进她后边裙裤的口袋里,接下来很长一段时间你都不用担心她会趁机逃脱出去。运气好,她的同伴会帮她发现的。"

"这又是什么道理,列辛先生?"别斯科笑了笑。

"就凭我多年对凯伯因父女的了解,"列辛叹了口气,"找不到屁股后面口袋里塞的东西……这算是他们家族的先天缺陷。万一接下来你我有什么不测,此种情况当然我也要考虑周全。他们也不至于被困死在里头。若真是就此被困住了,也只能怪凯伯因和'钥匙'的愚笨了。要知道他们可是引开西博文·凯伯因的关键。话说你一次搬两个人不累吗？你就不能一个个来吗？"

"列辛先生，你说得有道理。"

"你这工作方式我在边上看着都觉得累，申多洛夫。我也不可能天天提醒你，记得要让自己轻松一点。"

"没办法，以前塔西博士从来没让我干过重活，我都不知道自己力气有这么大。"

"我就把你刚才那句话当作是对托卡马克那家伙的抱怨了。"

将两人一前一后麻利地放进舱室，从外面反锁住沉重的舱门，别斯科拍拍手掌，从长时间工作的压力中小小解放了出来。

"还有要干的活呢。上到勒克莱尔来，还有一件事也很关键。"列辛微笑着拍了拍大块头的肩膀，"只要拿到了那个，即使勒克莱尔在撒巴莱亚有朝一日的围攻下成为宏时空最后的牺牲品，它也能保证赫伦·勒克莱尔在最后时刻来临的前后左右宏时空的命运。"

"我可从来没听说过勒克莱尔里头还存有这种东西，列辛先生。"别斯科抄起一把脉冲光子步枪，略不情愿地迈开了步子。当然，平日里的步子多少都有些如此这般的慵懒，躲得开上司，却躲不开顶头上司的侧目。

"就像我和撒巴莱亚入侵者在同一时段开启了宏场操作一样，虽对不起旧TCC的诸位同僚，但这些事物都是在情理之外，意料之中的。但愿我没有记错神器库的位置，哦……让我想想，我想是往这里走。"

"列辛先生，"别斯科擦了擦脸，"别往那儿过去了。其实是往这边。"

"噢，那是神器库。抱歉，是太久不来的缘故吧。"列辛耸了耸肩。

"终于'神曲'也已经再度就绪了，是丹朗·洛萨德通过加密链路发来的简讯。"眼看着神器库的大门在守卫僵直的状态下缓缓开启，就连这名正牌赫伦·勒克莱尔特工也不敢相信自己的眼睛。不比平时，这下倒是给自己省去了不少麻烦。

"很好，正牌的丹朗总是不负众望。"

"这肯定是一则赫伦·勒克莱尔人才能听懂的笑话。"别斯科苦笑一声。

"如果你没什么感伤情结，别斯科·申多洛夫，我该改说'不愧是当年获德露娜大人麾下的解药小队'……才对。"列辛说完这话，自己却陷入了一阵沉默。

迈入这座名为文物库的神器库，现出本尊的列辛将双拳抱在身后，看着摆在进门边上展示柜里一副巴掌大小的有着三处凹陷的金属圆环，舒了一口气。

"托卡马克·塔西，我仍然希望你能回忆起自己的初心。"

　　保险展示柜的盖壳滑开，那个造型特别的金属圆环从里头缓缓飘飞出来，落在了列辛从背后缓缓伸出的手中。那只手的动作满带虔诚，仿佛是接住了天父降下的唯一一粒照耀万物的太阳。其上紫色的古老文字似乎牵动着不知何处存在的另一端，凑近细听，竟还有着电流奔走的细鸣声。

　　"但这就像我如今寄希望于他们那样，或许只是我与荻德露娜大人的一厢情愿。"

　　伟大的造物。

　　"致我不曾涉猎的普南利尔。"

　　只听见门口一阵人语，列辛将这不起眼的圆环套在了肩上，出乎意料地，竟和自己的这身衣袍极为相配。

　　"致天下可敬的救世火种们。自此，我将倾力相助，不惜生命。"

　　这座神器库在列辛的眼中已是不值一文，而二位来者却引起了这位赫伦·勒克莱尔议长的极大兴趣。

　　来者便是这份希望的载体。无论如何，他们都将会是解开那道时空界结处沉痛闸锁的关键所在。

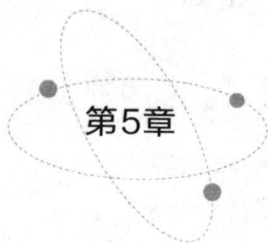

第5章

风鸣马啸

试坐"神曲",降落的地点。

剧烈的呕吐。

这种周身带来的不适感,仿佛有人以你的每根毛发计数,对你同时刺来亿万根粗细不等的针。

"呕啊……咳咳……啊啊啊啊……呕呕呕……啊啊啊!"

凌踪意识到自己还是凌踪时,左手火辣辣地疼,就像是要从身上的皮肉关节处褪掉一般。

再凝视着自己的左手,自眼球瞳孔处向外扩散的干燥感,喉部剧烈的不适,胃里反上来的酸水。那股恶心的廉价橙汁味,还有胃液,该死的。它们一起反上来,让自己开始觉得氧气的分子应是由两个臭水沟原子构成的。

手上的纹痕发着淡淡的白光,也不知为何,这个时候就像是恢复正常了一般,使得凌踪的感官慢慢恢复,并变得敏锐。是泥土的香气。

如果说这个香气有个确切的辨识度,那就是一种果木香味。可感觉身体像是帐篷桩一样被打进地里,一点点从麻木中赎出自己的神经痛觉来。

"到底是什么鬼地方……"

有不断啼鸣的鸟叫声,还有狗的吠叫声。这算是什么,回家了?

陌生的空气。

不是,断然不是的。

"啊……"慢慢撑起身子,然后重重地倒下。

"喂!"

"什么?"凌踪仰面朝天,只听到一个苍老的声音在通译器中回响。

"喂!你,你干什么呢?"

一根拐杖轻轻敲着自己的肩膀。

"我……我……水……"

"只有我这……老爷子水壶里的,可别嫌烟味重啊。"

咕咚,咕咚。

烧煮的开水,凉过一夜的味道,有些淡淡的烟草味。

咕咚。

呕……带着胃液,好像还有果珍的味道,一口酸水剧烈地从消化道涌了出来。

"别急,小伙,缓缓劲再喝点下去,来。"

一只不是很有力的手不断拍打着颈背,使凌踪慢慢恢复过来。

"你……记得你是谁吗,小伙儿?"

"凌踪。"

"什么?你可否说得再大声些?"

"是凌踪,我叫凌踪。"黑发青年擦了擦嘴角,振作起身。

"哦……我听着,这不是本地的名姓呢。"

"爸。"只见从篱笆墙又进来了一个人,定睛一看,是一副古代农妇的打扮。

"怎么了?"

"西丽卡啊,你回来啦。来,帮我扶他一把,咱们把这小伙带进屋用热水擦把脸。奇怪不?我想,这是这天上第二回往咱们田里砸人了。"

"你是……"西丽卡想起之前的遭遇,处理了一下心情,小心地发问着。

"啊……谢谢。我叫凌踪,意外来到这里。"

"你也不像是这里的人啊。不过,你的眼瞳倒是实心的,我还以为你和那姑娘一个来处呢。"

姑娘?

放下挎篮,西丽卡端详着凌踪的面孔。

"我……这是哪儿?"

"石谷村啊。什么都不知道就来这儿了吗?"

"我看啊,怕是来之前被云朵和西风给敲昏咯。来,给他换上哈连比的衣服,真的是,摔了个结实,全身都是湿泥和农肥了。"老爷子呵呵笑着,顺着拐杖直起身来。

"能自己脱衣服吗? 我怕这样你要着凉了。"

西丽卡塞过一条热热的绒布,凌踪也没多想,把脸埋进去使劲地擦了擦。

凌踪恢复的清晰视觉里,有着一个质朴的妇人和一个满脸皱褶的老者,半带担忧地望着自己。

"薇……薇妮亚呢? 有个和我差不多年纪的……戴着一项白绒帽子,一头红发的小姐……"

"那是你的朋友吗? 我可没在附近见到啊。西丽卡,带块绒布和水罐出门去看看,万一在附近又找着他要找的人了呢。"

"我这就去,爸。"

扶着吱呀作响的木椅子坐下,老爷子清了清含痰的烟嗓:"小伙儿,镇定下来听我这老头儿问问。"

递过一杯温水,老爷子笑了笑,示意凌踪喝下。

"你,可记得从哪儿来的?"

凌踪闷了几口,接着甩了甩脸,感觉脑袋慢慢清醒了。

"我……从很远的地方过来的。"

"哪儿? 北方? 塔比拉? 我年轻的时候去过那儿一次,你的口音……也不像啊。"

"不是这儿……谢谢你,我,我不是这儿的人。"

"怪事儿了。来,喝口热水,刚烧好的,定定神。"

老爷子一拍脑袋。

"噢,那你认识咱家的普艾希亚不? 挺好的一个闺女儿。她也和你一样……噢,西丽卡说过叫我别说这事儿呢。管他呢,你也不像个坏人。"

"什么普……我不认识啊。"还觉得有些头晕,凌踪索性用打湿的绒布整张盖在了脸上。

"等她回来问问呗,她也和你一样,几年前念叨着从大老远的地方过来的,也是这么个打扮。哎,我这老爷子记性不行了,西丽卡。西丽卡记得她的事儿,你等下问问她好了。哎哟,摔这么重,你这小伙脸都埋进地里去咯。刚翻好施好肥的果树田……那姑娘也是，落地摔了一脸臭泥巴。"

老爷子看凌踪有些好转了，点起旱烟吧嗒吧嗒抽了起来："还觉得困吗？"

"哎，没有没有。"

隐约记得是满脸的熏臭……想起来就不困了。

凌踪有些不好意思，将敷完脸的粗绒布放在一旁，直起身子来活动了一下胳膊。酸痛没有持续很久，总感觉受过了什么大伤，现在完全好了似的。

"就在这待会儿，不碍事。"

"那个……有方便的地方……可以借用一下吗？"

该死的果珍！

老爷子径直指了指外边。

"太好了……没人在用吧？"

"有人没人都一样，就照着那田头里撒，生养庄稼。"

凌踪在三十一世纪接受的教育里面没有野尿这一选项。

"这……这怎么行呢。"

"怎么不行了？要我老爷子给你示范一个吗？"

连忙伸手按回起身够拐杖的老爷爷，凌踪叹了口气。

还是不行。尿了半天尿不出来，感觉风一吹就想找个地洞躲起来。

直到一旁走过来三两个年轻人，看凌踪站那儿的架势，就挨着并排尿开了。尿着尿着，忽然觉得凌踪那黑发棕眼看着有些奇异，便打量了起来。

这么被几双眼睛看着，就更尿不出来了。

新鲜的绝望就像阳光一样刺眼。提起裤子，凌踪仰天一个深呼吸："不行。我得找个合适的厕所。"

"你哪儿的人啊？看你使劲尿都尿不出。"

"别是得了病吧，普南利尔在上！"

几个年轻人笑着跑开了。

野蛮人！

凌踪气红了脸，但实在是憋不住了。

凌踪走向村里的最高处，不断看着周围开阔的地方有没有坠落的痕迹。他不停按动着定位器的按钮，在各个方向反复尝试。

　　这是一片非常大的农地,中间被茂密的小林道分割开来,紧贴着林道有许多农家的院落,几乎看不到人影,似乎都离开这里去了别的地方。定位器始终没有回应,试着用携行电脑扩大信号,可凌踪终究意识到了,自己从出生到现在终于经历了一遭完全失去网络信号的处境。

　　只能用更直接点的办法了,四处走,喊着薇妮亚的名字。体力也多少跟不上了,往先前待过的农舍折返回去,刚好也见着了找寻无果的西丽卡。

　　"我也找了好一会儿,你认识的人我始终没找着。也和街坊邻居说了,如果有消息就会告诉你的。还有,我儿子哈连比回来之后,不如让他带着你去村子四周找找吧,实在找不着的话,也可以借道再去镇里。"

　　"谢谢,实在给你们一家添大麻烦了。如果可以,我打算离开这里。"

　　"不急呢,我儿子和侄女他们到现在还没回来,我们也等了好久了。"

　　一阵敲门声后,一个健壮的大叔推门走了进来。

　　"西丽卡……哈连比回来了吗?"

　　"刚和这位说到他,没呢! 谁知道那臭小子跑哪儿去了。"

　　"你不知道吗……啊……"纳布焦虑地搓了搓衣摆,"镇里说要打仗,你看这人怎么就一个个找不到去哪儿了?"

　　"这……倒是今天,我搭也尔雅他们家的马车刚回到家的时候,撞见这个小伙了。我爹在田里见他晕着,现在好了。"

　　"黑头发啊……北方人?"纳布联想到自己在集市听说的,一些关于北民外貌的传闻。

　　"不是,我从很远的地方来的……"

　　"多远? 总有个地名儿吧。"

　　"勒克莱尔的吉……吉卡匹亚。"

　　一屋的人就这名字犯起了难。

　　西丽卡拉了拉纳布的衣袖,两个人跑出屋外耳语了一番,又返了回来。

　　"小伙,就先睡一觉吧,明早送你去镇上,跟着镇里的人一块儿躲出去,你也好顺道打听打听你想知道的事情。如果不想去镇上的话,在这儿住上几天也没什么问题啊。"

　　"我就不多叨扰了,在这里留宿一晚,我就去你们说的镇上吧。"

　　看了看西丽卡家里的泥瓦砖块和干柴灶炉,凌踪觉得这么叨扰人家很是过意不去。

"非常感谢你们救助了我，真的谢谢你们。"凌踪深鞠一躬。

"哪里，都是普通人家，一点小事。"

纳布看着渐渐放心，自己累了一天浑身汗臭，也不好意思多待。

"那我就先回去了。对了，要是哈连比回来了，让他过来找我，我，我替你揍他。"

"他能有什么事，一身蛮劲。"西丽卡掩嘴笑了出来。

就着几块意外很好吃的干酪和面包，喝了些热汤，凌踪躺在一张精致的床上，缩在自己铺的一张小床单上。怎么想这都是别人姑娘家的寝房吧。

环顾一圈，许多编织得十分精巧的人偶，在房间四处的边角静静地安放着。自己靠着的一个边角的枕头上，发出一股丁香花的香气来。虽然浑身不自在，但实在累得不行，不自觉中睡下了。

也不知道薇妮亚怎样了。明早起来，就用定位器联络试试看好了。

清晨，实在是被这完全让人镇静不下来的香气扰得睡不着了。凌踪起身，拍拍脸，走出屋外。

似乎昨夜有风，在屋外晾着的麦秆被吹散了一地。空气也有些潮湿，向远点的地方借着晨光看去，有一大片雨云。和人工天候完全不同，这里的一切，都是自然发生着的。在自己的世界里，这样舒心的一切似乎只存在于影视作品里。

弯腰捡着麦秆，一枝枝收在手心里，然后放回到麻编筛子上。手上横七竖八插了几根麦芒，稍微一挑就渗出了点血珠。凌踪也顾不上别的，舔了几下权当是消毒。听说这家子要忙着躲避战乱，凌踪见那些散乱的农作物仍须编扎带走，便想着帮上些忙。

这就是古代的乡村吗？不过，这里应该是别处世界。

所以，从结果上来看，是不是折跃到了列辛他们预定的位置上呢？这个也不好判断了。

正准备回屋拿携行终端，凌踪看见西丽卡倚在门边看着自己："那个小姑娘刚来的时候，也是和你一样，腼腆得不行。"

"她是……?"

"拉·普艾希亚，她告诉我的，她的名字。"

"拉·普艾希亚?"

这个发音，凌踪听着觉得有些熟悉而又怪异。

轻轻动了下嘴唇，通译器便原声播放了这个名字的念法。

"La……Poesia……"

意思是诗歌……是意大利语？凌踪一下子头脑没反应过来。

"她现在不知去哪儿了……也许不会回来这里……但是我是真心希望她留在这儿的，或许你也是……"

西丽卡眼中浮现出深深的担忧。

"都是来到尼宁特的好心异乡人，可石谷村这里却又留不住你们。抱歉，说了些无关紧要的话。"

"没关系……请问……"

"嗯？"

"我大概到哪里能找到这个叫普艾希亚的女孩呢？"

"石谷镇，"西丽卡摸了摸自己在秋风中吹得干裂的手背，"离这里有一些远的镇上。但愿她还在那儿。当然，我不知道她现在又是在什么地方了。希望她能没事回来，多好一闺女。"

走到麻编筛子边，女子理了理又被风吹乱了些的小麦，轻轻叹了口气。

"这样，我给你看看她存放在我这儿的东西，也许你知道怎么用它们呢。"

"不方便吧，不用等她回来吗？"

"她之前告诉我了，如果她和我说她有事不得不离开，那多半意味着回不来了。这些东西就都留给我来处置……可我也不知道这些是什么啊，看着怪吓人的。"

跟着走进客厅，在墙角边的地窖里，西丽卡从其中拿出一个半臂大小的木盒子，还有一支长长的用绢布包裹的棒状物。

"我说孩子，这我知道，应该是一把剑。"

西丽卡把绢布包着的棒状物交给凌踪，凌踪仔细用手一掂量，确实是一柄手半剑。

"但这个盒子里的奇怪东西，我可真的不愿意碰了。"

咽了一口口水，凌踪轻轻打开木盒的锁扣。然后，他也一时被惊得倒退了两步。里面是七条整齐摆放的弹夹和一把在下面压放着的九毫米制式口径手枪。

这惊讶程度绝不亚于在天上看到倒着飞行的雁鸟。

"你果然知道这个是怎么用的吧？"

熟练地退弹，检查弹夹，凌踪在故乡的靶场里没少接触过这类枪械。

"是的，不瞒你说……虽然有点复古，但我觉得很熟悉。"

一个不属于这个世界的人,同样流落至此。换句话说,是借助其他方法过来的。就时间而言,也比自己的抵达早上许多。到底是谁?

凌踪看着西丽卡,对方一脸担忧,似乎担心的对象处境不佳。

"看来我有必要去找到她。"

一声远处传来的雷响,将清晨的微光渐渐褪回了夜深般的色彩。随后,一阵凌乱的马蹄声,渐渐停在了小小木屋的外头。

"怎么了,怎么了? 啊?"

睡眼惺忪的纳布推开木扉,打量着动静巨大的来者。

而来者的脸上慌乱不已,身后跟着几个与他年龄相仿的小青年,也都纷纷策缰奔开了。

"哈连比!"西丽卡放下手中的麻编筛子,看着马背上自己那瑟瑟发抖的儿子,"怎么回事? 啊,这马又是从哪里骑回来的?"

"那个……镇上的传令兵借我的,是叫我快点回来,告诉你们关于普艾希亚,还有镇郊发生的事情……"

"普艾希亚怎么了?"

凌踪从屋中走了出来,系好一夜被洗净烘干的衣裤,一边按动着定位器发射信号。

从清早到现在,定位器就一直没有收到回信。保持发出信号的同时,也很有必要关注一下这把手枪主人的事情。

"起先我在酒吧,镇上的酒吧……"

有些坐不稳的哈连比险些落下马来。纳布忙着上去把他架下来,稳了稳他颤抖不已的腰身。

骑了一夜的快马,这小子……

"慢点说,把话说清楚了。"

"好……镇上的酒吧里,普艾希亚说,她要去回收什么东西,还要和不知道天上哪来的入侵者……后来,我就跑去找西柯、基连诺他们,然后去找他们在镇郊军营里认的大哥,想去帮她出出头,因为怕她受什么欺负,结果……结果……那大哥,死……死……"

"慢点,别心慌。慢慢和大人说,没事的。"

纳布皱着眉头,耐心轻拍着哈连比的后背。

"结果,据说镇外的军营的驻军多是给不知哪来的……天上踩着喷火板的敌人给……给袭杀了,普艾希亚她……普艾希亚她,估计被错怪了,被绑了当作魔女,要在……在几个时辰后……在镇郊火……火刑。"

"天哪!"西丽卡一下站不住了。

老爷子轻轻扶着西丽卡,不断安慰着她。

"怎么会这样……你都和镇上的警卫说了吗?"

"镇上的警卫立刻借了马给我,希望我能先回来帮忙疏散村里的男女老少……普艾希亚她……没人去帮啊!"

"这事不小。我先去告诉村长,别误了大家伙的性命。你好好照顾你妈,等我回来,我驾马车带你们逃去南边。"

纳布牵过哈连比带来的马,翻身上去,喷着粗气的马向前踱了几步。

"可是普艾希亚……等我,我去带把斧子!"

"别,大叔,别冲动,我得先确保你们安全才是……"哈连比急忙拦下冲奔出去的纳布,几乎用上了全身的力气。

"大叔,我有个请求。"

纳布看着身边忽然开口的凌踪。

"您有多余的马,可以借我用用吗?我要去镇郊那里看看。"

"这十里八乡都疏散了,万一真打起仗了呢?你小子没想着去送死吧?"

"不,我知道我在干什么。我必须找到这个叫普艾希亚的女孩。"

只见凌踪眼神坚定,纳布看了眼西丽卡,西丽卡忧虑地点了点头。

"我先说在前面,迦巴迪尔城邦的援军是出了名的来得慢,我们这儿一旦被什么隆德毕德伊杜库鲁来的蛮子给烧了劫了……我们都是自认倒霉,你这么莽撞冲过去,可别是冲进对面阵地里去了啊,小伙子,乖乖和我们一起往南面的谷地里跑吧,隆巴耶斯那儿的领主老爷们还肯收容下我们这些老实农民呢。"

"还是请您无论如何借我一匹马吧。"

劝不住。

"行吧行吧,你就先骑这匹马去。哈连比,腿稍微利索点了就去我后院的马厩里把莉莉雪牵出来,我教过你怎么上鞍驾车了,好好拍拍她的脖子,别让她脱缰跑了。"

"好……妈,你坐着等等吧,我先和老外公收拾一下家里打包好的东西。"

"凌踪!"

西丽卡看着眼前那个别起手枪跨马上鞍的青年。

"要是能救救普艾希亚的话，"只见她紧紧攥着手上的一块针织的小方帕，涕泪纵横，"我请你一定要救救她呀！我要你知道，她不是什么魔女，她是好姑娘，和咱们一样的人！帮帮她！"

"这事我尽力而为吧，夫人。"

凌踪听罢纳布讲完去石谷镇的行路，脑袋一热，向着镇上的方向一甩缰绳。

"谢谢照顾了，多保重。"

"这小伙！"老爷子摸出拐棍，颤颤巍巍地坐了下去，"嘿，不简单啊。"

能感觉到胯下的这匹快马有些疲累了。被驱策了整整一夜，又要跑一个长途回到来处，凌踪忍不住有些心疼它。

然而快马不停蹄，一路踩着晨露和清雾，穿越林地，从马车道的边沿贴着石板路风一般鸣奔着。

"哔。"

"拜托……是薇妮亚！"

"哔哔。"

青年忙着按动定位器。

"薇妮亚？你能听见吗？这里是凌踪——"

"我的天，你找错人了。她居然把这玩意儿也给了你一份，真是要命。"

对方以懒得说话一般的语气，一字一字很吃力地把这整句话给硬生生念完了。

谁啊？在马背上反复按动着定位器，对方却不再回复了，完全搞不懂。

再根据哈连比说的，魔女火刑的地点大抵是在镇郊的伐木场附近，具体的位置也没向纳布多问，总之，当务之急是先沿着大路到镇上再确认位置。

手枪上膛，再一手解开绢布包裹的剑套，插放在马鞍边上加装火把的铁弯环里。

如果能和这个叫普艾希亚的人对上话，也许就能知道更多关于这里的情况。但如果不去救她，就什么也不会知道了。千头万绪，凌踪感觉生生有些脱力，不知当时在时空议会哪来的一身壮胆，也许是薇妮亚在的缘故。但此刻，只觉得有些莫名地害怕起来。

一路策马狂奔。

石谷镇郊,莱度村广场。

"呃……"侧腹非常疼,好像是被插了一把小刀,"贝菲?"

普艾希亚睁开双眼,迷糊糊带着泪水,却找不到那只蝴蝶的踪影。

"贝菲? 贝菲? 你在哪儿……"

"醒来忽然开始说胡话了,你瞧瞧她。"

"已经不错了。换作是你,经得起一顿那样的毒打?"

"说什么呢。"

小队长用匕首轻轻削着一根木棍,冷眼看着那个让自己一夜失去十名生死相依部下的罪魁祸首。

"你说,你到底造了什么孽,逼得你的同伴反了不说,还害我在这里憋着一肚子的火。哈,小姑娘?"

普艾希亚因体虚与疼痛死咬着牙关,颤抖着喘息不止。

"你看,本来也就一枪的事,你这么遭罪,恐怕这样会让我和兄弟们服气一点。已经算不错了,至少我们没动你贞洁什么的。老实说,这种时候请不要把我们当成那种十恶不赦的人比较好。"

"你不如,给我个……"

将木棍一把插到普艾希亚背后的手心里,小队长在少女的喊叫声中露出冰冷的表情来。

"瞧你说得,那我们也不是这么好心。"

小队长拽过一根几股糙绳结成的粗索。被绑得结结实实的小胡子队长杰森一脸淤青,被打裂的嘴角里不断流出黏稠的鲜血。

"你看,来救你的人也好,帮你施援手的人也好,我其实根本就不想和他们有什么纠葛。"

狠狠一拽绳子,杰森的头砰的一声撞上一边的石垛,发出一声低沉的惨叫声。

"可他和他带来的人又让我少了个兄弟,你知道吗? 真的,阿杰姆他真的是世间难觅的好家伙,我四十岁生日的时候送我一本他集了五六年的老邮集……你听得懂吗,我到底有多在乎我这兄弟?"

普艾希亚喘着粗气,无力地看着侦察队长。

"他就这么没了,和我那么多手下一样,被这帮臭蛮子给杀了,我应该感到生气吗?

我亲自带他们来这种地方,遭这种罪,我应该感到内疚吗?该死的,蛮子居然还搞偷袭!为什么,你说这都是为什么呢?阿杰姆他只是在放哨,他到这儿连枪都没开过!"

小队长擦了擦眼睛,捏着一把边缘有些破碎的士兵号牌。

"我打算这样,借着机会让下面这些来凑热闹的平民百姓,因为看到你的死而感到安心。算是给我的弟兄们慰灵了,原谅我手段粗暴,但这事是你先挑起来的。"

小队长站起身来,高举着普南利尔教的三角神标,对着火刑台下议论纷纷的百姓们高声疾呼。

"大清早的,请大家过来也很不好意思。昨夜林地里这么大动静,吵到各位了。我是从西边多汉尔来的撒以·泰瓦,我今天作为一名虔诚的信徒,诚心诚意,与诸位所信的普南利尔三女神一起,对这名受绑的魔女,发起异端裁判。"

人群中纷乱嘈杂,小队长跺了跺脚,示意台下的群众安静:"不如听听昨晚亲历的人,都说些什么吧。该你说话了,威廉小子。"

哆哆嗦嗦地,被殴打到双目失神的威廉·大卫撒,无奈只好逼出一脸的愤恨看着普艾希亚,朝她的边上斜吐了一口唾沫,可唾沫星子还是沾上了她的脸。

"她——就是她!"威廉忽然起了哭腔,吼得声嘶力竭,"是我们错怪了多汉尔的撒以·泰瓦!他们本着神的旨意,驾着三女神恩赐的座驾,前来清讨异邪,没想到她,出言蛊惑,我们石谷镇外数百名好男儿烈女士们,在她的巫术下冒犯三神——"

台下一样被揍到鼻青脸肿的没能逃脱的兵士们,抱着潦草止血的残肢,放声哭号着。

"闭嘴!这王八蛋都让你们说了些什么狗屁!"杰森青筋暴跳,用头狠狠撞了一下身边的看守,紧接着脖子上就挨了狠狠一枪托,"死有什么好怕的,啊?当什么尿包呢!"

"我们失去了奥本娜,我们敬爱的副队长,还有我们的督头。她在她的巫术下对我们胡乱指使,使我们的兵队自相残杀,失了心智。三神降怒于我等,她竟逼迫我们与自己的手足同胞,普南利尔的神使兵刃相向……以至于现在……"

威廉抖着声音看着咳血不止的杰森队长。

"我们的队长仍受着这巫婆的妖术蛊惑,对我们的神使不行礼数,乃至替恶行恶!"

"你他妈……你,有种没有!弟兄们都白死了?!乡亲们,是这些家伙杀了我们的弟兄,我的妹妹!!大家看清楚,是这些穿黑衣服的畜生干的!不是那个姑娘!那姑娘是好人哪!"

杰森竭力狂呼着。威廉顿时收了声,歉疚地看着杰森。小队长随即拿枪虚指了指威廉的脑袋和地上的杰森,威廉被吓得瞬间裤裆一湿,疯狂踢打起平日敬重的队长来。

"快!快向他们掷石!让他们恢复理智,好摆脱这个女巫阴毒的邪法!"人群中不知谁起了个头,不一会儿便变得群情激愤。

"三女神在上……该死千回的恶毒女巫!"

"该死的,我这就砸烂那恶毒家伙的头!"

"离后面的石堆那边近的人,多运些石头过来啊!"

"砸她!"人群中有人大声喊道。

"砸她!"

"你们小力点砸我们的人,他们又没做什么错事。"一个农妇抱着孩子,面带笑容责怪着。

"那就用水泼他们!"说着这话的村民兴奋地从畜栏里打了满满一瓢污水,用舌头舔了舔他那豁开的龅牙。

"那也别用咱家牲口槽的水啊……"

"住手!"杰森大喊着,迎面泼来的冰凉井水径直灌进了口鼻之中。忍受着鼻腔里泛起的酸痛,队长喊得声嘶力竭:"乡亲们……别砸了!"

飞舞的石块不断砸落到普艾希亚的躯体上,黏稠的血浆从嘴角到地面连成了一条凄美的曲线。四肢渐渐失去知觉的普艾希亚控制不住身体向一边倾倒下去,但只要稍稍有一点倾侧,就有一柄修长的草叉远远地将她扶正起来,继续接受乱石的惩罚。

"好了,好了,到此为止。这些飞石是尤西米女神大人教导我们应当施与邪异的惩治,泼水是拉艾瓦女神大人教导我们对失正万物的仁慈。边德林格女神大人也希望我们从法,将罪孽经由火焰交给她来审判。我要燃起这洁净的火,愿她在其中变形,尖啸,和罪与邪法一道变成灰泥,让仁慈的拉艾瓦代我们重新训教她的偏邪,使其再生长,成为我等愚昧之人平生大啖以戒罪的食粮。"

"三女神在上。"

"三女神在上!"

"再见了,阿基耶的拉·普艾希亚。"小队长点燃油脂绒布覆裹的火把,看着那个满脸血污,毫无柔美可言的悲惨造物,"送你一程。"

"砰!"人群一下从呼号女神的狂热中被这一声惊响镇住了,不一会儿便齐齐转向声响的来源之处。

"砰砰,砰!"

一匹喷着清白鼻息的传令骏马上,是一个不断击发的黑发青年。丢下火把,小队长将满腔的怒火,从枪口处倾泻出去。

一见对方顺势掏枪,凌踪猛地翻身下马,快跑绕到了一旁的木料堆后面——预料成真,一梭枪弹瞬间将传令的马射中,爆出一阵惊鸣,那匹马没跑出几步就瘫毙在了地上。

人群忽地就炸开了。平日里那些老实厚道的农夫农妇一个个收起了自己嗜血的面貌,变回那个他们自己再自夸不过的惜命德行去了。

"是隆德毕德人! 大家快跑啊!!"

"谁,谁,快跑啊!! 快去喊人来帮忙!"

"啧!"

乍一想也不好就这么对着人群胡乱开火,小队长示意四名队员驾上浮空板,去往树梢以上的位置找寻可以射杀凌踪的狙击点。

然而混入人群的凌踪借着散乱人群的优势,不断向离得较远的一块浮空板连续射击,但无奈子弹威力并不能击穿浮空板的底层装甲,见势也只好收了枪,往人稍稍密集的地方钻。

"可看清楚开枪的人长什么样了吧?"

"黑发的。"

"直接对目标扫射,不要管别的了,我他妈已经忍够了。"

随着一声清脆的锁定声,一串嘈杂的链式机炮巨响又杀进了人群,却只见一片人应声倒下,木屑和草皮从射击点的中间扩散开去。

"抱歉……锁定不到了!"

"这里也锁定不到了!"

"你们赶紧停火! 由蓝黄蜂、剪蝶螳和我来负责找人。"

小队长在一处石垛后面藏好了身形,架着换上部件拼成的步枪左右扫视着。

"谁……谁来了……"普艾希亚轻轻抬起头,又重重地垂了下去。

"就现在,全浮板直接连通数据造影,我要立体的成像,几秒钟找到那小子,然后给我一整梭子打成碎块!"

"我哪儿也没去啊。"凌踪从木料堆后面出现,心跳就像吸足油的引擎那样砰砰作响,身体的每一处都在这紧张的态势下调动起来。

"别管太多了,人群快散开了,现在成像——"

毫无顾忌就敢对平民开火。凌踪咬紧牙关,冷汗流满了脸颊。

撒巴莱亚人到哪儿都没什么道德准则,不是吗?

若是翻身下马时没赶紧逃开,那一梭子的子弹就能将自己的脖子挂断了。

再次调整呼吸,凌踪感觉自己的心跳依然过速,一股劲把所有的带氧血细胞全数泵向自己的脑子,以想出一个足够聪明的办法使自己在此情境下存活下来。

那些大枪重弹的撒巴莱亚士兵,不断扫视着一瞬间静谧下来的村庄,对于忽然闯入的凌踪,他们完全不知底细。

"动作快,里比尼⋯⋯"凌踪看着缩小屏幕上的代码,冷汗直冒。

瘫了他们!

"怎么还不开火?你等什么呢?"

小队长先是吃了一惊,然后看向空中方才奉命扫射的队员。

"它现在关停了!从很早开始就一直在失控,现在我只能将链炮切成手动操作⋯⋯"

"手动没关系,你就朝马棚那里扫射过去!"

"是!"

就像电锯完整地切割而过,半座马棚顷刻倒塌。链炮的射击直接扫过了凌踪头顶上方六厘米的位置,吓得他嗓子一打结,若不是用手捂住,几乎就要喊出声来。

对着手指哈了几口热气,在全息键盘上输入几行动作指示,里比尼很快将其转化为整段的入侵信号,悄无声息地完全劫持了在空中的数台毫无防备的单兵浮板。

两台浮板连同在上的侦察队员以极速碰撞在一起,就那么一瞬间,伴随着两声闷叫,浮板就像钝刀片一样一个来回撞飞了在上面的载员。

本来还想骑着马冲进去闯个来回的,凌踪心想,幸亏自己脖子以上的全脑功能还算健全,才没把小命给草草搭进去。

这支小队所使用的电磁武器被用非常好懂的加密链路联在一起共享战区情报,通过里比尼在较远处捕捉到的送返讯息破译了它们的核心代码,凌踪一举将它们从自动夺命的杀器变成了可以由终端发出指令简单操控的航模飞碟。

"在木料堆后面!"

小队长对着木料堆的方向连连按动扳机键,咬牙切齿,却没有发出一枪一弹。

　　掏出佩枪,小队长朝着木料堆一通扫射,只见一个人影抱着一团东西往草木密集的方向翻滚过去,正打算指挥搜索,心中却暗呼不妙。

　　"活见鬼……剪蝶螳,降低你的高度,防止坠机。"

　　"收到。"

　　"立刻解除武装投降,撒巴莱亚人。"浮板上发出了青年故作镇定的喊话声。

　　"强制关停!!"

　　另外两名侦察队员被吓到直接猫下腰去迎接冲击,好在两块浮板还是乖乖听从自己的操作,缓缓地降了下去。

　　"说真的,你们要是带非电子武器作战,我可能真的什么都做不了,不过……"凌踪轻轻拨开草丛,从缝隙里窥看着小队长暴怒失态的模样,"既然用了,那正好撞上我的专长。"

　　小队长茫然间,只感到一阵寒意袭背。

　　"我其实也无法完全劫持这套系统,写下这些动作数据的程序员实在是太敬业了,我没那么大本事。只有链路武器火控存在着可以替换的漏洞……各个单位之间的维系被设计得过于简单,只要劫持指挥端的输出信号,处理剩下的军械就像是在晚上十一点半拍拍手关了声控灯上床睡觉这么容易。"凌踪满头大汗,尽管心里念得轻巧,要是之前没能成功,刚才这会儿可就把命给丢了。

　　"你……他妈到底是什么人?"

　　对编程有点兴趣的,一个不存在的地方来的工科在读大学本科二年级学生。

　　"请快投降吧。"

　　"不如改你去死吧!"小队长拽过自动枪,开始对四周有动静的地方大肆开火,那些来不及逃窜的村民在藏身处发出凄惨的惊叫声。

　　"这家伙……疯了吗?"凌踪自言自语着,连续敲击几下投影电脑的按键,在最后一组指令操作的代码后爽快地敲下回车键。

　　一梭子子弹快速地命中了小队长的前胸:"咕……"而明明没有人乘坐的浮板居然自动上浮,并且在没有操作指示的情况下击发了。

　　"那儿的家伙也一直蹲着不动……是机会!"

　　小队长身旁的队员也在掩体后面应声倒下,嘴里喷着血花。

　　"队长!!"剩下的队员见势不对,从背后抓过自动枪,向着人群惊惶地拉开了保险。

"你们两个暴露了自己的位置……"

一阵炮响。

好,从刚才的对话来判断,剩下的应该还有两个人。

"我刚才看见了,每个战斗成员都配备有机械击发式的单兵自动武器,先不说指挥官了,剩下两个人的职务及装备配置我没有足够信息了解到,那么……我还有时间查阅一下刚刚拷贝完成的任务数据或者跑出去用我这把手枪来个硬碰硬。"

一滴汗珠从下巴滴落在手背上,凌踪这才意识到自己的双手在紧张地颤抖着。

"不,我应该更小心点。硬碰硬从来不是明智之选。如果我这时候暴露位置,跑动中操作浮板是十分危险的。这就和潜入射击类的游戏没什么太大区别,全在于在敌人的视线中藏好身位。"

打开终端,操作其中一块浮板上行——

"砰——"浮板被击毁了。对方装备有实体击发的中型火器,而且视弹着位置产生的暴风以及所造成的破坏力,那是相当棘手的接触爆发装药类型。

"怎么办?"凌踪冷汗直冒。不知道对方的位置,而且自己的藏身处也很容易就会被发现。

"如果检查了木料堆,就不难发现我刚才被连续的扫射吓到很狼狈地从人群中连滚带爬地躲进了一旁的木屑堆里。非常差的躲避环境了,我的自然呼吸只要带掉一些潮湿的木屑,又恰好被看见,我就玩完了。我还剩一台可以操控的浮板,不想送出去报销掉,我很想留着它们,说真的,是这样的。我也很不喜欢我自己这一点,但我就是想给自己留上一台。凌踪,你老是这样是会死的,凌踪!"暗暗叫骂着自己,青年努力试着通过小口深呼吸的方式帮自己恢复平静。

不过,仔细看的话,那边的处境也很让人担心……我是说那个女孩子,确实伤得很严重……

得快点了。这意味着,只有勇敢战斗这一个选项。

"乖乖出来投降……那儿躲着的人!菲昂,包抄过去!"

"没问题。"对方喘着粗气,像是强压着心中的怒火。

些许有些畏惧最后剩下的浮板藏匿的位置,剩下两人不敢放弃有利掩体,凌踪在木屑堆后左右扫视,也完全看不见对方的踪影。从声音上可以判断对方大致的位置,但如果对方的科技水平也和自己原先所在的世界相符甚至更强的话,也不排除有诱导声源的可能性。

"冷静,凌踪,冷静。"

过速的心跳根本止不住,就连咽口水都变得有些困难起来。收起投影电脑,压着手枪保险的手止不住颤抖。这时就要比谁发起攻击的方式老到了。

再一个深呼吸,凌踪向后一个扑跃,跳到了喂养牲畜用的饲料槽的边侧。喘回几口气,努力回想起在刚才的移动中看见了对面农家窗户窗帘织物上反射的光影,但实在是很模糊,从中根本得不到什么信息。所幸在过程中没被看到。

接下来就很重要了,凌踪悄悄向左侧探出头去,发现再往前一些的地方,有一排更适合拿来观察的栅栏,借着林木,依稀能挡住人。但周围渐渐息止的尖叫声和向四周逃散远去的人群渐渐使大身位的行动变得不再安全起来。不再犹豫,蹲低之后一路小跑,凌踪藏到了农园灌木的正后面。倒吸一口凉气。

一双眼睛正好从树叶缝隙稍远处对着看过来,而对方也被这动静和人影吓了一大跳,将一挺银灰色的步枪快速地指向这边。

子弹擦着耳朵边飞过,凌踪慌忙朝着来处开了几枪,但对方的瞄准显然更加优异,随着可以意识到的不断修正的射线,凌踪连滚带爬跳进了上头还插着铲子的一道泥坑,方才藏身的地方已经被打得枝丫遍地,要是稍微晚点,估计就换自己躺在那里了。

急促的脚步声,而且,是两个人的。左边的家伙显然找到了可以看到泥坑的位置,但右边的……很近!

对方有意压低脚步,注意力也放在了有着明显足迹进入的泥坑里。深呼吸。就现在,上了!

凌踪猛地起身,端起手枪快速扣动四下扳机。随着一声惨叫,面前的人被忽然发起的连续枪击命中了没有护具保护的脖颈,捂着不断喷血的伤口倒向了一边。然而另外一人也很快开枪,忽然一阵酸痛,凌踪的后腰被子弹擦过如同指摸炭火一般燎辣,而手中的枪也被阵痛逼落在地,方才无意识间一个蹲低,后续的射击并没能击中自己。

疼!视野登时白了一下,松开手枪的右手慌忙确认自己的伤势。颤抖的后腰上划过一道深深的血痕,一阵恶寒从伤口处炸裂开来。这并不像是皮肉伤。

只听到枪械上膛的声音,直觉告诉自己这一次可不是扫射火力了。只能搏命一试。

猛地腾跳出去,凌踪像一头猎豹一般斜向奔出泥坑,略带黏滑的鞋底裹上干草和木屑后稍稍吃得住地面,两三下蹬地,听到对方应声拔出振动着的刀刃,大吼一声。

右手一个冲拳打在了对方的装甲护肩上,左手从内侧狠狠抓住对方持刀的右手,尽管瞬间感受不到自己右手的知觉,但借着还没麻木的几根神经还能反应,右手转势卡紧对方的左手,接着用膝盖狠狠地一顶。只听见一声闷响。就连腹部也戴着护具吗?!

摆拳被格开,就连扫腿也被轻松踢弹出去,抄住对方用尽全身的力量向前一顶,先是被死死夹住,就算想伸手去抓住对方的脸部,余下有限的臂展也被牢牢控制在半身位置难以发挥。

右脸猛地又挨了对方一拳,凌踪吐掉一口鲜血,掼起右手猛地勾拳反击回去。打至乏力,渐渐从不同地方传来了难耐的酸痛。对方忽地起腿将凌踪甩开到一边,接着一刀插来。左手狠命一挡,将对方的刺刀掀开,凌踪一咬牙关,猛力将头撞上去,才发觉又撞在了对方的护额上。

才意识到对面是全副武装的兵士,而自己赤手空拳仿佛毫无优势可言……对方显然比自己受过更多训练,或许比自己见识过更多急迫的场面,可光从年纪看,对方并不比自己年长。

这一架必须要打得很难看才能赢了。用牙,用肘,甚至用上易损的血肉与坚硬的骨头!

方才被侧向撞歪了头盔,无法看到面前对手的侦察队员不停用左拳击打着凌踪的侧身,可也有些力不从心起来。右手被凌踪狠狠咬住,也不知怎么回事,竟被人狼一般的撕咬弄得毫无知觉了。

"啊——"凌踪一声大吼,一把从腰部抄起对方的上身,在栅栏上狠狠一个抱摔,砸在背后的井壁上。木板与石块飞溅,对方也因这一记猛击瘫倒在地,但依然直起身子来,嘴里咕咕哝哝地叫骂着什么。随后飞来一大块用来垫饲料槽的石块,不偏不倚砸中了他厚重的头盔。一阵辛苦的抖动之后,侦察队员不再试着起身,而是低吼着不断咳血。挣扎之中,一堆干草带着一记重拳正中面门,糊满干草的脸抽搐着,痛苦地扭向一边。

"听……听得懂我说话吗,你这家伙? 别再抵抗了。"

凌踪擦了擦方才打斗中脸上被刀锋带裂的血口,飞起一脚踢向对方的右手,紧握的刀刃飞向一旁。

"……那我大哥的事情怎么算? 那我死了的同伴呢? 我得亲手杀了那个女的,我必须杀了她!"吐掉嘴里的碎牙和鲜血,对方只是抽搐着盯着凌踪,眼神中并无一丝敌意。

"算我求你了，你相信我，只要能够不抵抗投降的话……我就不会动手。"

"我想和解这个提议对于我们两个人来说都太迟了，先生。"

而对方的左手一下伸向腰带处的枪套，还没来得及向火刑台的少女击发开了保险的手枪，一发子弹就先射进了他的脑袋。

一瘸一拐走到干草棚的木架边上，凌踪看了看自己发抖的双手。手里的枪剧烈地抖动着，就像一条离开了水痛苦万分的湖鱼一般。

"他死了，我……我还活着。"

"生命体征消失，G.E.A.R溶解将发生于……"

"糟了！"猛一回头，只见对方的身体和装备中发出小声但刺耳的蜂鸣声，慢慢地，那些看上去十分先进的设备与武器变成了一摊摊焦黑色的液体，而尸体也一并消失了。只落下一方小小的士兵号牌，上头写着一行小小的名字——菲昂·古兰顿。

"那女孩……呜哇。真疼，该死的。"

"又犯险来蹚这浑水。这下满意了吧，我自己？"凌踪感觉自己蠢透了。

凌踪渐渐从淤青传来的阵痛中找回自己的五官、五感。

提着捡来的一片碎木片走上火刑台，给被捆住的、被揍得不成人样的陌生人松绑。实话说，脑袋空空的，也不知道自己在干什么，只是做了直觉中认为对的事情。

少女松绑后也没有一声感谢，呼吸带着血泡泡，都忙着按着伤口不断喘息。鲜有几声完全听不清楚的声响，但也不知道是从声带还是从鼻腔传出来的。

那名沾满血污的少女，甚至无力将头抬起来。她离死亡并不遥远，凌踪心里一紧，连忙查看对方遍布全身的伤口。

挑开打满死结的厚重粗索，小心翼翼地将插在腹部的刀片取出，用脱下的衬衣死死压住创面。

淡金色的头发里发散出一股不是雨后泥巴的味道，鲜血的腥潮中仍有一点点还能分辨出的丁香花香味。

拉·普艾希亚。就是她了。

从四周传来了一阵阵声响，嘈杂声，不如说是人群中掀起的声浪。

"喂……那家伙，杀了神使……"

"还给杰森他们也松了绑……太早了点吧！"

"这世上哪来的神？"凌踪翻开少女的眼皮，先是被其中扩散的白色瞳孔吓了一跳，仔细一看,才发现一度僵死的眼球还在轻轻地晃动。够过几股绳子,凌踪给少女受伤严重的上臂勉强做了扎带止血。

方才趁乱随着人群逃去,不知躲在何处的马侍威廉,带着一群穿着士兵衣装的人匆匆赶到,一辆左边轮子有许多剐痕的马车,也在马夫的吆喝声中停在了一旁。

看见军队的人来了,那些不知藏身在何处的村民又一拥而上,抱怨着刚才发生的惨事。

"别看了,这辆车要到最近的诊所去,懂点土方子的请一起上车吧,他们都需要照顾。"

"请让我随行吧。"一旁的妇人放下两三岁的孩子,经由一旁的丈夫点头示意,便走上前去,"快,让我看看伤得怎样。"

一些人也自发上前,抬着杰森和几名伤势严重的镇子卫兵移放进马车的车斗里。

凌踪看着这一切,只感到周围人投来的嫌恶与恐慌的神情,他低头看了看倒在地上的普艾希亚,叹了口气。

也不顾姿势好看与否,凌踪屈身将少女轻轻抱了起来,手尽可能避开了伤口,小心翼翼地避开地上的乱石,穿过人群朝着马车小跑过去。

"啐!"一口浓痰落到了自己的脸上。

看向一旁,自己窝火的眼神也对上了对面一个看上去老实巴交的庄稼汉。胡茬下的嘴,毫不在乎积德似的咒骂着。

"丢了那女巫小婊子,还有你,你到底想干什么?!"

这下使得四五个痞子样貌的农夫围了过来,把气到说不出话的凌踪径直堵在路中间。

"哪里去?你该不会是想让她上那辆马车吧?啊?"

"去他妈的,还给魔女松绑,你小子怕不是要违神逆天呀。"

想起这青年一个人竟敌过那一队人高马大的"神使",农夫们稍稍有些不敢动手。

"我是无所谓,但劳驾各位让一下,她再怎么说也是个人,伤成这样,再放着出血就会死的。"

"小子,你得弄清楚一件事,这里可没人指望她活啊!魔女,你知道不用火烧,她根本死不了的吧?听我一句劝,丢了这脏东西,赶紧朝着远点的镇子跑路吧,叛教反乱可是要掉脑袋的。"

"脏东西……你指谁？你的唾液，还是你自己？"凌踪一下脾气上来了，"赶紧给我让开，野蛮人。"

"你……我们也不想随便为难外乡人，但你这样的家伙一点也不懂得听人劝告，也怨不得我们了。"

"妈的，和这浑了脑子的小年轻耍什么嘴皮子，拿把草叉来，我今天教他怎么敬神尊德。"

一只大手忽地从人群中伸出，用力拍打在普艾希亚的脑袋上，凌踪见势就飞起一脚，一声哎哟之后，周围的人都开始七手八脚地推搡起他来。

"一群烂人！"凌踪一咬牙，死死瞪着周围撸起袖子的男男女女，"我看你们谁敢上来？"

"……都……别动手！"

"听见了?！都别动手！散开散开！"

一个戴着头盔的年迈兵士大声吆喝着，拄着尖端亮晶晶的枪矛挤过来。

"我不知道你是谁，但我很清楚这小姑娘是因为什么落得这样，把她和那些负伤的士兵放心交给我们就好。小伙你也是，跟我一起过来，我带你们一起去疗伤。"

"擦亮眼，她是天杀的女巫啊！"村民惊呼着，言语间少了些底气。

"你们当兵的也别都昏了头，你倒是看看她让我们遭了什么罪啊！"老汉萨不耐烦地哼了一声，不由得回想起军营先前遇袭的惨状。

"女巫女巫……"

叫骂声不绝于耳。

"让开这条道，老实说吧，别的我管不着，是不是女巫也得靠普南利尔祭司团定夺，我奉石谷镇镇长的命令带他们去疗伤，就这样。"

"可你不能就因为你是……"

"再说了，尊敬的加戈爵爷没少减免你们的税金吧？就是这位尊敬的大人去年秋末来镇上时说过了什么，你们别告诉我不记得了。"

"……"

"他说：'看见这些日夜为我们穿着铁盔衣的人儿了吗？恳请各位敬他们如敬我一般，普南利尔在上。'"

敬卫国者与敬尤西米一般，普南利尔在上。

不一会儿,在此起彼伏的叫骂声渐渐散去后,地上的鲜血也渐渐变干了。于镇郊发生的骚动,也一并息止了。

马车徐行着。每过一段路,就会颠簸一小下,很显然是左边轮子出了问题。凌踪松开少女身上勉强凝住血的伤口,擦了擦手,扶着昏睡在一边的普艾希亚,防止她侧倒。

"你也睡一会儿吧。"

对面的小胡子一脸疲倦与泪痕,笑眯眯地看着凌踪。

"先生……"

"噢,抱歉。我哭得这么不成样子,净让人取笑了……"难忍悲痛,杰森泪珠滚滚,"可我就剩下她一个亲人了……呜呜呃啊啊啊……"

"我们队长他没了亲妹妹,她是我们的副队长。"

"奥本娜女士她为了保护石谷,为了迦巴迪尔,为了底特拉伦,受邀去往三女神身边了。"

看着说话的几个兵士,一个个虽然都缓过神来,却都死死压着伤口,悲伤难以自止。有几个蓬头垢面的兵士只是颤抖着,似乎心理上带来的创伤将他们平常的心智彻底垮了。

"我们捡回一条命……"

"抱歉……"凌踪叹了口气,他可以想象,这些言语的背后到底是多么巨大的苦楚。

"你身边那位姑娘,如果没有她把我们推出森林,可能我们连坐在这里和您谈话都不可能了。"

"我也不是很清楚……推出森林?你们之前和那队家伙发生了什么?"

凌踪压了压耳麦,耳中听到的对话变得更加清晰了。虽然觉得也不是没法接受,但每每说话时声带要持续受到神经校准器的意识挤压,恨不得自己能摆脱设备使用对方的言语。

"他们……乘着飞在空中的铁板,忽然袭击了我们在镇上的军营……大家起先因为有这小姑娘给的不知什么奇迹,相信我,那就是奇迹……能够勉强抵挡……但事实就是,我们自始至终像豚鼠一样被追着猎杀……"

兵士不由得顿了顿。

"血流成河……别提有多惨了。我们被那仅仅十数人的怪物们杀得四散溃逃,要是被那浮在空中的发光板追上了,那肯定就是身上开满了血洞……"

"所幸还能借着那股神迹在天上飞行一会儿,多亏了那小姑娘。我们逃进雷洛树林散开之后,对方也就没再追了……最快的兵士去找来了救援,我们之中幸存的少数又和镇上的驻军一同回去救那女孩,结果偷袭也没成功。杰森队长被押走,我们也被击伤俘去,要不是刚好遇见了你……"

"感谢你啊,北国人。"

凌踪也只明白了个大概,但值得自己在意的细节实在是很多。

这女孩确如料想的那样不一般。但对她产生的这种仿佛潜意识与现实的呼应,到底是怎么回事?

"不用谢我。我一开始只听说她要被拉去处刑,就匆忙过来了。"

"你是从哪儿过来的?"

"石谷村。"凌踪用拇指指了指来时的方向,"离这儿有些路。"

兵士恍然大悟,点了点头:"是哈连比那小子!"

"啊,西丽卡的那个哈连比! 先前来找过我们来着。我们还当那小子喝了纳布的雪梨酒发了失心疯呢……我们这帮该死的! 要早听他的话,我们……"

士兵懊悔不已,在一阵失落中捶胸顿足。

凌踪压根记不住人名。谁和谁啊,这都是? 西丽卡还是认识的,后面的……不管了。

脸上还有点疼,但这不妨碍自己思考。

"到了到了!"马车夫在一声吆喝后,急忙从前座上下来,跑到了车斗边。

"把咱们的队长先抬下来!"

前面快马报信的传令兵急着掀开马车上的帘子,几个兵士一搭手,围着杰森站了一圈。

"别帮我……先帮那个小姑娘,伤得那么重……救活她。"

"是她……早前还在纳布的马车上见过呢……可怜的孩子。"一个卫兵模样的人忽地捂住自己的嘴,目光生怜。

凌踪轻轻拍了拍普艾希亚的肩膀,因为从刚才开始,感觉普艾希亚隐隐约约有些小小的咳嗽声,虽然很轻,但距离够近就能听到。

"来,帮我一下。"

轻轻抬起普艾希亚的双肩,接着几个兵士抬着羊皮担架过来,喊了个两下不到的号子，就把普艾希亚放好抬去里屋了。

"在这里的已经是附近能找到的最好的药师了，看这状况并不是救不活的伤势，她应该也会没事的。"担架上的杰森队长看了眼被妥善安置的女孩，放心地闭上眼睛休息。

"谢谢你告诉我。"

"话说你小子，都不用处理一下身上的伤吗？我远远看见你与那穿着黑衣的家伙搏斗，没少挨招。"杰森又睁眼看了看凌踪，他脸上那道划伤干掉的血都没来得及擦，但来不及跟一句后面的话，就被几个兵士咋咋呼呼地抬走了。

"妈的……后面抬的那个，小点力行不行？我人都快被颠出去了，奥本娜平时没好好教你们……唉！"小胡子队长骂着骂着，竟哽咽了。

"唉。"凌踪叹了口气。

不知怎的，也没觉得后腰上的枪伤很痛了，只觉得左手纹痕处出奇地有些温热。整个人身上感觉暖洋洋的，那些本该发出阵痛的地方现在被软绵绵的酥麻替代了。

"这又是什么，夸克？你还能顺着神经麻痹我的痛觉吗？你这胡来的东西。"

敷了点药，反而更痛了点。那服药似乎是用某种兰花的叶子捣碎制成的，里面还加了点别的黏糊糊的草本植物汁。伤势也没有严重到要卧床的地步，只知道药师绕着自己用粗布包了一圈，也只是对后腰那儿的擦伤用药特别关照了一下。

"蹭掉了块小肉，没啥大碍。这两天就先别用水冲洗。"药师看了看眼前高大的黑发青年，眉宇间竟有几分武生样貌，"你多注意休息，别不当回事。"

"谢谢你。"

总这样乱来也不是个事。

凌踪看着近午的阳光，能感觉到从不远的何处飘来的秋天果实香。想起自己从小到大，经过了不少秋天。自己的故乡，或许再也回不去了。他鼻子一酸，但忍住了。

"如果妈妈知道了我这样，真不知道会有多担心。老爸和妹妹也是，虽然吵架拌嘴从来都不帮着我，真惹妈妈急了，又一定说尽好话。镜像重叠之后，会有一个和我一样麻烦的家伙替代我活在他们身边吗？见鬼。想什么呢？必须往前走。我凌踪，是不可被替代的，不论任何时候。"

掏出定位器，照例按了几下。

薇妮亚那边也没有回复，即使完全不知道那边发生了什么，凌踪只希望她也成功跃传到了这里，以及尽快能见上面，自己紧绷的神经也许就能休息一小会儿。

"哔哔……哔。"啊,有信号了。

凌踪忙着朝开阔的地方走了几步,举起定位器,不断按动着按钮。

"喂? 能听到我说话吗,薇妮亚?"

"是,是的。喂,能听到你说话,但字句不太清楚。"

说话的竟然是个男声。有点不太敢相信自己的耳朵,凌踪轻轻捣了捣。

"薇妮亚……你说什么?"

"薇……薇妮亚什么?"一口英伦腔就如同一道直拳揍进凌踪的耳蜗里。

对方果然是个男性,还是个操着一口英式口音的人。

"请问……你是?"

"噢,我……我叫帕克特,很高兴认识你……帕克特·荣格。"

傻里傻气的。

撇开定位器,凌踪忙着找到身边的一个兵士:"问你一个事,兄弟,现在是多少年来着?"

"哦……是普南利尔教年第299年,加上确切的月份的话,那就是三月第十二天之于九月。"

这里的月相也真够奇怪的,更何况是日相,在尼宁特星球上的一天有足足三十五小时。

"谢了……嘿,帕克特,我想问你一下,你知道的,我是说就你知道的时间,现在是几几年来着?"

"你想问……你既然用着这个,那说明……"

"对,就是你想的那样。直接告诉我就可以。"

"公元2010年吧。"

"告诉我你现在的位置吧。我之后过来找你。"

"我不确定你到底是什么人,也不知道你带着什么目的用着这东西……先生,不如把名字也告诉我比较好。我没有恶意,加之这东西本来也不是我的。"

"我叫凌踪。公元,没错,公元3044年。"

"这……所以这么说来,哇噢,你是未来的地球人。"

"算是吧。能告诉我你怎么拿到这个的吗? 我是指你现在拿着的定位器。"

"我在树边靠着喝水,它就正好掉在我这儿,挺奇怪的……"

"……"

"喂?"

"喂??"

信号开始变得不稳定了。

得尽快把重要的信息先告诉对方,假设薇妮亚能够有办法定位到自己遗失的定位器的话。

"石谷镇!让她到石谷镇来找我!"

"……"

"喂……石谷镇!石谷镇!"

"……你能不能具体……说详细……"

之后对方便没有再回复了。还真邪门,是坏掉了吗?

凌踪换着姿势愣是等了十几分钟,什么回复也没等到。

看来还是薇妮亚那边的问题比较严重啊。不过,准备完全的她应该有轻松应对这些问题的手段吧。

掏出从勒克莱尔得来的投影笔电,翻了翻。凌踪阅览着跃传后从托卡马克的数据包中解码成功的内容。

那是一个不怎么大的文件夹,作为第一批渐进解开的数据,这确实不像是很有价值的材料。

开头的文本,凌踪将它们整理排布了一下,内容变得简单多了。

> 你自至点向下远望
> 反射光芒是你衣装。
> 我也恰在至点之旁
> 万千收束我心中央。
>
> 如若天海倒悬成景
> 我愿成鸥伴你逐浪。

是一首情诗,烂大街到这首诗像极了是从哪本诗集里摘抄下来的。赞美的对象是一名叫作荻德露娜·康沃翠斯的女性。

这不就是薇妮亚的母亲吗？

而这封情书下面的目录中附带了一些采购清单……日用品，一些小礼品。这些清单在某一天戛然而止，购买者，抑或是赠予的对象不再需要它们了。

而后是一些装载机的设计图纸，那上面的涂改痕迹非常多，凌踪明白，其中有不少涂改是构图者在极差的精神状态下进行的。

这些文件非常尴尬地被放在这个文件夹里，似乎原主人对这些东西不再重视。这一切像极了一次碰壁的恋情，凌踪翻看着那些原本充满灵性的机工设计，落款处的签名一张接着一张地变得字迹潦草，疤痕累累。

而其中一张上面如此写着："托卡马克·塔西，一无是处之人。"

他在否定自己作为一个绝顶天才的事实。

最后的文件，仍然是一段常人看来难以理解的留言：

　　有时你得承认，这世上的一切并非理所应当；但有时你必须否认，这世上的一切并非理所应当。我将这句话赠予开始解读我的你，也赠予开始解读你的我。作为你我相识的开始来说，能够阅读这同一段文字，产生相同或相左的理解，便足够了。

凌踪看罢，目光凝滞了许久，他就像与托卡马克隔着一层维度的薄墙交谈，两人的思想竟在一句怪异的留言间发生了纠缠。

凌踪的脑海中立刻生成了一条推论。

也就是说，托卡马克早就预料到，有人能够接触并解读到他的遗留数据，尽管解密的条件被设置得极为刁钻。因此，他反向设计了这份渐进式的加密文件，就是为了与对方进行不断拉近的信息交互，直到在必要的时刻，知晓他愿意让对方知晓的一切。

身处乡野之中的青年昂首四顾，就像是方才在文明的荒漠中梦见了一次绿洲那般，陷入了梦醒时分般的茫然。

"这是考验，考验我是否能够生成对现状的理解……托卡马克。"凌踪将自己代入了一开始的那首诗歌，解析着当下的状况。

作为智者，托卡马克博士已在所谓的至点向下从容发起着远望。而在这个陌生的世界窥看智者反光的自己，尚不清楚将会在自己周遭发生的一切。

这并非傲慢,而是一种过来者的从容,被隐藏在了毫无章法的一通陈述之中。比起托卡马克深厚的积累,凌踪自知资历浅薄。

无形之间,自己竟同愚者般置身跑道,而随着这一段话的发令枪响,对手已在视线尽头无形无影的循环中清楚确立。

"我于现在开始起跑,是否还能胜过那个只距终点一步之遥的对手呢?"

想到这里,凌踪觉醒过来,托卡马克即使在最孤独的时分,内心渴望的并非是一次足以弥补遗憾的圆满,而是一次旗鼓相当的较量。

至于这个虚设问题的答案,也被凌踪郑重放在了自己内心的深处。坚持起跑,仍有胜机。

面对大世界模糊的考验,凌踪于这时下定了决心。这一赛唯有贯彻自我,奔向终点,才能见到此擂的擂主。这绝非易事,却大有可为。

第6章

遭逢

奇诺·哈里商镇。

快把人累坏了,帕克特向后仰了仰脖子,颈关节发出扳正脊骨的清脆声响。

搬了一整个上午的木箱子,又在这个横来竖去不大不小刚好能累死人的小镇帮迪苓商会的希德尼跑了好半天的腿。

别说体验生活了,一旦歇下来就有三五个耳朵上别着便笺笔的催工围上来指使自己干这干那的,又仿佛整个商会,不,仿佛整个大的商会只有自己一个跑腿的,帕克特不由得产生了一种自己沦为人形驮马的错觉。看到络绎不绝的人群和与自己一样四处奔波推着蒸汽载货四轮板车的所谓同行们,希德尼·迪苓从一开始说的就一点没错,在奇诺·哈里这样的地方干活打拼,确实是累人的营生。

攒着一笔小费,加上在迪苓商会拿到的那一袋子底特拉伦银币,帕克特先生背囊里的钱已经可以买不少好东西了。

在这儿,只是每个晚上没法照例听着广播睡觉,每天早上也没有定时播送天气预报的电视台可以参考罢了。说到底那些重要吗?帕克特习惯性地摸了摸口袋,里头还塞着那部早就没了电的滑盖手机。不知老家那些朋友过得怎样呢?

看了看较英国秋天而言晴朗得多的天空,一些奇形怪状的生物飞过。白天也飞过几只蝙蝠一样的动物,但没机会近距离观察就是了。这里的家畜,都和自己常识里的形象和习性有很大的区别。就几天前在码头上看到的奶牛……不,奶兽,以那张倒生至背的厚长脑壳为准,实在很难和先前认识的任何一种哺乳动物的外形联想到一起。据说它产奶期一天最多能产半个人那么重的奶,有幸尝了一杯,味道还比以往喝过的生牛奶鲜美得多。简单来说,尼宁特是个除了人和马全都在常识的基础上长歪了的地方。

帕克特照例把行李放在一旁的树边,用靴底扫了扫地上的尘土,坐在树根边上。同样是前天,就是在这个位置,一枚比这里的特拉伦银币稍微大那么一圈的白色通信器穿过树冠掉到了自己喝水的壶口里,而且是刚好掉了进去。

本以为又是墨兽在玩什么奇妙把戏,忙着翻开那本怪书,上头和近几天一样,仍是空白一片。今天的状况确实在料想之外,只不过短暂与对方沟通了几句,还没来得及获得更多的讯息,这颗大衣纽扣大小的通信器便彻底没了声响。

是进水之后坏掉了吗?

每次反复去按动,对方那一头都不会再回应了。电磁干扰发出的杂音就好像被谁察觉到了似的,掐掉了两端的通信。

是有什么人在刻意阻挠吗?尼宁特这里可是离现代文明十分遥远的中世纪。

总而言之,先吃午饭吧。

帕克特嚼了几口有些像甘蔗一样口感的在当地人口中叫作"延铁根"的蔬菜茎。吃完之后,舌苔会感觉有些发涩。显然不是自己牙口的问题,也不清楚为什么。

只是每天嚼一嚼这种蔬菜茎,能补充不少流失的体力,而且价钱很是便宜。希德尼给自己介绍的食品铺,能买到非常好吃的细麦粉面包……约尔粗粮店的边上,就是在一张方巾上摆着卖这类蔬果的慈祥老婆婆。延铁根十枚铜币就能买上一捆,老婆婆还会站起身往自己的兜里塞几块自家做的干酪。

"可要健康啊!"

想起老婆婆那张并没有因为少了几颗牙而显得老态的和气笑脸,感觉刚入口的干酪块儿的味道泛出了和那样笑容相衬的暖心的甘甜。

它非常美味!可老婆婆不愿意单独售卖腰兜里的那些干酪块,那些干酪她说是专给那些看起来有趣的人准备的。

帕克特数了数,布兜里还剩下四五块的样子。他不禁想起自己第一次被塞干酪的时候,还以为老婆婆要抢自己的钱包而慌忙躲开,被猛吓了个趔趄的窘样。

帕克特用手背擦了擦嘴,喝了一口从普南利尔神殿入口那儿接来的甘泉水。就像每个经过那儿的行商人和工匠那样,一早在祭祀的祷告后接上满满的一壶水,忙碌充实的一天中一点点取用。然后把剩下的东西塞进背包,拍拍屁股上的泥尘。

帕克特短短几天也经由道听途说,知晓了不少普南利尔教相关的本地知识。整片尼宁特大陆,除了北边的极北国度塔比拉有着自由物象的信仰,普南利尔教的信徒几乎无处不在。也有大陆通用的打招呼方式,双掌掌心向外,食指和中指尖在额中并触,轻轻一个鞠礼,优雅而虔信。难以想象这片大陆上仍然因教义相左而四处爆发着争斗。

信仰尤西米的一派,势必周期地发起武力争端,以昭示对征伐女神的赤诚之心。隆德毕德国几乎是尤西米信徒们集聚的地方,照奇诺·哈里商人们的说法,不是诚心信奉尤西米的人想要从奇诺·哈里南下去找地方定居,八成是会被尤西米审教团拦住在约度因以南,桑塞四季河以北那块儿。确实也有人住在那个地方,只不过奇诺·哈里以南约度因到伊杜库鲁的中间隔了一大片没法住人的森林,行商人要想去那儿做买卖,也得绕开森林走一条叫作"追鹿"的环山道。

因为除开这条南下的山道,就是另一条叫作断毂河的行军道了。这条道路北通哈尔伍迪峡谷,那里有迦巴迪尔重兵把守下的加强要塞"赫伦夫人堡",南至伊杜库鲁的外延城——拉冯·克利多堡——一座以征伐女神尤西米爱剑的名称命名的先锋要塞。当然,近三年的夏季战役序幕,也都是由伊杜库鲁的蒸汽元帅,从拉冯·克利多堡顶上鸣响的气炉号角声中掀起的。

"哎……那儿有个浑小子,别踩着他那小细腿儿了,哈哈……基赛格尔……"

"嗝……在哪儿? 知道吗,嗝。隆德毕德人打牌的手气那是相当糟糕。"

几个满身喷着酒气的家伙恰巧经过帕克特身边,互相搀扶着打趣。

"我可没看见过哪个隆德毕德的家伙来这儿的赌场赌还能赚到钱回去的,哈哈哈哈,边德林格在上,祝那帮人的酒品也一样差劲。"

"什么人嘛。"帕克特眼见这群醉鬼走过,随后被浮起的怪味熏得皱起了眉头。

"这可是一群本地少见的晌午就喝得酩酊的马车主。从左边到右边分别是离了三次婚的汉鲁、赌鬼基赛格尔,还有那个每次都躲在喷泉边上偷看姑娘屁股的闷骚蠢货梅耶提卡。"

希德尼松了松自己肩前淡棕色的头发,用手上的便笺板轻轻敲了一下仿佛整天傍着树发呆的帕克特的脑袋。

"怎么,我这两天每次见你都是这么一副呆样。你就是这样的性格吗?"

"我只是在想一些事情啦。"

"又在考虑那根……博加蒙杖的事情?"

"亏你还记住了,希德尼。前两天不知怎么的,它忽然震动起来,一道影子附在这根断杖的上头……它变得一下重了许多。说来奇怪,就像在提醒我它的另一截在某处出现了一样。"

帕克特起身,把在树枝上挂着的背囊取了下来,拍了拍上头挂着的碎树皮。

"真是根怪棒槌。我要真的忘性大,今儿就找不着你在哪儿了。噢,我来是想告诉你,有车夫愿意载你一程去伊杜库鲁,你要是想动身的话,明天一早就来迪芩商会的柜台那里,我都帮你联系妥当了。"

希德尼翻了翻便笺板,草草过了几眼。

"伊特拉,哦,以前还是个做宗教工作的。现在跑着凝结矿运输的生意,他那载货驼牛车大到你可以蹲在里头练往返跳哩。"

"从奇诺·哈里出发……是往伊杜库鲁运送矿石的单子吗?"

从商会的伙计那儿听说凝结矿物有微弱的毒性,帕克特立马变得警惕起来。

"不,这趟只是拉几个旅人而已。去的这趟肯定不满半车,你保证坐得舒坦。再来,就算拉货也不是运的矿石啦,凝结矿田可是在隆德毕德的南边儿。他这次带着几个亲族同去的,你跟着他们一块儿过关应该会方便很多。喏,为了安全起见,必须先给你这玩意儿。"

接过希德尼递来的一块锡牌,上面写满了不借着透镜完全看不明白的字符。

"这下没什么能拦着你走南闯北了。好好管着这张通行证,说不定关键时刻迪芩商会的名号儿还能保你一条命呢,小金毛。"

"我要怎么谢谢你才好,希德尼?明明我都没有为你们做什么,却收下这么多恩情。"

希德尼只是笑了笑。

"啊,能感觉到你的好意了,三女神在上,一予一得,边德林格和拉艾瓦会眷顾我的啦。话说,你不是也帮着我干了那么久的活吗?这也是你最初说的对等报酬啦。那我先去忙了,在奇诺·哈里可不是所有人都像那些马车主一样优哉游哉的。"

"我……我一定会以我的方式回报你的,希德尼小姐。"

"嘿,你这家伙,嘴上说得那么感天动地干什么?"

希德尼甩了甩手,回头走开几步。

"想想看,男人凡是有打算的都要付出实际行动啦,不是自称实干派吗?"帕克特抓了抓脖子，"我会的。"

"下次记得带点像样的东西来奇诺·哈里啊。那卷棉布一样的东西爷爷早塞回你包里了，说是遇着水就变得稀烂了，也不会有人要来着。"

"所以那袋钱必须……"

"哎，见外了啊！"

希德尼露出袖口里的金属色腕饰，不由得引得周围路人纷纷注目，口中无不发出吃惊的呼声。

"识货一点。你知道光这个值多少吗？"

虽然显得很贵重，但这么看着也不可能知道吧。只见她指了指背后一座富丽堂皇的普南利尔教唱诗教堂。

"旅行在外，多去锻炼锻炼自己的眼力吧。不过，我相信你总会威风八面的，帕克特·荣格。"

就这么再见了吗？

"嗯，今天也辛苦您了，希德尼小姐。"

"不辛苦。要知道这几天还算清闲呢。再会吧，我还有一堆事要做呢，凭你这大脑袋也想象不到的胡扯事儿。"

"再会，希德尼。"

帕克特看着人影远去了。唉！雷厉风行的女强人呢。

"你认识那个……"一旁走上来一个戴着羽冠帽的行商人，"那个迪苓商会的？"

还没反应过来，帕克特应声点了点头。

"哎呀！你遇到的那位可是了不得的贵人！我看她帮了你不少呢！"

行商人扶了扶帽子，匆忙行了个教礼就走开了。什么和什么……

"不过，从一开始就想弄明白，希德尼为什么愿意帮助像我这样一个看起来稀奇古怪的人呢？可能正如她所说的吧，我欠缺一些所谓眼力的东西？"

在报偿处领了日结的薪水，出门往西走了没几条街，铁蚊子旅店的那股酒和大绳汁混合起来的味道就扑面而来。那种味道变得熟悉了一些，使人能够逐渐理解在这里生活着的人们。

回到房间，帕克特换下一身汗臭的衣服。连自己都觉得有些许咸味穿过了鼻腔，着陆于舌头表面的味蕾上，他自嫌地对着窗户咂了咂嘴。

端了一盆差不多刚好的热水,带着一块有些生糙的绒布,帕克特走下楼去洗了个温水澡。

没有肥皂,他也只好随当地人一样,抄起一把边上水盆里的棕色植物茎,狠狠一挤,将半透明的酱汁打出泡沫来搓洗。

按照希德尼的情报,如果要找到博加蒙杖的另一半,从伊杜库鲁开始寻找,如果没有消息再返回到迦巴迪尔就是了。去伊杜库鲁的马车肯定走的是追鹿山道,那么一早出发,次日傍晚时分应该就会随马车到达拉冯·克利多堡的城门口了。如果后面的行程都很顺利的话,今晚会是在奇诺·哈里度过的最后一夜了吧。

每次去往一个新的城市或地方,久待一阵子的想法还是会有的。这种不用被催促的生活确实让人舒心,但还是要找到做事的节奏才好。帕克特心想。

帕克特关上房间的门,打开锁好的柜子,从旅行包里摸出两三个茶包来,从吊悬油炉处取下呼呼冒气的水壶,在厚重的杯子里泡上了一杯味道熟悉的热茶。

帕克特朝茶杯吹了几口气,不经意举起手,又仔细看了看。真是一双粗糙的手啊!和看似清秀整洁的外表不同,帕克特的双手可一点不显得文气。

虽干过不少粗活累活,但不同于在老家普雷斯顿的时候,这里的活更加依赖灵活反应。帕克特在镇上送了很长一段时间的报纸、牛奶和信件之类的,非常卖力地工作。几乎是下午回到家就累到要缓一缓,这之前,自己是很清瘦的。捏了捏自己硬邦邦的大臂,又看了看自己肌肉纹路清晰的小腿,帕克特不由得叹了口气。如今想不想回到原来的生活中去?这个问题现在变得有些微妙起来了。

"我还记得我对自己说过,以后无论如何想去当个博物馆从业人员来着,真是给自己说笑话啊。"

整理着有些散乱的旅行包,只是习惯性地整理,确认每样东西都在该在的位置上,帕克特拍了拍手,满意地点头。

剩下用麻布包着的一件额外行李,依旧是那截断掉的博加蒙杖。

尽管有许多念头在脑袋里飞驰着,但接下来要去做的还是找到神杖的另一半,帕克特持着断杖稍稍掂了一掂,完整的神杖或许比现在的要重上更多。手中这半段神杖像是铁管一般,抬手轻轻向上一扬,竟然带起一阵呼呼刺耳的破风声。

这根结实的家伙单纯拿来挥舞,搞出一些上档次的破坏,确实会是个好选择。

神杖的末端轻轻敲了敲帕克特有些酸痛的肩膀,青年稍稍觉得有些不妥,转而毕恭毕敬地把它捧在手里，回身在房间里找了个舒服地方坐下。

　　帕克特够到桌上的烛台，在汽灯上接了一点火，土黄色的蜡烛便燃起了小小的火苗。"放松，帕克特。"轻轻伸出手盖在火苗的顶上，蜡烛灯火的外焰形成了一条小小的细流，缓缓地移动，汇集到帕克特的侧额中。

　　无法感受到强烈的涌动，但自从发现自己能够用这样的方式收集源能后，帕克特很快驾轻就熟了。吸收的半径越来越大，直到汽灯的稀薄火光也渐渐被抽离掉了高温层，徒留微弱的内焰贴着薄薄的外焰在烛芯上跳动着……这个仿佛吞吃幻觉一样的收集进程才算正式进入状态。

　　蜡烛很快变短……汽灯也因为填装的热能汽晶迅速劣化而显得黯淡了许多，可以被感知到的东西被填装进了帕克特自认为是"罐子"一样的储蓄带中。自己的储量好似深不见底——帕克特感到十分高兴，毕竟这是件好事。不管发生什么状况，自己多少也有了应对的能力，而且存量越大，可以使用的源术也就更加充分。关键是收集源能的速度，在帕克特看来还是太过缓慢了，即使刻意通过集中注意力加强聚集吸收的力度，也收效甚微。

　　帕克特只好相信，如果长此以往坚持锻炼下去，这一极限是可以被不断突破的。帕克特做了个深呼吸，闭眼凝神，集中自己的意念，以忽略一切身旁的嘈杂。没错，窗台那儿有点动静。

　　嗯？这一回身可不得了。

　　从窗沿上径直落进来一团巨大的白色绒球，随后一条红色的影子倒悬着翻窗入室，落地时竟没在地板上发出半点躁动。

　　"哟，幸会。"

　　帕克特被这女声吓得浑身一抖，猛地一个后弹，把神杖像棒球棍一样死死握在手里，大喘气地盯着那个人影。

　　"你是……什么人?!"

　　对方把叉着腰的手轻轻落下，随即又把一顶后沿有着蓬松白绒的锥边帽丢在帕克特的床上。借着街上的灯火，对方橘红色的双眼打量着帕克特，就像一只看见好奇玩物的小野猫一般。

　　"嘿，把那玩意儿放下，现在你用不到它。"

　　"你让……我放……我就放下吗?"帕克特咽了口口水，紧张到差点没呛着自己。

"多说无益。"

还没反应过来，帕克特就被一个膝顶后翻身按倒在地板上。神杖滚向一边去，帕克特的鼻子便闻到了木板中拖布擦洗后渗出来的潮腥味。

发生了什么？这是什么身手……对方是要夺走神杖吗？

帕克特试图找地方借力翻身，但对方明显清楚如何反制自己的动作，无论怎么用力，也只是使关节变得更酸痛而已。

"悄悄跟着我来到这里……还是说，在这里已经待了一段时间了？"

"我没有必要回答你这个问题吧？！"

"我也没有必要非得问个明白。"

压着帕克特的家伙忽然在他身上摸索起来，并且摸得实在是很熟练，就像是在走细致的安检流程一般。最后帕克特口袋一空，感觉被掏了个干净，虽说都是些无关紧要的杂物，但青年见此忍不住怒喝了一声。

"喂！你到底找什么呢？"

"有一个白色的圆形按钮，我在那儿抛着玩儿抛丢了……咳咳。我可是看着你捡走它的，它就在你这里。要知道我可是跟着你一路找过来的，建议你接下来别随口造谎。"

忽然能感觉到有香水一般的味道飘了过来，仔细冷静下来捋一捋，制伏自己的对手是一个女性无误了。可这身手也太厉害了吧？

也没想太多，对方没给自己一点动弹的机会，现在这样就连翻身都做不到了。

"它确实在我这儿。那么，你想知道点什么呢？"

"哈，你这样配合的态度我喜欢。告诉我那个白色的物件现在在哪儿？"女子松开帕克特一边的肩膀，容他能够动手指出一个具体的方向。

"在那边桌台上的衣兜里……我的老天。"

"行吧，老实点，保持这个姿势别动。"

不明身份的女性忽然起身，没两下就从一堆衣物里找出那枚通信器来。仿佛沾到了衣衫上的盐渍，对方还轻轻挥手掸了掸。

如果能使出心智源术的话，也许能在陷入更不利的境地之前反问出什么东西来……

帕克特一个眯眼，一道不可见的源能流从身边忽地飞过去，直直地撞在对方的头部。那是试图建立起意识连接的一股源能流，就像投入海洋的光线那样，渐渐散射开去。最后，也不知道去向哪里了。

　　不行，说什么这都太弱了。自从来到这个地方，完全没有任何可以活用的魔源，这点源自自己的微弱蓄能就算发动了最低限度的心智源术，想必效果也很糟糕。

　　对方只是困惑了一下，随即也结合余光看到了帕克特刻意眯眼的动作，自然联想到其中的古怪了。

　　"奇怪小把戏还成。还好我的针剂时效还没过。"

　　帕克特忽然感觉自己被一把漆黑色的刀逼伏在地，有一种冰冷的温度透着空气压迫着自己，好像是死神的镰弯架在心脏上一般。

　　"最后一次劝告你，别乱动。"

　　对方连续按动几下按钮，似乎也没得到什么回应。但她依然不断尝试着，仿佛急切地想要找到等待回应的对象。

　　这么说来，之前通话的那个人，也提到过一个名字："难不成你就是，薇妮亚？"

　　背后按键的咔嗒咔嗒声忽然停了。

　　"哈？"

　　"不，冷静点听我说，我和那个叫凌踪的家伙通过话。你们是同伴对吧？似乎他也在找你。"

　　那个叫薇妮亚的少女长舒一口气，仿佛从什么大变故中得到了解脱一般。

　　"真见鬼！他有提到什么和自己位置相关的信息吗？"

　　"石谷。石谷镇，没错。"

　　"那么你知道石谷是在什么地方吗？如果能告诉我，咱们就能省下不少事。"薇妮亚歪了歪头，顺手将定位器塞进了风衣的衣兜里。

　　"呃……"帕克特被这种忽然客气的语气冲得有些摸不着头脑。她是放下戒备了吗？至少，对方并没有显露出尖锐的敌意。

　　"你允许我翻一下笔记吧。"

　　"哦，请随意。"

　　薇妮亚一把拎过帕克特沉甸甸的旅行包，稍微打量了一会儿，握着肩带晃了过去。

　　"嗨！动作轻点儿！"帕克特见状皱起眉头。

　　薇妮亚听了一愣，只是笑了笑。

　　"唬谁呢，里头可没有装什么这力道下会碎的东西。放心，虽然闯进来找失物是我不对，但我绝不想得罪你。"

这家伙是干安检出身的吗?!

帕克特觉得又气又莫名其妙,只想着快点结束,然后让这个讨厌的家伙消失。翻了翻便笺,早上写下的备忘录赫然在目。

"出奇诺·哈里北城门,穿过断霰河侧桥往偏西走……十几里路,沿汇入哈尔伍迪峡谷山道的路就能直接走到石谷镇郊外了。要是没记住的话,你找任何奇诺·哈里人问就可以,快从我的房间里离开。"

"不如这样,就从你便笺簿的尾页撕张纸写下来给我一份。"见帕克特又是眉头一皱,薇妮亚很快明白这种很好懂的不快了,"得,既然不愿意,那劳烦你再和我详细说一遍。"

薇妮亚和帕克特仔细核对了之后,完成了在自己手套上的携行电脑的指标输入。看着一脸诧异的帕克特,薇妮亚亦没觉得有什么特别之处。

"有着这样的……装备什么的,敢问你又是……"

"薇妮亚·凯伯因,正在旅行中,认识一下。"

"帕克特……帕克特·荣格,叫我帕克特就好。一样,也在旅行中。"

毫不客气地坐在那张有些吱呀作响的木架子床上,薇妮亚拍拍腰带,对青年长吁了一口气。

"这世上无奇不有,无巧不逢,不是吗,帕克特先生?"

"是……是吧。"

帕克特也不知道该不该接这个话茬了。

"可问题是,薇妮亚小姐,你就这么打算赖在我这儿不走了?"

"啊,不会,我已经拿回丢了的东西,接下来就只是在你这儿叨扰休息一会儿。"

倒了杯水递过去,帕克特顺便打量了一下眼前这位姑娘。嫣红色的长发,装甲包覆下均匀却又凹凸有致的身材,以及风帽下一双猎人般死死盯着自己一举一动的眼睛。

"谢了,问你个问题。"

"哎,请问。"

薇妮亚手指在侧额戳了戳,开门见山:"你刚才没用成的,到底是什么鬼玩意儿?"

"我说是,源术——"帕克特尴尬地笑了笑,"就是源术,你会买账吗,薇妮亚小姐?"

"不妨再用一遍试试? 别对着我。"

"我倒也想……"帕克特皱了皱眉头,"你接下来会怀疑我也不无道理。我没法随心所欲地给你演示一段,这玩意儿奏不奏效得看我的心情。"

"倒是稀奇了,我只在奇幻文库里读到过。源术？帕克特,你这是在进行着多有趣的旅行啊。"

"随你怎么说了,反正我明天一早就动身,如果你对我横加阻挠的话,我肯定……"

"嘿,我觉得你也是个明白人。想想若我一开始就是冲着你来的,到现在你小子怕不是早就死了七八百遍了。"

"你哪来的这种自信？"

看着帕克特那张气不打一处来的憋屈脸,薇妮亚忍不住露出一丝窃笑来。

"喂,提醒你一下,在这休息够了就离开啊,你是想怎样啊？"

"那行。先借你几个子儿,不好意思,改天原数还上。告辞。"

伸手够过帽子戴上,将腰带收了收,不带助跑地往窗外猛地一跳,少女消失在了窗框的边沿。

"什么怪人啊这是？不对,是个贼吧？！"

嘭的一声关上窗,把锁闩一扣,帕克特贴着窗听了许久,确认没人在附近了之后,匆匆回头喘了口大气。

总算是清静下来了,刚才可是被那个叫薇妮亚的家伙吓得不轻……若不是薇妮亚并非冲着自己手中的神杖和古书而来,这种出乎意料的状况自己都怀疑能否应付得了。

"我也没有什么趁手的兵器……"

除了诉诸武力,显然有许多办法可以解决问题。"往后像这样的状况也得……考虑周全。"

忽然想到刚才那人说的话好像哪里不对,帕克特一摸自己裤兜,里面的散钱落得一分不剩。再一摸背包,里面那袋子银币也不觉间少了一半有余。

真遭贼了！

"这女的,有病吧？！"

锁上窗后觉得屋内有些闷热,帕克特思前想后,还是走到窗前开了一条缝,向外张望了好一小会儿。直到确认无人后,才躺回床上,但久久不能合眼。在这儿的几天辛苦活,全白干了,真是气不打一处来。

于是,当晚居然连什么梦都没有做。

起来的时候大致是清晨四五点的样子。帕克特沿着木质的嘎吱作响的老台阶走到楼下,早市的喧嚣伴着秋风一起吹进衣缝里。在没有电的时代里,夜晚实在是无聊枯燥。旅店客房梁上悬下的小小汽灯晃得人眼瞎,到大白天看见明晃晃的太阳时,当即会被一种莫名的错位感席卷。

帕克特回到楼上,将打湿的毛布挂在背包一侧,披上从衣帽架上取下的外套,紧了紧包裹断杖用的绳索,起身出门。

"大婶,知道哪儿可以报官捉贼吗?"帕克特奄拉着眼皮,没好气地问着。

"就在银树广场那儿。怎么,看你大包小包的,这就离开了? 得把多付的那部分住店的钱退还给你呢。"

"哎,不是日结的吗? 我有多付吗?"

"确实有,而且不少呢。你得收好了,希德尼嘱咐过,你去拉冯·克利多堡的路上兴许用得上这些盘缠。"

忽地一看,旦吐拉大婶硬是从柜台底下搬出沉甸甸的一小包金币来。这些金币若真是要住店,怕是能包自己住下好多年。

"这……由得她这么把钱塞给我?"耳根一热,帕克特不禁着急起来,"可有办法还给她……太胡来了!"

"啊……至于这个,可真是没法退呢。"自觉说错话的大婶急忙捂起嘴,转头在灶上忙活起来。

"希德尼……你居然帮我到这个份儿上!"正为没有盘缠的事而发愁呢,这笔钱就像及时雨一样。

有了这笔钱……

"哦,这个就是这个国家用的高值货币啊。如此看来,你的人缘还真是很不赖。"

是那女飞贼!

帕克特一转头,差点被口水呛死。她到底是怎么做到两次悄无声息地出现的?

"你看,如果我是你,我会先收下这笔钱。"

"你是叫……薇妮……把钱还我!"

"薇妮亚。"

红发少女一改昨日的装束,穿着一身马车夫的行头,不变的是脸上自信洋溢的笑容。简直是个乐观怪物。

"对了,上我的马车吧。"薇妮亚笑了笑,指了指街边停着的一辆大轮马车。

"你……我不会和你去那个叫石谷的鬼地方的。"

"嘿,想清楚了,你本来的行程中也是要去迦巴迪尔的,我这可是在邀请你。"

"凭啥听你的啊?!"帕克特提了提背囊,感到有些好笑。

"借一步说话。"

"借什么借,你把昨天摸走的钱还我!"

薇妮亚一个微笑,从旦吐拉的柜台上拿过钱袋,塞进帕克特的背包内袋里拍了拍。

"喂!"

"快走快走。我们可有许多路要赶呢。"

急匆匆被拉出旅店,一头雾水的帕克特猛地一顿步:"我说……你到底想干什么啊?!"

"如你所见,顺路载你一程啊。"

"我完全没有同意,好吗? 况且我是有其他安排的,恕我不奉陪了! 薇妮亚小姐,我是真的有点生气了。"

忽然被扯住衣领,一切就像是昨夜发生的那样,毫无防备。

"你是带着某种目的来到尼宁特这儿的,我说得对吗?"薇妮亚看着帕克特,一块白色的商标从他的内衬衣领处露了出来。

"那你不也一样?"帕克特气不打一处来。

"所以,你知道这里将要发生什么吗? 我确实需要解释一下为什么决定邀你一并前去。"

"什么……邀我? ……请你说详细点。"帕克特推了推眼镜。

"迦巴迪尔郊外,一根不知名的怪杖,天空裂开大洞,巨大触手,降下的巨大飞船,石谷镇发生的袭击……"

神杖? 巨大……触手? 墨兽!

"看吧,这些都是昨晚到今早我在这个奇诺·哈里小镇瞎逛逛就能收集到的情报。而且你的眼睛十分诚实,它们告诉我你对这些关键词中的某部分是并不陌生的。"

"瞎逛就……你到底……"帕克特扶了扶眼镜,看着眼前这位高挑的少女。

"去往拉冯·克利多堡的那班马车我帮你知会过了,到点了你如果没有出现,他们也会准点出发。"

薇妮亚熟练地从街边的马车夫手中接过皮质的缰绳,稍稍在手中搓了搓,而后一个纵跃坐到车夫座上。她摸摸口袋,向在一旁候着的马车夫掷去一枚银币,马车夫报以一个会意的微笑——仿佛他俩已经结识了多年一般。

"好了,我说话也说累了。帕克特·荣格,上马车吧,剩下的话就放到路上说。"

帕克特不禁有点诧异,眼前的这个红发少女,行事之前是不是有把后面的七步八步都安排妥帖的习惯。

不知为什么,帕克特把双肩包从背后解了下来。一想又好像……

"等等,你真想把我一路带去迦巴迪尔,小姐?"

"噗——"薇妮亚只觉得帕克特呆瓜一样犹豫的脸色十分好笑。当然,这个家伙真的好笑,木头木脑,一腔正气,十之八九还是那种凡事都会犹豫一下的性格。至于说,为什么这样的人也背负着某种使命在这大世界中奔波旅行,原因总会弄明白的吧。

"喂,"新上任的红发车夫回头看了一眼那个已经把身子挪到后车篷附近却又止步不登的磨叽鬼,吁了口气,"你再这么婆婆妈妈下去没个完,我会让这两匹好马轮流给你来上一蹄子——抖一下缰绳的工夫。再说一遍,我们要去往迦巴迪尔方向。"

"我说,这辆马车你是全款买的?"

"不然呢。"

"用的还是从我这儿拿的钱,你这家伙……"帕克特闭起眼睛翻身上车,随后挑了个最舒服的位置坐下,"然后我居然上了你的马车,见鬼,我是不是真快疯了?"

"你没疯,"薇妮亚笑了笑,"且这是你的一次正确的判断。"

…………

那些背着大大小小包裹的行脚商人依然忙碌着,日日夜夜都是如此。常有人抱怨说奇诺·哈里的宵禁并不宽松,到了深夜就会有不少普南利尔的教警出来巡视街坊,催促那些还未停业的一般商铺打烊。

帕克特嚼了一口多汁的根茎,看着眼前渐渐后行的街景。

早前从希德尼处打听到,每年这里都会举行一个叫作火海节的盛宴,家家户户都在门口摆放一个长明火盆,意在让这一夜当值的天神能够看见人间的繁华。这个仿佛身处中世纪,却又混进了一些奇奇怪怪的蒸汽风格的商镇,也有着这样那样的文化传统。在这里,拥抱和亲吻似乎是不能在大庭广众之下做的事情。人们日复一日欢笑着,谈论今天的生意和对普南利尔三神的敬重。孩子们手拉着手,在马车经过之后拦住街道,整齐划一地唱着旋律好听的圣歌。

"你在吃什么啊?"篷布后面传来一声好奇的问询。

拆开篷布,帕克特索性没好气地把整条延铁根递了过去。

"一种可食用的当地植物。记得要多咀嚼再咽下去,否则会闹肚子。"

"你为什么会想吃这个? 在我看来,你应该也是来自一个相对进步的文明社会啊。"

"不是,你尝尝看再说这话。"

薇妮亚接过菜茎,用手搓了几下,放进嘴里尝了尝。

有一种辛甜的淀粉味和一些苦涩的口感。刚入口是这种感觉,但大胆嚼了嚼之后,居然有甜酒回甘一般的味道在口腔里扩散开来。

"还行啦。"薇妮亚叼着根茎,笑着说道。

帕克特见状掏了掏衣兜,将一块手帕递了过去。

"谢谢。等等,你该不是只带了这个当作路上的口粮吧?"

"你都有所准备了,不是吗? 我看见后面的车厢里有些面包,挺不错的,很像是我这几天去买的那种细麦面包,还有水罐、肉糜什么的。说实话,看到这些我才愿意上车的,谁知道你说的要去那边是不是认真的。"帕克特收了收背包的束带,调整了一下坐姿。

"啊——所以我刚才吃的是面包店旁边那个摆摊的老婆婆卖的那些绿色厚叶子。"

"那不是叶子,其实是类似植物根茎啦。外面有绿色层壳的,我事先已经剥洗干净了。"

薇妮亚把手帕叠了一叠,放进车夫座位边上的小木筐里:"这个,哥们,我之后洗一洗再还你。"

"不要紧的。"

话题好像在此结束了一般。

帕克特看着马车渐渐离开商镇的中心,不一会儿就到了出城的关口。没错,即是自己进城的那个入口,现在成了自奇诺·哈里去往迦巴迪尔的城关出口。

"旅途一路保重,小姐。"

门口那两个守卫也让人再眼熟不过。只是他们不怎么盘查出城的货物,他们似乎都注意到这个红发女车夫的面容之精致,足以调剂自己枯燥值守的心情。

"所以……啊,不,我只是很好奇。薇妮亚,你为什么会来到这里? 当然,我好奇的东西有很多,包括你到底是从哪儿来的。"

"你先说说你自己吧,帕克特。"

帕克特隔着背包轻轻摩挲着无字怪书的边角,小小地犹豫了一会儿,做了个深呼吸。

"我来自英国。准确地说,是公元2010年的英国,兰开夏郡的普雷斯顿。"

"啊,英国。"

铁蹄声渐渐轻快起来,马车显然已经踏上出城去的宽阔道路了。

"你知道英国?"

"我不会说我很了解,因为一些比较复杂的原因,我知道的不一定是你土生土长的那个地方。"薇妮亚甩动马缰,用轻巧的语气回答道。

"那你总听说过……地球?"

"名字很悦耳啊,好像还有点带劲。怎么,是一颗行星等级的星体吗?"

"难不成还有能住在恒星上的人吗?"帕克特不禁觉得有些尴尬,"还是说……"

明明听说过英国,却不知道地球?

"在我的认知里,假使单纯从观测角度上来讲,不少下行时空的恒星上还真住着居民。"

"观测?"

"对对,我们之间恐怕会有很多概念上的差异,但你要知道,你我现在能正常交流,是多亏我戴着一颗小小的科技植入芯片。"

薇妮亚指了指自己耳垂下面的地方,帕克特顺眼看过去,除了柔白的皮肤和嫣红的细发,也没有看见什么类似"芯片"的东西。

"当然看不见了,兄弟。皮下纳米机械。接下来我把它给关了,你可能就听不懂我说话了吧。"薇妮亚顺着耳垂下面的方向轻揉了四五下,接着开口了,"我此行是来找人的。"

"找……找谁?"

一勒缰绳,马车迅速靠边,停在了树林边的路上。一旁经过的商贸马车车夫不禁侧目,要知道,这样不打信号忽然急停确实反常至极。

"你会说我的语言?!喂!"

薇妮亚转头看着帕克特,就像看着世界上最棒的马戏团教会了一头大象怎么上网搜索关键词看视频一样。

"是……是啊。"

"而且你还能听懂……你也戴了通译器不成?"

帕克特无奈地笑了笑,从外衣脖前的位置掏出一块诡异的挂饰来。

对，没这个鱼群透镜，就算是见识过恒星居民的你恐怕也没法理解一个英国人的幽默感吧。

"我想我们都有自己的小秘密。"

仔细看了看帕克特手中的那块单片镜款式的挂饰，薇妮亚难以相信自己的眼睛。

"就和你的科技产品一个样，不是吗？没错，从我的角度来看，所有我所掌握的源术都是等待解释的科学。"

透镜之中，有无数条鲜活的鱼在深水之下游移。光感和实物感使薇妮亚能够将其与最高级的投影技术区别开来，要说为什么，这就像是个养着一个巨大鱼群的超级微观水族箱。

"你听说过所谓的超越存在吗，帕克特？"薇妮亚拍了拍马背，马车再次行驶起来，"或许你戴着的这玩意儿就是其中之一。"

"你又在说我完全不理解的东西了……实话说，尽管你我都觉得这像是源术，我也没法解释清楚这个。我知道的是，它确实能帮助我听懂异世界的人们在说些什么，也能让他们完全理解我说的话。"

"不可思议。"薇妮亚搓了搓脸，振奋了一下。

薇妮亚策动缰绳，催促着马儿继续专注在赶路上。靠路边的那头斑花马嘴里咀嚼着什么，显然是刚才停下来时能获得的一些诸如野花野草之类的植物。

"所以，让我猜猜，你是特地到这里来找什么和那个巨大触手相关的东西的？"

"也对吧。稍等，你看看这个，先帮你解开上头绑的绳子。"

薇妮亚轻轻接过帕克特递来的一根木杖。上头有不少难以理解的纹饰，当然无法忽视的一点是，这根木杖在半截处被折断了。

"我想我得找到另外半截断杖，如果你早前说的那些传闻是真的，那么我应该是去对地方了。石谷是在迦巴迪尔的方向，那么也许我离要找的那半截断杖并不是那么遥远。碰碰运气。"

"那你知道这根所谓的棍子……不，神杖，能干些什么吗？"

薇妮亚将木杖递还回去，眼睛里还是冒着因颠覆了丰富认知而造成的困惑火花。

"嗯……仅靠着我手上的半截神杖，我就被传送到这个地方来了。至于说它能干些什么……我不是这根神杖原本的主人，现阶段我只能猜测说，也许能够做到些使人实现空间移动之类的事情。当然，我只是猜测。我同时在收集一些别的东西，对，就像那半截断杖那样的。大抵我会在之后找到此番冒险的意义吧。"

"你这是在进行多有趣的旅行啊……看来昨晚并不完全是我的直觉作怪,或许……"薇妮亚下意识地摸了摸侧颈。

"或许?"

"或许我们能帮到彼此吧。"

"除了大大方方摸走我一笔钱,你不是已经在帮我了吗?"

帕克特望了望不断后移的树线,马车平稳地将自己带向墨兽留下的谜团之中。在不断趋近了。

"现在谁说什么我都不觉得太奇怪了,我这阵子遇到了不少有趣的家伙,当然包括你在内,帕克特老弟。"

薇妮亚露出了无奈的微笑,恢复了自己的通译器,顺手从后座掏出水壶,猛灌了几口。

这里的水,和在时空议会喝到的那种轻飘飘的水完全不一样,是更厚重的水。

"我呢,"薇妮亚看了看树林的尽头,眯着眼能望见,那是一条在丘陵上蜿蜒前去的长道,"来自一个观测位面。"

"观测……位面?"

"对。我出生在那里,所以一切和故乡相关的记忆,都和那个地方分不开。这么说吧,假使你的家乡'地球'存在文明,那么照我的理解应该就是观测位面的影响对象。很多学者喜欢称你们的文明为次级文明。你知道的,就像是终端模拟出来的一系列对文明演化的演绎,我们在扮演上帝。"

帕克特挠了挠头,猛地打了一个激灵:"所以……你们是类似于……造物主?"

"不,那种说法失之偏颇。观测位面本不具备创造观测对象的能力,也就是单纯的观测者身份。直到后来有些小小的变化,观测位面开始能够对观测对象进行不同种类的操作了,这就是后来被叫作宏时空的文明,也就是我故乡观测位面的后续版本。我们的世界开始与其他不同的世界进行交互,基于对所谓'操作'技术的原理,在不同世界间进行的商贸、物流、文化交互也就成为可能。然后有了叫'勒克莱尔时空议会'的机构,负责管辖对象的平衡与一些综合的管理事务。"

看着那些在外面飞速掠过的草木,仿佛都和薇妮亚所说的一切相距甚远:"原来你并不是来自……未来啊,我最初还以为一切都是线性的。现在我有些明白了,可能确实是有平行世界的存在,这里也是。但我并不了解这些,就当你说的全都是真相好了。"

"我们都有小秘密,不是吗?"薇妮亚笑了笑。

"真有你的。只是……"

帕克特看了看自己的双手,就好像是被那个所谓宏时空里的一台饼干机用胶体材料挤揉出来的一般。

"也许问你是不太妥当,但我还是想问,造物主……难道是真实存在的吗?"

墨兽早前嘲弄过这个说法,但这不代表墨兽一定就是对的。也许那只超级大章鱼也不过是所谓宏时空里的沧海一粟呢。人类太过渺小而短视,即使揣测是没有边限的。

"所以你想讨论信仰相关的话题?或许不,我们都好奇是不是真有造物主这么一说。你看既然我也一样还在好奇阶段,想必我也没有面会过那虚无缥缈的存在了。"

薇妮亚苦笑了一声。

"有个说法使我信服,那种观点称,人只要记住,你的造物主即是你的生身父母,如此就好了,简明扼要。"

只见帕克特一言不发,好像对这个回答颇有微词一般。谁知道呢,薇妮亚心想,也许不该在别人因难以回答而苦恼的时候追问些什么。

"那样的现实,比我所知道的科学幻想更为荒诞了。你却告诉我你生活在那种地方……"

帕克特好一会儿才开口,好像在内心放下了一些什么。

"彼此彼此。对了,还记得我问过你超越存在的事情吗?超越神器,你并没有接触过,那些玩意儿。呵,简直个个都称得上是颠覆常识的'源术'了。"

"那它们一定大有来处吧?"青年摸了摸脑袋,露出困惑的表情。

"相信如此。"薇妮亚将手中的缰绳紧了紧,"同时好奇心将驱使我们不断接近这些东西背后的答案。"

帕克特听罢,摇了摇头。

"要知道我原本的生活实在是单调乏味。其实就连源术的所能,薇妮亚,我都觉得是个很遥远的概念,直到最近。"

一束阳光从树冠穿射而下,照在马车前的空地上,就好像即将给这辆马车进行一次盛大的加冕一般。

"最近?"

"对。我只不过是个'科学无法解释的技法'的入门者而已。到现在还是一头雾水,可能就像你说的超越存在一样,实际感受之前,确实都是美好的憧憬。相信提出收管的人,是有特别的理由。我现在好像一夜之间会了些'法术',短暂的欣喜之外,只是在承担使用这份力量的责任之重罢了。"

这番话,也只有一个人真正经历了对生死的思考后才说得出口。

"也许你注定要去做些什么,不是吗? 就像你所信仰的宗教里所主张的那样。"薇妮亚舒了口气,"希望你能找到你要的答案。"紧接着,后座的那位先生也舒了一口气,就好像是空气中撒了一瓶哈欠粉一样。

"你也是,薇妮亚·凯伯……"

"凯伯因。"

农夫们在丘陵上收获着秋实。那些像是谷物的作物长得异常茂盛,阳光下,作物的梢头随风渐渐打出一片片波浪来。这么一看,好像也和家乡的一些田园景象无异。帕克特单纯回忆了一下以往自己独立生活的一些片段。一次次地去往人迹罕至之地,寻找一些流逝光阴和人事物象留下的残片,将它们悉数保留在记忆的储物柜之中。

一切都是一种迹象,好像预示着,这样的一场冒险无可避免。类同于以往的任何一次从心而动,帕克特知道这次亦不例外。自己长久憧憬的原来是这种朦胧诱人的使命感。

在马车行路的颠簸之中,帕克特渐渐发觉结伴而行是很不错的选择。没错,就像当时有犹狄同行时,就能暂时忘却所有生活的不易一般。

"薇妮亚。"

"怎么?"车夫座上的少女懒洋洋地应了一句。

"操纵马车……有什么要诀吗?"

帕克特转向前面,只见薇妮亚将马绳虚握在手,一副老手姿态。

"你想学?"薇妮亚坏笑一阵,将绳子整根递给后座的那个文气少年,好像私塾里忽然多了个呆瓜学生一样。

"确实。就算以前见过不少马,我还从来没有和它们有过什么交互。"

"三步秘诀,很简单。"

薇妮亚靠边一坐,将驾驶的席位让给匆忙就位的新手。

"第一步,你得感知马匹。在长时间的奔行中,马匹会固定一个想跑的速度。左右两匹马,左边的更强壮,右边的稍微弱点,但也是匹好马,那么速度的控制就要着重放在强壮的马上，不能让另外一匹负担太重。"

"这哪里简单了……"帕克特暗暗咕哝了一句。

"第二步，你要控绳。你要让它们明白你想要的是什么速度，这时候就得看你的理解了。我们赶去两天一夜才能到的地方，就我现在的这个速度应该是刚好。保持住很关键，两边，哪边慢了就振打一下，力度要适宜。听气喘鼻音来决定要不要靠边休息。"

"记住了。"

"第三步，能不能把你背上的背包解下来放后面？要是马停下来回头看，都能被你蠢死了。"

帕克特经由这么一说，发觉自己好像挪身时又习惯性地把大包给背上了。

"抱歉……哈哈，习，习惯了。你吃点面包休息一下吧。不要担心，让我按照你说的要诀试试看。"

薇妮亚手里忽然多了一块面包——随即自顾自地吃了起来。薇妮亚的速度确实快得惊人，帕克特已经好几次感叹这一点了，身边的这位简直是个彻头彻尾的行动派。和迪苓商会的那位希德尼·迪苓一样，乍一看似乎都是过着一种快意游哉的生活。想来个个也都有绝技在身。

马车告别了约度因国境，在丘陵的末端进入了幽暗的山道。没有任何路牌指示，但是曳车的马匹是清楚的。如果不出意外，天黑之前就能到迦巴迪尔外的一个小村庄，两人商议一番，也决定在路过那个小小的水源地时，稍事休整。

那之前，是上行山道中想躲也躲不过的陡势。

"我真的受不了……遇坡的时候所有后面车厢里的东西都在滑动——"再次换到后座的帕克特用手维持着一切物件的平稳，就像是七手八脚地试着堵一艘破旧潜水艇的漏洞那样，"何况已经尽力把它们捆在一起抱住了。对，我是认真的。"

"得承认……马车晃来晃去的。扶好了，带车的这两匹马，感觉爬这个坡也有点辛苦。"

一振缰绳，两匹骏马吐着粗气不断地向高坡刨着蹄。

"该死的，接下来还有上坡吗?"

稍稍从车座上起身，红发少女眯起眼睛向远处望了望。

"有。"

"我爱死旅行了。"

第7章

召集于流星之眼

石谷镇，镇郊。

似乎所有人都很忙碌。

确实如此，许多人受了伤，从白天到黑夜，从医师院子里发出的惨叫声和忍痛发出的哼哼声就像是循环播放的背景声效一样。

门口堆着的那些染血的担架，很快就被新赶到的马车驮走。那些参与救助的士兵也是，其中的多数也已经一夜没有合眼了。

凌踪飞快地敲击着投影笔电，浑然不顾身旁那些投来奇异眼光的兵士伤员。终端连接着一台也不知何时出现在身边的飞行器，批量地处理着繁复的数据。要想在恶劣的境况下生存下来，就必须开动脑筋。

从西博文·凯伯因处得到的插片，能够直接获得与携行秘书官AI——里比尼一样的使用权限。

就和托卡马克的私人电脑一样，也是一个异常庞大的数据库。里比尼或许用的是完全无法解释的数据加密，不仅无法读取任何程式，最后能勉强使用的也就只有它的数据读取和进程辅助功能。里比尼无疑是个巨大的宝盒，但直到现在凌踪也无法揣摩透西博文·凯伯因将它赠予自己的真实用意。这是场由托卡马克发起的能人间的竞速。

凌踪擦了擦眼睛，眼睑里头也因休息不足产生了异物感。被子弹蹭破的皮肤在草药的作用下一直针刺似的发麻——虽好受不到哪里去，但总好过疼痛。没错，远远好过疼痛，整个院子里的尖叫和惨叫声依然不断。

原来，人还能受伤到这个地步……只见被大口径枪弹打飞半条臂膊的伤兵，急促地呼吸着，用手死死攥着大夫的衣领，仿佛在草药消毒的瞬间就将因过度的疼痛而暴毙一般。前来帮工的农妇们拿着叉干草用的叉子与厚实的笤帚，一遍遍地往地面上泼洒加了药汤的滚水，刷洗着血垢。不少人看着地上一摊摊认不出主人的脏器，忍不住扼喉猛吐起来。

"没有药了！我都说了，这里能用的药物都没了，你还指望山工们现在去帮忙采吗?! 什么？你们要干吗？回军营找？说什么蠢话，你们要接着去送死吗？"

"可邻镇那些懂些医术的一听要打仗，早就带着东西跑了呀。先生，唯一剩下可能有救命物资的地方，也就只有军营那儿了，希望没被大火烧掉。"士兵牵着马，颤颤巍巍地对大夫说着。

"废话，你还指望战争单就饶了你的命不成？医生也是人，他们自然也长了脑子！谢谢有你在这儿啊！少添麻烦，别想着去找药材的事了，乖乖回你的队伍里去待着！"

药师提着稀稀拉拉几根医用药草，对着涕泪纵横的青年士兵们大声嚷嚷着："对咯，能活下来就不错了！你们呀……"

没错，战争所致的死亡，你绝不会想要这种事发生在自己身上。凌踪就难以自制地想起，在"尤尼乌斯"号上发生的一切。

仿佛是一种不真实的演绎。当自己站在时空议会的封闭立方体中，临近抹消的一瞬间，其实脑袋里想的并不是谁因此而得逞了，都是那些重要人事物象的残影。或许死单纯就是这么一回事。

一切都仿佛被看得很明白，只有一次的生命只存在着一种对死亡的注解。浮现出艾伦在别斯科复制人击发的枪弹中化为一具冰冷尸体的场景，浮现出复制人被能量光束击毁的肉身，浮现出与未知势力的兵士们在激烈交火后被溶解的装备和亡骸，皆令人骨寒。

凌踪看着自己的左手，一如寻常的左手，又或者是，无比违和的左手。

这只手上诡异的空洞和过去的记忆杂糅起来，成了一种比肉体伤损更为瘆人的存在。

也许只要在那个诡异的博物馆里后退一步，与那两个奇怪的家伙保持距离，也许只要乖乖吃下药片，等着自己在海中被救援捞起，也许就该离那个保管柜远一些，与这一切再无纠葛。

当然，也应该和自己所属的世界一样，接受被宏时空调整的命运，作为一粒小小的星尘，被放回纠正偏理的大流之中。并不是这样。

"好像就如同'夸克'所说的那样，我，凌踪，接受着一系列仗义执言所带来的代价。或许如那个保管神器箱子的陌生人所言，成为开启和这破玩意儿相关的一切的钥匙。没错啊，这不都是我选择的结果吗？跑到这种地方来又要逞什么英雄？我只是……看不下去而已。我能做到更多，改变这一切。

"凌踪先生……"一个支支吾吾的声音从背后传来。

"嗯，我在。"

手上的工作并没有因为这声问询而有一丝停减，根据里比尼强大的数据库，凌踪仿佛在反思的同时陷入了一股新奇的狂热——也许结合里比尼和托卡马克两方的积累方案，会有什么了不得的点子出现在自己的脑海里。

对，自从初中那会儿露营时因为补觉错过了世纪最大的流星雨之后，这种对技术的执着渐渐步入如灵魂出窍般病态的领域。即使……

"您觉得需要帮助吗？我想，您伤得不轻。"

"不用。"

对方尴尬地笑了笑，一脸歉疚，似乎仍然在为之前的某些过错感到懊悔。

"听着，凌踪先生，我叫威廉，威廉·大卫撒。我非常感谢您能救下队长他们……哦不，我们……可您伤得并不轻，需要更多的休息啊。"

"也许我感到累了会考虑的。"

"那，你或许会在意那个女孩恢复的情况，医师告诉我，她刚退了高热，可能不久就会苏醒过来，你最好过去看看。"

"哦。"凌踪说罢正欲合上屏幕，但一丝灵光忽然浮上脑海。

没错，托卡马克的草图中有许多非常大胆的方案，也许作为一个天体物理学家和工程天才有这样的想法并不为过。但如果深挖到他的思想——凌踪觉得这是种灵魂附体的感觉，这一系列凌乱无章的草图设计中，托卡马克似乎想要着手制作属于自己的强化外装甲，一系列停留在雏形的设计，包括强化气雾、重力手套，甚至含有类似肉体修复舱的设计。很有趣，这些电子化的文稿中透露出许多未成熟的念头，就像自己经常会呆坐遐想一样。在第三个千年，人类实现了许多久远的构想，当然也包括强化气雾和肉体修复舱之类的高端科技。兴许托卡马克意外地只是在记录着宏时空下的子文明中使自己能产生共鸣的科技，并且想要根据这些基础的构想来构建宏时空概念上的升级版本。有趣，托卡马克这个家伙。作为被观测的文明，凌踪心想，怎么能不生出一股对托卡马克·塔西身居高位亦有着惊世之才的嫉妒呢？

"我也可以……我也可以做到。我会创造新的技术，在尽可能短的时间内弥补与撒巴莱亚人之间的差距。"

用收纳插片收起了里比尼，凌踪兴致勃勃地盯着投影电脑上的画面。满眼的血丝，其实并不是因为画面中有什么值得自己去看的内容，只是盯着在不断思考而已。

"你会想要过去听听医师的建议吗？……我是说，为你自己着想，可以试试……队长也希望你能稍微修整一下，也特地安排了休息的床位。"

凌踪没法忍受这般打断，至少在这个时间点上，尖叫和惨叫声也比对话更加令人清净。

"我看着像一包什么消炎药吗？"

"什么……当然不了，先生。"

"那你觉得我对那姑娘在正常免疫功能作用下引起高热后的恢复阶段能起到什么作用吗？"

"我没听懂……你别……请考虑一下我后面说的。"

凌踪眨了眨眼睛，手指晃动着关停了投影电脑的按钮，疲乏地抬起头来。

"啊，我知道，别为了我浪费床铺。我要工作，我没这么……"

扑通！迷蒙之间，感觉有谁在身旁费力念着某种咒语，然后……远远的地方亮起了一束光，一束更为强盛的光。那股光里有个人影，走到自己身边，看着满脸疲惫的自己，扑哧一声笑了出来："蠢蛋。"

半梦半醒之际，嘴里被一根长长的汤勺喂着味道奇怪的……汤药。

不得不提的是，这个味道大致是一种碱性沐浴液和食醋、罗勒草混合在一起的感觉。凌踪分别尝过这三样东西，对于这种综合起来的口感也稍微有那么点头绪，至少用言语形容起来不是问题。

"还以为你得睡上一整天，小伙。"

凌踪猛地起身，当确认自己的什物——插片包和投影电脑，都被放在床边一个小小的挎包里之后，松了口气又躺了回去。

"谢天谢地。"

照顾自己的人也是猛地一记起身，顶着玄关光源的胖大身影一瞬间将凌踪的视线变暗了。

"听着，我不知道'谢天谢地'是什么意思，不过念在普南利尔三女神的名义上，你得坐起来自己把剩下的汤药喝完。还有许多状况更严重的伤员在等着我呢。"

有着两道极深法令纹的农妇放下汤碗，像一阵风一样跑出了病室。隔壁病房的惨叫声此起彼伏，从听到的只言片语中，似乎已是到了需要截肢保命的程度。

截肢……没错，那个可怜人腿根部的位置被严重打伤，没有抑制感染的手段并且在充满伤员的空间里待的时间过于长久了，想要活命，留给他的选项确实也只有这个了。

"妈妈——妈妈！啊——"

"咬住！你把这捆干草死死地咬住了！"

"啊啊……嗯……哼哼。啊——"

"把干草塞进他的嘴里堵住舌根……要不然他的嗓子会喊坏的！"

凌踪揉了揉额头。成日成夜待在这里让人不自觉地神经衰弱，睡了一觉也并没有改善到哪里去，比起院门外的轻伤营地来说，隔壁的房间可是真正的鬼门关。

坐着缓一缓吧。

"你是？"

"呃，哈……？！"

凌踪一转头，那位淡金色头发的少女面无表情地盯着自己。

那一瞬间，凌踪并没有觉得太陌生，仔细一想，这人自己肯定是见过的。

少女从被单中伸出了一只手，指着自己。要说有什么不太妙的东西的话，那手里可是拿着一把枪口黑洞洞的手枪。

姑奶奶呀！

"先把枪放下……你，我刚醒，请你先让我梳理一下发生了什么。"

凌踪调整呼吸，排除不必要的惊愕、恐惧和紧张。

凌踪忽然觉得脑袋嗡的一响，习惯性地想要去自己家里的冷藏单元里拿一卷冰毛巾捂一会儿，只是空抓了几下，什么都拿不到。自己并不在家里。作为替代的，只好长长地叹了口气。

看了看少女的眼神，这个人躯壳之内的一切仿佛都死了一样。

少女眼睛没有聚焦在任何东西上，表情也迟迟没有出现。想来不论在她身上发生过什么,或许都是足以摧残心智的。下一秒,就像是被奇怪的电流穿过那样,她久久盯着凌踪,然后深吸了一口气。

"算了。"

少女轻轻把手枪往床边的地上一丢,注视着门外来去奔波的人影,继而扭头沉默不语。

拾起手枪,凌踪关上保险看了看枪底,弹夹里头空空如也。少女没放下警觉,又翻看了自己床边的挎包,里面倒是有那么一个挺显眼的弹夹,不过也只剩一个了。

"是这样的。"

凌踪拿起汤碗,喝了一口。果然,这个味道十分不对劲,但还是喝了下去。斜眼看着,少女似乎漫无目的地在翻找着什么。

"至少我可以向你解释剩下的那些弹夹去哪儿了。"

"是你救了我?"

"差不多吧。"凌踪笑了笑。

一阵过堂风吹来,少女耳垂上的两颗白色水滴状挂坠轻轻摇动着,清理伤口时洗过的头发透着淡淡的光,是非常好看的颜色。

"谢谢。但活着有意义吗?"

冷不丁听到这么一句话,凌踪抿了抿嘴:"嘿,这什么话。人活着总比死了强。"

"不,结束了。她拿走了所有的东西,我很清楚,皆是得不回来了的。现在就留给我这样一个问题。我怎么就还活着呢,我不明白。我从阿基耶开始,到现在依然要挣扎,仿佛这一切必须与我相关似的。我从那时候起在重复经历同一种错误。"

凌踪听罢思考了一会儿,抬手指了指隔壁房间。

"那你觉得他们都在那里做什么。"

"人总还是想要活着,哪怕虚无缥缈。我却不同。我的失算,酿成的是大祸。我可是把所谓活着的意义给失掉了。我在质疑自己到底还在坚持什么。"

"我不是很懂。"凌踪开始有些理解先前在背后说话的大卫撒的感受,"什么活着的意义? 我倒没听说过活着的意义还能被输掉的。这样,你听一会儿吧。"

隔壁的房间传来了刺耳的由骨屑和钢锯对抗的声音。从出生学步时起就陪伴着人的肢体,竟也有成为累赘被舍弃的境遇。这是一种令人绝望的体验。

"还我……啊——还我腿……你还我腿啊!! 我的腿啊,那可是……我的腿啊。

啊——"

闻者落泪。

撕心裂肺般的哭号声,使疼痛在悲伤面前化为不值一提的麻木。

"压紧了!压到没有血流出来为止,要干净的布的话就从有红绳结的篮筐里取,快点放我去洗个手,后面还有两台手术等着人做呢,听见了没有?!压到,压紧!没有血出来以后,再慢慢,慢慢放开。你们给我复述一遍看看。"

对着已经开始向外走的医师,截肢士兵的战友们大声地复述了一遍。"很好!这样做他就能活下来!抬他去别处吧。"

医师走到中庭,双手在农妇送去的水盆中仔细地搓洗了几遍。凌踪和少女静静地看着那个男人,对着空无一物的天空用手轻轻画了一个三角。

"拉艾瓦女神在上,愿我慈悲之心得偿于此,使我不劳累,不焦灼,不迷惑,代行您的恩慈,全力救您的世人。"

这位医师坐在庭院内的石墩上闭目了一会儿,两个大汉急匆匆地迎了上去。

"他准备好了,他准备好了,大夫!可得保住他的性命啊,听着,他的妻子才刚回镇上呢!她可不准我们丢了这家伙,大夫,大夫?!"

"好了,我知道……知道……我这就来。"

凌踪掀开铺盖,背过身去整理了一下衣裤。

"是吧,都在努力地活着呢,"凌踪再看看自己手肘上因为之前扭打造成的创伤,竟然几乎都愈合了,"我找个安静地方看会东西去。"

"可他刚才说……"少女好像忽然反应过来了什么,呢喃着。

"拉……拉艾瓦。"凌踪将被子叠好,轻轻放在床头的位置。

"是吗?"少女轻轻抬起头来,迷茫地看着青年。

"不知道,普南什么的……宗教之类的吧,"抄起挎包,凌踪踢了踢鞋,紧了紧后跟,向门口走去,"我不是什么哲学家,不过这些有信仰的人在这会儿或许比像我这样的科学信仰者更加知道为什么而活也说不定。"

"拉艾瓦……说到底,这会儿到底又算是个什么呢,哈哈。不过,谢谢你提醒我。"少女笑了笑,从方才的悲哀表情中缓过一些劲来。

凌踪挠了挠头:"嗯……想来那个尽职的医师肯定比任何人都更清楚这点吧。"

他轻轻带上门:"哎,那个,好好休息。等你感觉好点了,我们再聊聊吧?"

"嗯。"

随着青年合上门远去，四周又泛起了秋虫的阵阵鸣叫声。

少女向后梳理了一下自己凌乱的头发，发丛里面满是敷着草药的包扎处，摸了摸自己酸疼的后颈，仍有一丝淡淡的血迹沾染在手指的指腹处。她闭上双眼，躺回到了床铺上。

在一个僻静无人的地方，凌踪就着一块石板坐下，久久翻阅着里比尼提取数据中关于化形圣剑的研究。至于在这里坐了多久，并非他所关心的。

"它们当中的一些或许拥有非凡的特质，学界称之为维利式自愈——针对持有者发挥着不同程度的促进代谢和提升循环系统功能的效果……"

"之前伤得可真惨啊，那个女孩。"凌踪回想起之前上马车时的一幕：士兵们抬着她，就像是在搬送一具还有温度的尸体一样。比起那会儿，刚才看起来，确实好多了。

"我倒是一点也不惊讶她为什么还能活下来，就像我也没怎么惊讶我活下来了一样。"摸了摸自己顶撞头盔时落下的瘀肿，亦全然不再惊讶了。无法解释一般。

"这可不是什么正常的治愈力。"

凌踪只觉得意识并不那么清醒，仿佛有无数纤细朦胧的白雾在和大脑协商之后放肆地交换着自己的神经。起先还觉得可能是撞坏了或者有些失血，当然最后也可能不是这么一回事。

"左手里的那个东西，确实在影响着我。怎么形容呢？当时对着那个兵士挥拳的时候，可以说有八成的强烈的求生意愿是出自我自己……但剩下的两成，我能感觉到，那不是我，也不是任何我能控制的想象——就像困在古典马戏箱里被一柄冰冷的长剑穿刺过去一样，丝毫没有玩转戏法的那种优越，肉体只感受到一种受刑于市的恍惚惊惧。我变得不那么纯粹，像是有那么两成外力在试图为它的私利行动着，驱策我的身体。"

夸克它明显在索求什么，随着一次次与它的接触，它的自主意识渐渐地不加掩饰起来。就连它被人所知的这个名字，凌踪也感到蒙着一层毫不客气的虚伪。

不禁愕然这个"化形圣剑"是个什么东西。"我仿若带着一个活物在我的左手空洞内，行走在异位的时空之中。活物，没错，活物。它名为夸克，独立存在，但又像是占据了我五分之一的灵魂。"

凌踪揉了揉发际，再一次看了看自己的左手。

你是什么？

金色的丝线就像白梦幻觉一般出现在手的周围——耳边亦响起了破碎的呼声和长号角的鸣响。白光紧接着出现，那个叹号纹痕之中就像照射灯一样点亮起来，抬头一看，整个头顶大树的树冠之下都被照得耀眼。凌踪忙着盖住自己的手洞，左右环顾了一圈，松了口气。还好，这里比较偏……不。

"你也没有我起初觉得的那么普通。"

"别勉强自己下床走动。"凌踪回头，看着眼神里充满着疑惑的普艾希亚，怎么看都不是很好打发的那种人。

如果携行电脑在这里的旁人眼里还能算是看着自己的手腕发傻的话，这次恐怕解释为这是手掌在反射月光——都显得荒唐了。

"谢谢关心，我的腿此前并没有被折断。但这不是重点，你得告诉我这到底是什么。相信我，也许我能帮你解释一些情况，看你的样子也不像对发生在自己身上的事情了如指掌。"

看着普艾希亚蓝紫色的眼瞳，凌踪此刻再一度惊诧于眼前少女的非常之处。

这个女孩的瞳孔是雪白的。与虹膜从上到下由紫到蓝的渐变色一起，让和这一对眼睛交叠视线的人不能移目。仿佛见过很多次，但每次看，都显得尤为特别。

美瞳？这可是鬼知道是什么时候的中世纪！凌踪也不太敢相信这种解释了。

"呃，简单说，我的手……它只是偶尔会像灯泡一样亮一下，就是这样。"

"请不要装糊涂了，这样没什么好处。"

少女走到凌踪面前，指着自己侧发中稍稍露出一些的耳朵。

"我觉得你来头不小，要知道，两个世界中，你可是这里唯一一个能听懂我说的万神语的人。"

哈？万神语？

凌踪搓了搓自己作为科学信仰者的双眼，看着眼前淡金发色的少女。

"你在说什么？什么神语……哦，难道是这个吗……"凌踪按了按耳朵背后，关停了芯片的通译功能。

"你还能听懂我说话吗？"

"能啊。而且不管你刚才干了什么，我确定你还是能听见我在说什么的。"

"……你说的是我的语言？"凌踪问完径直做了个深呼吸。

"不是你的语言，而是万神语。你听得懂，但你说的并非是万神语。"

普艾希亚举起双手,在空中轻轻一划,但什么都没有发生。随即意识到缺少了什么,露出了歉疚的表情,微微一笑。

"你可能是这里唯一能听懂我说什么的人了。难道你也是从阿基耶附近流落到这里的吗?"凌踪根本就跟不上这个女孩说的话,虽然完全听得懂。她不就是在讲英语吗?! 还带一点新欧洲地方口音,吐字也很清楚——虽然嘴型完全对不上。青年现在想做的事情只有一件,就是和这个漂亮女孩礼貌地说声再见,然后回家连看十几集动画,再去车库地下室里焊接一些铁片什么的——要命的异性恐惧症! 意识到这点,凌踪瞬间变得磕巴起来。

"听着……我不知道阿基耶是什么。我……呃……嗯……议会……那个……"他语无伦次地对着普艾希亚解释了老半天,只见对方从一开始就皱着眉头,努力地整理起自己跳跃无章的语言来。

"我明白了,凌踪……所以你是个旅行者。我没有理解错的话,因为撒巴莱亚的缘故,你被卷进了一场本不该有的纷争,然后在你的身上出现了无法修复的神器问题,你被迫从你的世界中分离出来,而你却回不去了。你和一个神秘人做了交易,你要找到那个设计分离机的人询问到具体的方法,并且要到宏时空的顶端节点,理解存在于那里的闸门:这样也许还有机会回到故乡,也就是原来的世界。我没理解错吧?"

天哪! 天哪!!

凌踪从来都没有这么佩服过现实中的任何人——刚才可能用一大串长颈鹿的语言描述了一系列棕榈树上发生的事,但是这个人却听懂了!

"嗯,对,差不多就是你说的意思。"凌踪擦了擦鼻子,朝少女面无表情地点点头。

"我也没有那么见多识广,从来没有听说过什么化形圣剑的故事。但是,你说的一些事情和我知道的对上了。那么请允许我坐下和你说说,时间不等人。此外,我总觉得我好像在哪儿见过你,我不清楚。"

普艾希亚弯下腰,把石板上的积灰掸了掸,托着裙子缓缓坐了下去。她心无波澜,仿佛膝盖上的伤口此刻毫不作痛一般。

就不该帮她先整理个干净的地方吗?尽管凌踪想在这一切发生之前当个绅士,但不争气的手完全没有在听使唤。

"就当是错觉吧。不过像你这样轻易地就把自己的故事告诉别人,其实是很危险的。尤其是在你身上发生的这些无法解释的现象,可不要理所当然地认为对每个人来说都是倾诉无忧的。大抵我也没有那么值得你信任，但我向来尽力保守一切和秘密相关的事物。你若对我有所戒备，完全能理解。"

字句间的忧郁无从隐藏。凌踪虽没法直接去感受，却隐约知道这是一种莫名的伤痛留下的后遗情感。

"眼下有刻不容缓的事情正在发生，凌踪。"普艾希亚轻轻揭起覆盖在手臂伤口上的敷药布，露出了为难的神色，"你很清楚我所说的'侵吞之势'是什么意思，在撒巴莱亚人得逞前，你应该尽快离开这个地方行动起来。接下来我得尽快去……石谷镇。"

凌踪望着普艾希亚，这是第二次认真盯着她的眼睛看，漂亮的蓝紫色，就像迷路闯进石英矿洞里的一小片拖着尾巴的流星那样好看。

"石谷镇？等等……"凌踪打了一个激灵，"我也和认识的人相约要在那边会合。"

"那里很快就要变成战场了，凌踪。但或许我可以帮到你……既然我知道是你从镇郊那里救了我，那我有必要还上这个人情，只是……"

不能对那双眼睛盯着看太久，想必会被对方认为很失礼的吧。凌踪忙着移开视线。

"你不用在意。"

"但在那之前，我还是需要你的帮助。事关重大。"普艾希亚看着远处，天空的边际微微发着光，"我想，这不是我一个人就能做到的。"

"那就说说你要做的事吧，普艾希亚。"青年双手叉腰，活动了一下久坐之后的各处关节。

"我只有回到石谷镇上的钟楼那里，才可能重获一部分自己的能力……那道光柱是我设下的，尽管那边残余的能量非常有限，回收了它，我也许就能帮你精确定位到另外两处甬道缩穿点的位置，那之后，我希望你我都有能力到各自要去的地方。"

甬道缩穿点？她说的可是列辛之前提到过的星脉甬道？

"你很疑惑？不过现在你离那个闸口太远了，太过遥远。这样吧，如果此行成功之后我们都还活着，我保证，你一定有机会从我这里知道更多关于甬道的事。毕竟，我被教授过如何使用它们。"

"那就做目前能做的，普艾希亚。我们先出发去石谷镇。"

凌踪望向院子外的几匹健壮的哨兵马："说到要骑马，那你现在的伤势允许吗？"

"请先别担心我。"普艾希亚扶着手臂，露出一个无可奈何的微笑。

"我此前对自己承诺过一些事情，"普艾希亚微张着被打裂的嘴角，那里的血有点凝住了,但再张大点就又要破口,"你应该也很明白这种感悟,一个人的信念是会推着人向前走的。"

长长地呼了一口气,凌踪起身,朝外侧拍了拍裤子上沾染的灰尘。

"所以得问在前面。我尊重你的处事理想,但有具体的行动计划吗?"

"自然有。先要进城,然后设法在城内躲起来。尽可能地挨近钟楼的位置,如果运气好的话,赶在小镇外的笼城被围之前,应该就能完成先前说的空……能量回流。那之后,就先向迦巴迪尔的大型城邦撤去。如果试图守住两艘航宙舰与撒巴莱亚属国军队的联合攻击,我们需要更好、更强韧的城防工事。"

"可否画细致的地图给我看?"凌踪递过投影电脑棒,将空白的画图板交到少女手中。

普艾希亚凭记忆在投影平板上虚画出了目前的地形和情势,时间显然并不宽裕。第二天的黄昏时分,取大道推进的撒巴莱亚军队就会到达石谷镇外的驻军笼城下。后撤到最近的迦巴迪尔城邦,也就是"依在堡"的路程,骑马最快也需要小半天。

"明白了,那我先去借马。"

凌踪伸出手,拉起正欲起身的普艾希亚。

"谢谢。"

只见普艾希亚转身向着院子里一瘸一拐地挪着步子,完全不像没事的样子。一个男人虔诚地站在庭院中,行着教礼,祈祷着。

走到那医者装扮的男人面前,普艾希亚深深地鞠上了一躬。果不其然,此举吓到了男子,他忙着把她身上崩松开来的缠布细细扎紧,再三确认没有挤压出血之后,面上的表情显得格外严肃。

"怎么就由得你出来跑动了呢? 我这就去找夏芙拉太太过来,请立刻回房间躺好休息!"

"非常感谢您的救治,先生,容我先告辞了。"

"你说什么?! 带着这身伤,你开什么玩笑呢!"

也不待大夫反应过来,普艾希亚已经决意回身了。

"威廉,咳咳,是这样,我想问你借一匹门口那儿拴着的马。"

侍卫威廉·大卫撒就像看到一座雕像忽然开始说话似的,睁圆了自己一夜未合的双眼。

"当然……可情况是,并不需要拜托我们借给您。那本来就是凌踪先生您骑来的马啊。这是要往西离开石谷吗?"

"不。"普艾希亚忽然出现在大卫撒的眼前,扶着隐隐作痛的左肩应答着,"威廉,我和这位凌踪先生打算赶到石谷去。"

"石谷镇……这么说,你们也看到镇上发出来的奇怪亮光了吗?"

"对。我们要赶去那里,越快越好。"

凌踪听着普艾希亚说话的口吻,全然是修养极好的语气,在一群心直口快的兵士之中显得有些小小的清新脱俗。

"稍等!汉萨老爹……"大卫撒和身边的一位年迈的军士耳语了几句,对方点了点头,转身跑开了。

"今天下午,许多邻近城邦驻守的近卫军都开始往镇上赶去了,也可能是清晨看到那奇怪亮光的缘故。"

"如果杰森队长醒了,威廉——"普艾希亚抿着嘴,"请他务必带着剩下留驻的部队驰援石谷镇,且不要从正面的方向过来,从香橙谷那边绕开从南门进城。我知道这听起来很过分,但是如果你就这么一字不差地告诉他的话,他一定会很快明白的。"

"这……我会的。稍等,杰森队长叮嘱过,你们可能需要这些。"方才离开的年迈军士拎着一套轻装护甲和两把带着剑套的白钢制式手半剑折返回来,拍了拍凌踪的肩膀。

"不能让负伤的那位姑娘穿戴这些。所以,你这个随行的必须有点像样的武装才行,年轻人。这可是在打仗。"

"我根本就不想掺和进来打什么鬼仗。"凌踪心里虽然是这么想的,脸上却波澜不惊。

"松紧自己调整。"老兵打量着眼前这位一头黑发的青年,乍一看完全没有一丝兵戎之气。他又是怎么独力击杀那些装备精良的孽徒的呢?

老兵恨不得自己当时不在赶来的路上,而是在郊外的火刑台边上把那过程看个真切。

"是莉莉雪。"普艾希亚看见牵来上鞍的马时,不觉间念出了声。

"啊,来时的村庄里一户好心人家借给我的,也不知道有没有机会还上了。"凌踪挠了挠头,努力回想一些来时的记忆。

"这你不用担心。它定是西丽卡家的,我认识它。顺带一提,这不是你骑去莱度村的那一匹,那一匹已经没救了。这是一个载着姑娘骑马的小伙专程过来看完你们之后留下的。"老兵士拍了拍马背,"别骑它去石谷,它之后会跟着伤员一起去依在堡,放心,我会照顾好它。"

哈连比!是哈连比和婕露丝吗?

"哦……是那个住在梨园边上的西丽卡!"威廉笑了笑,"还记得吗?去年的登天节,她烤出了多好的馅饼。等等,我好像在那时就见过你……"

疼!将拄着的杖往边上一靠,灼人的痛感瞬间又集聚到似乎断开的肋骨处。普艾希亚只是咬着牙,让一切看起来都像是没什么大不了的样子。

"当然,记得。"普艾希亚咬着牙忍住疼痛,这一切都被凌踪看在眼里。

"我说……"老兵汉萨牵着一匹传令马,在嘴里嚼着不知什么,发出古怪的咕哝,"当时你是怎么上的马,小伙?"

这下倒是问住凌踪了。

"哎?我就……呃,我也不知道……像这样跳起来,翻身上去了。"

"嘿,嘿!你别净原地跳腾了!马侧倒了你也上不去的。您这双眼睛没看见马镫子吗?啊?这么两个三角儿的踹档,倒是踩上去,你这……鞋,不对?您可得换双鞋啊。"

"是啊……我的鞋头根本塞不进这个镫子里。"这才回想之前自己赶去救人时,一路上连脚镫都没踩实。

稍微看了眼老兵的军靴,前端是硬皮尖顶的,十分耐磨靠谱的样子。再看看自己脚上这对强纤维跑鞋,凌踪只好抬头尴尬地笑了笑。

"真得换换。"汉萨摸了摸马背,将焦躁的传令马安抚下来。

"可我这双穿着舒服。"

"奇形怪状……这能叫鞋吗?你这身看起来滑稽极了,说真的,你跟着罗斯塔,就这位,跑去门房那里换吧。"

没过多久,当凌踪从门房更衣出来之后,身上披挂和原先的风格可以说是大相径庭了。

略显粗糙的麻布短衣和精密缝制的挡泥长裤,皮靴修长的鞋筒被一根褐筋皮带紧实包覆在了腿腹上。斜挎的剑带,同样用褐筋制成的皮扣搭住系在腰上的腰锁,只消再披上一件哨兵大衣再配发一根擦得锃亮的长矛,便可以派去石谷镇门口岗哨值勤。

手中握着被压缩折叠至奶糖般大小的原用衣裤和跑鞋,关上锁扣上的还原保险,紧接着塞进了腰带上的插片袋里。凌踪深吸了一口气，看了看周围，这一切对他来说是完全陌生的。自己居然像模像样地融入进去了，至少在服饰方面。

"动身吧。"

"等派去运药的马车回来，这里会集合所有能上战场的人尽快赶过去。"普艾希亚点了点头。

"驾。"只见汉萨挥了挥手，普艾希亚骑着的传令骏马拔蹄而起，领着紧随其后的凌踪向石谷镇方向的林道里穿风而去。

两匹马的跑动打破了整片林地的静谧，成片的飞鸟也背向那一道令人讶异的光束四散开去。

"她正在试着尽自己最大的努力，促成内心的预期。"

第8章

硝火之城:倾溃伊始

笼城的城墙上,只见一个高大男人的影子迎着强风抖了抖。

"要快! 把喷流炮口对准前面的窄道,左边五门,右边五门,听中尉号令! 准备好你们的炮!"

手里捏着老伙计曼佛里署名过的求援信,准确地说,已经被隔着裤兜搓成一个和冲堤炮弹丸一样圆溜的皱球了——这封信被捏了整整一天,上头出气用的嗓子也快哑了一天了:"枪矛手! 备盾,佩盾,上城墙! 乖乖! 看这像希多克峰一样巍峨的积层岩墙! 来人! 拿酒来!"

鲁耶那·西西佛斯是瓦多埃堡的堡主。接受这封求援信之时,他正满脸烦躁地用一桶混搅着花草油的稀泥糊,护理他精心栽种的盆栽。这一道工序主要是为了起到给盆栽底罐提香以及打发无聊时光的功用。当然,不消读了那信上起头的寥寥几个字,知晓邻镇有求援一事,这位堡主就丢下泥桶爽快地笑了。

如今这些隆德毕德的虾兵蟹将仍能让自己忘却衰老,想起往日与旗鼓相当的对手一次次的酣战。

"都听好了!"那沙哑的烟嗓里仿佛寄宿着一头咆哮的恶犬。

"隆德毕德的蠢蛋们不想让我们久等,我们把眼睛擦亮点看好了,他们想来,嘿,今天石谷这座城墙可是用老子的尿浇过的,臊得很。可见,没有一座隆德毕德军的娘娘腔攻城塔敢靠上来! 哈! 好了,小伙子们。把枪矛弹尽数打下去,要照那帮铁皮人的肩膀上打! 照那帮隆德毕德小军官的怪帽子上打! 打到他们屁滚尿流! 明白没有?"

"明白了！"

"底特拉伦——"

"荣光不息！"

别看城墙上的人数不多，吼声是够响了，可就是少了点气势。

鲁耶那还是很疑惑，为什么这些平日里训练有素的征召兵们现在一个个都如临大敌似的，有什么自己安排不妥当的地方吗？

隆德毕德派驻边境的这些呆瓜领主也不见得隔了几个月就凑出一支王牌军来吧？

"等斥候回来！"

鲁耶那从身边的副官处接过装满果酒的皮酒囊，咕嘟咕嘟灌了没几口，便像喝水一般咽掉了。

"我说什么来着？这是好酒！这也是我现在高兴极了的原因之一！"

"那个……堡主大人……"副官急忙凑到主帅边上，神情严肃。

其实，对于这次的对手，鲁耶那在来的路上有所耳闻。据说那是一支能够以一敌百的军队——在石谷镇郊外的事情，也许并不全像属下描述的那样糟糕。他认为这是隆德毕德国为了蛊惑军心整出来的新把戏，从指挥者的角度来说，他允许自己有一些侥幸……直到——

"你说什么？他妈的，不是隆德毕德的部队？！"鲁耶那因城头强风而微眯的双眼一下瞪得滚圆。

"是的，如果您再看看曼佛里镇长发给您的信函的话……"

"给点光！一路上乌漆墨黑能看清楚个什么，你当我是猫吗？"

忙着从口袋里掏出那个搓瓷实了的实心球，硬是揉了几下没能揉开。鲁耶那猛地哈了一口热酒气，借着这下，纸团起了一个小角，好家伙，硬是七抠八展恢复成了原先的那张纸卷。石谷的守城官闻讯从射击垛处赶过来，一见堡主正在读亲笔信，赶紧一五一十地把曼佛里交代的险况详尽述说。

如果有必要说明现在我们遇上的麻烦的话，请认真考虑我所讲述的情形吧。异军压境，所能超乎想象。石谷镇笼城虽是要地，以我之见仍不堪一击。没错，整个底特拉伦都会陷入接下来的灾厄之中。你要做好带着剩下将士们后撤去往依在堡的准备。这封信也一并交由依在堡的翁路休爵士，他将负责来编排入城的将士。

现在,拖住他们,为向迦巴迪尔提请集合军力争取时间。切记,只是拖延,不要陷入鏖战。那么,祝好运。赞美底特拉伦国土,赞美人民,赞美君王。

曼佛里·肯斯坦

"……我的亲姑奶奶呀。"

一个大巴掌招呼在自己的脸上,鲁耶那甩了甩麻疼疼的腮帮子,眯起眼睛看着脚下这一堵壁垒——它真的不怎么厚实。比起他在永望堡和落星要塞见过的壁垒来说,这是座只能手拉手横站三个人的壁垒,对付林地里的隆德毕德火铳游击军还算凑合,但要是……

"赶紧传令下去。"堡主摸了摸微微胀痛的腮帮子,"尽快给镇南门和东门的值勤兵士通知一下,我们这里需要每一个能用到的兵员。敌人八成不会绕路了。打硬仗了,打硬仗了,可听见了,小伙子们! 提起精神来!"

石谷镇坐落在一个断谷的中间,俯瞰下去,就像是一只被扎得很高的气球一样。这座正门正是气球气口的位置,这一次迎敌的战场,也正是这个关键的正门处。斥候们前去斩断了所有过谷的吊桥——桥可以再造,而且并不麻烦。现在有两个沙漏在鲁耶那的脑海里预备翻转,一个是估算合适的拖延时间,另一个则是在确保撤退路线下的全速换防。焦虑冲上脑门,鲁耶那直直抬起头,探看着通向南门路线之中的石谷镇。随着镇民们在撤离后搬空了这座大镇,临夜的灯火也寥寥无几了。

除了……

"副官?"缓缓举起粗壮有力的大手,鲁耶那惊讶地张开了嘴,"那道光……光柱? 喂,那又是个什么鸟东西?"

"哦……我在路上和您禀报过了……它杵在那儿,有好长一段时间了。周围的领主们都在往这里赶过来。当然,一方面是石谷这里需要援防,虽然它就在这儿,其实没人知道这是什么。"

"你是说它一直就在那儿,这么一下一下地在发亮? 乖乖,你这一路上也没提醒我探出马车看看? 哪怕一次也好?"

"是……是的。很抱歉,伯爵大人,那时您正在小憩。"副官感觉自己的上司显然遇上麻烦了,而且是不小的那种,虽然明白过来情况是好事。

"小你个头。等什么? 随我带队过去。三女神在上,我的手下都是些什么脑袋。整队！卫兵，快点儿！"

石谷镇的钟楼下围着熙熙攘攘的人群，几乎都抱着看热闹的心态聚在周围，对于这个不断发出微光的光柱，自然也众说纷纭。

无意理会这些人的言语，副官和侍卫们忙着拨开人们交错的手臂，鲁耶那的脚步也比平常快了许多，眼睛死死盯着教堂的大门。司教和教廷卫士们不断地驱赶前来参观光柱的兵士们，当转眼看到堡主伯爵时，仿佛灾星驾到似的。

"堡主大人，就算是您也不能进去。这是圣域，教廷之外的人可不能擅闯。无论如何请您理解。"

"您可知道这玩意是从哪冒出来的吗？有多招人眼？这般护犊子似的！?"鲁耶那清了清嗓子，"敌人很快就来了，能不能让我的人进去想办法把这怪东西给搞明白？"

堡主脸上满是疑惑且不耐烦的表情，可司教不以为然，面对质问，司教努了努嘴："这是三女神的旨意。您也是教众，应该很清楚拉艾瓦圣堂的规矩。这是示现到来之时，当恭敬。"

鲁耶那撸了撸鼻子，拍了拍自己肩甲上的勋纹："毫无冒犯的意思。但事关接下来的守城，我需要解决一下城内的忧患。这东西实在太过招摇，我得和手下进去查看清楚。若是没害，便无妨了。"

"抱歉，但这是普南利尔庇护的圣所！请在此的各位尽快散走！"

这回司教说话时音量大增，生怕在场的人个个都遮着耳朵。这一下可触到了鲁耶那的逆鳞，他竟想起那个被自己一脚踢下迦巴迪尔城墙的叛国贼洗列斯，那声坠落前温柔而贴心的咒骂似乎和这是同一个分贝。

而这个戴着教廷帽子的蠢家伙也有着一副能叫嚷的好嗓子。要知道仗可不是靠伟大的三女神帮我们打下来的，非要从唯物一点的角度来看，那司掌战意的女神尤西米可是烫了金箔印在了隆德毕德人的军旗上呢。打仗是一码事，宗教浪漫是另一码事。这么一揎之后，脑袋里觉得压根没什么好犹豫的，鲁耶那顿步挺胸上前，无视教廷卫兵交错在前的枪刃，满脸写着不屑，指着那条白日中若隐若现的通天光柱。

"您该庆幸百姓都撤走了，司教大人。否则不知要有几代人传着您的教冠被钉在群鸦堡的神台上，作为对您和属下忠于教治的恩报……也是我极力避免要发生的情况——烦请快让开。"

"教治……我们可有一时在以特殊豁免自居不成？您是清楚的。我们爱所有世人。

何况我也听闻了,这次并不是隆德毕德人来犯我境。"

只见鲁耶那轻轻抬起右拳,几柄气矛便幽幽地逼向神情庄严的教廷卫兵额间。

"嘿,就别折腾什么'您'和'请'了。待会儿你我的命都不知道保不保得住,几个拿着破铜烂铁的家伙不去帮着防守城墙,反倒生生看着这里,有什么意义?到头来是我们这群兵将留下来为这座城市卖命,你们倒好,只要坐着金轿子,到尼宁特的哪个角落都不会掉脑袋,想想确实是个好营生。"

司教握紧手中的节杖,用温和的眼神望着面前这位全副武装的堡主大人。

"大人,你可要知道我们打算坚守在这里,和这座桑德哈克救世教堂一起。就算有外敌来犯,我们也会为了信仰战斗到最后一刻——教团的马车是最早一批带着医站的伤患离开的,从那会儿开始,我们就没打算要走。这里留下的,都是你知道的最虔诚的普南利尔信徒。我们这里的每一个人都象征着普南利尔秩序,赞美普南利尔。"

得,真他妈服了你了。

鲁耶那十分清楚,按照底特拉伦和司教团的律法,圣地就是圣地,要是自己真的因擅闯而落下把柄,来年的春季裁判之后,自己就未必还顶着大家都知道的那颗老鲁耶那的脑袋了。

"也厚爱你们自己吧!赞美普南利尔。真的出了事,本大人仍然希望你们活着离开石谷镇!都听见了吗?散了散了!"

司教的脸上终于绽放出了宽慰的笑容,在堡主的眼里,这就像是朵得逗了的野蔷薇绽开了花苞——可实在是让人喜欢不起来。人群见带头的没了声势,各自搓了搓脑袋肩膀,四散走到了稍远的地方盯着。

"保持警惕,在这里再安排几个护卫和传令兵,带队过来的兵士,都请传他们来城墙见我。重点是在正门的守城战,别都来这地方驻留欣赏奇观了。"

"是!"副官一路小跑,离开了堡主的视线。

"别在这鬼张望了!什么都不会有的!"鲁耶那大吼,"回到岗位去!今天深夜敌人就要开到城下了!你们想让自己身旁的兄弟姐妹们在这儿替你们枉死吗?!去战斗!"

人们痴痴地望着那道光柱,在指挥官声音的催动下缓缓挪开了步子。这一幕让鲁耶那犯起了头疼,他掏了掏腰甲下的口袋,大步流星地向着一处无人的地方走去。这个动作也很好懂,周围的侍卫们原地立定,他们的堡主显然需要一点私人时间。

这教堂真是令人不安。

这道光柱还真有点像是那些教廷的人说的,凡是路过的人都将手轻轻点放在前额,以面见神迹应有的恭敬对待这道光束。

夜空中的双白星照亮了石谷镇,鲁耶那贴着交易所的围墙站着,看着那道光柱——它就像是分开了赫里斯星和居拉尔星的一道银河。世界的夜晚分明被赫里斯和居拉尔照顾得很好,人们依然用矿灯修饰街道与窄巷。之后或许是枪火与血色,谁知道呢。鲁耶那点了根夫人为他卷的陀波尔烟,深深吁了一口:他无时无刻不惶恐,这世界是疯的。

作为军人,他虽然喜欢战争,但不喜欢婆婆妈妈的东西。鲁耶那觉得好事情都发生在一瞬间,这些繁星之类的虽然让人感羡,但不会有什么刺激,或许作为堡主最光荣的死法,就是在激战中能和隆德毕德的将军互相在胸口插上一剑——他年少时读过许多不错的骑士小说,也幻想过自己的英勇无畏。年岁上了五十多,经历了许多血流成河的场面,现在只觉得想来个痛快点的。

一种反胃感泛起来,鲁耶那觉得差不多是时候了。幸好还有烟,于是嘴里吧嗒吧嗒抽着。

大敌当前,烟不出所料也越抽越没劲。鲁耶那抬起膝盖,把长长的烟在膝甲上一揩,甭管它灭没灭呢,大概义务尽到了。他伸指潇洒地往交易所的石墙上一弹,便起身欲走。

"你这素质是真的差。"

堡主猛一回头,看见一个蹲在墙角的青年,手里拿着一根发着黄光的小棒。

"烟快弹到我脸了,大……老哥。"

"老哥?看年纪,我都能当这小子的爷爷了。"鲁耶那起先是觉得有点不好意思的,但打量了一下这青年的衣着,不过是个在镇外军营站岗的小兵卒,硬是咽了口气:"回你的岗位去,别在这时候偷懒。"

这一下倒是把黑发青年给说蒙了,鲁耶那便好奇起来,这家伙怎么看都不太像是本地人。

"喂,你手上拿的又是什么?"

"啊……忘了。没什么,没什么。"

凌踪按了一下光学灯,整个携行电脑棒就在鲁耶那的面前变得无处寻踪。只见凌踪把东西往不知哪里塞了塞,这下是真的看不见被放在哪儿了。

"我问你,你是底特拉伦人吗?"

"不是,我在这儿就待一会儿。放心,那个,我不是来搞什么破坏的,是杰森队长吩咐我过来的。"

"你怕连个兵都不是,谁让你擅自偷穿军服的?"

"算我求你了,管好你自己行不行?"凌踪一下来了脾气,他在社交中最厌烦的就是一连串的追问和不严谨的质疑。要是他知道对方是在喝过"一点"壮胆酒的情况下问的,或许会多一分理解。

还不等对方开口,凌踪的脸上就被来了一记老拳。

"把你的军服给我当场脱了,异邦人,然后滚出这个地方,带着你的小把戏一起。我要派人盯着你,居然说老子多管闲事? 没空对付你,你这个隆德毕德来的祸害。快滚!"

还没等到对方回嘴,鲁耶那的脸上也被来了一拳。

"我可去你的吧。抽烟弹到我脸上这事还没跟你算呢,但要说不打招呼照脸打,谁不会?"

听到骚动,侍卫很快就赶到现场,他们看着四目圆睁的两人先是诧异不已,而后很快便护到了堡主跟前。

"把你的剑丢下,小子,你到头了。"

"噢,是吗?"

只见凌踪踢踢靴尖,撒腿就跑,侍卫一时竟然没来得及反应过来,有几个反应快的追了上去,剩下的回头看了看堡主,终于发现自己大概做了不太尽职的行为。

"一帮废物,现在回到城墙上去。我就说了,这种时候什么蝼蚁都会往木头空心的地方钻。抓到人再给我报告,带队走。"

"妈呀,那小子,打人手劲还挺大……"

看了看自己的手下追远了,鲁耶那搓了搓右脸,酒确实醒了。夜里气温也不高,他将脸贴在肩甲上敷了敷,骂了几句难听的。

当兵队离开后,一个一瘸一拐的人影从交易所外的北巷走出来,叹了口气:"都说了不要做多余的事情了。"眼前就是钟楼,那里和自己之间除了一点小小的距离,也不剩什么阻碍了。

"看来他确实是个认真做起事来不管刮风下雨的实在人。"

普艾希亚在一棵三人环抱的巨树边轻轻坐下。在这里不会打扰到任何人,而自己和钟楼之间的距离也足够了。普艾希亚闭上眼睛,鼻子一酸,随后又觉得自己有什么地方十分可笑似的,振作起精神。

"为了阿基耶。"

就像把一段几十页的讲稿浓缩到一分钟的演讲一般,普艾希亚快速念动不为人所知的秘语。光柱越来越亮,出现了一个集中的弯口。而弯口就像看见了自己久未重逢的至亲的眼眶般,流下了泪滴般的光液。

"为了阿基耶的所有……星光和……"

光液缓缓落地,变成了纤维状的细丝,沿着地缝不断下潜,好似渗入了这颗星球的血脉中。在无人看见的大树下,普艾希亚的伤口处不断涌出淡蓝色的纤维丝线,将自己破损的躯体修补完整。

"承蒙庇护的普南利尔人。"

回来吧。

始初魔块的余能缓缓回流到普艾希亚的空移器官中,那原本空荡无存的内容渐渐充实了起来……

一把尖锐的兵器渐渐逼近了在大树下靠坐着的普艾希亚。

"我就知道你没死透呢。"

猛地回头,普艾希亚的眼中满是惊惧。眼前拿着一柄长枪的人,正是她自己。

"还在谋划着什么,比方说……"

枪猛地刺戳下来,慌忙躲开的普艾希亚脖子处被划开一道浅浅的伤口,浅蓝色的魔块纤维仍然试图修补这块伤损,但随即被一道奇异的白色的电纹拆散开去。

"电视人,你居然……用我的样貌……"

"我有什么不可以用的,要知道,如今这一切悉数是我的。"

身后的巨树瞬间将站起的普艾希亚拍倒在地,巨大的枝干忽然有了自由活动的意志,错乱地刺入了普艾希亚趴倒在地的躯体。

一声惨叫,就像一盏灯的开关被按动了一般,频闪的光柱瞬间消失在了天际。淡蓝色的纤维十分努力地将缠绕着白色电纹的枝干推出创口,普艾希亚咬着牙试图脱身,一柄飞来的投枪将自己的右手硬是钉在了泥地上。而想要抓起投枪的左手还在空中抬起之时,投枪便炸裂开来,并不是很强的爆炸将普艾希亚的躯体推歪过去。

"我就知道你会来。而且我知道你没有死,你说是不是啊,贝菲?"另一个普艾希亚的手中提着蝶翼残破的贝菲,满脸邪笑地走上前。

"而且我用回了在佐星时的名字,我叫蒂露西·佐星·霍格姆曼。你的奴仆电视人已经不复存在了。要知道我之前可是没有肉体这种累赘的拘束,感谢你,普艾希亚。我也体验了一回常时直立行走的美好。你我灵魂有异,如今肉体相同,这种换作他日可是不能妄求的。"

"蒂……蒂露西……你听我解释。"

生疏的空移力从蒂露西的指尖释出,将普艾希亚死死压在地面上。自知技艺拙劣,蒂露西改而大笑起来,将长枪前端一径插进泥地里:"我会代替你回到阿基耶,去那个破败腐烂的地方重塑故土,给伟大的三女神子民一个小小惊喜。不过,我打算在这里或其他地方,先玩上一会儿。天哪,你们可把我气坏了。你们这些该死的蓄奴者……"

"休……想。"

"哦,和你一样,蒂露西我对人类世界充满了有趣的想法。魔块充能的方式有千百种,只要没了你,我觉得怎样都行。我的本名蒂露西,在普南利尔语里面,可是一个非常有趣的词。多亏了魔块,我知道的东西越来越多了。我来给你详细解释一下蒂露西的意思,普艾希亚。顺带一提,你的导师希拉示一定知道那是什么意思。"

"你……"

将长枪对准普艾希亚的额前,枪尖发出了炫目的白色电流,使普艾希亚无法动弹。蒂露西一只脚踩住普艾希亚的后肩,一枪下来将彻底除去自己的旧主人。

"希拉示那个贼人所传授你的这种……虚无缥缈的道义,是挽救不了任何东西的。"蒂露西冷笑一声,"我本不想提醒你这点的。"

一阵急促逼近的脚步声,当普艾希亚盯着那张分明是自己的但面目可憎的脸时,一个高大的身影狠狠将正欲处决自己的蒂露西抱摔到一边。

是凌踪。

"天啦,我长这么大,还第一次见自己试着杀自己的。好了,普艾希亚,你懂的,告诉我她有什么能耐?"

凌踪拍了拍衣服上的泥,看着险些被自己摔断脖子的蒂露西。

蒂露西显然十分不悦,而凌踪不解的是,对方居然不理睬自己,而是径直走向一旁战战兢兢围观的人群。

"好家伙,看起来难对付极了。"

"危险!"普艾希亚还没来得及叫出口,只看到四五个戴着白色礼冠的人形幻象扭动着肢体向着凌踪冲了过来。

"什么……"

凌踪匆忙躲闪过去，没想到第二个人的动作过于诡异，胸口被结结实实打上一拳。冲拳导致的胸闷十分难熬，凌踪知道不是优哉游哉的时候，登时从腰际拔出闪着居拉尔星辉光芒的佩剑，甩了甩手腕，轻轻一踮，扫腿将接下来冲来的两个怪人绊倒在地。

正当自己端好架势准备对付最后一个时，人群中忽然爆发出一阵惊呼，而随着人们向两边匆忙躲闪，凌踪反应过来时，蒂露西一手将一个活人狠狠合拍在自己的身体上，紧接着膝盖飞起，凌踪都不知道这家伙什么时候逼到跟前的，只觉得闻到了一股奇异的腥甜气味，自己就在天上滞留着，仿佛失去了重力。

忽然两个人被甩飞上来，又将自己砸到了更高的空中，恍惚间自由落体带来的恐慌完全不亚于几匹饿狼直扑面门，在空中翻了一圈，只见地上是早就准备好的三根枪矛，在没人操作的情况下忽然向着空中击发——

挺手狠狠一弹，佩剑应声碎折，而身边的两人的盾甲被枪矛弹来了个洞穿，重重摔在地上时，凌踪还来得及借着冲力向侧面翻滚，而那两个人连同已经被弹落的枪矛打翻在地……一股液体从自己的口鼻中溢出，溅在自己的肩膀上，竟透过麻布让皮肤直接地感受到了。

是血的感觉。恐惧就像爬虫一样侵入了身体的每一个孔洞。

没法应付这样的家伙！凌踪心里只想到一个人，那就是薇妮亚。可她根本不在，况且如果自己接着和这个蒂露西较量下去，恐怕会死。

怎么办，跑吗？

凌踪本能地起身，向着一旁跑了几步，猛地将地上哀号着的士兵一把推开，只见那个身影从天而降，一个蹲跳将正欲救人的青年踹翻在地。睁眼时，凌踪只见另一个"普艾希亚"坐在自己的胸口上，将一把闪着青色电光的匕首对准了自己的眼睛，猛地刺下。凌踪奋力挥手阻挡，却也只好闭眼迎接剧痛。

没刺中？

"你到底是什么东西，男人？"

右手猛地摸索，似乎抓到了像是树枝一样的物件，朝着眼前不断地挥舞，其实眼睛根本就不敢睁开，这样的恐惧感，凌踪很清楚，已经让自己没法理智思考了。蒂露西看着自己的匕首停在了眼前青年的左手心上，不管自己怎么用力，都没能刺下去。这让她感到十分惊喜,毕竟这样的事情是完全出乎自己意料的。

"你既没有摔死,我的匕首也没法捅过你的手,但你确实会流血……你是个正常人类,还是说……你和我一样?"

匕首被不断地搅动,这让凌踪感到一种说不出的不适感,他以为自己的喉管被割开,而自己难以发声,动弹不得,被坐在身上的人的杀意逼得甚至难以呼吸。

"其实并非常人?"

当右手中挥舞的树枝划过自己的左手时,凌踪忽然从蒂露西的一声惨叫中回过神来。

"啊——"

炎热的白炽火流从手心中的空洞处喷溅而出,而对方手中的匕首忽地只剩下了小小的一截。忙着甩开蒂露西的手,凌踪滚到一边,大口喘着气,评估着眼前的情况……

是她大意了?等等,左手……

断剑上肉眼可见的金色丝线正以不紧不慢的速度,悄悄溜进自己左手的空洞中。不,没时间管这个了。

看着眼前的对手,凌踪依然提心吊胆,害怕到不断拉开距离,不敢对眼前的蒂露西有任何懈怠。当他意识到自己不断退后终于撞到人群时,其实那并不是人群,而是几双害怕到发抖的手,将自己推回到这座被兵士们远远围出来的角斗场。而他们看自己的眼神,就像是看着一个必须献身的亡命徒一般,无可奈何。这让凌踪在心底有了一瞬间的反胃。

对方是非人的怪物,这毫无疑问。

"没心情了。我要把你们……全杀了……"

蒂露西站起身,脸上岩浆烫伤一般的创口出现了像电视花屏一般的色彩……而周围的兵士一看这情形,都吓得倒吸了一口凉气。

"混账……阿基耶人……"

一道淡蓝色的闪电穿破空气,将蒂露西的躯体对半炸穿开来。当人们把视线聚集到闪电的来源时,普艾希亚气喘吁吁,以非常狼狈的样子勉强维持着站姿,身上破烂不堪,就像是披了一件网眼打结的残破渔网。

"蒂露西,这只是警告,你必须冷静下来听我解释,千万别冲动。"

"你……这个……无能之辈……我要报我父亲和族人的血仇。你听见了吗,普艾希亚?!"只见蒂露西满脸泪水,号叫着扑了上来。

"快回到你的……空间狭缝去,冷静一下吧。"

又一道闪电,有些像是高功率的激光,但好像没有瞄准,单单只是一下便将蒂露西断开的下半截身体灼成了粉灰扬尘。

当普艾希亚颤颤巍巍向前准备走去的时候,蒂露西忽然打开了一个小小的涡旋,仅剩的半截赤裸的身体将周围的碎片缓缓拉进涡旋之中,一只残眼中尽是对眼前一切的诅咒与深恨。可怕的是,脸上依然挂着那种让人从骨子里发凉的邪笑。

"你会后悔的,等我治好了伤,我就从背后捅你一刀,让你死不瞑目……"

"枪矛队!"

一轮齐射,蒂露西的身体被呼啸的枪矛弹击退到一边,可还没击中几发,蒂露西便随着一阵冲击波消失在了众人的视线之中。大喘着气的鲁耶那带着匆忙赶回的枪矛队,在蒂露西消失的地方用佩刀恶狠狠地空劈了几下。

"魔女!魔女!他妈的!普南利尔在上!她居然诅咒三女神和这片国土!仁慈的拉艾瓦啊,快,把受伤的兄弟抬去治疗!"

向着桑德哈克教堂行了一个教礼,鲁耶那很快就把视线聚焦到因刚才的事情吓得腿有些止不住抖的凌踪身上。

"你怎么还敢在这里?见鬼,看在你方才救了我的几个弟兄的分上,你需要医官看看吗?"

"不需要,真是疯了……"凌踪匆忙擦了擦满脸的冷汗,自言自语间试图镇定下来。

"对,这个世界是疯了。我同意。"

堡主抬起手,用手套特别粗糙的地方擦掉了凌踪鼻槽间混合着冷汗的黏稠血液。

"瞧你抖成这副样子。小子,问你,抽口烟吗?"

"闻着恶心,我这辈子不打算抽。"凌踪回过神来,喷了一句。

"那你真是个娘娘腔废物。"鲁耶那当着凌踪的面,赌气般叼起一根夫人为自己卷的陀波尔烟。

也没点,似乎觉得当着这个小伙的面再抽上这支烟确实没素质了点。救护兵很快回报,那个看起来十分疲劳的姑娘竟然毫发无损。

"你在胡扯吗?你都看见了,她刚才身上缠着一堆带血的纱布绷带,难道是你眼睛有毛病吗?"

"这……我也不是很清楚为什么。伤口的位置还是有些稍微不一样的肤色，但又不像是疤痕……那些肤色很快就复原了，这太奇怪了。"

"带她过来……不，我过去。"鲁耶那点起烟抽了一大口，对着地面狠狠吐了一口。

早前听到守城官说过，是有那么个像是神使一样的少女，而后也听说了在镇郊军营发生的一些事情，但见到真人时，鲁耶那还是打了一个哆嗦。

"她看起来并不是没事，活像是在城墙上跑了九十几个来回。给她点水喝，我有话要问她。"

"堡主大人，请问吧。不过要赶快，您也知道的，攻城在即。"

普艾希亚手中捧着的香囊里躺着一个说不出是什么的亮晶晶的小东西，鲁耶那决定在提问前先无视这个小玩意儿。

"荣光底特拉伦。我是底特拉伦伯爵，瓦多埃堡的堡主，鲁耶那·西西弗斯。想必你就是曼佛里提到的拉……不好意思。对，你说的，那个什么撒巴莱亚人。你知道他们都是些什么配备吗？"

"应该是一些属国军士，和一些显然高于这个时代的先进军备的组合，还有很危险的东西。因此，我非常不希望您固守这个地方，希望曼佛里镇长在信件里正确传达给您的也是这个意思。"

鲁耶那擦了把冷汗，踮了踮自己蹲着有些发麻的脚跟。

"没错了。我还担心的是，他们会向我们的敌国隆德毕德寻求援助。说到这个，有关他们的军事详情可以述说一二吗？我的传信官会尽快向王都汇报情况。"

"王都的话，曼佛里镇长已经亲自去了。"在旁的副官接过话茬，提醒了一下。

"你让她说，我在问，别打岔。"

"三艘撒巴莱亚人的大型航宙舰中，恐怕能容纳的属国部队人数以十万计。这些部队就算分开去攻打不同城邦，夺城的成功概率也很高。这支撒巴莱亚部队向来是依靠暴力镇压，建立统治，取道石谷，是为了尽速夺取底特拉伦的首都迦巴迪尔。我也不是什么精通军事的专家，知道的也有限。只有一点是无论如何要说的，千万不能让守城的将士认为石谷镇是可以靠易守难攻的地理优势来固守的地方而心存侥幸，为百姓离开争取到足够的时间后，要确保能向更坚实的堡垒撤走。"普艾希亚喘着气，缓缓站起身来。

"十万……"

"我想还有一件事情要告诉您。"

堡主的脸上写满了焦虑，按着剑柄的手，止不住地摩挲着。

"如果他们启用巨大的航宙舰攻城，也是他们万不得已会用到的手段，即他们决定放弃考虑战果和掳掠得益之类的事情。"

"会……会怎样？"

"恐怕会使整座城镇蒸发或导致更为严重的后果。我见过先例，撒巴莱亚航宙舰的舰炮直接荡平了一支数千人的精锐联合军队。我们必败无疑。"

鲁耶那向后打了一个趔趄。他脑袋里能盘算到的最好的对付巨型战舰的兵器，也只在那天杀的隆德毕德国见过。放到现在两国间的这种情况，相信只有世界上最英明优秀的政治家才能争取到这种条件。

"这些曼佛里也知道吧？"

"知道。"副官如实禀报着。

就凭在临峰石谷这里七拼八凑的六七千人，难以面对数万大军的正面攻城，而且也不是每个兵员皆骁勇善战……这之中真的能上战场杀敌陷阵的精兵，估计也就一两千左右。

"想点现实的吧，鲁耶那·西西弗斯。"

鲁耶那摸了摸下巴，显然眼下没有一件事是好办的。

"士兵需要士气。要是所有士兵都认为这是一场必输之仗，那就没有争取时间的意义了。城墙上不能没有我，所有事情都可以发生在一瞬间。"

兵士们迈着齐齐的步子向着笼城的方向行进，许多人听到了方才的谈话，脸上的表情十分复杂。他们迫切想要知悉一些好消息，能让自己振奋起来的好消息。

可鲁耶那怎么想都觉得这不现实。要赌，就只能赌大敌当前兵士们的血性，但靠赌来增加运数，从来不是打仗取胜的道理。

回头一看，那揍了自己一拳的小王八蛋又缩在角落里盯着那根发光棒子发傻。

"我打扰到你了吗？"

一抬头，凌踪发觉普艾希亚悄无声息地站在了自己的跟前。

"很感谢，你能来搭救我，又一次。"

普艾希亚看着眼前一言不发的凌踪，心里感情复杂。对方却像是惊魂未定，为了安抚自己的情绪而强迫自己专注在某件事情上。

就这样，坐了好一会儿。凌踪深吸了一口气，终于开了口。

"我是个不喜欢惹麻烦的人。"

"我知道。"

"不，你并不明白我的意思。我的强项并不是和人拼个你死我活，所以，我觉得我应该离这些争斗远一点。就刚才，我差点被另一个你杀死，我不能再说服自己说这是什么运气了。太荒谬了，真的。我想，我要是现在开始做些动手动脑的工作，反而能对情况有所帮助。"

"就刚才，我完全会被另一个我杀死。是你出手救了我，我才能活下来。即使我告诉你令你不快或担心都是我的不对，你还是愿意出手帮助我。我真的很感激你。"

"不用感激。马上这里就要开战了，有些话，我就直说了。我承认我之前是逞英雄，这不代表我不会对此后悔，我现在就很后悔。如果是这种提心吊胆的路子，我不喜欢。我想，也许有更聪明的方式来应付现在的状况。我没必要再脑袋一热，去以身犯险……"

凌踪眼里充满了惶恐，喃喃自语道："为了一时快意，我究竟付出了多少代价？"

"你可以选择这么做。你当然可以。"

忽然被牵住了正欲放下的左手，凌踪一震，这感觉熟悉而动人。

"我觉得我本应让你离开这里，但我不知道这种忽然产生的感觉是怎么回事，我十分需要你的帮助，抱歉，这一定听起来自私极了。"

想尝试松开普艾希亚握住自己的小手，可凌踪看了看她身上像浅浅疤痕一样的伤，还是斟酌着不使劲了。

"事实上，我在这能做的事太有限了……我说了，我很后悔。我需要的是以前的生活，它可能不会再回来了。"

忽然，普艾希亚的眼眶湿了。

这把凌踪吓到了，他猛地一个激灵，抓了抓头发，背过身去。

"好了好了……别这样。"

"我没哭，只是想起了我自己的一些事。"少女擦了擦眼睛，抿紧嘴唇。

"我是不是之前在哪里找过你，在哪里见过你？"普艾希亚不知为何，心底感觉难受极了，却不知道来由。

"那个，你不介意的话我有个小段子。"

凌踪试图照顾一下普艾希亚的情绪，但刚起了个念头，又把话咽了回去。

"你说说。"

"可能不太好。我讲笑话水平很次。"凌踪说罢稍微清了清嗓子，"咳……我曾经吃过一碗面，它是一碗海鲜汤面。但是呢，里面有许多生姜……就这么大一碗面，里面全都是不好吃的那种姜。我为了证明这面是真的好难吃，本想着要喝口汤，结果想着想着没注意，连面带汤全被我给一口气吞完了。这东西齁得我恶心了一晚上。是的，这大概不怎么好笑。"

"是不怎么好笑……哈哈。"

她居然笑了，还蛮好看的。其实，很好看啦……凌踪心中有些悸动。可能是安心顿时取代了害怕，这种情绪上的转换一时间说不清道不明。

"那……普艾希亚，那儿像是有些剩下的衣服。你别冷着。"

"啊……好……"

等普艾希亚从一间人去铺空的服饰店出来后，凌踪忍不住多看了几眼——白色的短衫衣，外面套着一件绿色的绒毛背心。一条到膝盖的棕色短裙，上腰扎了一条有些别致的黑褐色腰带。脖子上套着一个小小的蓝色绒布香袋，里面鼓鼓囊囊的，不知塞了什么。可没什么闲心思多看，只见对方在步履蹒跚之际，向着自己开了口。

"凌踪，我得告诉你我们将要面临的对手。"

"我知道，那些撒巴莱亚人。"凌踪擦了一把脖子后头的冷汗，"之前在村子里遇到的那些，没错吧？"

"不，比那些家伙更难缠。"普艾希亚耷拉着眼皮，感觉随时都会睡着。

"是撒巴莱亚人用超位科技复制出来的蛮人军队，那些人就像机器一样，单纯服从着指挥官下达的命令。正因为他们像机器一样，并不害怕死亡，也不敬畏生命……讲不通人理，又能借助那些撒巴莱亚技术官手上的全息投影在前线制造心理恐惧，所以毫无疑问比这里的守军更有优势。除此之外，我相信这次来袭的敌人并不会有成建制的正规撒巴莱亚军队，"普艾希亚按着胸口，咳嗽了几声，"那些是用来对付我的。我很清楚他们还在星脉甬道处的诱饵那边忙活，除非我再次主动使用始初魔块，他们将难以精准定位我的位置。"

凌踪搀扶着普艾希亚，将她托到马鞍上，把缰绳举起，试着递到对方手中。

"你似乎清楚我能做到什么。"青年认真地看着那双蓝紫色的眼瞳。

"怎么可能呢。"普艾希亚露出疲累的笑容，"但我相信，你是能做到许多事的人。"

"说得好像你认识我很久了似的，"凌踪将缰绳握紧，在普艾希亚后头翻身上马，"路上慢慢说，我会利用所有我能收集到的资源，减轻石谷镇的防守负担。"

"我们需要想办法消除他们的优势……"普艾希亚疲倦地说着。一路上，凌踪认真思考着应对的方法。浑然不觉间，普艾希亚在自己面前说话的声音越来越轻，小小的身体和蓬松的头发靠在自己的胸口上。她睡着了。

该歇歇了。凌踪想想不久前她的遭遇，叹了口气。

现在赶去城墙边上召集人手和收集材料，或许还来得及准备应对的方案。

手头上的东西有限，思来想去，要对付能够使用全息投影的敌手，也只有一招可以用了。通过转换携行电脑的小型反应堆过载后产生的能量，制造一次足以瘫痪敌方电子设备的定向电磁脉冲。说来容易，但自己必须在短短的时间内做出勉强能使用的微波振荡器。

事先查看了携行电脑小型反应堆的输出功率，凌踪心里又多了几个主意。他快马加鞭，自知攻城在即，时间紧迫。似乎已经可以闻见了，四处弥漫的空气和刚来那会儿有着截然的不同。这是大战前的硝烟味道。

第9章

硝火之城：铁血悲歌

哈尔伍迪峡谷山道，入口。

"这颠得……真是舒适。我竟然有点想吐。"

帕克特脸色铁青，看着在车厢里翻阅着本地画报的薇妮亚，俨然一副完全没事儿的样子。

这家伙难道整个移除了自己的海马体?!

"要换人吗?"后面懒洋洋地传来一句，好像是刚看完夜间八点档后窝在沙发上懒得动屁股换到综艺台的老妈。

"换。"

一个钻进，一个钻出，钻出的神采奕奕，钻进的就像个醉鬼一样按着面门，大力呼吸，拼命克制自己的呕吐欲。

"有这么严重吗?"薇妮亚看着好笑，忍不住用幸灾乐祸的语气开起了玩笑。

"刚才那个连环山那里就已经在忍了……抱歉，真的不行了。如果你不换到前面，我会骂人的。"

之前有听说坐在车头不容易晕车，但好像马车不能算是常规的车。

"你往后面吐吧，吐了就行。吐完……"

"呃——"

还没把话说完，后面的帕克特已经吐开了。

"吐完东西胃里空了就更想晕了! 哈哈哈哈哈哈……"

"你,我……你真的够了! 薇妮亚,你就积点德吧。"

感觉被一路上数不尽的坡道调教了一番,帕克特从来没意识到自己会晕车,毕竟很少会搭车……这马车和城际大巴车,显然是两种不同概念。坑坑洼洼的路面上还有许多错乱排布的碎石,借着小解时的休息时间,帕克特还留心过驮马的掌钉,实在是磨损得厉害。胃里翻江倒海,这种和晕眩感一起报到的酸涩混合让帕克特甚至产生了一种以每秒百分之一的速度逐渐失去灵魂的体验。

"你怕是吃这延铁根吃坏了吧?"薇妮亚嘴上叼着根茎,笑着露出一口白牙。

"不,那个据说还有解除头晕体乏的功效……呃……"

"你就听当地人瞎吹吧。"车夫座上的人欢快地吹起了口哨。

听声音帕克特是吐不出什么东西了。

"大概天亮就到了。你要觉得舒服点了,吃点什么下去会比较好。不过这里的东西,要我说的话,大概没一个合我口味的。"

"我有些嗅盐在包里,我先试试有没有用……"帕克特用接近干呕的呻吟撑起身子,够过自己的万能旅行包,解开绳索不停地翻找着,找出了两个奇怪的小亚光玻璃瓶,怎么看也不像是帕克特自己会去买回来的那种,他熟练地打开瓶盖,凑到鼻子上闻了闻……

又吐了。

"行不行啊,你?"

"去他的嗅盐。难受……要死了,我……"

勒住驮马,薇妮亚像圆锥一样把腿往后一转,从腰边打开的插片包里选了一片,用手指弹了弹片体。

"晕不晕针?"

"我不……"帕克特那脸真的不像是能忍的类型。薇妮亚滑动插片,一个硕大的医疗箱忽地砸在后车厢内,两匹可怜的驮马被这动静吓得原地弹跳了一下,过了一小会儿才平静下来。

"拿去,贴在前额和后脑勺上。双手放松。"

轻轻推动弱电疗愈器的旋钮,没过多久,后面的大兄弟脸色就变得稍稍能够看了。

"然后是晕车含片,我看一下保质期……没问题。请用吧。"

将小小的薄片放在舌苔上,刺鼻的薄荷味就从舌根一路蹿到了脑仁里,就像从全身麻醉中苏醒过来一样，帕克特觉得现在身体相当舒服。

"这正好提醒了我一件事，我这可没法补充啊。虽然有配方调和器，不过那玩意儿太招摇了点，还需要一点点专业知识。当然，只要有充足的原材料就没问题。"

"真是方便啊……高科技。"帕克特看了看自己硕大如盘的旅行包，再看看薇妮亚别在腰间小巧如钱袋的插片盒，情绪复杂。

"没有东西是完全方便的。这东西会发出少量不太适宜健康的费瑟夫空间辐射，所以我的服装对应处的布料也必须跟着配套，这可是费瑟夫辐射驱动下的装置，如果长期佩戴的话，怎么想都不会好到哪里去。"

"那是什么……"帕克特对薇妮亚所说的东西并没有什么概念。

"非常安定的能源供给方案啦。就像是一个小型的反应堆，反应堆你能明白的吧？所以这个泰霸科技生产的定制款插片携行盒其实也是个移动能量发生器啦。半永久，普通人用上一辈子绝对没什么问题的。"

哦，原来他想要一个。帕克特先生脸上的表情也十分好懂了。薇妮亚微笑。

"我可没法给你在这儿搞一个这玩意儿。我擅长的是揍人，绝不是手工。"

薇妮亚半带嫌弃地看着帕克特不断向着插片盒飘来的眼神："我为什么想到要拉这个家伙一起赶路？真是服了。"

"谢谢你的药……那个，不嫌弃的话，也尝尝我从老家带来的奶酪吧。"

一个不注意，帕克特就从包里掏出一个油纸包，里面是一块醇香四溢的文斯利代尔奶酪和一把小小的不锈钢奶酪刀。

"这个看着就好吃。"

"在你面前的可是穿越时空的美味，朋友。"

薇妮亚正好肚子饿，早前胡塞的几块干面包根本撑不了几个小时，现在又看到这么一块品相舒适的奶酪……只要有些牛奶……

"对，我就是这么厉害，我还真买了牛奶。"从水壶边上抄过奶罐，薇妮亚对着帕克特笑了笑，"你不会带了碟子吧？"

帕克特愣住了，在背包里摸索的手慢慢抬起，正好是两个碟子和两方餐巾——还有一罐美味午餐肉。

"赞美吉卡匹亚……不过别急着开你的那个，尝尝我带的方便食物，我有便携炉，我们甚至可以……"

两颗星星高高悬挂在夜空中,马车安静地停在路边。支起的小方桌,深夜开炊。

"再煮一点这个,非常不错的豆腐块。别看它现在是干的,等几分钟就会很好吃。"

"那我去找找林子里有没有适合敷汤的叶菜。看着像就行,我还是认得出不少可以吃的品种的。"

"这个,我扫描一下,稍等。"

薇妮亚取出一台翻盖手机一样的扫描仪,对准周围转了一圈。

"你只要采带有橘黄色光学标记的野菜,如果是从鲜味上来考量……"又在扫描仪上敲打了一会儿,屏幕正对着的树林里忽然多了不少颜色,"适量挑选显示橘黄色和粉红色的就行。我去小溪里打点水来洗那上头的泥。"

借着扫描仪的透镜,帕克特端详着屏幕,上面密密麻麻地写满了对应山菜的主要营养成分和详细的分子清单。底部是味觉建议,以及包含握持对象在内的过敏类忌口报告分析。

不是,这也太方便了吧? 到底是先端科技。

说时迟那时快,帕克特还没回过神来,不知道什么时候身旁薇妮亚的手中就多了一只装满水的木桶。

"你理解起来也太慢了吧。能吃的野味……一起去整点吧?"

"等等,就刚才,你去过小溪边了?"

"对啊,用跑的,"薇妮亚弯下腰把桶挪了挪位置,"我饿了嘛。"

帕克特很努力地用咬合肌把下巴维持在自己的脸颊上。

"这种……叫灰麻苔……这名字也是自动生成的吗?"

"名字不用在意……不过分类不太会出错。毕竟在很多蛮荒星球执行任务的时候,我也总靠它来帮我辨识可食用的材料,如果它取了个苔藓的词根名字显示在那上面,那就是可以食用的地衣没跑了。"

"行。稍等,这个可以用水泡茶!"帕克特用干了一辈子苦活的可怜人忽然挖到金矿一样的语气喊了一句。

"浪费时间……叶子泡水而已啦。我从不这么喝,真的。"

"你疯了吗? 这可是茶!"

兴冲冲地带着一捧野菜和一把名叫"酸星斗"的树叶,帕克特忙着先用煮好的热水灌进一只窄口球星纪念杯中,这个不管何时都是第一要务。各种意义上都已经不敢喝带来的所剩无几的红茶包的帕克特,现在真想让激动的泪水像喷泉一样涌出来。一边用木桶里的水反复清洗菜叶,一边用嘴不停地向曼城球星杯里吹着气。

"有这么着急吗?我觉得你甚至想连这个沸水锅一起生吞了。"

"我实在是很想尝尝这个的味道。"

薇妮亚笑着摇摇头,向煮沸的锅中撒了一把压缩肉块,又往锅里添了一勺清水。野菜很快就下锅了,整个炉灶的边上萦绕着一圈旋腾的香气,薇妮亚满意地看着这锅炖物,用复合餐具轻轻地捞出一块煮得白嫩的豆腐,塞进嘴里。

"噢⋯⋯"

帕克特抱着球星杯,就像抱着自己的孩子那样,开心地摇来摇去。味道让他相当满意,这是一种带着芒果清香的印度茶,还有一些淡淡的却让人印象深刻的酸涩柠檬口感。帕克特相信这种树叶在炒制烘干之后冲泡口感会更好,但实话说,这次入口的新鲜茶无疑让自己重拾了尊严和快乐。太好了。世界再怎么糟糕,茶总能把人的感受维持在身处伊甸的水平。

"你尝尝⋯⋯"帕克特用手帕擦了擦另一只小杯子的杯口,将滚烫的水和酸星斗树叶晃了晃,递到了薇妮亚的手里。

"说在前面,我可没有喝这个的习惯。"

"嘿,试试何妨。"

薇妮亚将信将疑地把茶凑到嘴边,稍稍嗅嗅的感觉确实不赖。抿了一口,薇妮亚有些喜出望外。帕克特对这个表情心领神会,露出了爱茶人士特有的富含深意的微笑。

蛮好喝的!不过不适合吃肉下饭不是吗?这样想着,薇妮亚三步两步走到马车车厢,拎出一瓶写着"石谷雪梨特酿"的酒,搓了搓手,熟练地开启了瓶盖。

"新买的,本地产品。"

清甜的梨汁混合着岁月的馥郁袭击了这个小小的炊事点,这种香醇穿越了一切隔阂,混带着一点小小的酒精,薇妮亚往嘴里送了几块汁水十足的炖肉,紧接着品了一口雪梨特酿,嘴里就像是化开了一方蜂蜜嫩糕,细细咀嚼,滋味无穷。再配上几条煮得正好的野菜,天哪——要是坐在面前的是自己的好姐妹安诺内茵,薇妮亚一定会爽快地吼出声来。

见鬼,这可是这家伙用我的辛苦钱买的酒!

帕克特很快跟上了少女的节奏,虽然对酒兴趣不济,但他当然是不会拒绝美好的炖汤的——大口向嘴里扒拉碟子里鲜嫩的山菜和炖肉，再接着送入炖汤蘸泡后的干面包和一小方点缀用的奶酪——晚上的虫鸣和不知何种鸟类发出的叫声交错，两人面对面地吃完了整整一锅炖菜和半袋子干面包，错开时间打了两个舒服快意的饱嗝……

连汤都没剩下半滴。

继续赶路，享用了一顿足量美餐，这下子再没什么夜黑风高，只有轻鞭快马了。

石谷镇，笼城城墙。

张望着。那是一个人影。

汗水滑进了骑士的嘴里，他便下意识抿了抿。开口，先是哑声，于是他大力喊道："……斥候回来了！"

"斥候回来了！开城门！！"

几个全副武装的兵士用有力的大手同时扳动巨大峡门的轮机扳指，笼城外的长坡上忽然出现一匹快马，所有人都注视着这匹快马，手心里捏出整把汗滴来。

"传……令兵？人呢？"

上气不接下气，斥候脸上满是路过低矮林木带时被树枝抽打过的红痕和绿褐交杂的汁水印子，双腿像弹簧一样止不住地打抖，而方才进城的马匹居然前腿跪地，还不待人去扶，便翻在地上，嘴里喷着白沫。

松开扳指，其中一名兵士匆忙取下腰间的水壶，给斥候递了上去，不料被对方飞起一手打开了。

"来了……他们没绕路！告诉鲁、鲁耶……"

"还有多久？"

斥候的左眼竟然和右眼无法协调，一个劲地向上猛翻："就在我……二十分钟……"

使劲检视拍打斥候肩膀的传令兵见状很快就明白了，放下断了呼吸的弟兄，撒腿向城墙悬梯上跑去。

医护兵很快除去了斥候的衣物，背后竟是一道深可见骨的锐器伤。

"二十分钟！全体注意！！"

"枪矛手！弓弩手！"鲁耶那睁着两小时间被墙头的大风吹得干燥不堪的双眼，拍打着自己的铠甲，高声吆喝着，"佩盾，上盾，保护城墙！"鲁耶那看向远处，遥远而漆黑的林道外，竟然出现了连天的火光。

自哈尔伍迪峡谷传来的动静，从最西边的得尼约尔瀑布到最东边的布哈大桥，鲁耶那估算了一下阵势，如果当时没有把桥路全都切断的话，所有敌人都可以直接无视石谷，从瀑布下的年流大桥处过峡直取首都。不过若是那普艾希亚所说的是真的，比起在这里陪着地面部队晃悠，那些装着大炮的飞天战舰为何不直攻首都迦巴迪尔呢？

果然，那些撒巴莱亚家伙，这里的每一寸土地，他们都想染指。

"万一他们有聪明到造桥……可恶……"

"他们的优势很大，而且不知道为什么，似乎原先的行进很是缓慢。根据我们的探子回报，其中的一支大部队正朝我们全速赶来。"副官不断转动手中的视远筒，观察着视线尽头发出火光的位置，"堡主大人，敌军的斥候显然已经对这块地方了若指掌。要说为什么现在还出现在这里而不是年流大桥的断口处，八成是想要打石谷镇的主意了。"

"堡主大人，我再派几个手脚快的小伙去探探。"

身边挂着长戟的骑士看着鲁耶那，向自己的刀剑侍童挥了挥手。

"不用太远，去那边那个树上，带两块方布去，如果对面扎营了就放红的，如果要攻城就抛黄的。把我的视远筒给他。告诉那小子，信号一定要及时，这边的弓弩手、旗手要测算好距离，完事就跑回来，爵爷我重重有赏。"

城门后兵士交头接耳的声音传到了城墙上，似乎都对接下来的战斗感到不安。

鲁耶那很担心地往下瞧了瞧，只见那个命大死不了的小伙杰森在人群中点了点头。

有这小伙在的话，看样子石谷驻军方面士气不成问题。关键是，假若对方采取激进战术的话，凭靠着笼城能不能挡下破城部队的第一波猛攻？鲁耶那皱紧眉头，盘算着进退，做最坏的打算。

新修建的笼城是为了对付隆德毕德的蒸汽导流炮车，城墙和城门特意加厚了。城墙上的空间虽然不宽余，但好在墙足够高。用脚踢了踢堆满墙根的阻登石，再看看远处越来越明亮的火把，鲁耶那就像城墙上的大多数人那样，咽了一口唾沫。

"来了吗？"

兵士们即使听到了声音，也不敢回头——鲁耶那看到扶着射击垛向下远望的普艾希亚，便起身走到她的身边。

"睡醒了吗？和你一起的那个小伙呢？"

"在下面，捣鼓一些机械。我给他说了我们对手的情况，他说他有些主意。"

"好家伙。他很会使剑吗？"鲁耶那笑了笑，笑声中透露着这位堡主为了镇定心神所做的一切努力尝试。

"和我一样,并不太会。"普艾希亚看着堡主,报以一个微笑。

"那就祝他好运。这么说吧,普艾希亚姑娘,用这座城和在这儿所有的人,我们撑住三个小时,能不能行?"堡主用有些发抖的声音,问出了声,"我得留够时间让这里没法打仗的人先跑。"

"撑不住的。但确如你所说,这支驻军要是能令周围乡镇的人安全撤出,那就是我方的成功。所有的成功都需要被累积起来,这个世界才有机会制衡撒巴莱亚的入侵,哪怕希望微弱。"普艾希亚皱紧眉头。

"说来容易做到难呀。"鲁耶那摸了摸脸,上面已是浅浅浮着一层虚汗。

"普艾希亚,那可是拥有两种现象魔块的门夫哈蒂……你还是没有必要提前暴露在这种危险里……"香袋里发出了幽幽的话声。

轻抚香袋,少女深吸了一口气。

鲁耶那对此已经觉得没什么好奇怪的了。今天接下来要看的最奇怪的事情,就是这几千人的驻军怎么在几万人的攻势中取得满意的战果。

这条命,既然荣华富贵是国家赐的,今天要不要还给这个国家,要三女神说了算。鲁耶那往嘴里灌了几口花酿酒,转向身后,念了夫人、女儿和私生子的名字,行了个教礼,对桑德哈克救世主拉艾瓦教堂鞠了个一百度的躬,转回身来。私生子的事儿,说实话这还是第一次和三女神老实交代。

"部队长官听令!"

"有!"

"开始迎战!!"

只见两条方布同时从高高的树上掉了下来,还有一个漆黑的人影和过了许久才响起的凄厉惨叫声。那忠心耿耿的童仆牺牲了。

"搭箭!"

鲁耶那缓缓拔出佩刀,身旁的甲胄骑士和勇武民兵无一不剑刃出鞘,死死盯着从树林里走出来的敌人们。

不知何时,出现了快速行进的攻城器械。

"其余人蹲低!注意抛射物!"副官大吼着。

"稳住听命!"

　　当林道里传出一阵怪异的呐喊声时,鲁耶那高举紧攥的拳头,像一头怒到咧开嘴角的雄狮一般震吼一声:"放!"

　　扑天箭雨就像一条电鳗一样缠进了旷地,不断击倒高举着黑色旗帜的敌众们。痛苦的号叫声很快就传进了守城将士的耳朵里,在接下来的暴风雨之前,这何尝不是一首让人称快的夜曲?

　　"好多云梯和挡板,正在逼近城墙!"

　　"第二轮!"

　　久久注视着旷地的普艾希亚眉头紧锁,总觉得哪里很不对劲……是的,这些插在倒地敌兵身上的箭,刺入的深度都是一致的。

　　"停止放箭!"

　　鲁耶那被身边少女的大喊吓得一震。

　　"搞什么?"几名骑士围了过来,要知道,在城头听到女人吆喝,这可是生平第一遭。

　　"仔细看,这些都不是活人,是他们放出的虚拟造像,完全就是在估摸我方守城的实力,我们不能再贸然发起反击了。在这里出现这些快速移动的攻城器械根本毫无道理,他们不可能在如此短时间的行军中带着数量这么夸张的重型装备!"普艾希亚指着对方战线上一台从远处向着城门缓缓逼近的攻城锤:"那台才是真的! 它刚刚从牵引架上被卸下来!"

　　一轮箭雨随着喊声招呼了过去,那个轰鸣着的攻城锤显然慢了下来。

　　"什么虚拟残像……眼前的人不都放倒了吗?! 这……"

　　当一名骑士看到被射中倒地的敌兵忽然不自然地抖动了一下时,连着后退了好几步。

　　"这要怎么确认来犯的敌人是不是那什么虚拟造像?"

　　"等。"普艾希亚攥紧双手,看着如同潮水般拥来的敌群。

　　这种命令让一群传令兵甚是为难。在方才发令说要停手之后,现在又要等待命令……

　　"等他想办法。"普艾希亚汗流直下,握着佩剑的手微微颤动着。

　　所有人都焦急地看着接近城墙的敌人,心急如焚的兵士甚至丢下兵刃,向下投去一块阻登石——石头穿人而过,在底下夯实的泥地上砸出一个浅坑来。云梯也搭上了城墙,兵士们伸手去推,甚至有士兵奋勇上去用脚猛踹,不料踩了个空,伴随着一声惨叫落下高墙。而其中确有几个真人，一连砍伤了守军数人，才被反应过来的将士擒杀在地。

"这仗怎么打?!"骑士们乱作一团，眼见龇牙咧嘴的敌人走到自己的跟前，将短剑刺进自己或弟兄的胸膛——有的人应声倒地，有的人吓瘫不起，也有人索性拔剑胡乱挥刺，带倒了许多贴着射击垛蹲伏的同伴，在被周围人死死按住后，依然难以平静下来。登墙的"敌人"不断在自己的身边穿梭，鲁耶那伸头一看，从远端的林木到旷地，密密麻麻布满了冲击城墙的敌军，似乎守城已败，自己在城头上不过是刀俎上的鱼肉。

一名高个骑士就这么站在汹涌而来的敌人间，将剑丢在地上，傻傻地站着，口沫止不住地流出来。鲁耶那过去摇了摇他的肩膀，便叫医护兵过来——待命在城墙后头的医护兵一抬头看见这场面，就连担架都脱手了。

只有城门背后的士兵没受到这波幻象攻势的影响，只听到城墙上头喊杀声连成一片，撑着护门木的人纳闷了很久，难道对面真的只攻城墙？

"我们不要擅自行动，兄弟姐妹们，就在这儿静等上面的命令。"

杰森队长捋了捋小胡子，看着从城头飞落的担架，伸手接了几滴流下的液体放到鼻前一嗅：这哪是血，是尿……生生被吓出来的尿。

正当拿手绢擦手的时候，一个戴着奇怪透镜的小伙抱着一个铁疙瘩从人群后面忽然蹿了上来，硬是挤开了挂门的将士，将铁疙瘩往厚实的石质大门上一按，掏出奇怪的小钻头，没几下把这块疙瘩固定在了上头。

杰森认得这个人的头发，就像是刮风后掉下树的鸟窝，这小子叫凌踪。"让他去!"对着后面一串跟着的戍卫，杰森拉低声音吼了一声。

"启动倒数……0。"

笼城的地下发出了奇怪的震鸣，在与森林相连的空地上，那些奔袭而来的敌人逐渐化为光点，没过多久，就忽地没了踪影。整片空地上只剩下零星几个活人，都在对方响亮的军号中向后朝着大部队逃窜而去。

"我用临时制造的设置干扰了他们的电子投射装备，至少在整个石谷镇向前的锥形范围里，他们的这套把戏没得玩了!"

"干得漂亮，凌踪!"普艾希亚惊喜地喊了一声。

城墙上忽然发出了许多大口喘气的声音。攀着软绳梯的医护兵和传令兵们大声吼叫着，杰森竖起耳朵，从嘈杂的声音里面辨识出一句话来："迫近城门的攻城锤已经退回去了，城下没有敌情! 持续戒备!"

普艾希亚回到城墙的另一端,只见脸有些焦黑的凌踪向着自己伸出大拇指,还没下一个动作,人就消失在了岗哨亭下面的临时工坊里。

"里面刚刚出来的究竟是什么人?"

"怪家伙。"

"什么怪家伙?"

只听到从岗哨亭下面传来一阵激烈的爆炸声,整支守在笼城的部队全都被惊吓到了。几个卫兵很快就跑进工坊里查看,没一会儿就都掩着鼻子从浓烟里跑了出来。

"没……没事。他和铁匠们在下头一直鼓捣一些铁器,搬东西进去的和搬出来的都乱成一片了,根本进不去人。"

从地下室里传来很轻的一段人声——

"赶紧帮我锤一下这个铁模子,拜托了!该死,模子弄歪了,听好!全都按照图纸要求的方式来做,不然就得全部重来!"凌踪高声喊着,"大家加把劲,上面的弟兄姐妹还在给咱们争取时间!"

继续戒备。墙头的部队刚刚完成重整,补充了新的兵员,林地里又出现了新的动静。

几门怪异的绿色火炮忽地探出林地,在精细地校准后对准了城头,在空气中折射出怪异的光线——见状所有射击垛间的士兵猛一缩头——可还没来得及完成这一动作,呼啸的炮弹就砸到了城头的垛口上。

就像没有预警袭来的小型潮水一样,不知何物被肆意地泼洒到了弹着点附近所有人的全身各处。

"酸……是……"

"啊啊啊啊啊啊啊……"

率先着弹的地方被黏稠的绿色液体劈头盖脸泼浇了个结实,流动的液体接触到兵士们的靴子,便冒出刺鼻的浓烟,靴子主人发出撕心裂肺的惨叫声。

"酸蚀毒气!"

普艾希亚猛地起身,将手高举在空中。香袋里发出了灰暗的微光,天空中渐渐出现了一道透明的力场障壁,将酸臭的浆液抵挡在外。可障壁显然没有期待的那么强韧,才没一会儿,释放障壁的普艾希亚就扶墙喘起了粗气,障壁一消失,城头所有剩下的人都在剧烈地咳嗽,鼻孔止不住地流血。

紧攥拳头,被气出了眼泪的普艾希亚大吼一声:"混蛋!!"

天空中出现了一个扑闪的光柱,但只出现了一小会儿,就黯淡了下去。普艾希亚也像周围的人那样,开始剧烈地咳嗽。

"林线位置,持续射击! 利用从市街搬来的木板,把阵地保护好!"

鲁耶那用手擦去鼻头的血,看着林线处伸出的绿色大炮随着自己的指挥缓缓推了回去,而天空中那些自笼城呼啸而出的炮火点燃了整片的林地。

"继续轮射! 别让他们再有机会开火!"

散乱的炮火在远距离上难以精准地命中敌阵,隐约看见那几门幽幽发亮的绿色怪物在幽暗的丛林里毫发无损,甚至像在用这奇异的姿态嘲笑这座城里毫无准备的伤员。

"医护……"医护兵倒在了一摊他自己吐出的血泊之中。而城墙上匆忙戴起防护面罩的兵士们,瞪着血红的双眼,将吐血休克以及死相惨烈的弟兄们抬到城墙边上的滑尸坡上,一具一具地推到一个堆放遗体用的火葬坑里。

底下待命的部队也受伤严重,那些落地后炸裂破碎的酸液无差别地杀伤了路径上的所有人,就连盔甲也因酸蚀而变形,戴着厚实头盔的领主卫队逃过这一劫,但戴着皮帽的征召兵们显然就没那么幸运。离开这个世界时,他们脸上的表情因极度痛苦而显得狰狞。

"真是够了……他们不是要攻城吗? 城给他们! 我们要回迦巴迪尔去!"

"对呀,迦巴迪尔……那里有更好的……什么都比这里好……不……啊啊啊……"丢下佩剑,只见士兵朝着绳梯走了两步,便头着地从城墙上翻了下去。

鲁耶那知道,这次和以往与隆德毕德游击队和将军们之间的小打小闹大有差别。这里的人没有准备好,依在堡也没有准备好,迦巴迪尔不可能准备好,底特拉伦也没有准备好。这被三神庇护着的国家……

"重整! 站起来!"

副官蜷缩在地,紧捂着胸口。鲁耶那弯下身时,这个以往都会复述传令的忠实属下已经不在人世了。

"听我命令! 重整!!"

普艾希亚站起身来,从一旁抽出弩手腰间的护身剑,放在手里掂了掂。之前的佩剑在短暂的晕厥中不知去向,但就这么一小会儿,城墙外敌兵的呼喊声变得如同滚雷一般。

"短效毒气……真的用出来了啊,撒巴莱亚。"

普艾希亚甩了甩自己的手腕掩住口鼻,死死抵住的城墙垛上缠着一圈淡淡的荧光。毒雾中,身形也比之前压低了不少,被汗水粘住的淡金色鬓发中露出了小小的耳郭。喘着粗气,普艾希亚自觉已经难以操纵体内所剩无几的魔块余能。但如果不这么做,自己和周围保护范围内的许多人必定会因方才的毒气顷刻倒毙在城墙上。

"守住城墙!用干净的水来冲!"

城墙下戴着面罩的医护兵们不断抛递加盖的水桶,水流将汽化的毒液顺着城墙上的排水口冲到外面之后,整个城墙一下子显得空旷了。补充兵员很快顺着残破的软绳梯攀爬上来,城墙上再一次站满了守卫。这样快速的减员,对于守城一方来说,实在是无法承受的痛击。

"他妈的,对方的指挥官,真是个死人变的畜生。"

杰森一把从传令兵那里拿过视远筒,透过墙体的射击垛往外一张望,林线后熙熙攘攘站满了人,像一窝怒蜂一般,手上兵刃的反光照射出一对对渴望杀戮和掠夺的眼睛来。

原来和我们一样,都是一群用着刀剑斧枪的家伙。那对上他们,就可以放手一战!

这不幸中的万幸提振了在场所有人的士气,随着毒气渐渐散去,不少大胆的士兵抄起木箱中的强弩向着城墙跑去。

"炮击!隐蔽!!"

"城墙上先不要站人了!留几个就行!快撤下来!"

"白痴!怎么能不站人?!"

"听劝啊!刚才落进城里的那弹丸把砖屋都轰碎了!"

从倒塌树木之中忽然飞来几颗拖着白烟的重弹,还没等目击到弹轨,两个用山石堆砌的射击垛连同后面的斧手一起就变成了飞灰。

杀声震天,当新的一轮弹丸重创了城墙之后,林线里的敌群毫无顾虑地袭来,带着狭长的云梯和笨重的冲城车,开始拉近与城墙的距离。

"后面的跨炮在干什么?朝对面狠狠打回去!"鲁耶那心急如焚地大吼着。

"搭箭!!"

弓弩手们猛地向前一探,越过枪矛手的盾墙,将强弩高高举起。

"放!"

"电鳗"这次愈加凶猛,在遇上洪水般的敌群时,猛地一腾闪,将数不清的人挂倒在地。厚重的城墙上数不清的飞矢成梭射出,每个弓箭手都试着在接下来不可避免的近接战前拼尽全力。

和之前炮火交接的试探不同,远处的惨叫声混杂着激烈的战吼声,对方这回也是铆足劲要来真的了。

"夺城! 杀光他们! 抢光他们的一切!"

"珠宝! 田地! 女人!"

石谷镇里的守军个个气血上头,当几轮射击下来,弩箭进入新的装填序列的时候,枪矛手从射击垛里将长枪探出发射口,一阵白烟伴随着矿石汽化产生电光,随之敌军中爆发出一轮剧烈的躯体炸裂声。残肢乱飞,那看起来无坚不摧的攻城锤金属锤头上,也深深插入了几支尖锐的枪矛弹。

"装填!"

"装填完毕!"

两人一组的枪矛手在迅速完成装弹后,很快又把枪矛架上射击垛。可这种得意还没持续多久,呼啸的重弹再一次撕裂了城墙上的阵线。

"缺口处上人! ……补人! 上来! 数量二十!"

传令兵的脸上挂着阵亡兄弟的血,声泪俱下地尽着自己的本职。

"对不住了……先把尸体踢开,不要挡着通行的道! 后面的弹药补给送不上来了……医护兵!"

"挪挪脚! 挪挪!"

忙着清开尸块和被毁的弹药箱,留出一条道,把新的弹药和补给员配发到岗位上。新当值的补给员和射手之间只是默默会了一下眼神,便继续架起枪矛轮番射击。

"我讨厌这个冲鼻的味道,明明像铁锈一样,却是从活人身上淌出来的。"

杰森对这个声音越来越熟悉了,当他气呼呼地回头时,凌踪正拿着一个测量器和一个小小的铁片在后面瞎比画。

"弟兄们战死流血,在所难免。等这城门开了,这股味道横竖会飘得满城皆是。"

"我知道,你们这群从镇郊回来的压根就没打算走。宽度四十米,高度我之后再来测。撑住,我一定尽我最大的努力。"

看着这个患了狂躁症一样满头是汗的家伙转头又跑回了地下室,杰森还是不清楚那个门上方才嵌着的是个什么玩意儿，只是嘱咐部下不要去撬下来——这门上多一点重量也总比没有强。那铁疙瘩上面忽然有个绿色的小光点，什么鬼东西？

"叫城墙后面的人回来几队，这里很快人就不够了。也叫教廷那几个老顽固派个人来前门看看，说真的，我就连他们也想动员过来。还有亨特伯爵和马季克团长，他们可以亲自保证撤退路线，但是请他们务必先派几队人过来援防。"

杰森挥了挥手，往后看了看镇广场的位置。没错，妹妹奥本娜原本要在这个广场上奉子成婚，过了冬，自己明年就该当上舅舅了。

为什么要这么拼命呢？就因为是挥舞着尤西米之剑的军人，是底特拉伦人，是为了祖国活着战斗的人。

"想必最后你也是这么说服你自己的吧？哥哥准备好了，若有万一，三女神不会介意的。"

大门上的积尘忽然又落了下来。四五发重弹狠狠击打在厚实的墙体上，就像要把这个连接峡谷的城镇轰塌下去。

又有弟兄从墙上被射下来了……这是第几个了？

碎掉的尸体上带着的布料挂在钟表店的皮篷钩子上，血顺着皮线向下不断滴淌，味道刺鼻。铺子的老板是个吃斋信仰女神的老好人，当然不能告诉他这里怎么会有一大摊子血，所以过后该怎么和他解释呢？但是还有过后吗……

将眼神移到一边去，那是个更看不得的地方。

只见火葬坑里被塞得严严实实，四五个医护兵正合力把尸体往上头堆叠。最上面被毒气呛死的是威廉·大卫撒，他是个好小伙子。虽然大大咧咧了点，但他为人真的不错，就像自己在兵队里有了个亲弟弟一样。这次为了之前的事将功补过冲在了最前面，没把面罩及时拉起来护住性命。真的，这不是自己第一次教训他不要这么做了。

"你应该和子子孙孙一起生活在村里的梨树林里，你却……"

杰森闭起眼睛，他的眼角还是肿着的，他需要一会儿，就一会儿，假装石谷镇这里什么都没发生。

世界疯掉了。

"新的云梯架上来了！"搏杀中的士兵向着后头的鲁耶那高呼着。

"好，对面重炮肯定停火了，我们……"碎石飞溅。

几发无差别袭来的重弹又炸穿了城墙上的射击垛——鲁耶那捂着流血的耳朵，眨了眨有些恍惚的眼睛,看着一旁的人,噢,还能听见。就像头上被女儿套了一个没擦干净的金鱼缸一样,什么感官都觉得有些接收模糊。感觉背上好像被不少稀奇古怪的物件击打了。刚才要说出口的指挥策略是什么?脑袋晕乎乎的,什么都记不起来了。

"打,打下去。"

其实身边早就没有可以听他说话的活人了。鲁耶那左边的肩膀被整块碎石砸塌下去,眩晕带来的麻醉感让自己觉得手脚都轻飘飘的,他就靠着断开的城墙垛拍拍衣摆坐了下来。

"等下,什么?有什么人要来看我吗?嗯?"

"醒醒……堡主大人……堡主大人!"

一旁赶来的甲胄骑士刚和普艾希亚一起把攀城的云梯踹倒下去,看到负伤后意识不清的堡主滑倒在地,连忙上去想要把他扶起来送下城墙。

一把利斧忽然从自己的后颈处砍了下来,幸亏反应及时,骑士挥起左手狠狠一敲,整个手臂上的佩盾都被砍成了两段。那个爬上云梯的家伙还没来得及挥出第二斧,就被一剑刺落城头。左手感到十分麻木,骑士拖曳着堡主,用剑小心警惕着周围的动静,直到几个狼狈赶来的医护兵接过胡言乱语的鲁耶那·西西弗斯,光荣善战的底特拉伦伯爵离开,自己才意识到,自己不见了的左手手腕还紧紧抓留在堡主的衣服后颈上。面对那忽然上脑的剧痛,骑士闭上了双眼。

"我立誓要为你献身。"骑士撑起身子,右手握紧了手中的佩剑,向着来敌又架了起来,"因此,我还能打几个,是的,堡主大人。"

"照顾好你自己……小伙子。"

"我会的,作为骑士,以你的名义。"

普艾希亚灵巧地躲过几次黑盔敌兵的斧劈,有几次险些没躲开——悍然出剑击到了对方的手,紧接着一个快垫步,少女用护身剑将戴着黑色徽饰的撒巴莱亚斧手全力一击刺下城墙。疲劳感袭上身体的每个角落,从受伤到现在还没有得到充分的休息——即使刚刚睡下还没多久,城头的警戒集合钟就敲得梆梆响。

贝菲也一直在强撑,普艾希亚很清楚,从蒂露西手中救回贝菲之后,贝菲直到现在还无法离开自愈茧的保护。结晶蝶的身体是十分脆弱的,现在的贝菲非但没有用自己的积能修复自己,还超负荷地为普艾希亚提供结晶蝶翼中所剩不多的空移力。这份从生命联结中回护的感应实在是太脆弱了……脆弱却强韧。

身后不断有呐喊着的瓦多埃堡近卫斧手攀上城墙,带着手中锋利的尖斧怒吼着扑向来袭的撒巴莱亚属国军士。斧手的队长身先士卒,用带刺的尖靴狠狠地捅踢登墙者的颜面,再用斧子三两下砍碎云梯的攀扶柄。带队拼杀之际,斧手们纷纷向与弟兄们缠斗的敌人狠狠掷去飞斧,紧接着搬起沉重的石块向云梯下狠狠抛砸下去。

鲁耶那带来的卫队里无一不是善战的将士。很快,城墙上的主导权就像拔河一般被扳了回来,预备队的枪矛手再次登墙,补给员和医护兵的身影也再次出现在了软绳梯上,鲜有几个云梯上能冒出撒巴莱亚属国军的贼头来,这个现象维持了很久,直到左翼的城墙上丢下了一颗颗近卫队佩着白翎的人头。上来城墙的不是一般的属国军,而是其中嗜杀成性的精锐。他们的盾像是能轻松挡开下落的石块,而登上城墙的第一件事,并不是像之前的士兵那样发起白刃猛攻,而是以飞快的速度用手臂上缠着的刺射装置将瓦多埃堡近卫队士兵击杀在城墙上。

带着拉艾瓦救世骑士团的兄弟们登墙的骑士团长刚刚攀上绳梯对付新来的精锐,就被一阵剧烈的震动震摔在地。城门后爆发出一阵惊吼,许多战士的手骨被活活震散了,一边吐着血,一边向后倒下。杰森猛地一回神,将备用木梁用脚一踢,几个士兵上来前抱后推也顶将上去,城门上又多了一道坚实的防护。

"放心上去!我们要赢下上面的战斗!随我前去!"

骑士团长拉下覆面盔,带着用钢盾连枷武装到牙齿的骑士团顺着绳梯一路向上,冲入战场。其间城门不断受到重创,但绳梯增援的部队丝毫没有因此受到影响。

奋力抵挡着战斗力满满的敌兵来袭……只感觉在城墙上的活动空间越来越小……普艾希亚手按在剑上,向前一顶,把威胁绳梯的刀斧手刺倒在地,一把捉住想要从背后提起自己的大手,回身一甩,把那条覆盔的手臂砍出一道深可见骨的口子来,换手用小刀戳上几下,那发着怪笑的巨汉便捂脸缩到后面去了。普艾希亚气喘吁吁,当意识到自己已经被三四双手狠狠擒住,脸上和脖子被结实的拳头和刀背狠狠击打了几下之后,只剩下天旋地转……

"放……放开她!畜生!"

声音穿过搏杀中的人群,与声音一道的还有一个瘦削的身影……

一个如同疯猫似的枯槁老汉跳上前,用开裂灰黑的指甲划过那些露着淫笑的脸庞——

"普南利尔在上,你们胆敢再……"

一只胳膊落在了一边的地上,紧接着那把短斧就像砍着一棵风吹就会弯折的小树似的,雨点般落在那只剩一把干枯骨头的身体上。如今支撑这具身体的,也许就是腹中的一顿饱饭吧。

可那骨头,就好像是最坚硬的石头做成的,它就是不会断,不会碎裂。苍老的声音尖叫着,咆哮着。老汉撕开了右手中暴徒的眼眶,用腿狠狠一蹬,硬是将那八尺大汉踢倒在地。他握紧少女手腕的手忙着挣开,粗壮的大臂狠命扳动着,敲打着,可完全奈何不了这浑身长满臭虫似的疯家伙!

"带她走! 带她走! 拉艾瓦呀……让她活下去! 我尊贵的小姐! 我愿为您……"

没有任何惨叫,临死之前,老乞丐满足地笑了。

两三个医护兵见状赶紧顺着梯子把滚落在旁的普艾希亚抱了下来,当他们整理她的伤势时,瘫软在地的她也就只剩喘气的劲了。手中也握不住剑,似乎因为毒气的缘故,止不住地流汗,流着眼泪,发着高热。

"她这只剩下一口气的样子,可不能再上去拼命了。听着,你们几个把她带到后面的教堂去,再往后撤。必要的时候,要让最靠得住的兄弟护送她去依在堡。"杰森流着冷汗,哆嗦着手笼统比画着后方路线,"其他人,维持防线。"

"明白!"几个长矛手闻罢抬起担架,匆忙向着内城跑了起来。其中也有伤得不浅的,合力小心翼翼抬着晃动的担架。

"队长,门板要被攻穿了!"

"岩门要破了! 岩门! 听见了吗,兄弟们? 城门一开,胜败在此!"

笼城最坚实的壁垒,这扇被称为峡峰之傲的纯岩城门,如今也到了岌岌可危的地步。

强烈的撞击狠狠击碎了在后面抵门的巨大木柱。

士兵们再也不敢用肉身去支持木柱了,就这样被活活震碎内脏吐血倒下的战友,已经不下十个了。杰森站在一排枪矛手的身后,看着这扇巨大石门最后的抵抗,心里有序地打着敌人撞锤的节拍。

"三!"

城门轰鸣,几根柱子顶着地面的部分已经被震出了一个深可下脚的坑洞,柱子依然坚挺。

"二!"

"戒备!"杰森用破音高喊着,所有枪矛手和近战卫士们死死盯着即将碎开的城门,所有人都知道,这扇裂纹蔓延的巨岩城门,将在下一次冲击下化为碎砾。

门外的欢呼声穿过厚实的墙壁,化作刺耳的噪声,侵犯着所有石谷守军将士的耳朵。

"一!"

"嘣!"城门碎裂,火把的光线从破口处投射进来,以及无数面目可憎的脸——他们冲着这扇门背后的每个人的性命、身家、妻儿而来。为什么呢?贪婪。

守军们架好剑盾,嘴中高唱着国歌,汗水和泪水在脸上已经模糊不可辨认,顶在最前面的每个人,都是从镇郊回来的,石谷镇的子女们。

"嘀嘀嘀。"欢呼声和呐喊声中,两边都听到了同一个诡异的信号音。

杰森觉得总是从背后传来奇怪的声音这一点,让自己很不舒服。他这次学聪明了,先是走到一边,再端详起这个兔崽子正在请的精怪。

"久等了。等一下,大家快把耳朵捂起来!"

"墙上!捂耳朵!捂起耳朵!"绳梯上的传令兵一听下面的异动,忙着加大嗓门吼了出来。

城墙上方才战个你死我活的敌我两方面面相觑,守军先是警惕地捂起了耳朵,攻城的阵势也乱了,赶紧退到城墙边上,就势找了个靠背的地方捂起耳朵。

"听着,我也不知道这实际会对敌人造成多大杀伤……"

凌踪先是看到了碎掉的城门残块上依然健在的干扰器,皱了皱眉头:"这个反触板又是怎么回事?怕是接触不良。该死,怎会出岔子?"

用携行电脑遥控了一下,干扰器向外的一侧嘭的一声射出一阵钢屑暴雨——毫无前兆,料谁也没反应过来,这下门外兴冲冲准备碎门破城的属国军在碎片弹作用的锥形范围内横七竖八躺倒了一大片。

杰森吃惊地看着凌踪,可凌踪根本就没有在看刚才那个反应装置的效果,他捣鼓着左臂上一个奇怪的机关——所有人只是战战兢兢地捂着耳朵,对接下来发生的事情都显得有些没底。

"不应该……"

凌踪用一块金属片紧紧贴着左手,后面的弹射装置在某种意义上算是临时赶工下的匠心之作—— 一个很简单的簧片弹射器。只是这个内置拉线弹丸的制作花了点时间,凌踪自己也想借此试试看。看着周围所有人脸上严肃催促的表情,凌踪无奈之下赶紧摆出一副射击的架势,对准乱石堆前的城门口。

城墙上的人完全不知道发生了什么,所有人只是捂着耳朵,好像没有什么是可以避免的。离城墙外侧近的属国军只隐约听到下边传出的惨叫声,心里更加提防了,不禁从城头上探出去看攻城锤的位置,一看死的死,伤的伤,低头的低头,各自都有点没主意,而看看前线指挥也是捂着耳朵,不知道该如何是好。

"或许也得等己方稍微蹲低下去一点:拜托了,你最好管用……"

耳尖的传令兵这下只有应激反应,猛地将这指令喊了出来:"稍微蹲下去一点! 蹲低!"

"蠢货! 你喊给对面的人听呢!"杰森忍不住骂出声来。

从城外看向城内,城墙上忽然就没了人影。树林里走出几个拿着失灵步话机的指挥官,气冲冲地听前面跑回来的人耳语了几句,也跟着捂起了耳朵。

轻轻按下扳机,铁片就从左手的加速装置中击发出去。先是一个狭小的光点,随后在射出城门洞后忽然展开,变成了一条横约十米的白色切割电弧……

门外的冲城车和没来得及蹲低的属国军瞬间被白炽光线横向切断——笼城的城门与连接处的岩墙也没有幸免,被烤穿出一条空隙。所有被白线命中的人都吃惊地看着被光线穿过的位置,就在众目睽睽之下,烈火从肉体上熊熊燃起,在像白磷般的烈焰中,属国军的兵士们尖叫着从切断处开始,化成一捧灰烬,而硕大惧人的攻城锤,则顺着光线刮去的方向发生了剧烈的爆燃。白色的火球一下子吞没了极大范围内的敌众,而几乎没有人能从那团热力惊人的火球中披着白烟完整地走出来……

"你这是用了什么?"

"我用了携行电脑过载的小型反应堆对弹丸做了电浆充能,不,一下子和你说不明白。不过我……我没想到会是这样……"

"这么多人……你靠这一下子就……"

"是的……效果超出了计算的预期。"

杰森走到凌踪跟前,用诡异的眼神打量着眼前的青年。这让对面的凌踪感到很不舒服。满地散乱灼烧着的敌兵确实没有疼痛的反馈,但他们依旧伸出双手,努力地向着城门内爬行起来。

"这看起来实在有点……糟糕。"

"你想现在加入后撤的队伍吗，凌踪？趁还来得及！"

杰森这一下彻底问蒙了凌踪。

"听着，我问你，你是要留下还是现在后撤？"

"要撤我早撤了。"凌踪咬咬牙，"来了就代表我愿意加入防守。"

杰森又急又喜，眼泪忽然就顺着脸颊下来了，但他努力克制这份冲动，紧咬着自己的嘴唇。

他想起奥本娜在城郊的悲惨遭遇，而凌踪毫无疑问就是那个帮自己报仇雪恨的人。用不讲理的方式杀死自己亲人的撒巴莱亚人，攻破石谷城门让自己弟兄们血洗笼城的撒巴莱亚人，没有一个人是无辜的。凌踪做到了自己没法做到的事情，而现在，他亦选择留下而非离开。

"所有人立刻找到自己的位置！"杰森高喊着，"与他们生死一决！"

"塔楼下的工匠还在工作。"

凌踪扶正右手上沉甸甸的弹射装置，冷冰冰地看着仿佛失去情绪控制，歇斯底里的杰森，"在这坚持住，直到更多装置在下面完成调试。"

"不撤退便留下战斗，凌踪！这里或许坚持不到你再跑上一个来回了！"

杰森指着门外捂着耳朵，但慢慢有些缓过神来的撒巴莱亚属国军军士们急得嘴唇发颤。

"那我就留在这里。"凌踪检视了一下投影电脑的充电进度。

"太好了……战士们，拔剑！做好战斗准备吧！我们身为军士的尊严，就是在这里保护身后的伟大母亲和孩子们，我们独一无二的国土，我们的荣光！拔出你的佩剑，准备和那些贼寇战斗！弟兄姐妹们，已经到考验我们信仰的时候了！"杰森举起手上的长剑，对准城门的位置指了过去。这话也非全然对着凌踪所说，身后的士兵们受到鼓动，高喝着攥紧兵器，向着城门摆好应战的架势来。

凌踪铁着脸，看着自己提着的弹射装置。自己的手上仿佛染满了鲜血，这使他内心震颤起来。

"我讨厌战争。"凌踪心想，"战争就像是个血性的放大器，它无限放大了人短浅而冲动的欲念，正如我的欲念也被无穷尽地放大。我从逞强好胜入门，现在到了见血不奇的地步，就这么说服自己，所做的一切不过是在适应眼前的变化？杰森·斯坦森，他比我更明白现在的情况。不，这都不是理由，凌踪！"

没错,这是战场,这里不适合一切仁慈。这里只有效率。总有一个天真的自己不合时宜地出现在脑海里。

"当然,我很清楚,我设计的弹射感应装置会有什么效果。而且我也很清楚,我做的弹射装置,它就应该是这个效果。"习惯了从新闻视角代入战争的自己如今站在了真正的战场,这种自欺欺人的行为心思,哪怕是现在也在侥幸作祟。

一种平和的虚幻如运动惯性般拖曳着自己,即使人已身处暴风中央。

仔细想想,夸克说的话是刻薄的:

"只问一次,你愿意接受行侠的深痛代价吗?"

"是的,你知道,就算死,这也是咽不下的一口气。"不论它问得如何刻薄,我已是有答案的。

可答案适用于这种地方吗? 一个刀起刀落、非生即死的地方。

是的。此刻唯有承担这份了结生命的重量,才可帮助更多的人更好地活着。

"让那群畜生,为他们的狂妄付出代价!"杰森指着满地的血污,怒号着,像一头绝望的野兽。城头上杀声震天,那些透过喉咙发出的声响中有太多自己辨认得出是谁发出的……他明白自己虽然难以力挽狂澜,可绝不允许有人在这种场面继续搞不清楚状况。这是个恶心的地方,这又是个神圣的地方。

凌踪扣上簧片弹射器,抽出背后的长剑,和预备队一道向已经化为废墟的城门处搏杀的人群跑去。眼中满是坚毅,一如身旁视死如归的卫队。

他回头看了一眼被抬走的担架和上面那个熟悉的身影,脚步越发坚定起来。

"赶快让下面的工匠带着设计图和未完成品后撤,杰森! 我会和你们在这里守到最后一刻!"凌踪咬紧牙关,将手中的钢剑顶在胸前。

"听见了? 你,还有你,带上愿意后撤的匠人直接赶去依在堡!"

"是!"

普艾希亚远远看着这一幕,心里生起了一丝小小的不安。她其实也十分犹豫,看着凌踪走出城门的背影,就像看见了一个完全摆脱犹豫的自己。

那背影既使人羡叹,又难免使人畏惧。只是就这么随着先锋们走进密布旷野的敌阵,这个人真的想过后果吗?

果然,看见走出城门的年轻小伙,众多敌军撒开脚步一拥而上……

"杀光他们!"

通译器中的话语是能够被理解的。不,不能去理解。凌踪微微抬起手,试图将一阵白光再次照耀在旷野上方的夜空中。

"凌踪兄弟……别跟着第一队冲上去! 先回来!!"杰森一把上前拉住冲出城门的凌踪,与此同时,身旁的卫队已经和迎来的敌潮搏杀在一起……

"为何拦下我?"凌踪愤怒地大吼一声。

"你还不明白我的意思吗?"杰森抓紧凌踪的衣袖,"在你朝敌人打光你手里那玩意儿之前,我能放着你去前面那条血胡同里送死?"

凌踪一怔。这就是战争。

第10章

硝火之城:死士不朽

石谷镇,医疗营。

"该死的! 滚开!"

有些清醒过来的鲁耶那用麻布按着自己的左肩。他现在至少能自己发力了。

"时间,时间?!"

一旁的医官绞干了毛巾中红色的血水,这毛巾本来就该是灰褐色的。再次擦拭伤口,鲁耶那才发现自己的肚子上也被划开了一个不小的口子。所幸似乎没有伤及内脏,医官取出一包用细绳系好的纱布,仔细地缠绕着堡主腹部上的破洞……转晴一看,却只见背上和腰上全都是血淋淋的创口,不禁想常人是如何忍住这样的疼痛,就连骂声也没有半点颤抖的呢!

"堡主大人,恕我直言,这才经过半个多小时……"

鲁耶那看了看门外,重炮的轰鸣声又响了起来。不一会儿,跨炮的声音盖了过去,不变的仍然是笼城中冲天的喊杀声。

"我受伤了……那么现在是谁在外头负责指挥?"

"是石谷镇的杰森·坦布尔,我听伤员说的。"

"哦……他在就好。传令兵? 传令兵呢?!"

传令兵挺着剑从门外跑了进来,刚迈进堡主隔间的门槛,就把剑收回到剑鞘里。

"还有几队预备? 现在我要确切的数字。"

"算上打完预备炮弹后整编成卫队的兵员还有十七队左右,总计不足两千人了。实际加入战斗的士兵也比预期的要少,很多领头的见此处敌我差距悬殊,纷纷带队自保去了。"

"一帮尿货……这数字确切个屁。伤亡情况呢?"

"大约有一千二百人已经没法作战,也没办法从前线及时送到医护站了。拉艾瓦教堂也开放了,救世教会的修女修士们在积极抢救医护站负担不了的伤员。"

倒是做了点尊神敬德的好事!

能够作战的兵员有半数折掉了。虽说这都是构想中的损失,一切都是为了给迦巴迪尔挽灵护国军的回调重整——争取时间。撒巴莱亚……要倾举国之力对付这支前所未见的恐怖之旅。可见真正的战场绝非在这里,只不过,在此拼尽全力,恐也对全局影响甚微。

"那我吩咐过的事情你办了吗?"

"这个,我和负责的将领商议过了……万不得已……"

"你就告诉我,有没有准备好?"清了清嗓子,往仆人递来的水盆里吐了一大口血痰,鲁耶那因剧烈的不适而皱起了眉头。

"……装置放在最后防线上,基曼队长准备好了,就像您说的那样,什么都不会有差错。"

鲁耶那喘了喘气——那壮硕的气管如今好像被人狠狠打了一拳似的,在帐里的传令兵先前居然能听明白自己在说什么,还真是个奇迹。浑身都在出血,身边一群人围着自己忙活着。他不禁后怕,要不是自己还是个伯爵,恐怕早就死在一条麻布床单下头了。可这次……

"去提醒杰森,计划有变,现在就让他后撤到主城门去。那样攻城锤应该短时间进不了临峰堡的山门。务必在镇门重整旗鼓,为撤退做好准备。依在堡……咳咳,依在堡,你得让他知道加戈侯爵那只老狐狸的计划。"

"可攻城锤已经……"传令兵赶紧凑到对方还能勉强听见声音的耳朵那一侧,把守城的战况详尽地汇报给了鲁耶那。

"什么?!"

传令兵有要务在身,转身离开了隔间。就在传令兵走出救护区的同时,鲁耶那就在剧痛中昏死了过去。

石谷镇,笼城城门。

"越过盾山，刺他们的脑袋！"

在杰森的高呼下，一众卫队士兵顶着来袭的黑潮，用手中的长枪死死顶住敌阵，一阵戳刺。对方的前阵也是有备而来，挥舞带着倒钩的刺钉锤，将击穿的盾牌扔开，冲杀进来。

"我没上城墙看过……"凌踪转身一剑砍翻了一名长矛手，夺过他的长矛，横着向杰森抛了过去，"我也没想到外头的人有这么多！"

杰森一把接过长矛。卫队与城门外剩下的敌人激烈拼杀，杰森和凌踪好一会儿才从最紧张的前线退下来。

"那你就老老实实往弓弩手队里站……好，来得好，那帮畜生的主力总算来了！兄弟姐妹们！守住城门！"

"啊——"

"为了底特拉伦！为了王！"

"为了底特拉伦！为了临峰石谷！"

"永生不息——"

"杀啊——"

征召兵的男男女女们挥舞着手中的剑盾，狠狠痛击着像潮水一般拥入城门破口的敌寇。双方的士兵很快缠斗在一起，殴斗中难以施展的长矛被丢在了一边，剑与匕首挥舞的寒光伴随着肢体间泼溅的热液，助推着双方无休止的怒吼。

凌踪小心瞄准着最后一发电浆弹……和身旁的弓弩手一样，手指不停在扳机上点动——一旦射失，就可能殃及己方的弟兄。凌踪看到被劈碎甲胄的骑士团长一把拽住属国军刀斧手的胳膊，硬是一扭，两人就从高高的城墙上齐齐落在结实的岩地上，发出一声闷响。而方才还在绳梯上的医护兵，年纪或许和自己相仿，被四五个敌人活活拽到了后边，也不知在人墙的背后经历了什么样的命运。不一会儿就有近卫军的躯体从城墙上坠落，又或者是脑袋、头盔……

"放！！"

令官的一声大喝打断了凌踪的呆滞，他用力扣下扳指，城墙上发出的叫骂登时就在箭羽和电弧悦耳的摩擦声中消失了。似乎没人注意到这道白光的存在，它变得如此黯淡……而身边的军人们快速进行了第二轮的装填，在发令手的第二声大喝远远还没到来时，许多人就已经早早将准星对准了自己想定的目标。你逃不掉的！若不是在这一排队伍里必须遵守发令射击的规矩,想必这些人会更乐意拔出剑和自己的同胞们一起浴血奋战。

"嘿……拿着,拿好了。我得告诉你件事,凌踪,你离开后,整个工坊几乎被滚进来的毒气给攻陷了,这是里头没走的活人最后剩下的东西。"

手里忽然被塞进了一堆叮当响的物件,凌踪先是回头,只看到一张咬着牙的脸庞——来者沿着臂线缺了一条胳膊,脸颊上的刀伤在纱布上印出一条血印子……就和之前被毒气袭击的人们一样,看着那不停流泪流血的红眼,凌踪鼻子一酸,几乎忍不住想要哭出来。

"我还会下去几趟,你可得找准了打,我想你做出这些也不容易,是的,你要让他们记住……什么,你没法射出那种威力弹丸了吗?"

凌踪看着自己被勒带扎得酸胀的左手,这看似无敌的技法竟然也逃不过能量衰减的法则。他露出无能为力的表情,真的,这和自己在议会穹幕中时那种回天乏力的感受有什么分别呢?

"没关系,不要责怪自己,毕竟对每个人来说今天都是个大日子。什么情况都可以发生,但是要尽量活着。兄弟,这个其实更重要。我知道,你们很快就要和他们短兵相接,我祝你们好运……"

那两条健全的腿迈开了步子,为了一个目的继续奔波起来。这一次是为了给前线搬运重矢。

"你活着,就能帮在场的其他人更好地活着。"

凌踪鼻子一酸。当再次负伤的杰森在几名高举大剑的勇士护卫下撤出前线时,一群穿着和先前的属国军完全不同的人出现在了视线尽头——就像是一群穿戴整齐的死神走进了自助餐厅。

他们似乎很轻松地就瓦解了城门的防线,但他们并不是无敌的,当喷着电光的枪矛弹击破他们的头颅时,他们也像被伐倒的大树一样仰翻。可引起凌踪和在场许多人注意的一点是,他们实在是很清楚怎样杀死在战场上负隅顽抗的敌人,手段狠辣,动作利落,教人看着无比慌张。

"近卫队!"

"瑟姆骑士团替补出列!!"

也无须喊什么号子,新的一批战士猛地冲上前去,刀劈斧凿——那一堵白与红交接的人墙还没来得及宣布它所代表的意义,那些戴着奇怪黑色圆盔的撒巴莱亚杀人机器就像疯牛一样撞开肢体,赶在还未来得及起身的兵士喘息之前,用腰袋中的短尖矛对哀求着的生命做出回应——就像在熟练地使用大头针在泡沫板上固定昆虫标本一样。

"近卫队的士兵根本拦不住他们,杰森队长!"

"那就分组后撤! 放弃笼城,是时候了!"捂着伤口的杰森大吼一声,所有还没登上绳梯的卫队们很快反应过来,以本能的最大速度向最后的城门处撤去。

"后撤! 放弃笼城!"

在墙上的人根本没有想过要下来,他们围成一个小小的弧形,砍杀着这令人生厌的潮水……一波接着一波,任何轻巧的兵器在手中都显得笨重起来,紧接着身边的弟兄接二连三地倒下。许多及时撤到镇门的士兵们眼中再也忍不住泪水,他们回头注视着这一群英雄——他们握着锋利的剑,举到敌人脖子的高度,扑了过去。踉跄起身,身中数刀,依然挥动武器,也不知什么时候倒下。当城墙上只剩下最后两名骑士和四五名近卫兵时,所有石谷镇人都泪满襟衫——当他们拼死抵抗,直到被从绳梯爬上去的撒巴莱亚暴徒们乱剑砍杀之时,夜风把笼城坚壁上最后一句话传达到了每个心碎的将士耳中。

"底特拉伦永生不息——荣光普南利尔!"

"……记住我们的荣耀!"

"为底特拉伦永生不息!"

"荣光为三女神! 荣光为普南利尔!"

眼看着笼城里的房屋燃起熊熊大火,黑烟渐渐遮挡照亮这片大地的两盏星光,第二场战斗很快就打响了。

"保管一下,记得还我。"

将装着弹丸与发射弩的布袋以及携行电脑等一股脑往杰森的担架边上一丢,凌踪握住剑鞘上被汗水浸透的缠布,刺痛酸麻的左手慢慢平复下来,他一阵小跑,便挤到了近卫军掩护伤患撤退的行列里。

"别死了! 这么沉的破东西净往伤员边上丢……喂! 压着我的手了!"

"有水吗? 你们有人知道哪里有水吗? 干净的水。"凌踪的声音从行列中传了过来。

杰森循着声音来处定睛一看,凌踪的手臂上不仅有着几道鲜血的痕迹,那手臂边上的皮肤整片都被射弹器散发的热量烫伤了,半个手臂通红一片。随着兵士将一桶凉水浇在上面,那个黑发少年疼到眉头紧皱,却也没叫出声来。

　　撤退到主城墙的战斗并不顺利,许多支奉命撤回的小队就像是走散了一样,再也没能从那条狭长的砖路上找回来。城门匆匆闭合,留下一部分在外断后的勇士,凌踪和几名士兵放下塔盾上的伤患正欲回头,那扇城门就将一切怒吼与厮杀暂时隔绝在了几米之外。

　　夜风喧嚣。

　　石谷镇,镇郊。

　　"这可不是只有我一个人看见吧,你也看见了,对不对?"

　　薇妮亚蹲在草丛里,悄悄拨开一层灌木,两个穿着发光裤子的人就这么站在一个奇怪的机器旁边,像是在发号施令。

　　"你别担心,那马车丢不了。好笑不好笑,这种时候你非得拿着这本书,嘘——你看——"

　　帕克特也能看见了。他拼命忍住涌上来的打嗝的欲望,上顿晚餐实在是有些丰盛,现在这个情况下确实造成了一些困扰。

　　竖起耳朵,那两个穿着发光裤子的家伙的对话渐渐连贯起来:"不用在乎他们的损失。那些打印出来的属国军,充其量也就是一群和这里的野民马虎配位的蛮族。"

　　"但得给他们任何他们想要的。毕竟是给咱们当马前卒,哈哈哈。没有功劳,至少苦劳得算。"

　　"那么,这是指挥阵亡前的意见?"

　　"啊,甭管指挥了,听着,权力如今在舰长那里,现在舰长为大,任何吩咐要照办。门芙哈蒂那个疯女人一心只想着要找那东西,事实上就因为这个,所有人被困在这儿了。说句不客气的,就像我们不在乎属国军是死是活那样,她根本也不在乎我们这些人的死活。"

　　"别乱说话。我判断后续的进攻不会有问题,按照战略,就让他们负责继续压迫这个地区。我们只需要把那个阿基耶人替长官找出来。"

　　"莱亚意志生为一体,赞美统帅。"

　　"更正,撒巴莱亚才对。你忘了托卡马克统帅的讲话了?"

　　"哼,撒巴莱亚,那是撒鲁蒙人在场时的场面话。我不想和那些野兽为伍,天知道上面将我们混编在一起是什么打算……"

一团疾行的火焰仿佛长着脚一般，接连点燃了毫无防备的驻扎地。紧接着，只觉得身边多了一个人，又少了许多人，一切都发生得很快。

发生了什么？

"老实点。"

撒巴莱亚大副肋骨的位置被用马靴尖狠狠提醒了一下，这块骨头虽然有一些肌肉、脂肪和布料的多层保护，但太用力毕竟还是会折断的。

什么时候，什么人，对自己的临时指挥处干了什么？哆嗦着被反剪的双手，大副的内心充满了惊慌疑惑："你是——"

"哎哟，现在开始，你可得开始习惯用八个回答来换一勺豆汤，具体什么意思——你已经被勒克莱尔及凯伯因旗下的特别行动队，呃，名字没起——俘虏了，你这撒巴莱亚的极端派分子。记住，别坏了宏时空审议宪章法下的不成文规矩。老实交代，或许你还可以享有薛斯坦夫公约的内容保护，喂，别走神了啊，我认真的，把你知道的关于这里发生的军事行动一五一十全交代出来。"

"你……你居然是从……勒克莱尔时空议会那里来的？！"

惊讶难以掩饰，对于大副来说，眼前这个身手过人的少女应该和自己没有什么往来才对。还有身边的这个来路不明的少年，他是怎么做到凭空击倒距离自己十数米远的哨卫的？！

"你这个变色龙，吃弹壳和臭靴子榨的汁长大的狗东西。喂，别在那愣着，帕克特，过来给这个家伙上一课，你那个什么，你路上说的那个，哦，对了，英格兰的体育精神。别别，别用什么小戏法。"

"你这黑脸当得，之前不是说好我当黑脸的吗？"

苦笑一声，帕克特走到满脸虚汗的大副面前，用厚厚的怪书敲了敲自己的肩膀："你还是好好回答她的问题吧，真的。不然……"

正当帕克特努力回想起欧洲杯期间的一些……

"好……"对方似乎对白脸这一套屈服了。

在大副边上所有警戒的哨兵，自动飞行兵器和探测装置全都处于无法效劳的状态。帕克特瞥了一眼那个穿发光裤子，但是肩膀上的徽章显然没有另一个那么酷的家伙被放倒后失去呼吸的惨状，倒吸了一口凉气。

有点血腥啊，说实话。看到这样的场面，青年是断没有什么心情喝茶的。

"除了前面的石谷镇已经处于失陷状态,你们的舰艇停泊在什么位置……嗯,我记得差不多了。对了,你有见过半截断掉的棍子吗?你不用装傻。我身边这位朋友其实……"

薇妮亚的冷笑迫使这位已经吓到尿裤子的大副再一次打量起与世无争般的帕克特来,随着薇妮亚小小的提点,他似乎也反应过来了一点这位高挑少年的来头……

"找到了!找到了!我绝对不会告诉你们半句假话!求你们了!你们可以亲自去那里找,在舰长那里……天哪,我真的不知道我说出这些还能怎样活下去,他们也不会让我好受的,我真的好害怕……你能确保我的安……"

从这语气看来,撒巴莱亚是没找到这半截断杖的下落了。帕克特从薇妮亚处了解到了这个令人作呕的组织,然而真的遇见的"恶"人,竟也是个在险境之中信口雌黄的滑头……

回过神来,薇妮亚的枪口冒着细长的余烟,而那个大副已经和周围被麻利干掉的家伙们没什么区别了。

"信你个鬼,满嘴跑火车。除了半句,嘿,还真就只有半句是真的。不过也好,感谢你陪我聊天度过的欢乐时光,撒巴莱亚的好好先生。"

帕克特打了一个激灵,回想起薇妮亚一路上和自己说的不少有关撒巴莱亚的劣迹,包括一些激烈的战斗可这样直接的应对举措还是让帕克特感到心脏脱位。说起聊天,自己一路过来还确实和这个神奇的凶猛家伙没少掰扯。

"听好了,如果你从刚才的对话和我早前的行为里判断出咱们接下来去蹚什么浑水,你最好先习惯别再同情这帮家伙。当然,我早就习惯对这些家伙来硬的。"

"嗯……不过按刚才那家伙的说辞,那么先不说别的,你在石谷的朋友所遇的危险当排第一。"

薇妮亚抬头看了看远处冒着火光的天际,轻轻打开了西塔光束弯刀的保险。

那儿正在进行着一场不折不扣的恶战,一场对守方而言毫无胜算的战争。赶去那儿的理由,似乎也只是简单地为了确认一个人的死活。

"接下来你往左边这条岔路过去。我想以你的能耐,可以试试在那上头架起一座足以横渡峡谷的渡桥来。实在不行,就挑棵大点的树,等着。我得去城里看看那家伙活没活着。"薇妮亚整理了一下装备,用平静的语气对帕克特说,"你得确保咱们能有一条撤退用的路,我看那座城撑不了太久,十有八九向后撤退的路也被敌军阻断了。所以,就算我没找到人,也会回来走你这条路。"

"你确定你一个人去那到处着火的围城里,真能行?"

"你也想去吗? 当然了,你看起来就一副很想去的样子。"

掂量了一下自己积攒许久的源能残量,帕克特有些犹豫地点了点头:"我觉得……我还是可以的。"

"算了吧,帕克特大兄弟,你百分之九千会死在那里的,来,帮忙。"

薇妮亚丢出一个插片,地面上瞬间出现了一个不小的箱子,她望着呆立原地的帕克特。

"什么,让我钻……钻进去?"

"看来你是真傻。动手帮忙从这堆快要变成恶心的质溶液的物件里头收集点还能用的装备,万一咱们之中有人到时候用得上。把袖子卷起来,动作要快。"

就像打开了一个冰柜,帕克特将佩枪和能源罐从尸体的皮带上解下,麻溜地丢进箱子中,正当准备处理下一个的行头时,那人连同衣着一起竟在自己的面前渐渐溶解了。

"这……算什么?"

"撒巴莱亚人的质溶器,习惯就好。已经分不清撒巴莱亚的这些家伙还算不算是人了,从思考回路上来讲,他们已经和我们之间有着很大差异。"薇妮亚只是解开战术披挂的搭扣,也不挑剔,趁着还没溶解整个丢进收纳箱,收纳箱并不会受到这离奇自溶的影响,里面的东西一个个都毫发无损,"他们完全不稀罕体面的葬礼,个个都情愿在任务失败时化作一摊恶臭的积液,好恶心他们的对手。"

"好了,听你说完,这些开始在化的……看样子已经没必要拿了。"帕克特脸上颇带遗憾,那些看起来高科技到不行的玩意儿确实让人想要收集起来。

"尽是托卡马克的手笔。帕克特,该走了,记住,但凡在去峡谷边的岔路上看到任何向着城门方向冲过去的戴着黑色臂章的家伙,就直接动手。我一小时之内会和你在桥头碰面。"

紧跟着薇妮亚,帕克特虽然是想紧跟,但这个速度确实超出了自己的理解范畴——或许这里与石谷之间的距离还有不少,薇妮亚一瞬间就跑没了影。

"既然是赶时间……"帕克特轻踏地面,侧额一阵发麻,空气一下就变得十分甘甜,这一瞬间自己就已经在林线以上的高度了。若不是积能有所消耗,帕克特原本是打算用这个踏空的方式来赶路的。真是不得了……

遥远的位置，只看见几台巨大的机械对着火光冲天的城镇不断投射弹丸，而随着自己维持的高度不断下降，帕克特意识到后面这段也只能靠自己的双脚跑了。积能不足是很大的硬伤，虽然不甘心，但这毕竟不是耍宝偷懒的时间。

一路上看见侧道边有许许多多朝前扑倒的尸体……调匀呼吸，维持长跑的速度，这一路竟闻够了从道路另一边飘来的焦煳血腥味。

薇妮亚·凯伯因这人……到底有多厉害？这可不是单纯靠看到或者听到就能领会的。

那么，现在要想办法架起一座桥。帕克特集中精神，开始在周遭感应起源能的存在。

构架桥梁，首先得把背后树林中可活用的源质集中在峡谷的两端，驱策那些飘着浓厚自然生长气息的源能，将它们一点点向着中间积聚。向着两边延展开去，那股光凭构想就汇集起来的物质连接起了空无一物的峡谷两端。屏息凝神，搭筑桥体的工程很快就超过了一半的进度，整个横跨峡谷的桥梁基本有了雏形。

自觉大汗淋漓，构筑一条能横跃巨大峡谷的桥梁所需要的能量消耗过于巨大，鉴于断了从无陆之海传来的源能渠道，如今一切东西都变得烦琐莫名，就连这样简单的搬物造物，也只教人疲惫。

很好，但要保持这个势头。相信没多久，一座可靠的大桥便会在峡谷上空闪亮登场。

"你得准备好受死了，玩弄异能的小混账。"

"啊？"

回头一看，二十多个手持长枪短炮的撒巴莱亚军士对着自己一通吹鼻子瞪眼，在一阵高呼过后，径直朝着自己冲了过来。

"别，拜托，大哥！我求你们了，别现在！"

"去死吧！"

"你们别这样啊！"

还没来得及反应，只见几枚枪弹射入帕克特僵直的躯体里，那层看不真切的气膜才刚刚舒展开，两三个冲在前面的人猛地一顶，将手中的能量武器齐齐地捅向毫无防备的帕克特·荣格。

"我才搭了一半啊……"

帕克特的声音随着身体被推下了深不见底的悬崖,回响也渐渐地消失在了峡谷的上空。紧接着,几艘载着荷枪实弹兵士的浮板呼啸着冲进了深不见底的峡谷,对着青年的落点一阵追击。

火光之下,枪声伴着惨叫声。

石谷镇,主城城门。

"啊——!"

凌踪狠狠一脚踢在城门的插销上,与他一样在踢插销的人有许多,可沉重的插销一动不动,仿佛里头被千八百个楔子螺钉卡得死死的。

"这第二个插销,不行了。"

"平时都是谁在看管养护?"

"咱们的工匠哈庆尔斯。普南利尔在上,他可是在笼城的塔楼地下被毒死了!"

"那这个门少了这个插销能挡多久?"

"谁知道……已经是在后撤的阶段了,我们能顶多久就顶多久。问题是,长官命令我们必须保证峡谷那边的进展顺利,这才是拖延的本意……"

"快点帮忙!把那边后面的几根木柱子抬一下!现在不用上,还等什么时候?人都过来!怎么了,一个个都这副样子?"

"很多人都感觉……被丢下了……"

听了之后,一名转焦急为自暴自弃的士兵将头盔向地上一掷,精铁的外壳与厚实的石板之间擦出几颗火星来。

"那还打个屁? 我们就直接跟着后撤啊!为什么非得在这里说要挡着,挡着谁啊?"

"别忘了,外面的人是我们的几百几千倍!荣光底特拉伦,我们的护国军何时才会大驾光临呢? ……不,即使那位王子来了,也改变不了任何事。"

"住嘴!继续把工事完善好,这堵坚墙必须争取到足够的时间!"

从原先有耳朵的位置拖出一条血痕的老脸上怒气交织,蹒跚着脚步从城墙上下来的老汉萨用另一边脖子夹住枪矛的长柄,另一只手指着那扇看起来不甚结实的城门对侧,咕哝着。

"他们巴不得你们这么想。你到城墙上去看看,看看你们被杀的弟兄们……被那些畜生不如的东西拿来干了什么!如果不再拖延一下的话——"

几个在旁观望的兵士闻讯忙着放下沉重的兵器,跑上了城墙,而就像他们所看到的那样,所有在城墙上的弟兄们都看见了——

撒巴莱亚属国军用一个装废水用的推车,把所有在笼城战死的将领们的耳朵、鼻子和手指斩切下来七零八落地丢在里头,而那满满一车的"战果",竟由几个全身赤裸的战俘在后头推着。属国军士兵们不断地对着石谷镇城头发出嘲讽的怪叫,鞭子和拳脚如同雨点般落到那些战俘身上,那些曾为荣耀与尊严奋战的骑士,被迫趴倒在地,眼睁睁地看着那些途经的属国军军士们解下裤子,在他们高贵的纹章盔甲和军团旗帜上肆意便溺。

那几名趁乱被拖至城外的兵士,多是临时征召的少年兵或女兵,也被扒得浑身赤裸,齐跪成一排,或被凌辱,或被用锋利的刀刃来回划伤,从城外传来的惨叫声和痛苦求饶声不断折磨着守城将士的心智,更令他们气到发抖……

"要知道他们宁可战死,也不愿受那种屈辱。要对得起他们,我们必须完成指挥留下的命令。"费力地抱起一捆尖木,顶着绝望,汉萨带着四五个力壮的青年继续忙碌地布置着内城的防线。

"够了!我们杀出去,我们杀了那帮该死的畜生!我们杀了他们!全都杀了!"满脸是泪的士兵声音颤抖,或是因为他在那群备受欺辱的人群中认出了自己的亲故,只手提着短剑,便发疯似的往城墙外跳,周围的人见状只好死命按住,可一不留神,这士兵竟挣开手脚跳脱了出去。就像过熟了的西红柿一样,带着盔甲在墙外的地面上摔成了不堪入目的一摊。在目睹了这一切之后,从属国军的方向,又掀起了一阵潮水般嬉笑讥讽的声浪。

绝望的氛围瞬间笼罩了整个城门,或许没人能够指挥这场战斗,既然是抱着没法离开这里的念头,很多人也就任由自己自然而然地陷入了崩溃与沮丧中。也不再有人劝阻,几个人就这么生生地从城墙上跟着落了下去,就好像那是唯一一个能让自己离开此处的方法。

凌踪目睹着这一切,他看着所有人变得目光低沉,仿佛被死神紧紧骑在肩膀上……刚想说些什么,启齿之前,仿佛自己的肩上也挎着那衣衫褴褛的骷髅、不洁的长腿与那勾魂索命用的镰刀,即使想要尽力摆脱,但看着笼城内外密密麻麻的敌军,喉管透不上气的感觉越发强烈起来。

"谁……你能帮我们活下来吗?究竟能吗?如果不能,我也不用费心思继续搭这些玩意儿了。"

汉萨看着凌踪，他紧接着从这个少年的眼睛里看到了满满的惊慌、恐惧和忧虑，汉萨登时觉得希望已逝。

"可我们……我们这儿还有多少人？"凌踪开了口，这倒出乎了汉萨的意料。"该跑的都跑光了。我相信，殿后的不会超过四百人，大都是非自愿留下的，现在其中的大部分人，又考虑说要撤走。"老兵舔了舔手指上干燥的血渣，那如垃圾般的碎渣送进嘴里后，又还原出血的味道来。咽下去，消化掉，然后那些养分又变成流出来的血。多么完美的循环！

"能不能留二十个左右的人在这里，老先生？二十个还愿意在这里的，你就带着剩下的人赶紧走。"

凌踪的腿止不住地发抖，脖子也因为有那双骷髅的腿缠绕而无法正常发声。可尽管如此，他还是有那种想要力挽狂澜的念头。

"小伙，计策不错。但若被识破，也是城破人亡。其实追上我们也只是时间问题。即使如此，也要试着拖延他们吗？"

汉萨附近聚集了不少兵士，从面色上看，这些人和在墙角紧握兵器瘫坐的人还有一个差别，那就是还在等一声号令。

"是啊，百姓和主要战力都已经后撤了，我们再玩这种伎俩也没用，不会有差别的。"一旁的兵士无奈地看了看城门，那上面虽然加了几条合抱粗的木柱，但看起来依然像是个纸糊的废墟。

凌踪依旧在发抖，这次抖得更厉害了。

所有人都没觉得这样的人有继续说话的能力……说真的，对这个一看就不像是个武生的家伙来说，今天的场面下能活到现在已经是天大的好运了。

"那么，这里只需要留下大概二十个人。剩下的，活下去就有希望，说得没错吧？"凌踪看了看阴云密布的天空。

"我们还更希望你能离开呢，异邦人。"军士扶了扶自己不太灵便的肩膀，"也许你摆弄机件的那些能耐，在后头还会派上用场……可我也不想死在这里啊。"

"那你们就走吧。我……感觉走不了了……"

凌踪看着那个兵士，他知道，从心理上，自己已经沉到底端了，只剩勇气支撑着这具身体。要说离开这里，自己已是做不到了。

"嘿，上头了，这小子。"

"那，要不要听他的，帮其他弟兄拖上一会儿?"

几个挂着剑的骑士面面相觑，作为效忠后宣誓册封的战士，自己领主的脑袋已经在笼城内敌人的推车里了。说实话，事到如今，也没有什么退路可言了。

"你等传令兵口信。"

传令兵很快就从城墙上跑了下来，气喘吁吁的，却以最平静的语气说出他要说的话。

"敌人要准备攻城了。我把你的意思传达到上面了，愿意上城墙的就一起上去，在那上面的人实在愿意留下的也不足二十个了，剩下的弟兄们或许还跑得掉，拖延时间……就看你们之中还有没有愿意留下的了。"

"那好。"凌踪提起拖在地上的长剑，佩回腰间，一个人在众人的注视下默默走到城墙楼梯的半截处，回头看着下面的人，"我留下。"

"来了! 来了小兄弟!"

三四个甲胄骑士戴上面盔，几步跟上了凌踪，而剩下的人，也没有过多啰唆，只在军备间里选了几样行军用的必需品，向空荡荡的城墙上打了个招呼，便朝着后撤的城门跑去了。走之前并没有忘了将没法带走的一切付之一炬，镇子里不少建筑在之前笼城死斗时就已经失火，如今将这些军库点着所引发的浓烟亦不会引起敌人任何多余的怀疑。

"听着，我效忠的领主——普南利尔在上，已经安排人赶到内城中间，小兄弟，这里失守之时，他们就会把内城连着峡谷的连接段直接炸塌。这样，我把最后的安排都告诉你，既然你留下，也好心安一些。"

视死如归的高个儿骑士拍了拍凌踪的肩膀，在城墙上，所有剩下的人都抱着差不多的心情，可凌踪的有些不同……只是轻轻被拍了拍肩膀，凌踪的眼泪就顺着脸颊流了下来。

"我……我不想死啊……为什么，为什么会这样啊……我好像没刚才那么勇敢，现在我好累，好累好累，甚至抬不动一条腿……"凌踪抽搐着，用手轻轻捶打着射击垛，"可我没法允许自己跟着撤退! 这地方需要人，也需要我……"

受到触动，高个儿骑士摘下面盔，露出一张泪痕遍布的脸来。这张脸也没什么特点，只是说在这个时候，凌踪觉得这张脸和自己悲痛难抑的脸，是同一张。

"看，你替我们做了一个非常明智的决定。这样剩下的弟兄们绝对能活着离开石谷，或许还有机会去到依在堡和大部队会合，我得说，不论谁，此刻都很感谢你。喘气，来，好样的，三女神在上，朝大桥那儿深呼吸。告别你的乡亲，还有父老，我们刚才就是这么干的，所以说，千万别介意！"

"就是！你看，你在石谷这地方显得不孤单吧？没准啊，我们还能活下来呢！"在一边听到的弓弩手往后提了提劲弩，那握把的位置卡得他的虎口刺刺地发疼。

"最怕的不是死，最怕的是犹豫不决。所以在城墙上听传令兵说下面有个小子提议说要加入少数人一起殿后，嘿！我就是自己愿意留在城墙上的。加入我们，个个都好好守城，活得像个英雄好汉。先说在前头，我可不怕下面这群狗娘养的。我在这镇里头长大，别的地方，换哪儿我也不情愿去！"

挂着枪矛的老大哥叼着一根不知从哪里捡来的烟，眼睛平静地扫视着城墙下属国军走狗们的动向，仿佛对接下来的一切胸有成竹。

"你想怎么做，小子？"扛着链锤，矮个儿骑士慢慢凑近，瞥眼看见一旁的旗杆有点撞歪了，顺势把肩甲顶上一顶，也不知顶没顶准，像是正了。底特拉伦的国旗和军旗一道飘扬在石谷镇的上头，一如往常。

"一时想不出来，或者说不介意的话，容我唱首小曲。"

"无妨，你唱吧。"高个儿骑士拍了拍矮个儿的铁甲，笑出了声。

军旗随风飘动，矮个儿骑士靠着城墙，深吸了一口气：

> 曼格菲拉的赫勒莱瓦是珠宝匠里的尤西米
>
> 王公贵族戴着她镶的镯啊
>
> 也不比她为我做的这银环——

枪矛手用指骨敲打着自己的肩甲，给这首写给情人的小曲打起了节拍，矮个儿骑士放开嗓子，解开锁链甲上脖子旁的绳结，高歌起来。

脱下手套，只是一会儿，露出那在两个月亮的辉映下闪闪发光的银镯，这个来自边陲小镇的铁匠憨厚地笑了：

> 戴它去到铁泥堡
>
> 爵爷也夸赞这镯儿好

> 我遂从铁匠成骑勋
>
> 从此不愁吃与行
>
> 儿女父老并享福泽啊呵——
>
> 嘱它常与女神近
>
> 我便携它共前往
>
> 长路尽头　赫勒莱瓦所盼便是我归乡
>
> 去你身边卸盔装
>
> 也享皇恩浩荡
>
> 曼格菲拉的赫勒莱瓦
>
> 珠宝匠里的尤西米
>
> 护佑她啊千万人家
>
> 仁慈神相拉艾瓦
>
> 护佑她啊万千无恙
>
> 秩序母祖边德林格
>
> 护佑她啊一生贵相
>
> 我虽在外日日祈拜
>
> 请送我终回爱人旁
>
> 请送我终回爱人旁
>
> 请送我终回爱人旁

　　只见弓弩手频繁地擦眼睛，当有视线移过去的时候，他便躬身将厚厚的弩托挡在自己脸侧。唱完了曲子，轻轻拉上手套，把手甲的牛皮绳一扯，矮个儿骑士长吁了一口气。

　　"你真是只要逮着机会就会唱一次，哈哈哈哈哈。"

　　"还挺好听的，说实话。"凌踪笑了笑，握住了手中的剑柄。

　　"那你真得看看我内人，她长得就真像我这歌唱的那么好看。"矮个儿骑士幸福地笑了笑，笑颜转瞬即逝。

　　"不错。那么，合着咱们就这么排成一排，在这城墙上面干等着？"高个儿骑士笑了笑，看了看远处黑压压的让人喘不过气来的敌群。

　　"咳，顺带一提，我们怎样都行——我们可以坐下打会儿纸牌，没错，他们在攻城的时候,我们就把尿顺着梯子解在他们的头顶上,等他们拿尖尖的玩意儿来刺咱们的时候,我们就齐声骂他们的祖宗——这主意我看可以。"

"鲁梅纽斯,行啊。可你带着纸牌吗?"弓弩手撇嘴笑了笑,"忘在石谷镇的妓院里头了吧?"

"呵,你知道我绝不会去那种地方的。整盒送给我的童仆了,他还年轻,机会多多,哪像我? 准备准备吧。"

"好。准备准备,就这么一口气战斗到最后也好。"

凌踪按了按鼻子,从茫然之中恢复了过来。而当所有人看向他时,他的眼神自然也就完全变了。

"哟……你可要知道,在有长官的时候,我们可是不允许互相说话的——"弓弩手笑了笑,"可他们都死完了,罪过罪过。说不定,咱们这样子人少,又没什么拘束,杀起那帮黑衣兵匪来会更带劲一点。"

"这么说,撒泡尿滋滋他们的天灵盖确实便宜他们了。我,胡塞奥爵士的骑士没怕过谁,旁边这位高歌猛进的森纳爵士的骑士也是,咱俩可都是在敌群中四下砍杀的好手。喂,听着! 到时候上来人了,应付不了,就跟在我们后面! 啊,这发光男孩儿!"高个儿骑士盖上面盔,忍不住手,使劲敲了一旁矮个儿骑士的金属脑袋壳。

"蛮奇怪的吧,上一秒你想的身后事可不尽像是个爷们,下一秒你就可以从容上场杀敌了——小子,这就是战场啊,人和人较劲的地方,虽是和自己较劲多些。"矮个儿骑士拔剑出鞘,眼看着一旁的枪矛手端起矛尖,而一旁的弓弩手也拉弦备箭,便从容地走上前去,怒视着带着梯子争先恐后地冲向城墙的敌兵们。

"放倒这帮狗贼!"

"混账玩意儿要上来了!"

"一群废物! 废物! 来攻老子娘家的城? 哈? 敢来动老子祖上的坟?! 你,去死吧!!"

随着弓弩手扳机一动,一个扶着梯子的黑盔兵士闷叫一声躺倒在地。

"准备战斗! 防御城墙!"

"荣光底特拉伦! 荣光迦巴迪尔!"骑士们竖起长剑,用沙哑的喉咙怒吼着,仿佛这城墙上尚有千支军与万匹马。嚣张的敌兵丝毫没有畏惧,从底下飞来许许多多短斧与石块,在骑士们的盔甲上发出清脆的穿刺或叩击声。

"百十年后,这仍将是我们的骑士英雄!"

"为了底特拉伦!"凌踪怒吼一声,从腰间拔出长剑。城墙外的声势就像海啸一般席卷而来,起先弓弩手还在不断射击,可当底下的人多得就像雨天前迁移的蚁群时,他果断一把丢下重弩,从一旁的麻布袋里抽出两把短匕首和一把长匕首,麻利地放在了身旁。弓弩手再次端起弩架,猛地一扣扳指,一个人影便又从赫里斯星与居拉尔星的光芒中飞落下去。

气喘吁吁的枪矛手搬起又一块阻登石,向云梯处猛地砸将下去,可不想被一只大手牢牢提住腰带,紧接着三五个人接二连三地从那处城墙的口子上登上城来,愣是将枪矛手按到城墙垛上,搬起石块将那可怜人砸得头破血流。见状,两三个短剑手一个箭步上来,围着行凶的敌兵,随即和手持利斧的登墙者们扭打在一起。

凌踪推着剑柄,猛地一砸,将一个顶着中型盾的属国军兵士震落墙头,又回身一剑,险些刺偏,未刺中对方的要害,反而被对方提起脖子,用斧柄照脸砸了个正着。

感觉半边磨牙都松动了……离自己不远处的两位骑士各自陷入苦战,厚实的甲胄此刻稍显笨重,当被从侧边甲胄的缝隙中刺入一刀之后,高个儿骑士疼得大叫一声,回过身来,这才看见了陷入险境的凌踪。

"孩子!"

凌踪只见一把长剑横着划开了面前属国军兵士的脸颊,一个浑身是血的蓝白甲胄骑士赤手空拳撞了进来,抢过失衡倒地的敌兵手里的兵刃,怒吼着挥砍:"机灵点! 然后好好活下去啊! 孩子!!"

凌踪鼻子一酸,摸索着捡起一把短刀,当这把短刀到了自己的手里时,眼前已经没有什么善类了。

"去死吧!"

那穿着褐色甲胄的矮个儿骑士推着一个被削掉半只胳膊的敌兵往凌踪的面前一扑,他的背早已被利斧活活劈烂。当凌踪怒吼着用短刀砍倒那矮个儿骑士身边的敌人时,那名语气敦厚的矮个儿骑士已经在血泊之中断了呼吸。

"啊——!!"

只知道左边的肩膀在喊叫中被不知道什么人大力刺穿了,自己仿佛在后退……不,自己在前进,在前进。而且凌踪在敌人的眼里,看到了他不曾见过的神色。那是对未知力量的恐惧。

自己的左手被快速游弋的银白色丝线缠绕着,那些丝线只是在游走,不断地从周围散落的兵器回流着什么——只是这样子看起来实在是令人难以解释——就像是忽然拥有了这些兵器的某种东西,这个并不特别强壮的青年,竟然在愤怒中接二连三地冲翻了将他严实包围的人群,阔步向前。

夸克,又一度在自己的体内苏醒了。

"那是什么……"

"快夺过来!!"

四五个人一拥而上,还等不及高个儿骑士反应过来,乱剑斧头就绕过自己的甲胄,冲向了凌踪单薄的身体,可就是那么一瞬间,仿佛没有给这些人任何机会,一个精巧设计般划出的横斩将五个人的胸口连同肢体齐齐劈开,这一举动着实惊到了目击此状的所有敌人,一名属国军兵士索性放了满身血洞的弓弩手,一股脑冲了过来,对着手持一柄单剑的凌踪咆哮着左砍右挑。

"谁跟你们说过光靠刀枪就可以胜我?!"

身体在被轻微划伤的情况下躲过了多数致命的袭击,而手中的剑就像是换了一个主人,且换了一把剑,那柄有着金色护手络块和灰石剑托的长剑一看便非凡物,那特殊略带透明的剑身一旦与迎上来的兵刃交接,那些震击所带来的冲量似乎全被吸收到了剑刃之中。确实是把普通的剑,但在凌踪手中,这剑仿佛没有重量,挥动时,它显得十分轻巧。

"他受伤了! 要尽快下手砍断他的四肢才行!!"

属国军的兵士们高声叫嚣着,在冲向凌踪的途中,一名属国军兵士忽然被一双大手死死抱住了。气急败坏之时,他便狠狠往那地上抱紧自己的人捅上几剑,将奄奄一息的高个儿骑士从城墙上一脚踹了下去。

目睹这一幕,凌踪脑袋里忽然发出嗡的一声鸣响。

"亚伦也好,这里的人也好! 你们……"当凌踪起跳落下,以难以置信的踩墙蹬跳将吐着血的骑士凌空侧推丢入墙边的草垛后,整个人就像是沸腾了一般,这些白色的丝线从四面八方延展开去,引导着悲伤与愤怒毫无拘束地释放。

当将骑士踹下城墙的属国军军士发现视野中的人忽然消失了的时候,从楼梯上快速冲来的一把寒锋长剑从侧胸将自己插了一个对穿。他猛地倒地,失去意识前,只知道自己摔倒了,周围的许多人也倒下了,或许也都落下了城墙。

到了极限了！凌踪瞬间感受到浑身发出难熬的刺痛,险些就连那把不知何时握在手中的奇形剑也丢落在地上。重整姿态时,凌踪手中依然握着那把剑,只是那些似乎为自己提供了不少不知何物的白色丝线,一眨眼间也悉数不见了。

再看看城墙上,不管是敌我双方,都没见到人还活着。凌踪心里顿时就像是空了一样,任由自己的肌肉驱使自己沿着阶梯跑下城墙。在城门后面,一个人架起一把闪着寒光的长剑。

"不能跑了凌踪,不能逃了凌踪,不能死了凌踪。我视今日为死战！"

城门大破,而仿佛没有听见城门碎裂发出的响声。

凌踪的剑迎着挥上去了,身上有些疼痛,耳畔听到了人的惨叫声,那不是自己的。

手还在挥击,每一下都有反应,开始在脚下感觉到柔软的表面了,但那不是地面,而是别种构成物。

凌踪被团团围住,许多刀剑从身边经过,他只能不断地闪躲,腾挪,回击。到头来发现自己是一个非常非常渺小的人。

过于渺小,所以每一个反应都必须做到很精准。击败、重创想要加害于自己的对手。挥击,将咆哮着的敌人一剑刺穿,推回去,然后甩掉抓上来的那只镶有钉爪的大手,回身,剑跟上,一个挑劈,便又是一个。

"我并非战无不胜,只想为这些败者讨回公道。只是一个人的力量有限。若是平日,我也与石谷多数战亡将士一般,虽有抱负却无奈敌众我寡,敌强我弱……此时或者和在'尤尼乌斯'号时无异,抛开理智,逞强迎敌。所以我又在这样的场合面前变得短视了？"

看似文弱的身躯中爆发出了一个武者的人格,那个在喊杀声中浴血奋战的人,毫无疑问便是凌踪。凌踪战至正酣,殊不知这石谷镇内的战争,终于变成了他一个狂人对上一整支军队。

变得这般短视又何妨！只要活着,一切都还可以言说。

活下去！一切都还可以言说！

"是啊。"站在拉艾瓦教堂的顶端,那正是一个可以勉强看到石谷镇城门的地方。普艾希亚面无表情,眺望着:"你就是一直,一直这么短视,凌踪。不论我如何规劝,你仍然遇事义无反顾。"

"普、普艾希亚？"贝菲从香囊里虚弱地探出头来,看着自己熟悉却又陌生的拉·普艾希亚。这并不寻常——在没有稳定的能量输送的情况下,自己又是如何做到从休眠修复中苏醒过来的呢?眼前,她的手中拿着一块与自己的源主并不相同的现象魔块,面对着城门的方向不断地做着某种引导。引导的尽头,是一个在人群中奋勇搏杀的身影,这一切看起来荒诞极了。

"贝菲,哈哈,看来你没事。不过你想,换作是你,你会接受现今这'行侠'所付出的代价吗?"普艾希亚笑了笑。

"我……不,你到底是谁,你真的是普艾希亚吗?"贝菲振作精神,盯着这个越来越可疑的交谈者,试图搜寻起可以辨析的线索。

"谁知道呢?好了,我不能回应你的问询,贝菲。而且,好搭档,你也没必要知道更多。好好休息以恢复精神吧。"

贝菲忽然不可自制地昏睡了过去,仿佛失去了气息一般。普艾希亚的脸上紧接着浮现出了冰冷的表情,视线也缓缓转向一个不断发出惨叫声的方向。

"你这个,你这个卑鄙混蛋……居然敢……居然敢……"

蒂露西被拦腰插在了教堂的普南利尔三角神标上,发出痛苦的呜咽声,满脸怨恨地看着仿佛重拾了力量的普艾希亚——怨恨被无限地扩大,在蒂露西的眼里,出现了难以名状的恐惧……

"你到底是个什么东西,拉·普艾希亚?!不,你,你这个怪物,你整个占据了她的身体!!"

"现在就连你也好奇起来了?我就是拉·普艾希亚。哦,不,你甚至打起我手上这块现象魔块的主意了,狭缝里的贪婪家伙,你用着我的模样,且大言不惭。"

"是怎么做到从同位狭缝里……"

"把你给捉出来?易如反掌。不如就把你偷来的东西原原本本奉还回去,当然,我也不会强制命令你这样做。"

"那你……为什么要干这种……啊啊啊!为什么!你凭什么?你哪来的魔块?你究竟……啊啊啊啊啊!!你玩弄真相,违反了规则!!你的存在并不合理!"

在普南利尔三角的穿刺下难忍痛苦,电视人的脸上无法掩饰求饶的态度,更多的还有卖力维持的狰狞。

"哪有那么多为什么,电视人,不过事关你的真相,我只会对你说上这一遍。这很重要,你记住了。我不会说半句假话,因为我就是……"

当蒂露西听到事情发生的真相时的一瞬间，内心的邪火就像是整片熄灭了一样。

过了很久，脸上的歉疚忽然盖过了起先那种狰狞和求饶，继而就像为了掩饰，放肆地大笑起来。那放肆的笑中带着一丝悲悯，以及毫无掩饰的挫败感。

"非常……非常感谢，非常感谢您能告诉我。此前，现在，显然都是我糊涂了。"声音颤抖，蒂露西的神情悲愤交集，"拉·普艾希亚，我这条命……我欠你太多了。"

"那么，就尽力去弥补你的过错——我的意思，你足够明白了吧?"普艾希亚扯了扯自己的领结，淡金色的头发在夜风中蓬散开来，仿佛从极远处投射至教堂顶端的淡金色灯火。

"哈哈哈哈哈哈……诚惶诚恐。请快把我放了吧。虽说这带棱角的东西不能真的对我怎样，可打那之后，我的身体还是会有基础的疼痛感受的……算我求您了。我一定会帮助她……不，全力帮助您。"

"那就，"普南利尔神标随着一声响指的脆响变成了粉末，仿佛穿过了蒂露西实在却不知怎的透明化了的身体，四散开去，"趁它现在还在你的手上，用好你的现象魔块。如果你自作主张，再肆意加害无辜的话。"

落地后的蒂露西被吓得连连退后，紧捂着伤口，勉强露出了毕恭毕敬的表情："了解了解! 您要想除掉我，不是小事一件吗!"

"……去吧，朝着你要的真相。"

背过身去，蒂露西笑着打开了狭缝，从容地走了进去，随后静静地将张开的裂隙缝合，她的表情慢慢凝固了。

蒂露西飞起一拳狠狠砸在连接虚实的障壁上，当狭缝合起来时，就算是那位人物也没法探知到自己的举动。

"混蛋……我的解脱……"

在一面镜子中，倒映出了蒂露西电视化的头颅。其中播放着一段嘈杂的录像，光凭目视确实难以确认这段录像的内容，只是蒂露西确实非常记恨这些事情。

"我的解脱若只能建立在为了佐星人的复仇上……"

镜面破碎，每一块碎片上都映照着蒂露西不同表情的脸庞。每一个角度和普艾希亚的容貌别无二致，却皆有着普艾希亚的脸上不曾有过的表情。

"如今用着这副皮囊可是形同一个巨大笑话。我又，我到底……"

蓝紫色的眼眸中，皆是如同蛇狐般的狡黠。当一拳砸在狭缝的边沿上时，整个空间跟着晃荡了一下。

"拉·普艾希亚,我到底对你这个一直有恩于我的善人,做了些什么啊?"

"虽然说这不妨碍我终究会报仇雪恨这个事实。"魔块青紫色的荧光照亮了四周的缆线,丰沛的能源在管道中快速地涌动,原本死气沉沉的魔块内部生成了一些幻觉般的光影,"这就是我不惜辞别过往躯壳的觉悟,没人可以否认——"

"我要让你为你的谎言付出惨痛的代价,门芙哈蒂……无论如何。"蒂露西狠狠地说着,"我以佐星之名发誓。"

"要不是追着门芙哈蒂那家伙的足迹跟到这里……哈哈。你和他也许都撑不过这关了。现在暂时给予你终焉魔块的余能,也是凌踪他在终点时用自己的生命换来的。好好珍惜吧。"

"不过先说好,因为有时空戒律在,我和他只能帮你到这里了。"抚摸着自己的脸颊,普艾希亚的眼泪顺着眼角向下滚落。

"真羡慕你,还有凌踪陪在身旁。你一定可以拯救所有人的,普艾希亚。看到你没事我就放心了……是的,你必须成为那个完美的普南利尔人,我会帮助你。"

言语中夹杂着悲伤和喜悦,像是在交代最后的话。

"你们值得一个最好的结局。我祝福你们,此后……不论何时。"

"再见了,我自己。"

普艾希亚对自己说完了之后,就这样在屋顶站了很久。

其间,幻景取代了双目的视觉。她看到了一座被埋在雪海之中的黑色建筑,但那幻景转瞬即逝,遍布石谷镇的浓烟与猛火重回眼底,脑海间徒留那黑色造物的缥缈轮廓。

"……什么?"普艾希亚忽然露出困惑的表情,显然对自己怎么在房顶出现以及此外的状况有了一些烦恼,"刚才那是什么? 我怎么……我不是应该在后撤的担架上吗?"

这时的普艾希亚也觉察到了自己身上的异样。那股存于空移器官中的丰沛力量,即是有些陌生的第三终焉魔块的力量。它无比强盛,足以匹敌任何对手,可它却在随着时间不断地衰减,仿佛有人为此设下了精准的时限。

凌踪,这个既陌生又逐渐熟悉的名字,忽然出现在了自己的脑海里。那困惑自己许久的疑问,似乎因为这个名字有了一些答案。还有那个人,她也寻来尼宁特了吗?

身上的空移器官内蕴满了第三终焉魔块的能量,这股力量似乎历经了悠久的旅途来到了自己的身上,而空移器官此刻所发出的共鸣,预示着它的持有者正在距这里不远的某处。它足够强大，足够与自己感受到的那股力量相抗衡。

普南利尔边德林格的大神官，阿基耶的背叛者，门芙哈蒂·霍勒斯。与她做个了断的时候，相信不远了。

看着城头冒出的浓烟，又听到了下面街道上嘈杂的人语声……几个身穿宗教服饰和身穿卫队兵服的人被挨个撵出脚下的建筑，从他们的口中仿佛只听到了些坚定的言语，短暂的处刑很快就结束了。几个浑身是血的士兵手上拿着金灿灿的普南利尔神标形状的项坠，嬉笑着往上头吐着唾沫。

"你看见刚才厨房里那个笨女人脸上的表情了吗？"

"啊，就和戴这玩意儿的老修士一模一样——"

"没几下就死啦。咽气前还乐于用这种垃圾一般的信仰来自我麻醉，可见这些在撒巴莱亚意志之外迷失的家伙活得有多荒唐。"

"娘的，从你的嘴里说出这种场面话实在太逗了……别在那儿悲天悯人了，把能带走的都带走吧，来，再放把火……"说着，火把就从这兵士的右边快速移到左边。面前的几条街道情况也是一样。

一堵砖石砌就的墙赫然出现在眼前，而自己即将与它撞在一起。

"嗵。"

夜幕中忽然亮起了一双蓝紫色的眼眸，而纯白色的瞳孔就像一团无色的灵火意图大肆灼烧这世间腐坏了的心智。双手徐徐抬起，起先稍带些不确定，但看到两团血雾旋转着在远处的墙上绽放开去之后，普艾希亚做了一个深呼吸的动作，手上握着脏兮兮的神标项坠，甩干后用衣角擦了擦。

"一群丑恶无道的撒巴莱亚败类！"

攥紧拳头，普艾希亚看着熊熊燃烧的教堂里赤裸倒卧的尸体，愤怒地咬紧了牙关。她双眼如炬，转身向着城门的方向迈开了步子。

"既然我还有力气……"

强大的异能场直接使得闻声前来援助的撒巴莱亚军士们跪伏在地，吐血不止，而小巷中少女的步伐变得越来越快。

"凌踪……凌踪，你还在那里吗？"

身披黑甲的武装精锐不费吹灰之力就将凌踪逼退到了墙后，黑甲战士甩动着手中的武器——一声突如其来的巨响对他们而言仿佛有一种对手后院失火般的快意，但随着脚边的地面一并在轰鸣震动,他们逐渐也开始觉得狐疑了。但也没有影响这些人,当他们意识到这阵轰鸣并不会对自己构成任何威胁时——毕竟战略上的事情由那些奇装异服的家伙负责操心,奋勇在前的他们只需第一时间享受攻城略地后的犒劳。

也不知从哪里用尖刀逼出了一群瑟瑟发抖的妇女和孩子……他们的家主被草草刺死在小粮仓的出口,或许他们本来是想在这些来者是否仁慈上赌一赌运气,这样的人确实有——当哭声和尖叫声出现在镇门附近时,这些落难的百姓的命运也就注定不堪了。

大拨的军队拄着修长的兵器,在城门外整队,当几匹侦察用的偶蹄类——那确实不是马,而是一些像是长着发光脑袋的生物,驮着他们的主人回到城门口和几个军官模样的人耳语几句之后,那支庞大的军队就改道去往别处了。留下不少的人,将一袋袋从民房和店铺中搜刮来的没来得及运走的财货丢进城门口的马车里,熙熙攘攘。城墙上头插满了石谷守军面容凄惨的头颅,在那股化学酸液未消退与新鲜血液凝固前散发出的浓腥味里,这些看起来与常人无异的属国军兵士们在火堆边载歌载舞。仿佛没多大事儿! 这一仗已经打得顺利稳当,唯独那个被围在人群中着火小丑一般负隅顽抗的小子——抱着凑热闹的心情,提着酒瓶子伸伸头,在一阵吆喝声里看到一群黝黑盔甲之中出现的那张滑稽可笑的异邦脸孔。

"上! 得照他的小腿打!"

这下便没有退路了,凌踪奋力招架着从四面八方出现的人,面对着身前黑压压的一片,似乎望不见队尾的撒巴莱亚死士们,自己倒更像是被围在尖刺栅栏中间进行着困兽之斗的角斗士。

"来啊,你们!"双腿止不住地痉挛,肌肉长时间的无氧运动使得身上的每一处都剧烈酸痛着。

"别叫,小崽子。不准叫,你可没有几下好折腾了,明白不?"

对方其实听不懂凌踪口中所说的,他们只是把这个满脸是血的青年人当成攻城略地后的余兴——许多人合计着,或许一会儿应该把他抬起来丢进一口热油缸里,用那种滋滋声平复一下征战四方的疲惫,然后继续随着大军开拔。

那种说不清道不明的力量又渐渐停止了,凌踪感觉到从刚才开始就不知疲劳,但尽管自己不累,招架这些戏谑般的攻击也足够自己受的了。若是那种可以杀破千军万马的势头还能维持下去——凌踪会一次又一次地架起剑,侧步,将剑锋划过对手的咽喉,再狠狠一戳。再换一种不同的出剑方式,打乱顺序或是另起新意,见招拆招,极力试着让围着自己的家伙们看漏自己的破绽——尽管那是绝无可能的。

当黑甲战士冷不防用宽阔的剑身一记横扫,大力拍中自己的小腿时,凌踪很清楚挨了这下之后起身腾挪将会变得十分麻烦。他心中暗骂一句不妙,就地发力一滚,只知道避开了几招,撑起身体前,又被冲上来的敌兵撞了个正着。跟跄爬了几步,就被两三个围上来的军士制住了,他们大力地踩住凌踪的肩头,用粗糙的鞋底踹着,自关节间产生的那种钻心疼痛霎时间冲上凌踪脑海。

"说让你别叫,这下你可不就玩完了,小子!"黑甲精锐提着斧子,一脚踩在凌踪提剑的右手上,喜悦地咆哮着,"所以这方面我没准是个预言家,兄弟们。"

从这些复制人的品格中,不难窥见他们本体凶残的本性来。一群属国军士兵围着大声起哄,对一个有着真实灵魂的人类发起讽刺意味十足的叫嚣。

"少他妈自以为是!"凌踪怒吼一声,"恶心的撒巴莱亚人偶,看我不起身把你们都给活拆了!"

这下可让周围的属国军士兵们乐坏了。

"笑话。你也杀了不少人了吧,是不是也该轮到我们来杀你了啊?你叽叽咕咕说什么,我可是一句也听不明白啊,劣等国民中的低等动物。"

"我就算要死,也要先带你一块儿下去!"

凌踪嘴里含着血,猛地抬起腿,膝盖一下把猝不及防的兵士顶到一边,他又飞起一脚,将黑甲精锐的手甲踹得哗啦作响。

"给他按紧了,我可要一斧子把这崽子劈作两段。"

抢起斧子,透过面盔看见凌踪那双烈火般燃烧着的眼睛和死死紧闭的嘴唇,黑甲战士冷笑一声,手起斧落。

只不过,斧子连同手掉在了一边,抬起肘时,断开的伤口上还在涌出带烟的血泡。

"哦——满打满算,及时赶到。"那声音确实还有些熟悉,那个当时在勒克莱尔欠了她不少人情的大人物,看来所欠人情和说话声音的辨识度是绑在一块儿被记住的,"好久不见啊,蔚蓝Ⅲ的凌踪!顺带一提,想我了吗?"

黑甲精锐就像一堵炸药引爆后的大墙轰然倒地,那一团雪白丝绒仿佛沾染不到四处泼溅的血液,当两个被跟跄踢翻在地的兵士在四周摸索自己掉落的短刃时,他们的兵器已在那死神化身模样的少女手中,少女以此手刃了正欲四散奔逃的人群。

"怪……"哆嗦着,只见那个少女三两下便将全副武装的精锐身上少有的破绽各个击穿。那腰间悬挂却并未使用的两把奇形兵器也绝非善物，其中一柄在夜晚洞穿了近卫士兵山体壁垒般的锻甲——

"敌袭！"匆忙间，军号吹响，在前头掉转方向的大部队闻讯号叫着折返，这声低沉的号响也无疑给城中欢庆的撒巴莱亚人提了一个醒。

甩了甩兵器上的血，女英杰回头望了望城墙边上被重炮炸出来的一个弧形缺口。随后，将腰间的光束枪掏了出来，径直照准了身旁的一个巷道深处。

"看你不像撒巴莱亚人，在我开溜或者动手前，可方便自行说明一下身份？"

"我不是你的敌人，请不用……"只见淡金色头发的少女缓缓抬起双手，薇妮亚的眼神里又露出一丝疑惑来。

"一身平民打扮，腰上却挂着根佩剑，不仅会说我的语言，还懂在枪口前解除武装投降……这是你认识的人吗，凌踪？"

"住手，住手，认识的，是友方的人。"眼见枪口都快对上普艾希亚的视线了，喘息着的凌踪急忙从地上撑着爬了起来。他掸了掸身上混着血污的泥土，他的这件哨兵衣服和先前在村郊救普艾希亚时的那件一样，变得满是泥污，一塌糊涂了。

"那么，意思是她也要跟我们一起走咯？毕竟城里的幸存者我掰指头都能数过来了。当务之急是先从这废墟里脱困。"薇妮亚将光束左轮在手里转了几圈，收回枪套，紧接着报以一个略带歉意的笑容。在普艾希亚看来，这种笑容实在是久违了。对方只用眼神反复地打量自己，感觉就像是所有能耐被琢磨透了似的。"更何况乍一看，你怎么也不像是个泛泛之辈。很高兴，你们俩都活着，尽管其他人未必如此幸运。"

"动身吧。我相信在对付撒巴莱亚人的立场上我们多少能达成一致，所以，感谢你的搭救。"普艾希亚微微一笑，暗自为大启示的奏效而感到一股由衷的暖意。

"希拉示……感谢你，教导了我正确的事。"

凌踪将手里的石块丢到一边——那把奇形剑夸克总是会在不经意间变成一块再普通不过的石头。他从地上捡起一把制式佩剑插回到自己的剑鞘里，起身后同样注意到了那堵山岩城墙上被轰出来的大洞。

"先跟上，除非谁有什么法子把那一整支混混军队全给蒸发了——我开个玩笑。计划是，咱们沿这边——"薇妮亚指了指来处所在的街道，"一直走，然后从笼城那里的决口爬出去，只要过程中不被追兵缠得太死，我就有办法带你们脱身。"薇妮亚将腰间的一把西塔光束军刀收回到插片袋里，要知道这玩意儿的充能落在这个破落境地可谓是件非常麻烦的事情了。不到万不得已,还是不拿出来肆意使用的好。

普艾希亚依然小心戒备着这个不知为何让自己感觉有些小小不安的新伙伴——当自己从巷子里目睹了薇妮亚如同一阵风暴一样瓦解了一整群暴徒时,简直就像是目击一场风灾在现世上演。她自己也不清楚这是一种什么样的感受,分明早前在城墙上,或是更久之前,乃至在先前的几个世界中,自己都见过比这更令人不适的情景——或许是当那把闪耀着能量的兵器对准自己的额头时,那双对视的眼睛中单纯的杀意使得自己联想起了……意图破坏重要之物的某种东西。

"你那个新朋友,哎,怎么感觉好像受过什么心理创伤啊?先给我说说,我不想到时候平白无故给人添堵。"

在绕过街道,攀爬起损坏的城墙的过程中,薇妮亚一只手挂在一旁的石壁上,一边凑到凌踪的耳边念叨着。再仔细打量一下身后跟上来的少女,脱身自如此险象环生的攻城战中,竟然如同没事人似的。

"能不能好好爬?薇妮亚,别在我使力的时候和我说话。"凌踪的刘海都被汗粘在额头上了,猛一咬牙,才顶着剧痛的瘀伤完成了一个笨拙的引体向上。心想真的人不能和超人比,就算是一个缺口,常人攀爬起来也不是一件容易的事情吧。

回头一看,普艾希亚没几下就爬到了断壁的平台上,气都不带喘一下。他绝望了。

"瞧你都累成这样了!不过是不是觉得有我在,你们心里感到安心多了啊?"薇妮亚笑了笑,见没人反应,只好借势活动了一下肩膀,"说笑的。从这里到外面,你们跟在我后面走,我蹲下你们也蹲下。倘若我出手和人缠斗,你们只要坚持按路径向前继续就可以了。看凌踪和你身上到处都是伤,也真是不容易。坚持坚持。哎,对了,怎么称呼你呢,新朋友?"薇妮亚看了看普艾希亚头上乱蓬蓬的淡金色鬈发,注意到了对方雪白的瞳仁,不由得抿了抿嘴。乍一看,也是个不在凌踪之下的怪人呢。

"真是神奇,最近身边遇到的怪人总是一个接一个。"薇妮亚不由得内心咕哝了一句。

"拉·普艾希亚。叫我普艾希亚就好了。"普艾希亚紧跟着边说边行进的薇妮亚,放轻脚步,手里轻轻护着胸前的香囊。里面的贝菲依旧在沉睡,支离破碎的羽翼上缓缓流动着能量的丝线,这确实让人有点担心。不管怎样,自己被迫超支使用魔块的行为,实在是太不理智了。如今失去了手中的魔块,不仅在对付撒巴莱亚的问题上,自己一筹莫展,现在又多了一个蒂露西的烦恼……诸多忧虑萦绕心中,表情好看不起来。她在还未被敌兵占据的街道一路小跑,心情更加复杂——在石谷生活的三年中,这些城里的街坊早已是回忆的一部分了。

笼城已经成了一个被肆意糟蹋的地方。先前是惨叫声、嬉笑声和奇奇怪怪的歌声,直到军号响起后,不少人提高了警觉,杂七杂八的声响几乎消失了,可以预见那些家伙正配合着军规进行周密的巡逻。

凌踪只是从房屋的缝隙中隐约看到那些凌乱轻佻的脚步—— 一股怒火就像休眠火山一样升腾起来,要是能将时间回溯到石谷守城之战的最初,他想必不会再在那些毫无人性的野兽面前显得如此畏首畏尾。可是,若是没有薇妮亚这般的武艺,单凭这种碰运气一样的方式又能走多久呢。

想到这里,凌踪终于挽回了些自己的理智。就像自己当时在触碰夸克圣剑的时候,能否在接受行侠的同时承受相应的代价这一问题上的回答——凌踪感到那些在守城中死去的底特拉伦人将明白的答案说得无限模糊——他们显然知道答案,可你不能去他们身边直接听取。这很让人气恼,但这一刻凌踪知道自己仍然无法理解。

"我需要静一静。这之后……"凌踪看了看眼前的薇妮亚。她到底是怎么想的呢?在历经了也许百场,或是更多像这样的战斗,她仿佛明白我特别想要知道的那种挺身而出的意义。她也一定在自己的内心中,把握着一份特有的在心气和血性间的平衡吧。凌踪叹了口气,抬头时,一个胸口插着长刀的属国军斧手被一脚踹飞砸在墙边,巡逻的小分队还没来得及向广场方向喊出声,就全被快刀砍倒在地。凌踪见状,又是一个深呼吸。

"算了。"

殊不知普艾希亚其实和自己做了一模一样的感叹。

起先还在悄悄移动的薇妮亚,忽然就像逛街一样轻快地迈步走了起来。那顶突击帽后大大的白绒球随着褐红色贴身甲的衣摆一跳一跳的,不觉间和后面两个不敢大意保持缓慢移动的人之间已经拉开了一些距离,这一举动显然是有些考量的。

手持火把的搜寻队就直挺挺地向着三人迈了过来,前后总共十人,凌踪一看便知了——有两个无疑是登墙的那些袭杀精锐,在其他八个人都盯着前面的时候,他们却时刻注意着周围的动静,搜索着城内废墟中躲藏的残兵游勇。从先前守城骑士们和他们之间的搏斗来看,恐怕在陷入缠斗后,这几个身手高超懂得配合的强敌就能对薇妮亚造成不小的威胁。凌踪按住剑柄,开始调整自己的呼吸,正准备上去助战,只看到薇妮亚从拐角口一路走了出去,嘴里吹起了轻飘飘的口哨。

"哟,大哥们,大晚上还出来巡逻啊。"

那两个人瞬间抬手,将冲击刺对准眼前的薇妮亚,但从眼前大大咧咧走过来的薇妮亚身上感受不到剑拔弩张的气势,于是他们俩也在犹豫要不要开火。

"什么事,你是撒巴莱亚这边的人吗?"

"不是,我路过这边,来石谷镇做生意的。没想到货被抢了,从城里出事到现在,我躲了好一会儿了。怎么样,行个方……"

破绽!

抓住对方从怀疑转到分析的这个思考破绽,两把佩刀出鞘,当对方拿着火把的士兵意识到大难临头时,不但手中冲击刺落了个空,身边一人已经被一刀贯穿胸口放倒在地。薇妮亚敲开对方手腕,将夺来的火把大力一挥,碎油块连同火星子一道敲在撒巴莱亚属国军军士的铁盔上,朝前溅射开去。她一个蹲低,精准地换手一刀插倒了其中靠后的一名精锐,到此为止都在薇妮亚的料想中,不过……

"喂,这里!"凌踪拔出剑,从岔道里冲了出来,和另一支巡逻队剑刃交击,普艾希亚同样将剑横在身前,借着助跑,拦腰将薇妮亚背后来不及收拾的敌人重伤在地。

"另一边注意到的人都冲过来了!"

"这帮家伙就像除不干净的害虫一样。"

薇妮亚一把抓住一个失去重心的撒巴莱亚长矛手——从刚才到现在,这个可怜人始终没有机会降下并架好自己的兵器,几个垫步之后被掀翻在地,钢靴就像钝器一样接连击倒了身边的同伴。在他拔出短刀起身之前,冲击刺弩就对着长矛手镇静扣下,连发连中。

"回去帮忙。"普艾希亚拍了拍薇妮亚的后背,抄起一面盾牌,狠狠砸向从大道上拥来的撒巴莱亚属国军兵士。只见薇妮亚如同凤凰般在火把间穿梭,一路冲散了面前军容不整的兵队。沿途的甲胄兵士少有敢出刀拼命的举止,多半还没等到反应过来,就已重伤倒地。等到这一团在战场上罕见的烈火先锋从眼前愣是被一个喘着粗气的青年一路冲杀而过时,增援的部队觉察到晚了,也只好拔步跟在人群后面穷追猛赶,大肆叫嚣着,但看到道旁满地狂号的同僚,也不禁噤了声。

"不过,看。咱们离墙也不远了。"薇妮亚语气依然显得很轻松,这支临时组成的三人小队试图在敌兵于笼城广场形成包围之前强行突围出去,可光凭三个人要对付一支不知有多少人的军队怎么都显得强人所难。

　　问题是薇妮亚确实不这么想,解决这些拥上来出手莽撞的家伙就像是在做幼儿画报上的连线题一样。稍微操心一些的,就是时刻得回头看看后面那两位应付的情况。虽然慢,不过小队可是在不断向着预定的位置移动的。

　　一锤子砸在盾面上,传过来的震动声就像刚才听到的地鸣声一样刺耳。这家伙!普艾希亚甩了甩还有些酸痛的手,彻底抛开了脑袋里自己以痊愈的状态出现在教堂楼顶,而不是脏兮兮的担架上等诸多疑问。她一把抓住横向踹来的军靴,紧接着把剑锋送进这个侧袭者的右腹之中——没有人说自己仅是个等闲之辈。只是周围的人都没有注意到,这把并不十分锋利的剑在纤弱少女的手中竟然如同冲击长矛一样轻易洞穿铠甲骨肉,且从乱斗开始直到现在,没有半个人可以近这个白瞳少女的身。持锤的甲士刚想乘机得手,自己的脖子便被跟跄着赶来招架的凌踪甩剑划出了个深道来。回神不及,反倒成了普艾希亚全力一剑安魂送葬的对象。

　　"不妙!"只见十数人的精锐小队又从正前方冲了过来,凌踪急忙踹开与自己缠斗的敌人,几下趔步回稳身子,飞也似的贴着墙向前追赶起来。而此时的普艾希亚紧握右拳,在那苍白瞳孔发出的阵阵寒光中,周围的空气突然停滞了一会儿。为首骑着高头大马的属国军领队被诡异的力量连同战马一起高高举起,在一阵青紫色的等离子体云雾中连着身着的重甲一起被扭断了关节,随后像一枚高速炮弹一般炸开在后续跟上的队伍里,那些目瞪口呆的属国军士兵也被整股掀飞了出去。

　　愤怒之下,那些飞梭般射来的枪刺在空中仿佛撞上了无形的弹丸,纷纷偏射开去。一道淡蓝色的光随后在街道的缝隙短暂地流过,将从后面包抄上来的三四人径直化作了扬尘。

　　用肉体引导的能量把人径直蒸发掉了……拉·普艾希亚这家伙,弄不好比自己认真动起肝火来的老爸西博文·凯伯因还要恐怖。瞥见这一切的红发少女不由得暗自捏了一把冷汗。

　　凌踪已经开始意识到自己许多无谓的动作所带来的恶果了——镇静下来后一直敏锐观察着四周不敢放下警惕,整支小队的速度定是被自己再三落下的大动作、破绽给生生地拖慢了。也不知道为什么自己能做到如此冷静:单是看着薇妮亚见招拆招、顾全前后的样子,或是几次为自己解围脱困的普艾希亚手臂上新添的血痕……很小心地,凌踪开始明智地应付起眼前的对手,将更多的心思放在怎么跟上队伍维持跑动中。渐渐看惯了那些张牙咧嘴的凶狠面孔，手里的感觉也越来越真实：回答用剑足矣。关节发出的阵痛，被喷射而出的肾上腺素强行冲淡了，挥剑更加平稳，就像找回了在城墙下状态非凡时的感受。穿过薇妮亚旋杀之中的红色衣摆，笼城城墙上的岩壁纹路清晰可见，通向被破坏了的城门的道路那侧发出的嘈杂声，开始变得惊人起来。

围上来的虽也不过三四十人，薇妮亚稍微思索了一下，抬起头对着大抵是什么也没有的方向注视了好一会儿。顺着视野看过去，是一个高高悬挂的金属吊牌，磨光的表面上倒映着半个街道的影像。

"跟上。别在这些家伙身上浪费力气了。"

三两下沿着木框子跳上果摊的砖棚顶，火把的光芒顺着街道小巷不断奔涌过来，就像岩浆流一样。房屋间的空隙显得不很紧凑，持续不断地跑动与跳跃在那些不平整的屋面上，让凌踪有一种惴惴不安的感觉。当意识到笼城外不带血味的清风吹进鼻腔里的时候，自己已经在那个布满黏腻毒液的碎石坑上了。捂住口鼻，顺着砸缺的岩壁吊挂下去，在被砸弯的云梯上借了借力，再往下一跳，脚下就是甲胄和血肉。熟悉的味道又扑上面门。

"大叔……"凌踪看着身边的一具尸体，鼻子一酸。那正是在城墙上见到的矮个儿骑士，时间容不得自己哀悼，凌踪伸手快速地将那对仁厚的双眼合上，从矮个儿骑士的手腕处取下一只银镯，顺着前方的残垣快跑起来。

"若有机会，我会把它带给你夫人……请安息吧。"

很快跳下尸堆，绕过那些形同虚设的栅栏和障碍，往密林里冲刺过去——弩箭和飞来的兵刃很快就被甩在了后头，普艾希亚回头看了眼早就气喘吁吁的凌踪，不禁脸色铁青，跑着跑着眼神都直了。就在这么看着的一瞬间，几个险些要拍马追上的骑兵也被忽然产生的等离子电弧灼伤跌下去。

箭矢像雨点一般追进树林，凿进那些潮湿的树木上，木屑四溅。奔跑成为一种本能行为，在毫无抵抗、只顾撤离的情况下，凌踪再一次认识到人的胆小。只要任何一支箭命中了自己，他可能就会成为身边人的累赘，若是在这里无法脱身，那些高山悬河般的执念也就成泡影了。面前是深无止境的林洞，跟着薇妮亚在草长及腰的地带中穿行而过，自己仍然在担忧着一些不好的情况发生，当回过神来时，才知道周遭的情况大有好转。

"看来他们对我们兴趣并不大，可以慢下来了。行军的方向也与这里相反，可能知道了峡谷爆破的事情，就转去霍克艾因以北的地方架设桥梁。至少石谷做到了，拖延住了。"普艾希亚确认了一下，追出来的人似乎也没有再考虑追进林子，好像一早就知道林子里有什么似的，或许只是因为这三个人没有什么追的价值和必要。

"确实没人跟上来了。我也同意，但是别停下，我们得尽快赶到峡谷的另一边去。他们这一支劲旅在整队跨越峡谷上显然会遇到些难关。不过那就不关我们什么事了。"薇妮亚回头张望了一下，"我得说，抛开地图上的战略不讲，早前石谷的那束光确实有些诱人，吸引了撒巴莱亚不少的注意力，包括我。"

"水……"凌踪简直像是一具在尘暴与烈日下跑了一次全程马拉松的木乃伊，步履蹒跚，还没等薇妮亚从腰包里摸出点什么，就扶着一棵上面挂满藤类植物的树干呕了起来。

"这可有不同的水，你倾向于喝我在附近的淡水水源接的呢，还是勒克莱尔议会里列辛喝的那种压缩水？顺带一提，我还可以往任何一种里面加气泡，让口味变得更加亲民一些——"薇妮亚扶着膝盖，拿着水瓶笑了笑，"给，不闹了，喝吧。"

将一整瓶水咕咚咕咚喝了个精光，凌踪大喘一口气，看着眼前两位稍作调整之后就恢复气色的女杰，脸上露出一丝不带掩饰的敬畏之感。在打架解围这方面，自己与这两位巾帼相比，简直是云泥之别。

"还有人等着咱们，"薇妮亚挥了挥手，"如果说现在的计划是什么，我的想法是赶在撒巴莱亚的前头——趁他们还没把所有事情搞得一团糟之前，我们从这鬼地方撤出去。"

"想要越过峡谷去对面的迦巴迪尔城邦？或许我们想做的是同一件事。"普艾希亚跟着抬起步子，"你想助力迦巴迪尔卫国军，战胜这一支来势汹汹的属国军大潮？那可真是太好了。齐赛海格……杜尔比安迪耶。"

集结起来，为隐世之境而战？她又在说万神语了。

凌踪虽想帮着翻译，但一股过量运动的缺氧感席卷全身，要是灵魂确实存在于身上的某个器官里，此刻凌踪应该会毫不犹豫通过食道将它倾吐出去。

"我不理解你后半段是在说什么，不过……"沉默了一会儿后，薇妮亚指了指背后，"你真的觉得能干掉那种草籽似的无穷无尽的浩荡部队？拜托，那得要多麻烦。何况我和你后面那位先生此行的目的一样，只是想做个单纯的空间旅行，以及顺道收拾一下撒巴莱亚的幕后主使罢了。"

"你们是这么想的吗?"

普艾希亚回头看着凌踪,那个真的把胃里的东西全吐出来了之后因为膈膜疼不断揉着肚子缓解不适的黑发青年。

"你也答应过我吧,普艾希亚。这件事结束之后,你会告诉我关于缩穿点的情报。"满脸的疲惫,凌踪似乎也不需要通过特殊说明来表达自己内心的感受了。

普艾希亚点了点头。

"缩穿点,是被称为希尔空间关节点的地方。"少女用手在半空中比了一个锥体,紧接着用手指在中间划出一道上下双通的轨迹来。

"在那里能够生成特别稳定的缩穿力场,如果使用恰当,则可以在两个径向位置上形成稳固的空间通道桥。这样便可以把两个星体的文明世界透过一条尺寸有限的卡口通道联系在一起,当然在不形成稳定桥的情况下,想要借助缩穿点进行小单位的破穿,需要借助强能量源放流来导引'下星脉'和'上星络'之间的配位,以确保精确缩穿到正确的天文位置。我清楚配位的方式,不过相信撒巴莱亚此支属国军中的'专员'也清楚。"

"能源……既然说要用巨大的能源,利用复数普通的航宙器的拟星片器引擎联组能做到吗?"薇妮亚思考了一下,忽然皱起了眉头,满脑子寻思着如果拉这个看起来谜团满布的少女一起进入这个话题,接下来会怎么样。思考片刻后,薇妮亚还是开了口:"何不打打撒巴莱亚人的算盘,那些好战者们是有现成的轰鸣机器的——这一点你应该有基本的了解。"

"光凭那些是不够的。撒巴莱亚这次能够破穿到这里,借助的……"普艾希亚也显得有些焦虑,"是在这以上的某种力量。假使仅凭他们那些航宙器的能源喷流就能达到激活星脉的目的的话……"如果撒巴莱亚人到这里除了征略文明,没在第一时间考虑激活尼宁特大陆上的第二星脉缩穿桥,那他们的目的真是让人感到十分迷惑。也许这只是门芙哈蒂授意如此的缘故? 她难道在享受这一切吗?

"我很好奇,你们究竟是怎么来到尼宁特的?"撇开挡着路的灌木枝丫,普艾希亚疑惑地问道。

"是或许说出来你都不会信的疯狂科学产物——折跃仪,"凌踪打破沉默,"我居然也傻到稀里糊涂就信了。穿过了一个奇怪的隧道,然后就在这里了。"

"那是什么……所以二位结伴来到尼宁特是出于什么特殊的目的吗?"普艾希亚下

意识地问了问，虽然细致的答案早已经从凌踪处听取了："这里事实上只是撒巴莱亚爪牙所能触及的许多文明中的一个，而不是他们麾下的任何一个属地。"

啊，偏要答便只能说，都因为那个列辛·法拉加！

薇妮亚早就在念叨了——她可是做了将托卡马克·塔西生吞活剥干掉一百次的准备，可现在居然为了从这个破地方脱困而犯愁……冷静下来。

列辛并没有算错，但要是自己真的一头热血冲闯进了撒巴莱亚本阵，对上托卡马克·塔西，单凭自己一人之勇又怎可能做到在老谋深算的敌手前全身而退呢？

"或许对于初次见面的人，各种复杂的话题都不适合深聊下去……不过看在你和撒巴莱亚也有点过节的分上——"薇妮亚行进中捶了捶肩头，"不如就事论事，着手处理一下此地的撒巴莱亚问题，我指，一起，我们几个。你也看到了，在这里迫切需要一支像样的队伍，我认为人手多总是好的。"

"能否互相帮助，那就得看我们趋近目的的方法有多一致了。我的想法不变，在尼宁特挡住撒巴莱亚的攻势，转守为攻，直到彻底断绝他们进一步通过建立星脉隧道侵吞文明世界的丑陋行径。既然说要合作，我主张走一步看一步。"普艾希亚停下脚步，看着叉着腰站在眼前的薇妮亚飒爽的身姿，镇静地说出心中所想。

"挡住撒巴莱亚人，在这尼宁特？"红发少女在心中寻思了一会儿。

"那你呢，凌踪？现在到了这种境地，你接下来有什么打算？"薇妮亚在下风口处点上了一根自己带来的烟：这些卢西甘草制成的厚重烟卷起不到什么提神醒脑的效用，只是气味好闻——单纯燃着了，也不见往外吐烟圈，只是叼在嘴上，像个壁挂香炉一样供着它。和飘飞的烟雾一同的还有些许沉默。

阵风吹过，峡谷处传来了吱呀作响的声音。凌踪轻轻靠在一棵树上，用手擦了擦佩剑护手上的击损处。"先把你的烟掐了。此前不是我想不明白，"天上两颗对着地面投来光明的星体缓慢地移走着，避开轻薄的云层，峡谷之间一条长长的木质挂桥显得清晰起来，"不过你是知道的，既然要组织起来对付撒巴莱亚，薇妮亚，你自然可以算上我一个。"

"那么就欢迎入伙啊，两位。顺带介绍一下你们的新朋友吧，咱们目前是四人小队，别嫌寒碜。"薇妮亚踩灭烟头，微笑了一下，指了指桥上，"那边那个在造桥的，对，不是，马车右边看过去，就在那背了个大包的那个。没错，我不想特地打个手电照过去。"

寻思着离那帮撒巴莱亚走狗也足够远了，薇妮亚瞄了瞄峡谷边七零八落的机械傀机碎片,遂朝淡淡的黑暗之中高喊了一声:"喂——帕克特——"

"听见了……"

只看见远远从桥上跑来一个人影,瞧那步子还是沉甸甸的。待走近了,随着那人扶了扶眼镜,揩了揩满头的大汗,在两颗明亮星体下,这人狼狈不堪的面容倒也显得清晰起来了。

"你们好……帕……帕克特·荣格……"金发青年显得上气不接下气。

"拉·普艾希亚。"普艾希亚打量了一下眼前这个看起来有着挑夫一样厚实肩背的男子,又用鼻子嗅了嗅,闻到了些奇怪的味道,暗自纳闷起来。

"那,这位是?"帕克特把沉甸甸的大包往地上一放,里头发出了一阵锅碗瓢盆互相撞击的清脆声响。不过,听这声音,里面好像碰碎了几样东西。或许这正是让青年脸色变得如此难看的主要原因。

"凌踪,姑且算是这位薇妮亚小姐的旅伴和助手。"凌踪真想过去拍拍这个"劳碌命"的后背帮他缓一缓,但怎么想都觉得很奇怪,所以也没这么做。

四人面面相觑,一时间竟然沉默到融入了夜间密林的环境之中。

"啪。"普艾希亚往自己的手臂上打了一下,随后拍了拍手,大概是打掉了一只秋季依然扰人的蚊虫—— 一见另外三个人盯着自己看,忙把手叉在胸口,移开视线。

"咳……怎么称呼? 凌踪,对吧? 我……我之前听过你的声音,不会错。你就是那个,对,白色通信器里和我对讲的那位吧?"帕克特清了清结结巴巴的嗓子,意在打破眼下的尴尬。

"是……是的。"殊不知凌踪最不擅长的就是被陌生人搭讪,这话题就硬生生掐断在了这里。

帕克特看了看薇妮亚,只见那个开朗活泼的混蛋也成了沉默帝国的友军,她啥都没做,光是叼着没点的烟向自己努了努嘴。

"扑哧。"薇妮亚看着帕克特冒傻气的样子,忍不住笑了一声。

居然笑我……那你之前努嘴的动作到底是什么意思?

"那,饿了吗,各位? 我自己有点儿。"帕克特想了想,还是开了口,"别的不一定满足得了,但我这确实带了不少好吃的。"

"方便的话……"普艾希亚叹了口气,卸开了胸口架着的手臂,自己确实很久没吃东西了。

"我也……不好意思。"凌踪看向一边,含蓄地点了点头。

"那就生火做饭。"

在马车后头,用搬来的钝石头和后车棚里的木箱子围了一个小小的餐桌,四个来路各异的旅行者挨着坐了下来。无烟灯炉上向着背风处架起一口热气腾腾的水锅,里面炖满了菌菇与吃足汤水之后绽开的喷香肉块儿。往里头撒了一把干面,薇妮亚用从帕克特那里接过的汤勺轻轻绕着锅沿搅拌了几下,接着把一包调味品均匀地放了下去。

四碗汤面被揣在了四个年轻人的手中,美味的煮物在这秋夜的静谧中氤氲出了奇香。

"辛苦了各位。"

"辛苦了。"

是的,活着真好。

第11章

马车营地

凌晨下了一场小雨。不过好在马车的后部宽敞，腾出够两位女士睡觉的空间，背靠挡板，把腿搁在车夫座位边上的台子上，两个皆有些精疲力竭的男子汉还是趁着睡前聊了一会天。

"见怪不怪了。你也是未来人吧？而且，你也说着一口流利英语，这真是让人宽慰极了。"帕克特腾了腾垫脑袋用的谷子袋，这玩意儿的面料有些扎头皮，不过好在躺低一点能用后脑勺上稍厚些的头发挡住。

"听起来口音会很重吗？"凌踪抵抗着睡意，"我是说，英语。尽管并不常用。"

"就是我知道的那种亚洲口音。你别说，听久了蛮带劲的。我喜欢唐人街，我去过伦敦，吃了那种里头裹好肉馅的薄饼。"帕克特露出天真的笑容，说到底，打出生来能和自己这样一起对着星空仰面聊天的人，身边这位还是第一个。

"得亏我历史课没睡着……啊，只听说过那时候，未整合前的文化还是很多样的。人们只需要学两门外语或是更少，也不会像我们那会儿必须得学会母语外的七国语言。"凌踪打了一个发着抖的哈欠，"想想，朋友，如果我们说的真是同一个地球，那可是人类的一千年啊。可惜，并不是。"

"那你们那里还有那种好吃的放汤薄饼吗？"帕克特摸摸下巴，"这样的美味，我相信可以有，可是我想不起名字了，该死，它叫啥来着？"

"有啊。你说的像是水饺、蛋饺或馄饨，我无法确定是哪一种，不过这些我爸妈都会做，我也明白怎么包，工序并不复杂。"

帕克特坐起身子，努力回忆着什么："你再说一遍第一个词，再说一遍看看？"

"水饺？"

"对！水饺！"

帕克特从旁边拿过眼镜，戴到鼻梁上，压低声音："就是那个！还有那个醋……我非常喜欢吃！中国餐馆的醋比其他地方的醋味道要好上不少，凌踪，你听我说……"

"把你的眼镜放回去。"凌踪疲惫地朝相反的方向侧了个身，"老弟，今晚也许不想睡，我这边可是顶不住了。帮帮忙，明天咱们再聊。"

"你给我说说，三千年后日本人是怎么吃水饺的？机器人？食物打印机？还是……我想想！"

"逐个回答你的问题。我是中国人，名叫凌踪，现在旅居国际港，日本人也包着水饺吃，机器人满大街都是。晚安。"

"这太有意思了！你居然，你居然是中国人！你都说了，我们甚至不是同一个地球——"

"吵死啦！你话痨欠治吗？"

薇妮亚的吼声从脑后传了过来，就像被捕鼠夹触发后狠狠夹到的野鼠，帕克特连贯地摘下眼镜，缓缓躺了下去。

"晚安，晚安，以及晚安。"

"再发出一点声音，我就亲手掰弯你的脖子。"从薇妮亚处幽幽地传来一句。

帕克特不敢再吱声了。

秋虫鸣叫，雨点打在马车的篷布上，那种潮潮的草木味道带着落地水汽，让该睡的人皆睡得不错。

当普艾希亚醒来的时候，一条陌生的腿拐着弯横搁在了自己的膝盖上——往右看了看是一张冒着傻气的脸，小小的睡帽下露出几缕嫣红色的头发……普艾希亚眨了眨自己还有些酸痛的眼睛，疲劳又一次袭来，想了想还是接着睡了。后半夜，直到被腿麻醒了，普艾希亚才搬开那条腿，叹了口气再睡下。

"那就让他们再睡会儿吧。还是老样子，我去附近打点水，拔点草来喂喂马，你去找点能当早饭的东西。看地图估算去到那里要走三四天时间，其间光靠吃那袋两人份额的面包什么的当然不行，我想你要带个适当大小的篮子——"

"嘘——昨晚是谁在抱怨声音响来着?!"帕克特朝薇妮亚瞪圆了眼睛，全身的血压一下子上来了。

提着篮子走进树林,帕克特挑着角度在树墩上蹭了蹭自己靴子上的泥。凌晨的雨让峡谷崖边的路泥泞了不少,不过也托这场雨的福,原先林子里厚重的植被多数被压弯了,找到其中一些在扫描仪上显示出来的野菜和野果,自然省去了不少低头抬头进行比对的工夫。一边用手擦掉果实上的腐叶和小小尘污,一边哼着变了调的《伦敦桥》——这或许是帕克特平日里最常用来逗乐自己的小曲了,把除了根的野菜有条不紊地一株株放进提篮里。没错,今天起得比较早,且没费多少劲,昨天落下的能过马车的藤条桥工程终于做完了!那么,该怎么和接下来醒来的两位新朋友解释一下"源术"的门道呢?总而言之,为了表达友好,还是做一顿不错的早饭,以及泡一杯……嗯,破例泡一壶袋泡茶吧。

周边树木上有不少斑驳的印记,昨天夜里这些勒痕似的印记上还缠绕着苍绿粗厚的藤蔓。可让帕克特觉得有些喜出望外的是,这些被自己提取了源质的植物,实非整个消失了,而是以新芽的姿态,很快地从断绝的边缘处生长出来。也许形归原样还需时日,但在这鲜有人迹的地方,它自然可以静静生长。

说不出名字的昆虫在草丛中鸣响,这熟悉的动静持续了整夜,这种嘈杂声就像是一台风扇破损的冰箱持续制冷发出的工作声响,低沉聒噪。帕克特弯身捉了一只拿在手上,这小东西紫幽幽的甲壳下藏着一对巨大的滑翅,还没等帕克特攥紧两侧,那原本用于摄食的副肢轻轻一踢帕克特的指腹,一下子就跳脱开来,飞到了远处的树梢上。方才捏住虫子的地方有些泛起小小的刺痒感,甩手挥了挥,不适很快就消除了。帕克特熟练地掐根摘下一些新鲜植物,在空中挥掉那些沾着的水。提篮沉沉的,在潮湿的树林里想要控干水分并不容易,还有一些奇奇怪怪的飞虫——落在其中一些野菜茎的断面上,用刺吸口器不断探弄着。这看起来恶心极了,在帕克特的印象中完全没有这种奇形怪样的虫子,即使从背上看起来像极了叩头甲,侧面一看也完全不是那么一回事。

帕克特将薇妮亚给自己的小开山刀拔出,跟着扫描投影上的指示从一旁的树皮上刮取了一些散发出异香的苔藓,接着踢了踢靴子上的湿泥,那上头也沾了些橘红色的蕨类孢子粉。小心避开地面上错杂的根系和植被,当迈过一蓬乱糟糟的草堆回到马车边上时,帕克特才察觉到自己的手臂肌肉开始有些酸涩。

"哦,你醒了啊。"帕克特走到马车边,那个淡金色头发的少女正在收紧粮食袋的绳索,再看看旁边,已经有一锅像样的米粥正在炖煮着。

　　普艾希亚闻声回头，眼睛微张着，也不像是真的睡足了觉那样，她略带疲惫地应了一句："早。"

　　"按照薇妮亚原本的计划是在中午出发，不过我已经提议说多休息一会儿，看样子她也接受了。"帕克特放下提篮，找了个干净的石墩坐下，掏出小刀在木板上拢起手指小心备起了菜，"你可以回马车上继续歇歇，因为这里做饭之类的我一个人就能搞定，你不用担心。"

　　"我睡够了。"普艾希亚将粮食袋轻轻放回到车斗里，从毛布捆里取下一方在水桶里晃了晃，稍稍绞干后卷成一捆，朝帕克特的方向一丢，不偏不倚地落在了他的肩膀上。

　　"谢了。"帕克特用方布抹了抹手上的泥污，接过附近的小水桶，将备好的菜丢入其中。

　　可这位小姐，拉·普艾希亚，似乎打从见面开始就一脸闷闷不乐的样子，既让人觉得她心事重重，又像是单纯因为各种事情所累而疲惫不堪。

　　"所以，有什么感到不开心的事情吗？我只是感觉你好像有什么……不，如果平时正常来说就是这样的话，我就很抱歉这么问。不过，方便的话……"

　　普艾希亚只是抬头，宽慰地笑了笑："关心的好意心领了，不过是情绪低落罢了。原因实在很多，真要说来，你也是其中之一。"

　　停下手中的小刀，帕克特迟疑了一会儿。

　　"你想接过昨晚的话题，继续问我有关我寻找另一截断杖的事情吗？"

　　"没错，虽然我不想现在就表露什么态度，可你的回答对我来说确实有影响——"普艾希亚冷冷地盯着帕克特的双眼，"你的主人，你知道我在说谁。"

　　"抱歉，可我没有什么所谓的主人，我将自己定性为一个自由的冒险者，恐怕昨天、今天和明天都一样。你不必这么防备。"帕克特将小刀放在一旁，对于这样的质问，心中早有预感。

　　"那就向我证明你此行没有敌意。"

　　普艾希亚雪白的眼瞳中忽然亮起奇异的光芒，周围的声音就像是从帕克特的感知中渐渐消失了一般，树林的边缘变成了锯齿般波动的棱线，天空中的云团也开始往四周缓慢散射开去，若不留心注意，确实会让人忽略如此怪异的景象。

　　帕克特愣了一小会儿，也没有多说什么，只是将小刀紧握在右手的掌心里……切起了菜。

"我的天哪。一切确实荒诞而有趣,告诉我这句话的那个大家伙也并没有骗我。你可真是不得了……意外地觉得这次认识了不少有趣的新朋友。"

一切复归平静。

"大家伙……他们都知道你有这种能耐吗?"普艾希亚叹了口气。

"知道。尽管一早我认为没必要让人知道,包括薇妮亚·凯伯因,可事不由人。"帕克特捡起一旁被震落在地的绳结,将套环放回到车篷的挂钩上。

"我听到有谁叫我?"薇妮亚按着帽子,从马车前头走了过来,"你总是大方地讨论源术的玩意儿,这次是真的放肆,即使我与你们俩之间就隔着一辆小小马车。"

放下手里的草捆,薇妮亚走到炉灶边上抄起锅勺,在浓稠的肉粥里搅了搅。

"希望你们之间的渊源不会影响到接下来的行程,我之前既然起意说要组建一支能够解决这个尼宁特大陆上撒巴莱亚麻烦的小队,绝不会轻易小看各位的能耐。包括在马车里呼呼大睡的那位,既然是我觉得能胜任的人,合作之余希望彼此间别起矛盾。何况这支队伍应该会日益壮大起来的。"

"可事情远比你想象的复杂,凯伯因小姐。"普艾希亚皱起眉头,"你在试图将一群目的各异且背景复杂的人拉拢到一起。在对手是撒巴莱亚的情况下,这是个聪明的行为吗?"

"这问题正是我想反抛给各位的。在对付撒巴莱亚聚合的前提下,我们要做的是尽力克服与磨合彼此背景和目的间的差异。我认为,若你往后勠力同心的部分能产生些许认同感,就不会否认我所说的是对的,"薇妮亚从一旁的分灶上提起滚烫的汤锅,"所以我可以说,在考虑这个决策聪明不聪明之前,我想先就合理不合理梳理一通,何况普艾希亚你是个聪明人。"

普艾希亚深吸了一口气:"我好像一副在期待你能说服我的模样似的。"

"你偶尔也希望被人说服的,没错吧?"薇妮亚将帕克特递来的砧板上的蔬菜碎用掌侧向沸腾冒泡的粥锅里赶下去了一大半,"五分钟左右,帮我注意一下锅。"

"姑且赞同你的说法。"普艾希亚松了口气,表情变得平易了一些。

"如此状况我是乐见的。"薇妮亚起身,表情严肃地看着普艾希亚,"且我会尊重你的这个选择。我们要一起做点大事。"

每个人在短视冒进的时候都会习惯性地去封闭自我,只有当真正冷静下来考虑做长远打算的时候,才会慢慢对世界敞开心扉。

"可拉·普艾希亚,她到底是?"帕克特此时也像薇妮亚一样捉摸不透眼前的这位新旅伴,既不了解她的能耐,也完全不清楚她如此行事的目的。但就像薇妮亚所主张的那样,或许不问过去在当下会是一种礼节性的回避,也多少可以减少彼此间的隔阂。

"我去喊那个兄弟起来。"帕克特拍了拍手上的碎菜屑,原地踮了踮步,往马车前头走去。

看着面前睡成一座卧相雕塑的凌踪,帕克特思考了一下怎样叫醒他比较合适,在排除了七八种稀奇古怪的叫醒方案后,决定采用最传统的方式。

"喂,喂。"

没想到凌踪整个人从车夫座上弹了起来:"哈?!"

"不是,我就是喊你起床——差不多可以吃早饭了。"

"吃早饭?"凌踪一脸迷糊,用手往四周够了够,可什么都没有。这大概是第四个这样醒来的早晨,凌踪醒来,从无所适从的惊愕中清醒。

"抱歉……我有点起床气,还有,我得换身衣服。"

"我觉得你没有多的衣服了……"帕克特从靠前的车斗里翻出几件衣物,"我的衣服对你来说或许不合身,你比我高,肩却还是我更宽些。"

"可否借我套套看？这身衣服真的有些发臭了。"

也就只有一件带风帽的套衫还能勉强穿上了。凌踪摆动着酸疼的四肢,拎着旧衣裤去河边好一番清洗,才把那种血污和汗水混合的剧烈味道洗淡。

昨天透支的体力也只好今天来弥补,正当为无处抱怨而积郁时,一股扑鼻的粥香顺风飘进鼻腔。

"快来,开饭了!"薇妮亚手中拿着些刚采的野果,挥舞着锅勺,大声吆喝着。

"等下,我得先把这堆湿衣服挂在马车上。"凌踪的步伐明显快了起来,虽说是些难以想象的麻烦活——以往只要把衣物往三联橱里一丢,然后听到温馨的提示音乐,就可以伸手穿上那件洗干净烘干后的衣服了。在这里,情况还真是和故乡的生活很不一样。

"哦,忘了把香皂也给你了。"帕克特嘴里嚼着奇怪的植物根茎,发出嘎吱嘎吱啃树枝的声音,凌踪端坐下来,手里多了一碗热腾腾的菜肉粥,凌踪轻轻吹了吹气,用勺子往嘴里送进一口——然后就是第二口和第三口了。

"我喜欢你们俩做的粥。"普艾希亚撕下一小片干面包,蘸着粥汤细细咀嚼着,"往里面加萨斯蒂芙蓉叶的主意真是很美妙。"

"提醒我一下,哪个是萨斯蒂芙蓉叶?"帕克特往普艾希亚的汤碗里张望着。

"菜篮里最上面盖着还剩下一半的那些,叶缘上带点小银边的,在这里的林区不太容易找到野生的,当地许多人都会在自家院子里种一些用于菜品调味。"

"有些青葱味道,仔细尝尝,牙根那里还有些油焗菠菜的感觉会泛上来,是不是?"帕克特好不容易逮着个机会,对着端碗饮粥的凌踪发出"校对"的请求。

"我都没注意细节,单纯觉得这粥挺好喝啊。"凌踪擦了擦嘴,看着大失所望的帕克特,只觉得好笑。

"吃东西怎么能这么不讲究?"薇妮亚抓了一把粉末状的香料,放在凌踪手中,"撒上去,然后慢慢吹凉尝尝看。"

将信将疑,凌踪把手心里的粉末往浓稠的粥膜上一抖,顺带深吸了一口气:在这个雨水潮湿的清晨林地中,暖手舒胃的一勺热粥,加上这一把果木烟熏培根的馥郁衬托,是好似身处天国般的快意。

"太好吃了,我的天,太好吃了。还有,我尝出你说的油焗菠菜味道了,天哪。"只见凌踪抱着粥碗,就像抱着一箱真金白银的财宝一样,脸上荡漾着满足的微笑。当每个人碗里都有了一撮小小的烟熏肉粉之后,气氛一下变得欢快起来了。

"在底特拉伦并没有这么美味的粥可以尝到啊,我在这里生活了三年,也尝过不少美味,虽然也有类似的肉蔬粥,但这样的味道真的让我印象深刻。"普艾希亚端起一杯热茶——帕克特认真地将茶渣都撇净了,温度合适的茶水一进入口腔,很快就扫清了一身的压力和疲惫。

"好奇这是什么肉吗?"薇妮亚笑了笑,"这就有个故事可讲了。想当年,我为了收集这种美味的兽肉进行了一次星际航行,要知道和商会猎人之间的竞赛有多刺激——你得一个人处理掉四五个人都忙活不过来的猎物,还得比他们快,这我确实做到了。这是瓦托列464星球上能搞到的最好的赫里夫腿肉了,好消息是我还有不少储备。"

"听你吹呗。赫里夫?那是什么……"帕克特往杯子里续了第三或是第四杯红茶,"天知道。某种吃人的偶蹄类动物?"

"赫里夫有五对侧翼,带动着主体和腹部一个巨大的酸囊在低林区浮行,瓦托列464星球的重力并不大。酸囊其实是它类似大脑一样的器官,上面有许多向下伸展连接躯体的复眼和……"

"停停,不用解释了,"帕克特眼神都变了,"在我对它生成进一步的糟糕印象之前,我得先承认它的肉味道非常不错。"

就在帕克特说完了这句,薇妮亚一下来了兴致:"接着说说有趣的事情。赫里夫其实是瓦托列464星球食物链的最顶端,也就是尖峰猎食者。能想象吗?我和其他种族的猎人们,一起进入赫里夫的狩猎圈中,以猎物的姿态反向猎取我们的天敌——它能算计你,它知道你会怎样想方设法,我们被迫假装成一群无害的植物,披上同一种伪装,保持了五六天之久,策划撤离点,并相约在狩猎日那天发起行动。"

"赫里夫有什么能耐?"普艾希亚喝着茶,"可以强大到凭靠薇妮亚你们这般的装备也必须提防谨慎?"

"速度。"薇妮亚伸出五指,"如若它是五,那么……"慢慢收起手指,只剩下一根屈着的食指。"我们的个人加速装置所能做到的不足为一。许多科技猎人想要借光学仪器投机取巧,都在赫里夫快速的反应下丢了小命。"

"这得多快啊!"凌踪拿着茶杯,只见薇妮亚眯起眼睛:"顶尖的猎食者,就意味着有绝对的优势。特殊的器官可以让它们在任何它指定的地方生成高压力场,而大多数的生物行为也都逃不过它监视范围巨大的复眼……当你手放在扳机上的时候,有过经验学习的赫里夫或许已经将你用交错力撕成了碎片。更何况,它们意外地扛揍,就像一个打不烂的沙包一样。"

"我想不到这种生物该如何猎取。"帕克特撑着额头,"你说凭你一个人,薇妮亚?"

"对啊。光是活在它的眼皮子底下就很辛苦了,你能体会到吗?打个喷嚏都会交待了性命,所以我的办法,也不单纯是我的办法,就是混进它的食物群落里。我们就像病菌一样,被这家伙吃下去。倒也有些运气上的讲究,若是入口时被山丘那么大的尖牙磨碎了,哈,那自然也就没有后续了。再来点茶。"

满上了一杯,薇妮亚从一旁拾起先锋绒帽,端端正正地扣在头顶,抿了一口茶润了润。

"没错,我就躲在一头叫不上名字的瓦托列464星球野兽腹部下头,张开腰带上的个人护盾——好家伙,那东西勉强能抵消一些交错力,前提是你绝不能成为赫里夫聚焦的主要目标,也只有藏在赫里夫看来的生物弱点处。那头野兽对我趴在它下面颇为不满,便大声恫吓,制造出些动静,赫里夫就将它的脑袋崩掉之后顺理成章地猎食了,我得亏是扒在嘴巴里的。当然,其间有些祈祷啦,什么见鬼啦,要死啦这样的感觉,不过我确实顺利进入了它的身体里,那真是个糟糕极了的地方,我愣是和沼泽一样的活菌消化液以及各种肠道寄生生物决了个胜负，最后沿着盆骨桥摸到它的头部……直到那时我才知道赫里夫也是有弱点的：只消搭上一根长矛将它的酸囊袋划开一个小口子，它自己的酸液就能腐蚀大脑以外下悬的大部分重要器官。体液流失之后，瓦托列464星球的万兽之王就飘飘摇摇落在地上了。然后天哪，我真的是撸着袖子，指挥着五台收集机，赶在尸体腐坏和我被自己的汗淹死之前，划拉了两天两夜这家伙的肉，并且我认真告诉自己，下次绝不为了省钱，放弃去买那些商会里摆着高价售卖的赫里夫压缩肉块……真的，在那种破地方待上两天，人会变得很不正常的。"

听罢，一时间也没有人再把心思放在喝茶上了。

"所以我们刚才吃的是那叫作赫里夫的巨兽肉？"凌踪看了看粥碗，那里面可是什么都没剩下了。

"对，赫里夫腿肉，肉质最紧实可口的部位。我也就只能争取处理掉腿肉了，你得知道，瓦托列464星球上只要开了一瓶蒸馏水，两小时后你就能透过水瓶在里头看见几撮悬浮着的嗜水真菌啦。"

"论谁都不会喜欢在那种地方生活的。"凌踪捏了捏交叉错握的手指，望了望茶杯里的茶水，没法喝。

"所以说在尼宁特没看见这种怪物，已经很庆幸啦。说到这个，放在宏时空的角度上来看，有着人类文明的星球简直是极其稀有了。而现在在这里，我其实并不知道勒克莱尔的时空规章还管不管用。"

"万能的凯伯因商贸也有未能勘知的地域？"帕克特将水桶够到身边，涮洗着从旅伴处收集来的餐后碗碟。

"在文明视角看来，这个边陲地点确实像是个不毛之地。许多原本可以通过轨道投射公舱授权使用的东西，这下子可是完全用不了啦。照这势头用不了多久，失去供能之后的插片科技和我的单兵系统就要悉数宕机。当然，你们最爱吃的赫里夫肉也没法继续新鲜供应咯。"

"补给能源和维护的事情我可以想办法，毕竟我很感兴趣，也有些基础……不过这个想必会花大量时间、精力，也得有足够的工具设备来帮助我精炼加工一些本地出产的矿物。且最后，也是最关键的一点，还得能够带着走，"凌踪思索了一下，就一下，"从追求方便的角度，我不认为在以马车驮物的效率下能做到这点。所以，我同意昨晚薇妮亚的提议，我们得去想办法获得一艘撒巴莱亚的航宙运兵舰。那意味着更好的机动性，一个提供可持续能源的优秀工作环境以及更大的仓储空间。"

"认真的吗？那一船的敌人，哪怕落到我们手里了，就四个人来驱动一艘星际战舰？"帕克特不紧不慢往嘴里斜倒了一口茶，"有趣，但做到这事现实吗，各位？"

"就算开动不了，将巨大战舰迫降在地面上也可以是个不错的行动据点。但话说在前面，既然有这个打算，我们就需要了解几艘航宙舰的确切位置情报，这是基本。"普艾希亚沉思了一会儿，若是熟悉的始初魔块还在自己的身边，一切都应该好办得多。

"要捉住一队活的撒巴莱亚管事儿的可不容易，这些家伙是出了名的狡猾，你也是见识过这帮家伙几秒间化成怪水蒸发掉的样子的，天知道他们都是什么东西做的。"薇妮亚在插片袋里翻了翻，用手指一划，一个不小的储物箱就出现在眼前，"不过这些东西里面要是有能用的就再好不过了。"

凌踪弯下腰，用手小心翼翼地拨动着箱中的器件……短柄的能量手铳，几捆像是手雷袋一样的包袱，一个像是传呼机的小小终端，还有一些说不上来用处的机器。

"你们来的时候是顺道抢了一家五金店吗？"凌踪掏出其中一个小小的工具箱，轻轻打开盒盖，里面便是一把小巧顺手的带喷口的万用工具，"说句中听的，这些东西在我手上可都能变废为宝。"

"大都有些用处，我和薇妮亚确实用心挑了一些看起来科技感十足的物件回收。"帕克特顺手拿起一块小小的带有显示屏的仪器，翻来覆去寻找着上面的按键。

"问题是撒巴莱亚并不会希望我们使用这些东西，对于已经损失了的小队，他们的指挥枢纽会选择优先质溶消除情报设备。即使有这些剩下的，呃，物件……你怎么说它们都行。定位设备也很可能在生命体征停止后即刻失去它与上级情报链路搭桥的能力，"薇妮亚耸了耸肩，"从现在开始最好祈祷它们别在你的手上炸了。"

"稍等，你可以把像武器的那些收起来，这些……还有这个留下。出于安全考虑，武器之类的暂时不会用到。我们动身去依在堡的途中，我可以在车斗里顺便琢磨一下这些东西的构造。放心，只要能看见上面的复合封装口的玩意儿，用这把万用工具就可以安全起开。手可不会抖。"凌踪将几个小器械取出后，轻轻盖上了工具箱的搭扣。

只见在短短时间内折叠了几次后，一颗黑色的小小光点回到了插片的搭载槽孔中，在空中随着插片转了两圈，便收回到了它主人的腰带包中。

"话说不止一次了，我说真的，很是嫉妒羡慕这种便利。"帕克特看着自己的背囊，"你确定这零零碎碎的东西里面就真没有那种便于侦察搜索之类的设备？"

　　"自从来到尼宁特这里,从奇诺·哈里到现在的石谷,敌舰就没有一刻不是在强力干扰单兵反向侦测的。如果撒巴莱亚的航宙舰使用了大气潜航模式,即使经过你的头顶时,大概也只会刮起一阵小小微风而不被你察觉。抛开舰队链路系统不说,就算能将其中一艘孤立出来单独对付——只想提醒你,那也是一艘先进至极的武装战舰,能够登舰的想必也不会是什么醉鬼懒汉。"薇妮亚拍了拍插片袋,"先前我犯了不少错误,即使你看到我这一副什么都能掏出来的样子,有些状况下我也实属无能为力。我短视了,对这样的状况仍然称不上准备充足。"

　　"啊……抱歉,并没有强人所难的意思,不过,"帕克特叹了口气,"要是我是你,薇妮亚,在知道要对付这种敌人之前,我就先往里头塞上一整艘战舰啦。"

　　"战舰?那我得解释解释了。这堆插片里总共能摆下的有求生道具、备用武器、特殊装备、一些稀有金属,还有一些维护用的工具,不算很多的衣食补给,以及一些容器。就这些,全加起来五十立方米左右,不能再多。关键是我忘了,还有一个全空着的插片袋在勒克莱尔被人给收缴了。"薇妮亚掰了掰手指,确认了自己所说的和脑子里知道的之间没什么差池之后,露出一个俏皮的笑容。

　　"您也真够可爱的。"普艾希亚幽幽地念叨了一句。

　　"嗯?你刚才说什么来着?"当事人回头看了一眼。

　　"没什么。"

　　稍微抚了抚额头,凌踪心想,得亏列辛没有坏到直接把自己和薇妮亚撒手丢进撒巴莱亚领地,倒不是怀疑薇妮亚没法应付棘手的敌人,可万一要是出现了一时间寡不敌众的场面,真不知道这位伟大商会的千金大小姐和累赘般的自己会落得一个什么样的下场。

　　没错,"神曲"的射程确实没有薇妮亚一开始想的那么远,至于这个,薇妮亚从一开始也明白,所以,她清楚自己在干什么,列辛从一开始也清楚这台机器要实现的目的,到尼宁特的这趟旅途应该是一次被设计好的行动而非随机生变的结果。从某种意义上,还得谢谢那个老谋深算的家伙。

　　整理好营地,四人坐上马车各自就位,原本还有些空荡的马车车斗里一下变得有些拥挤起来。一抖缰绳,马车就颤颤巍巍地朝着藤桥上行进过去。

　　"我的桥。"帕克特自豪地拍了拍胸口,"它值得拥有一个名字。"

　　"帕克特·荣格桥。"凌踪笑了笑,用万用工具轻轻旋开了一个带着球形天线的仪器,往里面小心地张望着。

"答应我,为了防止撒巴莱亚人利用这里,过了这座桥之后,你会亲手毁了它,"从车夫座传来薇妮亚的喊声,马车的车轮在并不平整却硬如坚铁的藤皮上不断发出木料撞击的巨响,"那样我也帮你一起出个主意,关于它该叫什么。"

"拜托,这可是我人生中第一次亲手搭的桥。"这条横跨峡谷的藤桥架构牢固,即使是峡谷中刮起的强烈横风,也没有使这条大桥挪移半分。

"可你确实不能留着它。"普艾希亚望了望还在冒着浓烟的小镇,也许等到熊熊大火彻底熄灭后,这座曾经人声鼎沸的小镇就会在雨水和轻风中消失殆尽了。

"呃,行吧。但它确实很好地服务了我们。"马车平稳地穿过了峡谷间的高空,破碎的木屑从藤条的缝隙中散落,一并受风……旋转着,飘入了深处的河谷。远远看下去,河流很是湍急,里头还有些上游漂下来的浮木。

"就叫它波流桥吧。前提是你的脑瓜里想不出更好的名字来替代,帕克特先生。"薇妮亚往前一挺,整辆马车在桥缘猛地一撞,驮马健壮的前肢在泛潮的泥地上猛地蹬了几下,车斗也就平稳落在了石谷的另一端,"它的下面有条很不错的小河。"

薇妮亚瞄了一眼河岸边上仍然冒着细细白烟的坠毁的浮板。

"我掉进去过。"帕克特咕哝着,"那河水冰冷刺骨,还有鳗鱼一样的怪东西钻进我的袖口,感觉可糟糕。"

"你或许没机会再掉进去第二次。"薇妮亚笑着拍了拍帕克特坚实的脊背,"命大的家伙。"

"为了波流桥。"轻轻按着太阳穴,青瓦色的藤蔓在眼前不断地失水、消退,确实成了一捆干柴似的架构,而这一次它便没法逃过横风的侵扰,在顷刻间化作一阵迷雾与一阵碎灰。

"为了石谷镇。"普艾希亚看着峡谷的另一端,轻轻握住了手中的香袋。也为了过去的两个世界。

"连夜走的话,我担心马匹会吃不消。所以,按从奇诺·哈里那里拿到的底特拉伦地图指示来走,理想的停靠点会是离依在堡半天车程的玛斯夫人驿站。在那里为马车换两匹健马,说不定连夜就能赶到依在堡。不过,看现在这两匹马跑起路来毫不费力的样子,它俩恐怕是奇诺·哈里驿站最好的驮马了。"打开水壶灌了几口,薇妮亚抖擞了一下精神,盯着眼前崎岖不平的地面,驱使马匹绕弯行进。

"我们会比那些靠着星舰移动的部队更快？我现在想来觉得很奇怪，为什么他们还要费尽心思下到地面来寻道绕路呢？"帕克特用毛刷柄搔了搔脑袋，接着将双手伸出车斗，刷洗着清晨时靴子上沾满的泥块。

"那些航宙舰有特别的任务。"普艾希亚从薇妮亚身后拿过地图，"假如你是他们的指挥官，在拥有这样无可匹敌的力量的同时，如何高效地去压制一个地区乃至一块大陆呢？"

"我想，大概会去压制行政首府和军事设施吧。"帕克特稍加思索，便有了答案。

"所以我想早在昨晚石谷被攻陷之前，恐怕航宙舰就已经抵达底特拉伦和隆德毕德的首都空域了。倘若外交方面的斡旋失败，我们很快也会从驿站那里知道结果。不管怎么说，千万别对撒巴莱亚航宙舰接下来的任何行动感到意外。"普艾希亚雪白的眼瞳扫过羊皮纸上两处城邦的位置，这两处城邦距离撒巴莱亚入侵的降落点来说，直线距离上大致是一样的。毫无疑问，若是面临着首都的制空威胁以及兵临城下的双重困境，任何恶心至极的条约和妥协都可以堂而皇之地在那些谈判桌上被达成。

"为什么我对此一点也不吃惊呢？"薇妮亚用手轻轻撑着车夫座空着的一侧，"撒巴莱亚聚合意志有很多擅长的事情，早在勒克莱尔时就听闻过他们的手段——在探知范围中挑选落后的文明世界下手，烧杀劫掠一通，制造剧烈的底线恐慌。然后，再用上小恩小惠来逼迫那些多余劳力成为他们征战别处所用的刀斧……这些方面，我建议各位做做相关的史料研究。"

"我好奇在撒巴莱亚统治下的国家会运转成什么模样。在我看来，这事情也需要一些细致调查。"凌踪没有停下手里的活，一些细小的线触在万用工具的牵引下融弥重构，身边的投影电脑也不断分析处理着出来的程式，包括语言、格式的转化等，"相信到最后人们只是在乎生活是否在变好。"

合上地图，普艾希亚看着凌踪脸上映着万用工具发出的细微电光，思考了少顷。

"撒巴莱亚领地里也有安泰的国度。那些对他们而言重要的，他们不会自己糟践。想要了解撒巴莱亚，就必须了解它的前身。"

"哦！想到这里，除了我确实还有一个能教历史的，不过这活还是我包了划算，毕竟赶路的活，怪闷的。"薇妮亚笑了笑，"哟，帕克特，给姐递包零嘴来。"

一甩缰绳，薇妮亚的话匣子也一并打开了。

"撒巴莱亚聚合意志的前身，叫作莱亚意志，是一个主张星核利用和轨道开采业的整合,起初作为矿业梁柱与勒克莱尔间开展了一系列星路合作开发,直到在勒克莱尔的认证下拥有了星球殖民发展权和进阶的内环深空探测权,这个整合的目的就开始慢慢变了味,或者说,腐坏了。

"殖民星球并不是在宏时空中罕见的事,许多监视星系所培养起来的文明胚胎,在经过时空议会的评定后甚至可以被投放到适宜的星系,供适标的种群入驻弥合。就好比凌踪原先所在的蔚蓝时空Ⅲ,依旧是在文明胚胎阶段,一旦达到文明摇篮计划指定的状态,便会获得其命运的自主决定权。莱亚意志在当时有一笔臭名昭著的订单:沃哈原型。勒克莱尔在依照当时的条款送出指定的'文明襁褓'之后,居然在一瞬间就失去了与襁褓及接受对象的联系。当一个月后勒克莱尔发起大规模追查遗失文明胚胎的行动途中,意外遭遇了莱亚意志私募军的大肆袭击,损失惨重。而勒克莱尔本部也同时遭遇了一连串诡异的反叛,其中就包括著名的托卡马克·塔西指挥下的'远古''坚誓'与'鹳鹰'号出港叛逃,以及以勒克莱尔鲁贡骑兵团为首的大规模兵员叛乱。此后勒克莱尔军队在其破译揭示的部分沃哈计划中,发现了有关星核控制与禁忌克隆的断章。

"沃哈原型的文明已被查证用于沃哈计划的启动与试验,其文明生物与星核悉数惨遭毒手,于远征队勘探后被认证为空核浮星,在与抛弃地轨道附近的恒星相撞后消亡。此举公然违反勒克莱尔律法章程,在仲裁庭对宏时空轨道圈宣布制裁令的同时,莱亚意志也宣布与勒克莱尔进入敌对态势。

"随着沃哈计划的进一步展开……莱亚意志的势力不断壮大,而行为模式也从袭击劫掠轨道物资转变为大肆侵吞星系与文明,甚至对勒克莱尔发动正面的军事进攻。勒克莱尔还处于组建军势的阶段,对莱亚意志的野心防不胜防,危急下启用了塑星器的协议功能,将勒克莱尔与麾下的军政机构一并从宏时空舞台中折叠匿出,并启用了吉卡匹亚三塔草拟的最终战事秩序。鹭派紧抓文明摇篮计划扩充军力;蝉派频频动用超越存在等禁库技术保全勒克莱尔的核心利益,并频繁修正被撒巴莱亚渗透的各种纰漏;英派则选择使用塑星器及其丰富的衍生技术不断向外拓展,争取安全生存空间。看似平淡运作的勒克莱尔已经成为一座垂死挣扎的堡垒,为了生存,而紧紧盯着折叠空间外面的一切。

"是的,和吉卡匹亚元老院走得最近的凯伯因商会自愿成为挡在勒克莱尔与莱亚意志间的唯一一堵障壁。由于轨道商圈的维持与经营仍然需要凯伯因的协助,以及军备武装方面对凯伯因旗下诸多军事分支的依赖,莱亚意志选择暂时与勒克莱尔间保持表面的和平。勒克莱尔内部的腐败无能也暴露出古旧体制的不完善性,勉强维持着时空监管与文明孵化的功能,毫无疑问失去了优势与威信,仿佛一颗从内芯烂出来的苹果——继而纵容莱亚意志从容吞并了勒克莱尔为数不多的又一个盟圈:撒鲁蒙整合。

"撒鲁蒙整合作为一个巨大的多元民族整合,由于自身发展空间的局促,对勒克莱尔死板体制的不满便日益骤增。折叠空间时,相距较远的撒鲁蒙整合没有成为勒克莱尔庇护的对象,直接暴露在了撒巴莱亚的侦测定位之下。绝望与悔恨使得撒鲁蒙整合对无能透顶的议会彻底寒了心。那么,对于莱亚意志提出的优厚再殖民条件,也就是为数不多的选项中最理想的一个:不说荣誉感,这一橄榄枝显然无法错过。在撒鲁蒙整合的加入之后,莱亚意志很快成为星系霸权的代表,在科学和技术上获得又一巨大突破:沃哈计划第六阶段,星片器推进普及之后,征服广袤星海对它们而言不再是幻梦笑谈。统一宏时空的进程有序展开着,与此同时,揭开第一次尘幻战争秘密的渴望驱使着这个聚合体往疯狂的境地又进一步。漠视与凯伯因商会会长西博文·凯伯因的底线协议,开始了不为人知的宏时空内环深空探索,收获颇丰。传言中,许多伟大强盛的内环文明被一举击溃,吐露出了许多外环世界中仿佛神话般的振奋人心的秘密。

"撒巴莱亚聚合意志,或许很快就会摇身一变,取代勒克莱尔的地位,成为宏时空中唯一知晓一切、拥有一切的存在。而那一句如冬夜钢铁般冰冷的'真实面前,无须敬畏'的格言,也据传被印刻了每一艘撒巴莱亚军舰的重力锚口,舰首龙骨之下。

"激进的撒巴莱亚人,雷厉风行,大多只看重行动背后的直接利益。届时已经难以再分辨,这些残虐四方的征服者,其中有多少是胎生娘养的血肉,又有多少是沃哈计划后瓶瓶罐罐里走出的镜像了。"

"硬要说,他们可是穿过大半个宏时空,穿过凯伯因的铁壁防护,又钻进了那道折叠起来的壁垒,打开文明摇篮的保温盖,钻进人造宇宙的胚胎里……惹毛了还在里面享受假日的我。"凌踪心里想着,却哭笑不得,在接通了几根细如发丝的线触后,显示器上的屏幕终于亮了起来,他脸上情不自禁地露出一些舒服的表情来。

"我被我的族人告知,未知的世界里只存在着更危险的地方。非要和他们讲述撒巴莱亚和普南利尔族人之间的恩怨渊源,我亦有很多可以说,但现在不行。"普艾希亚对着马车远去的方向睁大了蓝紫色的眼睛,却没有认真在聚焦什么。

"所以讲完这些你们也都明白了,为什么一个凯伯因会出现在这里。比起义务,倒更像是责任了。"薇妮亚打破提问环节中的沉寂,选择当回那个酷酷教授。

"居然……哦,所以你们显然在这之前都见过更疯狂的东西了,毕竟我从一开始认识你们到现在,就没有一个人好奇地来问问我的源术究竟是怎么回事……"帕克特反而显得十分扫兴,"关于源术就没什么特别的?"

"非常特别,只是看看就知道了,但说起源术,这里看来也只有你会,亲爱的帕克特先生。烦请掐好时间,等两个小时之后来和我替班,拜托。"将头顶的白绒尖头帽子一扶,前面的凯伯因女士很快就回归到了她所认为的无聊看路差事中。

"普艾希亚……你所使用的也是一种源术吗?"帕克特眯起眼睛,认真回忆着清晨时身边发生的异象。

"哼。"替代回答的是一声冷笑,"你所驱策的这种,自在操作基本粒子与能量的能力,就是墨兽教会你使用的源能。我没有说错吧?"普艾希亚看着帕克特,只见对方的神情逐渐凝重起来,"以及,你在害怕我。"

"并不是……我只是觉得,你和我说话的时候,气氛总会变得不太友善。"帕克特试图镇静下来,就好像内心深处有什么东西在抗拒与面前这位少女进行交谈的行为,他侧眼看了看身旁的凌踪,凌踪忙活着手中的精巧作业,并没有在意身边的发展。

"什么意思? 我只看出来,你似乎害怕我揭穿你,一些很本质上的东西。"普艾希亚的话变得越来越冰冷,帕克特觉得像一把冰窖里的长耙悄然间掠过自己的背脊。

"本质上,什么?"

"帕克特,你现在的所能和传说中的造物主并无区别,自由驱策着禁忌的力量,肆意行走在这由'自然'规律造就的原生世界。而这种大能之力的来由,背后往往是蕴藏着黑暗沉重的真相。

"那么看样子你只是无知。相信我,这不是什么大碍。你该知道的,往后一样都不会落下。"普艾希亚收回冰冷的语调,弯起了嘴角。

"你这不等于说了废话吗!"金发少年一下松了口气,"所以我该知道什么? 有关天文地理,还是什么?"

当顺着普艾希亚轻轻抬起的手臂看向所指的地方时,帕克特倒吸了一口凉气:从未在两位新朋友面前展示过的怪书,在巨大背囊中的确切位置,竟被普艾希亚精确无误地指了出来。

"有关它为什么选择你来对抗撒巴莱亚,或者达到一些它的目的。我是普南利尔熏陶下出生的阿基耶人,我能够清楚查到它的用意。"

"听着,我不怎么喜欢你说话总说一半的态度,普艾希亚小姐,我希望你能把你知道的告诉我,哪怕一丁点也好。"帕克特激动得几乎要离开自己的座位,贴到普艾希亚的面门上去了。

"我恐怕是出于某种考量,才如此谨慎选择着和你之间的对话修辞。"普艾希亚将胳膊抱在胸前,深吸了一口气,"但抱歉,在我足够信任及了解你之前,容我先拒绝你的请求。"

"你……"帕克特愣是把话噎了回去。

"哦,哦……哦。我可不想这时候转过来评价说,这事情可真有意思或者什么的。既然是这么一个情况,还是尊重保守秘密的人更好一些,帕克特。车里车外,如果你有得选,不必对凡事刨根问底。"薇妮亚镇静地吐露着观点,"要知道我这一车人连你在内可都不是什么等闲之辈,有些秘密实属正常。"

"呃,除了我。"凌踪高高举起一只手,"我搞砸了,这家伙自从亮了一小下熄灭之后,我就没法再启动了。我可以换下一个仪器来碰碰运气,不过直觉告诉我恐怕下一个拆解开来我也会折腾坏掉……"

"有谁能告诉我他现在在忙活什么?"薇妮亚挥了挥缰绳,马车一晃,就又避开一处有着积水的深坑。

"在拆解一个看起来有点儿像生命体征腕带的东西。"帕克特清了清嗓子。

"告诉他我对他有信心。"前面传来的声音欢快了不少,"这点东西可难不住他。"

"我在后面听得见,薇妮亚。谢谢你。"用万用工具往接触板中一顶,凌踪愣是从小小的仪器中拉出一根定位回波芯条来。借着手电的光往里面望了一眼,倒确实是一个藏在集成板后面的回波捕捉器。绕线,再接上,慢慢把封盖还原回去,紧接着将屏幕点开——它确实亮了。用虚拟投影的调控螺盘轻轻拨动了几下,似乎有些特别的东西在屏幕上闪动着,仔细看,就慢慢有了一个巨大多边体的波状,数据栏里也不再是无法解读的乱码。凌踪打开里比尼的处理单元,进行了快速的编译传导,在投影电脑的屏幕上便确切显示出了两个坐标和一个大致方位。两个坐标的光点并没有移动,似乎驻停在了特定的地点。

"可惜没有卫星摄像可以生成具体的地图……告诉我,薇妮亚,你觉得撒巴莱亚的前线技术官品位怎么样?"

"以我凯伯因的名义起誓,可谓是极差。"

"那还是有可能——他们的战舰就一直开着一个频段在和整个高级作战单元不间断进行沟通，就和我之前遇到的某支小队一样。毕竟这里是处在活见鬼的城堡时代，他们会想着省点工夫，结果还是大意了。"

"这么说你捕捉到了？"薇妮亚一扯缰绳，猛地从车夫座上蹿了进来。眼睛快速地在屏幕上扫动，紧接着从腰带上取下了那支如同银色石雕盒子一般的捅人玩意儿，搭出一根线接上电脑棒，仔细旋转着握把，监听了一会儿。原来那并不单纯是一柄兵器。

"你找到了，凌踪。那是战舰引擎的定位回波。看来它们也在试图寻找某些东西。"

薇妮亚笑出了声："三十一世纪，三十一世纪。"

帕克特看了看腕表上的文字，扶了扶镜框，也确实没有自己能读懂的任何字节。

"了不起。"普艾希亚将头往后仰了仰，对那些巨大战舰的印象依旧十分糟糕，所过之处只有幸存者的号哭以及喷溢着粒子电浆的残垣断壁……

"这么说吧，我们得加快赶路的进程。最近的舰艇正在管制着首都城邦迦巴迪尔，恐怕底特拉伦国的彻底败降只是时间上的问题。"还没等薇妮亚说完，帕克特便坐上了车夫座，猛地一抖缰绳，马车继续在路面上飞驰。

"那我们还有机会在依在堡等到迦巴迪尔卫国军吗？"凌踪擦了擦脸，老实说就算知道了舰船的位置，也没有让现况好到哪里去。

"你该不是还在指望尼宁特的这些覆盔骑士能靠实力或是信仰打出任何一个胜仗吧？"薇妮亚从普艾希亚处接过地图，用监听耳机稍稍静听了一会儿，掏出光学笔，在地图上打了两个标记。紧接着，好像捕获到了什么关键的信息，又在那两个标记的周围，打上了两个巨大的圆圈，又在接近圆圈的地方，描了两个淡淡的三角箭符。

"普艾希亚的预测是对的。霍克艾因以北，以及塔拉艾因……两处，是撒巴莱亚主力部队进攻的方向。堪拉培堡和依在堡并不在他们的行进路线上，但如果依在堡的驻军听闻了迦巴迪尔方向的任何不利消息，那么他们就会向西北行军，经过这两个圆圈的交叉区域……"

"也就是正好行进到两艘航宙舰的火力交叉范围。"凌踪只感觉电流一样的刺痛传上脑干，丢下那台不停泛起杂音的侦测设备，全力以赴投入对航宙舰相关回馈信息的解密中。

"不只是迦巴迪尔卫国军无法接近首都，这一支集合了所有底特拉伦南方军力的勤王联军，极有可能在毫不知情的状况下于行进中被航宙舰的四门主力炮歼灭。"普艾希亚轻轻一捏拳头，只听到两匹驮马发出嘹亮的蹄声，整辆车就开始以更快一阶的速度行进在村道上。

　　"赶快……"

第12章

依在堡之役

　　依在堡的烽火悄悄燃起，而从石谷镇退守下来的将士和伤员们慢慢拥进了厚重的城门内。这堵城门确实比石谷的山门更加壮观一些，那些傲人的钉刺，再三补强过的门梁，只是让人看着都觉得依在堡之所以经年长存，也全凭城中这位英明过人的加戈家的领主深知有备无患之道。

　　"我得报告一下，这些都是从石谷撤下来……呜……"虚弱的老兵几乎迈不开腿，只能靠在领主的手臂上，颤抖着汇报，少有几句是能被清楚听到的。

　　"扶他进去。得通知斯潘达村的医官，尽快去预备地窖里搬些备用担架和灰水。"领主翁路休·加戈冷静地看着拥入城中的民众们，"还有，通知刚到厨房的工人，把吃食端出来，先给老人和孩子喝上些热的，行营若来不及搭建，就开放主堡地窖，别让他们淋冷雨睡觉。"

　　传令兵们敬礼后快速跑去履行自己的职责。放下手中的书信，当看见不少兵员带着马车和几头死里逃生的驮牛赶到城里时，翁路休心想，这是好事。身边的护卫就像雕塑一样站着，说是护卫，现在也没什么需要他们做的事情。

　　"不用待在这里，先去下面帮忙。哨所号角声响，再回到高台上来。"

　　"明白。"

　　只听闻领主们在石谷临峰关隘处打了一场大败仗，翁路休从一开始就没有轻敌，当谋臣建议派遣全军前往石谷助战时，是自己压下了这个建议。石谷如果守不住，取道迦巴迪尔的路径上若要设卡，依在堡是必经之地。而现在手中的这封书信更加让他不安——在隆德毕德雍的探子如果说的是实话：敌人大股军队围困了隆德毕德边境诸要塞，相比之下，那么迦巴迪尔反倒应该是安全的。

不同以往，探子们难以发现敌人的所在或查知具体的军情，他们不是死在了前去收集信息的路上，就是无法解释清楚自己所看到的状况。不得不说，这样的现状是令人感到无比焦虑的。

背后的门打开了，这是这位领主最讨厌的一扇门，从这扇门进来的，便只有从北边传来的坏消息了。

这次更糟糕。那扇门里头竟齐齐冒出三个人来，三个催命玩意儿，莫非是那年迈皇帝真驾崩了不成？就在脑袋将要蹦出如何书信传言抚慰皇亲的念头时，眼见那三人匆忙要传达消息，翁路休赶紧清了清嗓子缓了缓神。

"报告加戈领主，王都迦巴迪尔遇袭，敌军放话威胁要弑君劝降……"身着华衣的信使喘着粗气，"不知怎的就有一支军队出现在迦巴迪尔城郊，事态紧急。这事不能等了，且这是陛下亲授的勤王令，还望领主阁下速速带兵驰援王都。"

不敢相信自己的耳朵，翁路休打开勤王令一看，眼神都直了。

"还有多少时间？要知道军队从这里开拔赶到王都，不下两日是不可能的。"

"只是围着，也不知道什么时候进攻。送信鸟儿的消息是快的，可王都发信的人恐怕意思是不能再等了。"信使按着胸口，言语中透露着恳切。

"真是要命……"翁路休一拳砸在高台的石栏上，胃里有一种塞满了石子儿的不快感，"飞鸟回报底特拉伦王宫，就说加戈及依在堡驻军将即刻动身北上，不会耽误。"

"可这会不会乱了领主大人的布防计划……补强驻防用的货物已经快运到了。"传令兵拿着手中的传信，一脸焦虑地看着自己尊敬的领主。

"王在的一日便是王，我等既为臣，无人能质疑我加戈作为一名底特拉伦人的忠诚。"翁路休走到传令兵跟前，而信使见状即刻转身跑出了大门。

"这批货物，就索性改从依在堡西边的派库那小道送到凡性堡去。我对迦巴迪尔发生的事情知之甚少，还需要更多人去把情报带回来。你就负责去把整队出发的命令传下去，但对伤兵营要按一按，按死了，那些人必须给我留在这里。至于你，去通知货队，顺带请拉昆他们把西边的鸟舍都给用上，头脑放聪明点。快去！"

"明白了！"传令兵一阵快跑，可那扇该死的蠢门终究是没被带上，怨不得人。翁路休呆呆地看了一会儿一道门缝间消融的和平盛景，直到个子小小的侍女把门轻轻合上，自己背后只剩下喧嚣的人声,才叹了口气。

怎样做才能拒这些未知的敌人于底特拉伦的城墙之外?

"我的天哪,你们居然还真费劲把我给抬出来了,丢人的玩意儿们。"帐篷床铺上的老爷扯着嗓子大发脾气,抄起身边的水杯和葡萄,就照着排成一排扶住膝盖的士兵们头上丢。

"伯爵阁下……南方诸领的人们还需要您,请静……"其中一人见帐篷外有人,忙躬身开帐,放那急匆匆却又小心慌张的人儿进帐,几只追着灯火不放的飞虫跑到了领主的耳边。

"哎,我可去你们的吧!狗东西,若不是你们拦着老子,老子早就让那帮肮脏的黑衣畜生下了普南利尔最深的地狱了……什么?王都?哇啊——!"

猛地坐起来,腰上的伤口就像打翻了果酒杯一样红成一片,额头上落着豆大的汗滴,鲁耶那短促地喘着粗气,帐篷里的气氛一下变得仿佛临产般严肃。

"畜生,那帮畜生!哎哟!"

"属下只是尽责让您知道,要知道您是不能继续和部队行进了的。"传令兵小心翼翼地低着头,方才进来时那水杯还在天上乱飞,他当然清楚情况。

"你让加戈家那只老狐狸赶紧过来见我,我要告诉他……别等我死在床上,你快给我把他叫过来,哎哟!好痛啊!!"

鲁耶那疼得在床上翻滚着,一旁的医官不得不皱着眉头,轻轻地将这位领主按回到被褥里。棘手的伤口加上虚弱的身体,医官们只是在反复地缠绕缝合,却不见创口的出血有何明显的好转。

"翁路休领主阁下正在整顿驻军,属下不觉得他会来见您……更何况如果他知道是属下告诉给您的,属下往后怕是只能躲着那位大人走了。"

"敢情这是你们侯爵亲颁的命令!老天啊,一帮软蛋废物,你看看,这下可好,要是我们按着不去,你还真指望让王侯将相们陷阵搏杀不成?"鲁耶那几乎是哭嚷着,这疼痛贯彻了体表和心灵,一并折磨着这忠实的可怜人。

"别吵吵嚷嚷的,西西弗斯。"

翁路休掀开帐盖,鲁耶那这让人看着就倒吸一口气的重伤加上失落不堪的老脸一并出现在了他的视线里。目睹此情此景,翁路休也只好点头致意,迈步进帐。

"按住我可以,但你有本事一辈子把我困在这里吗?快,你得让人抬我去王都,我和那帮兔崽子还没完呢。我还没输，我还能和他们打上一仗！"

"你我同为王国属臣，这时候不是分给你一个担架抬四五个人的场合，你得知道，我们剩下还有多少胜算在。至于这以外的，我也不必多说什么了，鲁耶那伯爵。"

就像一桶冷水泼在了这个因败北和伤痛激愤不已的男人脸上，鲁耶那很快调整了一下情绪。

"我好窝囊，好气恼啊！"鲁耶那充血的眼睛里透露着不甘心和满满的愤怒，只消一眼，翁路休侯爵就明白这是种什么煎熬感受。多少年来边境大臣们满足陶醉于与隆德毕德间的奖励互换，这些年来不痛不痒的战争戏耍已经让经历过旧日底特拉伦国土战争的老臣们感到了一丝忧虑——如今悉数成了真。正当大敌当前之时，南边诸领的那些年轻主子早已马不停蹄带着家眷财宝迁向北方，背离故土，只留下无人驻守的王国空城与封地村庄一起熊熊燃烧。

"但尽人事，老伙计。"轻轻抚了抚满是褐红绷带的肩背，依在堡堡主走出帐子前，意味深长地向瓦多埃堡的堡主鞠了一躬。

"你已经和劲敌力战了一遭，身负重伤，于国家无愧便是所谓的尽人事。值得担心的是如你我这般虽尽人事却无益于大局，底特拉伦该怎么救。不过，我不打算就此服软，特别告知伯爵您。"

"你说这话像是在嘲讽我，如我这般立志以身许国的人也可以颓成这样。"鲁耶那虚弱地低哼了一声，强撑着从不舒适的床榻上坐起身来，"去，带我的人去，让他们派上用场——让他们拿上兵器！怎么也好过让他们在这给我排队换血尿布强。"

"安心养病，老伙计。我先告辞了。"

躺回床上，鲁耶那长吁一口气，闭上了双眼。医官们紧张地呼喊着，这些在翁路休耳朵里已经不算什么了。伸手招来了传令官，翁路休一字一句地把心中军令说出了口。

"告诉鲁耶那手下剩下的人，现在开始将他们完全整编进依在堡的康夫卡部队，安排教官，使新老成员尽快磨合起来，我们要像迦巴迪尔卫国军那般迅捷。如果他们中有人组编之后还想要些实物凭证，你可以直接去我的库馆取封蜡烫章和文书，鲁耶那伯爵的就从医官那里要，不用进到帐子里去叨扰了。"

"属下明白。"

横跨上战马，眼看着在城门处排起了长长的兵列，正秩序井然地从几辆车轮下凹的兵械车上领取着枪矛和长剑。再拿上一个小小的干粮袋和水壶，这条队伍缓缓走向位于城外的临时行营里,每过一小会儿城外就多上一盏灯火。侯爵正了正自己腰间银亮的佩刀,招了招手,唤来了又一名待命在旁的传令兵。

"传令下去,加紧收拾。得赶在午时雨前,先头部队清晨就必须出发,不得再耽误。"

这时间过得异常可耻地缓慢。

手里的普南利尔神标早被焦虑的情绪揉染,只是不停、不停地翻转着。伴随着其主人对王城陷落的恐慌和跋涉行军对部队精力士气的损耗等种种担忧,一起进入了沉默的循环。

可恶,竟被素未谋面的敌人先发制人……就没有什么方法能让自己多多了解到将要面对的敌人吗?从傍晚一直听报告直到深夜,所得的皆是笼统不堪的描述——精于攻城陷阵的敌人,在远处具有毁灭力量的炮火援攻,还有曼佛里信中提到的飞行的船舰……都是些捉摸不透的东西。鲁耶那的败退虽可以归结是寡不敌众,但听了各种报告后,稍加汇总就能知道,对面可就不只是人数占优了。

掏出衣兜中的烟,捂住风口,借着汽火石点着,翁路休用磨牙狠力嚼了几下,苦涩安神的味道就在口腔中散漫了开来。身为老臣从未有这般忧虑,唯恐一夜间有心无力而丢了城堡,乃至国家。

"告诉我。"翁路休对身边的贴身秘书官缓缓抬起一只手,指着他剑柄的位置,"隆德毕德与此事无关,没错吧?"

"我以边德林格及您的亲谊使的名义保证,隆德毕德绝对与此事无关。"秘书官轻鞠一躬,退下在旁。

"还不快去通知隆德毕德的有志之士们,如果有意共击来敌,可大方自南国诸领入境,我需要你尽快。"翁路休整了整衣领,冷冰冰地看着南方毫无辉照的天空,"就算为这事我得掉脑袋,你也得快点!"

"虽是行令有道,但动权开放国境,还请督侯三思。"秘书官谨慎地梳理着领主的表达,只是需要一个确认——当看见翁路休脸上的凝重时,答复不言自明,"明白了。我这就安排各路信使。"

"我相信这种时候还能请得过来的隆德毕德人绝不可能是一群背信弃义,睁眼看不清时局的人。若真是那样,就让三女神降亡于我作为祭牲,我愿负此罪。"

翁路休扼着右腕,这是昨天至今天派出的第二十三个信使,依在堡里的最后一个。脑子里依然装着哈伦格柯堡、凡性堡、秋成堡等几座最为强盛的帝国坚垒,以及伟大的十四世迦巴迪尔国王和他骄傲的三位王子、皇女们。身在南境戍卫疆土，却也熟知北方诸领布防，确是作为都城出生的军将每每自傲的地方。

没错，沿途过去，取道三城谷，以及谷间三城。此后再渡过坦顿急流，再往北驻扎在格罗堡郊外，休整后经过格罗细姆森林，向秋成堡进发。之后，在敌军围城的境地下，还是走一步看一步为妙，就像在大雾天接近一头果树林中小心谨慎的法斯多鹿一样。

一个小小光点出现在了黯淡行营之间，翁路休眯起眼睛：那倒像是个急着来送密令的东来信使。看来在守卫处被拦住了。

那会是什么来路？约度因国来的使节？只是在接受守卫的盘问，顺道下去看看也无妨。

"堡主大人，这帮异乡客自称是从石谷方向过来的，又满载着一车来路不明的货物，我们如今是必须仔细检查的。"守卫睁圆了眼睛，当下的确不是什么由南向北任意放行可疑人物的时候。

"可有携带武器？"翁路休对车上喊了一句。

"无谓之物。如有担心，尽可主动上缴给您。"身着便服的薇妮亚从车斗里一摸，将从石谷处获得的兵器等连着皮带一道拎出车外，"您看起来实在像是在此处居职管事的，若无大碍，容我有要事相告。"

"那就不用捎带客套话，免礼请说。"翁路休站在马车前，手不经意地搭在剑柄上，守卫们见状也纷纷扶帽正械，将注意力集中在接下来对话发展的方向上。

普艾希亚掏出手中的大羊皮纸卷，翻出画着地图的一面，轻轻地从车架上跳下，沿着从依在堡出发向北前往迦巴迪尔的路径在门前众人的注视下用手指缓缓移过，在接触到红色交叠圆的地方停了下来。

"红圈处尽是撒巴莱亚人炮舰的险恶埋伏。当我们发现是这么一回事后，从石谷那边前来这里，所幸及时赶到，贵军还未开拔。要知道在那里守株待兔的来敌能耐非凡，若是举兵向北沿这条路线贸然前往王都，恐怕阁下与在依在堡集结的军民百姓会在格罗细姆森林遭遇埋伏。"

"嗯，值得参考。那我怎么确信你们说的是实话？"翁路休看了看普艾希亚，打扮得像是个十足底特拉伦风格的小镇姑娘，可那异人雪白的眼瞳在火把的光照下看久了，竟也让人有些发怵，"你们说你们结道从石谷赶来，是这么一回事吗？"

"您可以知会一下瓦多埃堡的鲁耶那伯爵，大前夜的守城一役中受他颇多关照。"普艾希亚镇静地看着仍然灯火透亮的城内营地,那些伤员发出彻夜难眠的呜咽声。

"失礼了。不过,得先将各位扣下来。有话要问。"

十数个卫兵将四人团团围住,用长矛和枪一齐紧逼着,将他们缓慢移送到城墙旁。"阁下若是清楚我们没有恶意,就停下现在的行为。"薇妮亚摘下帽子,打量着周围卫兵的一举一动,"我们有办法证明。"

"怎么,你还能交代用的什么方法不借助临峰峡谷的大桥来到这个地方?"翁路休冷冷地看着这四个可疑的来客,脑袋飞速运转着。但这些事情应该交给审讯官来做,自己需要摸明白的是不能北上勤王这句话背后的意味。

"从石谷撤回来的最后一批人,我可以见他们吗? 这只是见一眼就可以证明的事情。"凌踪显得很气愤,被一群不怀好意的人围在当中,使他感到血压暴增,"把矛尖离我远点"的念头几乎也只差破口而出。

"以及过那个峡谷用的桥,"帕克特叹了口气,"我当场造给您看,行了吧?"

"说什么笑话呢?"

翁路休对这两人给出的答复显然有些不耐烦,出于谨慎,还是遣人去伤兵营问询了一番。当两三个披挂整齐的战士当场指验出了凌踪的正身之后,城门口并没有解除戒备,他们只剩下最后一个疑问。

没有人会对一座功能完好的石质拱桥有任何意见,除非,它是在众目睽睽下从城门边上的空地中拔地而起的。

"也费不了多大劲。瞧吧,这就是伦敦桥。"满头是汗的帕克特拍了拍手,骄傲地看着自己的辛勤成果。转头看了看普艾希亚,那眼神还是像在马车里时一样尖锐刺人,仿佛自己当众做了件天大的错事:"别碰! 我得把它们原原本本还回到城墙里去,我用的是那里面的石材。"

"这怪事倒是……颇能说服我。我许你们自由。"翁路休扶着腰,这稀奇古怪的场景只让自己觉得脑子里混混沌沌的。

"谢您明察。那么现在需要继续下去的讨论是,我们该怎么破除对方的封围。那些在天上看不见的航宙舰,现在想必已经在巡航劫持着这个底特拉伦国的首都城邦了。"薇妮亚眯着眼睛,看着从刚才的冲击中缓缓回过魂来的翁路休,"任何妄图接近监视圈的军队或个人,都要承担被自动侦测系统锁定消灭的风险。我们请求和贵军进一步合作,转被动为主动。"

"可否先借一步说话?"普艾希亚指了指依在堡郊外的林区和露天的空地,"至少在这里不行。除非,你想让撒巴莱亚人听到我们的计划。"

拴好马车,在翁路休的带领下,一行人终于坐在了一张略显奢华的铺皮大桌的四周。老实说要不是有一系列大麻烦亟待解决,着实希望就在这张桌子上趴着补睡上一整早……薇妮亚认真地盯着翁路休那张因疲惫不堪而显得皱痕密布的脸。在刚刚介绍完了撒巴莱亚的来路和军势之后,这位老将的手就在另一只胳膊附近颤个不停。

翁路休授意侍从全体退出议事厅之后,屋中的五人面面相觑。

"在座四位我想都是身怀异能之士,至此也就不再对各位的言辞表达疑惑之见。对方的……航宙舰若是能够监视足够大的范围,相信行军与否都是迟早被察觉到的事情。作为王国封臣,道义上不允许王族因我等草率决断而左右为难,敌军若是起意优先歼灭援军,必会先行要挟王都,比如这张勤王令,事到如今也不知是不是迦巴迪尔陛下亲授的。"翁路休掏出那张封装严实的令信,将它放在桌面的一侧。他方才知晓有如此可怖的东西正航行在尼宁特大陆的高空,对此事的不安远远盖过了对这些异邦来客路数不凡的诧异。

"航宙舰的宏场威胁侦测系统覆盖的范围无疑已经包含了小半个星区,更何况是一颗星球上的各种动态。倘若借助军队的力量,在如此近距离开展大规模的行动是不可能做到瞒天过海的。在红圈差不多的位置则是近场封锁的触及范围,也不代表在这个区域外活动,就不会被侦测手段发现——"薇妮亚看了眼在兽皮上平铺开来的底特拉伦公国详图,"以至于我认为将计就计,用依在堡部队的行进来掩盖小队突破王都封锁的方法也不那么可行——天上那些撒巴莱亚人的航宙舰实在太碍事了。"

"最需要担心的应该是航宙舰针对我们的活动会做出的反应。"帕克特细细思索道,"可看起来我们并不像是在他们的通缉名单上,所以我想问的是有没有正常通行于王都和南方诸领间的人员,倘若有,混进其中向王都行进,应该远好于直接凑近吧? 或许能在更近的距离上做点什么。"

"除了王国使节,围城者似乎没有放任何人在两城多地间奔走的打算。"翁路休将几枚使节徽章摆放在桌上,"别担心,这里当然也有对策。"

"我们需要一个很好的计划,确保能够瘫痪或者控制至少一艘航宙舰,起个好头。"凌踪盯着使节徽章想了一会儿,"这意味着必须得创造接近航宙舰的机会。我愿意尝试帕克特的方案,但目的是让那些战舰被迫降落到地面上来,或者我们能上去。"

"只要行进中不会受到干扰,我就仍会带着这支底特拉伦军队前去王城驰援。"侯爵指着通往格罗细姆森林的通路,"行进中的部队可以是你们的掩护,我会试着拖慢行军的速度,将他们的注意力吸引到谷间三城的路径上来,若是你们有意乔装接近,就从西边出城,往凡性堡过去,无非是稍微绕上点路。相信我,只要你们路上不耽搁太久,部队抵达森林前,你们还有不少时间可以在王城附近活动。"

"我们接下来策定计划的前提可都是在极力避免大量减员的情况,翁路休先生。这显然和在这里接下来做出的每个决定相关,至于这个,我不理解为何您还要坚持带队北上'拖延'。"帕克特疑惑地问着,"要是对方不买账,甚至直接攻击移动中的军队,岂不是万本无利?"

"我坚信我所率领的军士对这一决定不会有任何异议,"翁路休指了指自己胸口的勋带,"也非全然事关效忠君主,行军一事我自然有所考量。请看。"

掏出一根木杖,右手的手套贴合在光滑的木柄上,紧接着这位谈吐镇静的老领主在红圈附近的森林处轻轻一顿:"到了这里,我会带着部队在附近迂回一阵子,在队伍后方制造些本不该存在的事端,继而将部队分散开来向敌舰放出些假动作。不仅是你们,我亦满心希望可以等到迦巴迪尔卫国军赶回驰援,仅靠这些兵员,是赢不了石谷那种场面的战斗的。必须手段放聪明,促成合军,不然届时就尽速分散后撤,也好使能者得活。"

"到了这个份上,都是在期待敌人做出我们想要的反应,这有点过于理想主义了吧。"凌踪心里嘀咕着,事实上没人教过自己关于这一系列大胆行为的任何事,但莫名其妙就是有点胆量去尝试,只想要确保一些必要条件罢了。

"如果帕克特能把我送到航宙舰上去,我指,我得能活着到那里面。"

"我可不是什么王牌魔法师,做不到把你就这么凭空传送来传送去的。"帕克特摊了摊手,"这方法,行不通。"

"不是,掩护我直到我能去到够近的地方了解他们的系统,是这个意思。"黑发青年捏了把汗,"这是个大胆的设想。"

"哎,告诉我你考虑计划时没有想就凭这一台投影电脑和一个从别人那儿接手的智能管家溜进一艘撒巴莱亚的航宙舰里。"薇妮亚皱着眉头笑了笑,"不然你就真得确保你可以做到,相信我,在现实变化面前竖三指发誓很愚蠢,你在计划的可不是一件容易事。"

"如果使尽浑身解数也没能成功,出了意料外的差错,那'至少'也还有帕克特的源术在。当然，在电子技术方面，我有考虑到各种各样会发生的情况，毕竟那是我的专长——这里就只需要帕克特点头同意了。"凌踪掂了掂装载里比尼的插片，将它从搭扣裤袋的最深处掏了出来，激活后连接上自己的携行电脑。事到如今也只能希望同行伙伴和强力处理器能够起到效果，将自己送到合适的地方——不可以是天堂或地狱，只能是没有空中战舰威胁的人间。

"我们在讨论的这些毫无意义，如果在格罗细姆森林停泊的战舰先我们一步做出预料之外的举动，那就没有任何主动权在我们手上了。"凌踪揉了揉眉角，"你们先聊你们的，我可以之后听结果。我想关注一下那三艘战舰的情况，如果情况允许。"

帕克特随之点了点头，眼睛却是盯着桌案中央那方地图，迦巴迪尔城邦的腹地处——存在有关断杖下落情报的底特拉伦学士塔，若有所思。

"事关要一举瘫痪那整艘舰船，又得设法让凌踪和自己安全脱身……行，不妨就按这个方法试试，你我两人搭档来乔装接近那艘战舰，力求作战一次成功。"

"那可真是棒极了。"黑发青年脸上的表情放松了下来，说是放松，其实脑袋里满满装着的还是对源术玄幻概念的不信任感，即使脸上的表情是放松的，手上还是在忙着旋转从里比尼中传输到个人投影电脑上的舰船设计图，不停地用大脑记录着任何与大气潜航模式相关的有用细节，"我尽量不拖后腿。"

等等。那个之前关停了的舰船定位器，竟在自己的裤兜里无接触地开启了。凌踪猛一个激灵，将定位器连接在终端上，眼睛不断扫视着屏幕上头紊乱的波形。

"那么，至于另外的……"

转头看去，只见普艾希亚靠在椅背上，轻轻眯着眼睛："一样需要有人能够将它完全瘫痪掉。"

门芙哈蒂，你兴师动众来到这里，到底想要怎样？

"既然都这么说了，"薇妮亚活动了一下肩膀，起身朝普艾希亚走去，"就由我和普艾希亚搭组吧，可否请翁路休先生提供两匹好马，我们得在抵达林子附近的时候尽速开道，轻装接近对方的指挥舰。赶在最前面观察到撒巴莱亚封锁区的形势，相信后续的情报对你们无论哪边都会有很大帮助。此外，我们需要知道对方舰船的确切位置。他已经在着手调查了。"

"安静一下，各位……"凌踪从一旁的袋子里掏出监听设备，一手托着监听器，另一手不断拖动投影电脑上的信号图，试图将里比尼计算大气潜航的图影与定位器上的报点重叠。

"不在话下。其间我和谋士们若察觉到对方异动,即会速派飞鸟与各位联系,事关重大,也希望各位与我军在解除王都之围后皆能无恙。部队很快就开拔,长话短说,我有必要安排一下依在堡的……"

"情况不对!"凌踪惊呼一声。

"怎么了?"翁路休一把推开座席,手紧紧按在自己的佩剑上。

急促地换上一口气,黑发青年冷汗直冒。复检后的位置情报,瞬间加深了这悚人的不安感。

"各位,它们中的至少一艘……现在就悬停在我们的头顶上!"

"什么?!"

地板剧烈晃动,好似一头巨兽忽然途经了湾岸的船屋带一般,将整个议事厅的坚石围墙震出一股浓重的烟尘。

"要对付的家伙来了。"薇妮亚捡起帽子,飞速扣在了头顶,手不慌不忙地从腰间的插片袋中摸出两枚东西,紧紧握在手中。

和空寂无声的太空不同,蓄能重炮的噪响声穿越空气,使所有人身上的五脏六腑都在持续不断的巨响中震颤着。

翁路休惊诧地看着周围,就在那股明显的震动发生前,一切发生的事情并不伴随着任何预警:"依在堡的所有人,赶紧,快,从主堡内撤出去!"

号角声随后响起,议事厅内的所有人离开座席向外奔出去,而就在即将逃出议事厅的一瞬间,整座城堡的西侧发出了震耳欲聋的爆炸声,城堡半侧应声坍塌,那一座座矗立着的方塔瞬间化为整堆碎瓦。随后零散的炮击声远远盖过了高亢的号角,如雨点般落在了近郊林地和城垒之上。

躲在露台石板后的凌踪又吸了一口冷气,只见在慌忙中掏出的改装定位侦测器显示屏上面,出现了整整五个无法精确识别的光学信号,与情报里的三艘有异。

五艘装配精良的撒巴莱亚航宙舰,正在尼宁特的上空活动! 真是要命!

"撒巴莱亚的可变式强袭单元,数量三,正环绕着城塞进行压制炮击。"薇妮亚借助锁定目镜在射击垛上往外小心翼翼地张望着,呼啸而下的弹雨将扬尘和纷飞的碎屑铺满了整个依在堡已不完整的堡体上,论谁一看也能很快得出结论,这座宏伟城堡即将在下一发重炮命中后坍塌崩解。

"要来了！"

一发如同压缩星体一般的蓄能舰炮呼啸而来，在红发少女一记滑铲下众人面向舰炮的一侧被一堵厚重的防盾覆盖了起来。庆幸及时之余，只见有一个人侧身跳出防盾，向前猛地抬手，对着天空中刺眼的光芒死死一握。

就在所有人都为这发看似无法避开的炮弹闭起眼睛的一瞬间，那发舰炮就好像被无形的坡角撞发了引信，在半空中朝着垂直地面的天穹爆发开去。

"真有你的，普艾希亚。"眼见危机暂时解除，薇妮亚舒了口气，还不待防盾下的人反应过来，也一个箭步冲到露台上，从收纳盒里掏出一片闪着亮光的插片，启动开来。

"先前除旗舰外只有两艘主力战舰的情报恐怕是个幌子。"普艾希亚看着站定的凌踪手中的侦测器，皱着眉头，"目的还是顺利钓出在这个世界里拥有超格水平的对手，也就是你、我还有薇妮亚他们，凌踪。"

"完全料想到了我会反向追踪他们的定位波，是这样吗？"

将满屏乱波的定位器踩碎在地，凌踪揩着揩额头上大颗冒出的冷汗——此前能轻松骇入一艘战舰的妄想就像刺针一样反逆着自己的认知，当自己亲眼看见三艘大型战机在人群发出的悲鸣中四下穿梭射击之时，潜意识不停地警告着自己和周围的人们已是凶多吉少。

"给我争取一些时间。"凌踪因吃惊而哆嗦着的嘴唇说出了这句话。伴随着掏出的投影电脑输入区发出的咔嗒声，里比尼也出现在一旁，快速地处理着大量的检索信息。很快，凌踪就认识到，这次的对手和之前搭乘浮板的那批人截然不同，它们有备而来，且目的是要彻底摧毁这里的抵抗力量。

面对惊慌赶至的秘书官，翁路休伸出手向下指了指，而对方很快就清楚了这个动作的含义，秘书官跑下阶梯后没多久，四散掩蔽的军士和民众们很快朝着依在堡的低层奔涌而来，而下面好像有什么对应的入口，使得这条流沙一般散乱的人流逐渐有了独一的去处。

"让那些还在城墙上的人赶紧撤回来！"帕克特大吼着，迈开步子并行双掌，将四处散发出焦烫浓烟的依在堡用奔腾的源能笼罩起来。

飞快展开的源术护罩将外界的声音隔绝开去，一枚重炮弹在厚重的源能涡流中被切裂开去，剧烈的爆炸将整座平台上方的砖石一齐吹成飞灰，倘若护罩没有及时出现，翁路休心想，这座向外修筑却并不美观的平台就成了自己生命的终点。

"不论你在做什么,凌踪,请抓紧时间。我撑死也只能维持两三分钟,别抱怨,能力有限,只有这样而已!"帕克特扬起手,一道依稀可见的源流从身体末端不断涌出,助力在被敌机注意到后经受着饱和轰击的屏障。庞大的能量消耗使帕克特有些小小的担心,倘若这种攻击持续太久,这里绝不是一个卸下防御后能快速脱身的好地方。

第三魔块的余能在空移器官中振鸣着,那股能量在心室中起搏,那是宿命对决的呼唤。普艾希亚看着远方空无一物的天空,露出了极度愤怒的面容。

"容我去对付只有我能对付的家伙。这里就交给你了,一股海腥味的家伙。"普艾希亚盯着远方的天幕,那里有一处不自然晃动的光泽。还不等帕克特消除护盾,只见淡金色头发的少女径直从那道光流屏障中走了出去——手轻轻搭在屏障的外侧,一股如同高压电击一样的脉冲回流到了帕克特颤抖的右手上。

"你……"帕克特大吃一惊,强大的回流就像洪水一样充灌了自己几近空空如也的源池,只消那么一瞬间,那个费力积攒而所获浅淡的储池中就充盈了大半。帕克特一咬牙,全神贯注扭曲着球形护壁的外形,整座依在堡被包覆起来,而那道有辉光颜色的屏障一瞬间竟变成了透明通透的壁障,只见那些从战机炮口倾泻而出的烈性弹丸在不远的天空中迟滞地飞行着,只朝着壁障的外面方向不受控制地爆炸裂解开来。直到帕克特再寻找普艾希亚的身影时,那娇小的背影早已不在方才的视线位置上了。就那么一瞬间,帕克特意识到了一种极为可怕的真实。见鬼,这可是远在墨兽之上的源能之力!

和普艾希亚所能操纵的这股似乎能肆意摧毁创造的力量相比,以往所见的一切都显得如此温和。她到底要带着这股怪力去干些什么?

"在这里配合我一下,小金毛。尽你所能。"薇妮亚单脚抵着射击垛的墙根,在肩膀上架起了一把枪体稍稍覆盖住手臂的盈能来复枪,眯着眼睛,朝着天空中泼洒烈火的战舰轻轻预扣了一次扳机,"想办法把这依在堡保下来!"

好家伙,若是被这玩意儿精确命中,撒巴莱亚人的战舰一定不好受。

"这事,包在我身上!"魁梧的金发少年一合双掌,那面巨大的源能屏障霎时在依在堡四周变得坚实如山。

机首的多管射弹炮在难以确认障壁内目标的状况下不断调整着位置,三艘可变大型挂载战舰环绕着烟幕火海中的依在堡不断巡航,不断敲打着屏障薄弱的位置,活像三只饿极了直眼的兀鹫。不断变换着高度,而下舱悬挂的针轮式机炮飞快清洗着城墙内外无屏障的生物,对于经历过一次石谷镇镇郊惨剧的人而言,这次的恐惧甚至在那之上——被自动机炮光弹命中了的人就像是被无形的血盆大口咬去了躯干一般，只剩下神经勉强带动肌肉做出一些徒劳的反应，而后便归于静止。

人们拥挤在原本宽敞的地下空间中，节约着有限的呼吸，那连通粮仓、囚室与墓穴的巨大地道深处安静无声，从外部传来的炮火轰鸣不断，从密闭的管道中穿行而过，人们互相安慰着，试着赢下一场与未知恐惧之间的殊死拔河战。

"必须去下面维持军员们的士气，想到不久之后就要对付这帮孽畜……底特拉伦南方军队的希望可不能灭在这里。"翁路休转身离开，只是起步时一只脚毫无征兆地顿了一顿，当找回这只脚的感觉时，洁白的披风已经卷着英伟年迈的领主去到了他当下可及的用武之地，"帮忙守住这座依在堡，拜托了！"

"能看明白。显然，你希望我在你射击的时候解开前端的屏障，但这不容易做到。"帕克特难以止住侧额发出的振鸣，强烈源流的涌动使得一种不曾有过的眩晕感由内向外扩散开去，"这有点强人所难，希望你理解。"

"或者在那一瞬间消除那一区域屏障的防护，如果可能的话。"薇妮亚依然眯着眼睛，左手轻轻摆动着一块连着枪体的投影光球，静静地等待着，"我相信你能行。"

看着远处那和石谷镇围城战时如出一辙的撒巴莱亚人重炮阵地，凌踪咬紧了牙关。隔着如此狭长而又复杂的战场，若想要一劳永逸解决持续轰击屏障的敌军先进火力，到底要怎样才能够到那些真正意义上的高威胁目标呢？可以说是毫无头绪。

"先不这么做。再稍等一下，我可以把他们反复引诱到薇妮亚你的预瞄位置上，短时间就可以有很多次机会。"黑发青年眼睛扫视着屏幕上复杂的构路，不断扭头参考着薇妮亚枪口正对的位置，偶尔顺一顺自己凌乱的头发。

投影屏幕上显示着五个同时进行的进程，随着监视不断地键入修正指令，进程窗里出现了一连串绿色的信号符。薇妮亚看了看凌踪的脸上，却是满面从容不迫的表情。真了不得啊，能够这样迅速地镇定下来。

当然，善用能力来弥补难免的失算，无疑是提升自己的应变能力的明智之举。这个道理确是浅显实在。

"有本事躲开这个。"从眩晕的不适中渐渐恢复的帕克特只轻轻一挥手，屏障的外层浮现出了许多旋转光点——充溢着源能的射线渐次从那些光点中射向曳行的战舰，难以目视的状况下，这样纷乱的射击也起到了不小的效果。随着战舰上的附加装甲被集束源能烧灼后反应脱落，相信驾驶员正费尽心力机动回避着密集的对空火力。障壁外震耳欲聋的轰炸声减轻不少，依在堡中许多提心吊胆的人稍感松下一口气来。

"你可以在心里掐好数二十秒的准备计时，薇妮亚。"凌踪很快就新的情况做出了些微调整，在长长地舒了一口气之后，略显疲惫的右手以无名指在键入区连点了四下确认键，"我要以其人之道还治其人之身。"

手指慢慢移往扳机，肩膀乃至身体的所有部位都进入了禅定般的状态。此前深吸的一口气似乎在体内积存了很久，当最后一点氧气盼到了大脑的一个指令，薇妮亚的食指指腹终于扣在了扳机上。

"第一发，命中。"

空中的目标像是完全静止了一样。飞行员似乎也诧异于悬停系统的错误启动，这一切开始无法被控制。自动纠正系统很快启动，但被一个不知从哪里冒出来的进程挡住了视窗，即使想要拉动手动闸开始紧急操作，那个握把竟在这短短的瞬间变成了一块废铁。而后，无人搭乘的战机便在一股足以贯穿地脉的能量射击下化为急速坠落的焰球。

"不要大意，这三架重装战机只是撒巴莱亚航宙舰派来的排头兵罢了。"薇妮亚从枪身中拉出冷却栓，热蒸汽如浓雾一样从栓口溢出，进程也没用太久，当再把冷却栓推回枪体后，绿色的指示灯亮起，下一发枪弹的装填也已预备完成。

"那就等我把下一架也固定到这个位置上来。帕克特，帮我往左侧赶一下羊，我需要让驾驶员分心。"下拉进程，又一架战机的操作系统悄无声息地被里比尼的数据触手劫持，巨大错误运算的冲量击溃了外部防护程序的运转，只是战机中的人和方才那架一样还未反应过来，接下来短短的十数秒内，驱策下的这架先进战机的应急机动系统中所有的进程都已被凌踪牢牢掌控。

"见鬼，你指名的家伙正在往我们眼前的方向移动，技术先生。"帕克特集中注意力，将大股的能量光束逼近着锁定的目标，丝毫没有给对方任何远离火力网的行为，战机在光束的驱赶下全速逃向防空阵地面朝的位置。而在另一边同时也传来了一个好消息，变幻莫测的障壁光束成功烧灼命中了一架战机，不少在林地里躲避射击的底特拉伦军士们见状纷纷拥出，在击溃了迫降机组人员零星无力的抵抗之后，他们用枪矛和剑盾死死围住了坠机地点，顺利俘获了剩下的两名撒巴莱亚空勤。

"第二发！精确命中！"薇妮亚在战机失控急停的瞬间扣下扳机，仅有一两个豆舱来得及从机顶射出，整台战机在被射中了能源要害之后在空中径直爆破开去，在机体碎片扯出的烟雾中，第一架战机机组逃生后落下的缓冲伞也在双星的明光下照得清晰可见。

"骑兵，听我号令，带上斥候犬，我要看到你们狠狠捉住那帮孽畜，别放过一个！"翁路休握紧拳头，大手一挥，从依在堡的底端缓缓开启的大门中跑出一群擎着火把和汽灯的战士，挥舞着刀剑，朝着坠机处冲锋过去。

"听见了吗？远处还有炮鸣声……普艾希亚那里或许需要帮助。你们俩快点赶过去，依在堡这里有我在，她已经给了我保护这里所必需的帮助。现在我必须上到高处，以防止那些家伙的空袭再次无预兆地来临。"帕克特推开瞭望塔塔楼的沉重木门，一路上三步并作两步，抖去身上的积灰，用肩顶开一扇虚掩着的栅栏，登上了塔顶，"我们的麻烦很大！但是我想确保你们每个人都安全！"

远处传来一些令人不安的光芒，仿佛有激烈的交战正在进行。而从毫无事态的另一边，似乎林地里的所有飞鸟都被某种即将到来的东西惊起了。

"赶快去。"接通耳麦，帕克特盯着林子里的那股异动。那并非是出去擒拿坠机飞行的战士们掀起的，那究竟……

薇妮亚收起长枪，将还原后的插片孔洞按在手中旋转了几圈，塞回到了腰间的收纳袋中。凌踪也急忙将投影电脑和里比尼收起，顺手从一旁的城垛抄起两把手半剑，将一把抛向薇妮亚，动身向城楼下方跑去。"这里了解了。确认了那边的情况后，我们会尽快回来。"薇妮亚按下耳麦，从平台的边沿稍一踮脚，沿着边缘跳落下去，随着靴底接触不平整支点后撞击发出的清脆声响，安然无恙地落在最下方的中庭里。

"你们来得正好，这里要重新部署城防，侦察兵刚好传来消息，从南边忽然出现了一整支撒巴莱亚部队，看样子就是冲着这里了。我们需要人手，原先跑散的部队现在实在难以编整。"翁路休汗流满颊，用恳请的眼光看着薇妮亚。

"这里也需要我。"压了压帽檐，薇妮亚露出了为难的表情，"对阵的人数差，迟早是要面对的。您怎么看，侯爵大人，不如换个思路，想办法找条路带着百姓突围出去？"

"该往哪里突围？"翁路休从口袋中掏出一张折叠工整的地图，脱下手套，用汗津津的手比画着，"这里，这里，这里，这三个地方，全是埋伏。去侦察的小队一个活人都没有回来，八成这座城堡连同南方诸领的部队都在这被团团围困住了。你朋友在的方向，我们没法在不确定的状况下过去，后面又是撒巴莱亚方的主力军队，看样子要在这里决一死战了。加快！加快！"翁路休催促着，整个依在堡忽然有了一大群活动起来的人员，和在石谷的情况大有不同，敞开的城门中不断拥入方才逃离城塞的零散部队，整个城墙上不一会儿便站满了人。

士兵们小跑着将一箱箱沉重的弹药和石块运上残破的城墙,用成桶成桶的井水扑救着剧烈燃烧的塔楼残骸。弓弩手放下武器,将城墙上牺牲的哨兵尸体齐齐地顺着滑坡推下,在上头腾出足够放置铁箱的空间来。工匠连同妇孺们搬起半人高的横木板,喊着号子将其用楔钉敲固在石壁的缺口上,再在后头垫上一人高的石块堆垒,斜放第二队人运来的坚实的备用木梁死死顶住。

"男女老少都用上了,大家都想渡过这一劫。"翁路休稍显忧心地看着城墙边忙碌的人群,等待着任何一个出城归来的侦察兵快马回报的消息。熙攘拥入的人经过两人的周围,说着些向神明祈福之类的话语:"帮我一把,让所有人都能从惶恐中重新站起来。你有这样的才能,薇妮亚小姐,请让它派上用场。"

笑了笑,红发少女扶正了绒帽的帽檐。

"原谅我得改变计划,凌踪。"薇妮亚接通耳麦,对方那边传来的声响,已经是快马重蹄与长吹不断的风啸声了。

"我也得改变计划了,大姐头。"凌踪拔出佩剑,压低身子,此时的自己正与身旁的十数名撒巴莱亚骑兵打了个照面,并驱在平行的林道上。

"各自保重,我们会平安再见。"闭上耳麦,薇妮亚按着剑柄,看着年迈的翁路休在各处防线上来回奔走,挥动着手杖大声训示着,而一旁的年轻贵族们只是围着蹲坐在铺着毯子的长椅上,盯着一个似乎毫无意义的沙盘发着傻。这沙盘上莫不是隆德毕德国的城堡模型吗?

什么时候了,还在发呆呢,这帮家伙。

走上前去,一手按在沙盘上,薇妮亚看着那些贵族和周围剑拔弩张的骑士,露出一脸微笑。

"不知道该去哪里帮忙吗,各位大人?"

"那说出你的高见来,女人?"

抹平沙盘上的沙丘,薇妮亚看似随手画了几下,便把身后几处城墙的破口、缺损的防线列了个梗概。贵族们抬头做了比对,而后便面面相觑。

"这几处地方城墙都不完整,何况那座破塔和右边马厩边上的地方本来攀附点就多,需要人手戒备,务必看好这两处破口,别放人进来,余下的我会和侯爵大人一起协调。"

"哼。百姓？我只听到侯爵大人想让我们去支援城墙，你们都听见了没？想立功的都跟上！"带头的贵族站起身来，身后的士兵们搬起泥砖，仓促列队向着城墙破口处跑了过去。

"立功？多稀罕的辞藻。"薇妮亚闻罢不禁笑出了声。

掏出插片，薇妮亚对着城门的方向组装着一些零碎机件。第一次装的时候很依赖说明书，装配的次数多了就没有这种困扰了。只是装着装着，她忽然觉得嘴上没烟没劲，习惯性地往兜里掏了掏，却只握住一个空盒子。刹那间薇妮亚心里和这个烟盒子一样，落得空荡荡的。这是帕克特为依在堡争取来的小小空隙。

"你又在这种地方发什么呆呢，喂？"

一个穿着罩袍的人忽然穿越人群，顺势一把推了上来，薇妮亚猛地伸手一擒，却反被对方一下敲开了自己的手，跟上的反剪被躲开，那高高耸起的风帽下露出了一头银白色的蘑菇短发。

"你……安诺内茵?！"

"没想到吧？在勒克莱尔实验室破穿折跃的那会儿，敢情你连头都没回，我可是辞了工作来参加你这次的春季郊游。按理说，你得在你的小九九里给我事先留个位置，薄情寡义的家伙。"

低沉无力的熟悉嗓音配上这磨人的臭嘴，实在是让薇妮亚头皮发麻。定睛一看这来者，拎着一个巨型工具箱大小的包袱，后腰上用绳子固定着一个麻布包裹，里头不断有什么蠕动着。那头上一根半的角可让薇妮亚哭笑不得，别说是熟悉了，这家伙这样出现在这里，简直是爱丽丝掉进了兔子洞。

"怎么，绝境钢卫终于容不下你这尊神仙了？你又是什么时候混到这里来的？活见鬼。"薇妮亚啧了一声，这可让对面的来者二度气上心头。

"我都说了，你怎么来我就是怎么来的，我还不是一样被和你一起的那个叫列辛的怪家伙设计糊弄过来的……老天爷！你的脑子！"依尔菲克少女愤怒地指了指自己的脑袋。当然，试图羞辱的对象是薇妮亚，只是这薇妮亚的脸皮经年累月，早已厚如城墙。

"呃，来由很巧嘛。当然很高兴见到你，安诺内茵·希琳德。看在我出发前的呼叫还是灵验的分上，快让自己在这儿派上点用处，这里有五艘撒巴莱亚飞船正在上头撒野呢，别显得束手束脚的。"薇妮亚叼着万用工具，念叨着。

"神经病。你以为我过来是干什么的?"叫作安诺内茵的依尔菲克少女弯腰，从地上捡起一枚不知从哪儿滑落的螺钉。

"哦,谢谢你,那是我不要的东西,你真是个善良的好心人。"用脚轻轻一踹踏板,一台架着大量单兵武器的武器台在中庭展开,顶端的自动机炮开始左右搜寻着目标,在用目标设置器从左向右顺时针滑动了一周扫描板之后,炮镜上橙色的指示灯变成了赏心悦目的绿色。

"希望你的不专业别在这个遍是刀枪棍棒的蛮夷之境害你丢了胳膊少了腿,老姐。"安诺内茵将螺钉轻轻拍在武器台上,顺手取走了两把挂载点冲锋枪,挂在了罩袍下的腰带边。微微掀起的罩袍下,是一件几乎露出全部腹部的短上衣,和一条没怎么遮住大腿的冲击短裙。

"出门怎么还是没记住多穿点,老妹。男人看到你这白胳膊白腿的只会心里犯嘀咕,知道为什么在勒克莱尔或者绝境钢卫里的时候没像样的男人敢搭讪你了吗?"将插片袋旋到后腰,薇妮亚将武器架上的短柄军火一把把挂在自己身上,收起长发,稍稍调节了一下战袍的长度,使它的下沿更像是一件适合格斗用的训练腰封而非礼服。

"我上去了。"安诺内茵白了薇妮亚一眼,拎着提包穿过眼神惊异的人群——大家从来没有见过有着会发光的角的生物,更别说还有着人的身形了。小心避开人群的视线拾级而上,面对除薇妮亚外的人,安诺内茵显得并不健谈:"不开玩笑,撒巴莱亚人这次铁了心要把这里变成灰堆——我打赌,你们之中一定是有谁把他们彻底惹毛了。"

"喂!"忽然被叫住,安诺内茵回头看了看那个从头到脚一身红的家伙,露出不耐烦的表情。"在那个瞭望塔里面,有我们的人,"薇妮亚踮起脚指了指依在堡的最高处,"别被吓到了,也别动手开枪射他脑袋或者别的什么地方,请你千万注意一下,安诺。他是我们不被撒巴莱亚人炸上天的关键先生。"搭上胸前的锁扣,薇妮亚原地跳了跳,确保没有挂载物松动。

"由此可见,您的人缘是真的不错。"安诺内茵在话讲到一半的时候就扭头走了。倒也没抱怨,薇妮亚对这位依尔菲克少女嘴不饶人的性格早已习惯。

"毕竟都是同一个老爹带大的,一样叛逆。真有你的,西博文·凯伯因先生。"

"嗨!"

一声从很远的地方传来的帕克特的喊叫到了自己这儿。薇妮亚微微一笑,只是调试着武器,眼睛紧紧盯着不断传来骚动声的林地。

"凯伯因! 薇妮亚·凯伯因!"

又是那要命的独角依尔菲克……

"干吗?!"

"你说的那家伙,戴着眼镜,是不是?"

"是!就是那个一头金发的家伙!你看见他了?"对方却不回应了,八成是见着了。

士兵们整齐地排列在城门附近,之中少有频频回头注意薇妮亚的——所有人都紧张等待着将要造访依在堡的不速之客们。

深呼吸,薇妮亚·凯伯因从这胶着的空气中,嗅到了未来一部分刺鼻的血腥味。

接下来将会是刀剑无眼的恶战。倘若此次全员幸存下来,一定要给这个新结成的小队取个响亮有趣的名字。

第13章

凌踪与普艾希亚

原本静谧的森林掠过一阵快速的黑影，刀剑寒光穿破夜幕。

快马加鞭，青年深知追兵已近，想要沿路甩开已无可能。

"啊！"闪过齐腰劈来的一剑，凌踪抽出剑鞘，和缰绳一并握在左手，眼睛自然不敢放过哪怕左右任何一个呼啸而来的撒巴莱亚骑士——一群五官中无不透着杀意的凶恶追逐者。当马匹渐渐被那些骑士胯下四足复齿的怪物们逼到一侧时，它也多少意识到了境地的窘迫。刀剑猛烈交击的声音每每响起，胯下的马就费力地将脖子和身形逐渐压低，这竟使寡不敌众的凌踪在错落的林道中有了一些小小的优势，比起那些迅捷却高大的四足怪物，压低身体狂奔的马匹确实是要矮上一截，因此来自左右的攻击全都对着自己腰腹以上的位置，小臂带动手腕上的兵刃就可以应付得了。

普艾希亚……林地末端的光炮炸裂声越发让凌踪心焦起来，想要尽快赶过去，只是这一队意料之外追奔而来的撒巴莱亚骑兵实在让自己进退维谷。此时比起担心她的安危，或许更应该担心自己。

一支投矛精准地照着自己的左侧飞袭而来，只觉得手一麻，剑鞘的半截便踪影全无，同样的还有马的一只耳朵……军马发出痛苦的嘶鸣，凌踪眉头一紧，猛地向后一挥剑，却是正好击在四足怪物张开的血盆大口上，横着斩碎了那厚重且喷着刺鼻臭气的舌头。凌踪剑一抬，将背后捅来的骑枪顺势顶了出去，那骑士失衡之中竟连着半边身子一起被坐骑甩下，骑士在地上被拖行了一会儿，又挣扎着攀着马鞍把手，爬回怪物的脊背上。后头拿着投矛的骑士猛地上前，奈何被凌踪借着余光发觉了，向着自己同伴的身前巧妙一躲，只是捏着投矛，却没机会出手。

凌踪提着剑，一拽马绳回身便从对方大腿的位置狠狠刺下去，那撒巴莱亚骑士身着的厚重甲胄并没有帮到他多少，从甲胄中裸露出的皮裤登时因重重挥下的利刃豁开，骑士在一声惨叫中翻下鞍背。正以为甩开了来敌，匆忙回头，凌踪惊得睁圆了眼睛，在方才出手的那一小会儿时间，身后追击的人手里竟接过了从更后面递上来的几柄投矛。交换武器后整合起来的优势完完全全使自己于追逐战中陷入了被动，不管对方接下来投中的是自己还是马匹，都将会是一场灾难。

当机立断！对方一抬手，凌踪就径直将手中半截剑鞘朝来者丢了过去，直直地砸戳在对方眼睛上，紧接着借着自己失衡的姿态，青年猛地屈身在马鞍上一蹬，飞扑到对方跟前，扭打中拔出对方腰间的匕首，朝着不具防护的下巴连着脖颈一带狠狠一捅。双手牢牢抓住那根只有戴着手套才能忍受住的粗糙缰绳，跨坐在叫不上名字的四足怪物上，眼看着它的主人在痛苦的翻滚中拦腰撞上另一名追击的撒巴莱亚骑士，瞬间断了呼吸。

"活见鬼，真是差点没了命……"凌踪大口喘着气，不停调整着胯下野兽的跑姿，可这野兽仿佛和原先的主人早有约定，不管凌踪怎么将手中的缰绳拉扯，只见它将速度生生地拖慢下来，使凌踪与后来追兵之间的距离又变得极度不利。

"驾！快一点！"

看似只有借着滑坡往左边的细窄林道逃遁，才有机会借着坡道甩掉后面的追敌。观察着前方境况的凌踪稍稍一偏头，听到那边渐息的光炮震击声，便抛掉了万千念头。什么玩意儿，为什么非得来蹚这种浑水？

且朝着自己问着，一柄透亮的投矛倒竖着插在了四足怪物的头壳上，湿润而又腥臭的味道结合着怪异的嘶叫声泼在了背鞍的前端，凌踪一犯恶心，只觉得脑袋里嗡的一响，不知在略有沙石的小径上滚了几圈，便朝前翻倒在一片草甸上。几柄长枪在自己的身边猛地扫过，险些划破自己腿侧的裤子。也不知是哪来的本能，凌踪大力扒开草甸，再用剑锋猛地一撇，将就着在面前开出了一条可以供人爬动的小道，将腿往一旁的灌木下一缩，确实是躲在了一个长柄武器难以施展的掩蔽中。

可还没等自己乘势钻入里面露出的小道，一只明显不属于人形的大脚便将自己踩得严严实实，刹那间，好像所有的肋骨都在惊诧的挤压中齐声喊了一句"不妙"，急着想要抽身，那重量却紧紧压在自己胸下单撑的左手上。绝境之下，凌踪用尽全身的气力，低喝一声。今天绝不能死在这种地方。

用剑拼死抵住施加上来的重压,膝盖轻轻改了一下角度,将半边身子借着草甸从那怪物的脚下滑了出去,凌踪用指甲狠狠攀着粗糙的边缘,把身子往右一点点向外挪了出去,尽管或许只是徒劳……

撒巴莱亚骑士将长枪笔直刺下,用后身的劲道猛地一挑——不论谁都该变成血流如注的尸体了。

可凌踪偏不,外翻的左手死死捏住长枪的边缘,隔着一层不厚的手套垫衬忍痛将自己的上身正了过来,而当被长枪大力挑起的时候,凌踪猛地将右手在空中抡圆了的剑锋向着面前斜向甩了过去,一道殷红见骨的裂痕便出现在了撒巴莱亚骑士的胸腹上。骑士胯下的那头巨兽正想张嘴咬下,凌踪卸去半边身子的力气向后一倒,那大怪物满是酸液的利齿便咬了个空。

当后面的骑士察觉到缓缓倒下的先锋时,追逐的对象早已连滚带爬地遁入了面前虫鸣嘈杂的林地。

"追上去!"

笨重的坐骑也只好踢开碍事的灌木,在地上嗅闻到一股从没闻到过的味道后,纷纷伸长脖子迷惑地发出嘶鸣。

"哼。合成气体……不要过于依赖吕伦歌战兽,分队径直往植被被压低的地方继续追,快去!"身着绿色罩袍的撒巴莱亚吕伦歌骑士朝两边挥了挥手,一边各十数人的游骑部队很快冲进林地之中,高举探视炬照亮每一个值得留意的角落。

这边可是玩了命地将自己的呼吸屏住,就快要把自己憋成青紫色的凌踪在岩石的背面掩住嘴急促地呼吸着,掸掉身上蜇咬着自己的飞虫,将从薇妮亚那儿缴来的医疗制雾器熟练收回到腰带的插片收纳盒中。

暂时脱险并没有消除心中的全部担忧,只是有一种十分真切的预感,有关那个淡金色头发的少女,拉·普艾希亚。快,能更快吗?快到足以消除这种不安感。跑起来。

凌踪弯腰紧了紧马靴的搭扣,手里紧握着边缘因拼杀而变得坑坑洼洼的钢剑,向着传来巨大震动的源头跑去。当气流遇上树木时,所有的枝叶都在剧烈抖动。

站在林地间的空地之中,普艾希亚脸上透过反应神经感受到剧烈的风吹,好似在阿基耶再临了一次星都的崩解。

说起星都的崩解,那些飞散开去的生活和血泪,有那么一刻,它们曾经的样子鲜活地存在于自己的观感中。虽然自生来便不那么喜爱那种虚饰的繁华,可当时也一度羡叹于那壮阔景象,所有的规则都被阿基耶智者的思维蛛网捕捉,织造出了一个完美的幻梦。

阿基耶的星光,普南利尔的丰馈。

那些奔涌心头的情感,一切自己坚信将永续的未来。梦想变成了梦醒之后,普艾希亚回看自己因迫不得已做出的一些选择,却总还是会想起有一个人可以全心倾诉。

"没错,心生怀念的就是那种感觉。哦。原来如此。原来是这样,希拉示。这就是为什么我还活着。我的心,此刻怦然跳动。"

注视着天空中照着自己投下的凌乱光柱,普艾希亚的眼神中毫无动摇。巨大的影子慢慢地将黑暗还给下方的林区,遮挡明亮双星的边缘渐渐露出星体的反射,那是一艘盖住天空的战舰,出现在森林的上方。

"放弃所有抵抗,并解除所有武装,将你的双手放在地面上,不要做出任何引起嫌疑的举动。"

一台搭载着机炮的战舰紧张地围绕着普艾希亚转着,对于这个从方才一直等待于此并且一动不动的目标,在远程操纵的技术军士和这艘武装悬停的战舰一样无法放下丝毫戒备。

"听得懂我们的语言吗?"

白色的瞳孔看着那艘战舰中的某个位置,在那里确实有着什么。能力超凡的某人,正在那个漆黑天幕中的指挥塔里窥视着自己。

"第一至第六小队重载具,向指定位置下落。"

"尾舰的'格休'号和'卡塔波'号正在封锁目标周围的区域,并进行镭射戒严。"

抚摸着手上光滑的皮肤,仿佛那里确实有什么疤痕一般,肤色苍白的女子嘴角上扬,露出一颗打着细小条码的尖牙。

"接下来,严格遵从我的指示。"

手上的气密瓶中晃动着一只握着奇怪破碎石块的断手,在循环气泡的作用下朝着顺时针方向不断旋转着。那只手就像是鲜活的,仿佛连接着某人断开的另一端躯体,它的主人——确实不存在于这个舰桥的某处,只是在这个有着苍白皮肤的女人手中,这只断手的细微动作显得极为配合,在气泡中轻轻扯动着透明的能量走线。

"盯紧她附近的区域,如果在谈话中对方有任何反常的举动,就将满功率的沃哈射线连同舰腹的麦格伦光束一齐覆盖下去。"

"了解。"

"普艾希亚……拉·普艾希亚。"那个声音扭曲着,像是要找到一个合适的频段,用最贴切的语气念出这个名字。

"你的语气比我最早记忆中的温和多了……门芙哈蒂·霍勒斯。"那对瞳孔仿佛静滞着,用冰冷的视线拷问着招致母星面临灭顶之灾的罪魁祸首。这一次再见,虽不是想要的,却生生地隔了数十年。

"逃亡生活并不是很有趣,对吧?"僚机的周天扩音器中传出了略带柔情的声音,那声音怕是欺骗了无数普南利尔的阿基耶人,在名为黎明科技的教义蛊惑下浑然不知地成为叛变所需的棋子,"我满世界找你很费工夫,你明白的。只有一件事,你必须要按我说的做。等于是在帮你自己,好一笔勾销我们之间的前尘往事。"

"不如说说你的偷懒办法,怎么,费这么大劲却不着急抢?"普艾希亚攥了攥拳头,"你知道我等你等了多久吗……撒巴莱亚聚合意志的门芙哈蒂·霍勒斯!"

在监视器中,只见少女的身体微微悬空,只是等着大量的能量光束从船舰的发射口全力输出,好像也没有特意期待着指挥者一星半点的怜悯。

一阵特异的电流穿越了普艾希亚的身体,就像是一柄设计巧妙的灵魂之钩,在体内搜探着,无形而剧烈。门芙哈蒂的嘴角露出一丝小小的笑意:也许只是被这个区区执念给困住了,若是能够驾驭这剩下的一方力量,集合始初、存续和终焉的事相之力,成为真正的普南利尔之神……眼下便是千里迢迢来到这个破烂地方必须获得的关键因子。

将鞋跟顶在监视器的支架上,苍白皮肤的女子弯下身子,将脸贴紧那方被怪异的光线充斥的投影屏幕,用蓝紫色的眼瞳扫视着。

"她没这么容易完蛋,继续轰炸。"

一轮饱和炮击紧接着倾泻下去,整片树林都在巨大的火光中震动起来。

光线逐渐变成了块状的东西。持续发射的射线炮将目标脚下的泥土燃烧起来,成团的能量在可视范围内剧烈爆炸,将其中小小的人影变得如同阳光下的微尘一般。

那淡金色的头发轻轻摆动着。普艾希亚只是注视着门芙哈蒂,在四周展开的扭曲力场中竟毫发无损。毫无疑问,如今的她非同以往。

"这是终焉魔块的效能……可终焉魔块确实在长官您的手里。除非她曾经和第三魔块发生某种接触,但这并不可能吧?"

"那就说明,她不只是这个世界的普艾希亚而已!"

专员有点无法相信面前投影仪表中的数据，闭上监听芯膜，回头看着行动的指挥，那个在不断颤抖着的苍白人形。

"立刻回避，回避！"

"您是希望我们进行回避吗？"舰长匆忙拉过一块面板，但谨慎起见，还是皱着眉头问着，"恕我直言，我们更应该确保船舰……"

"立刻回避！你听不……"

整艘船舰在一瞬间失去了平衡，半数人员被从座位上甩飞了出去——只听到挤压变形的声音，舰桥的指示单元全都蜂鸣起来，向着发出高温的故障区块喷射出大量的预复泡沫。在力场急速展开的舒张声传入舰桥的厚重防护壁之前，撒巴莱亚舰组集体感受到了一种窒息般的恐惧，而在看到舰长的尸体像一团废纸一样与一个拖着透明导管的空罐子一齐从指挥座的台阶上滚下来之时，目击带来的恐惧在身体内仿佛有了真实的形体。

替代舰长出现在舰长座上的门芙哈蒂·霍勒斯，将自己的右手中持着的断手徐徐搭在裸露的左肩上，腕带中的注射液随着一声清脆的声响透过注射器大量向着肤面倾注进去，使得本就单薄的身体更是剧烈地抖动起来。

"差点害死这一整舰的人，这靠不住的废物。"第三只手迟滞地摆动着手指，屈指一握，那块不怎么起眼的碎石块就陷入了连接处如同瘤组织一样的隆起中。这一举动显然使门芙哈蒂感到快乐多了，看似随意地在舰长座上敲击了几下指令盘，整个座位徐徐下降，座舱的闸口也缓缓闭上，留下不敢有什么动静的大副紧张地看着舰长尸首下血淋淋的地面，向剩下的舰组乘员传达尽速回到岗位恢复航行的各项命令。

"这个小东西居然能够一度穿越秩序时空了？真是令人感到不安。但这又算什么，我不过就是在和两个同样的小家伙周旋而已。"拉动闸栓，随着下落坠地发出的震响，穿戴着外骨骼的门芙哈蒂款款迈出降落舱，两旁的树木随着她的逼近开始逐渐纤维化，随之在上空悬停气流的影响下不断向两边倾倒下去，外骨骼将她高举在空中稳速行进，身影轻盈，仿佛信步踏过一片麦浪。

"但那个魔块应该是个会随时间逐渐衰减的镜像替换，如果托卡的判断准确的话……她在操弄时空，她在操弄时空！"

"可恶，这个活见鬼的小东西……"加快速度，当稍显巨大的外骨骼冲进被剧烈的光线炮荡平的空地中时，策应的援护射击从船舰处持续倾泻下来，肩膀上的手微微一握，一个人影被从近地面的高度生生扯到了半空中，但好像是在莲蓬头下撑起一把巨伞，那些本可以轻松消灭一粒微尘的炮火在上空辐散开去，将周围的低洼地炸出一串烟尘，在空中的那对白色眼瞳竟然发出了奇异的光。

"你方才融合了你的亲姐姐提尔·霍勒斯导师，亏你现在还笑得出来。"普艾希亚眼神冰冷，似乎这是一种致命的武器，用以针对门芙哈蒂难以掩饰的奸邪笑容。

"少不自量力了，小拉·普艾希亚，你以为凭你那靠不住的空移力还能胜过真正的普南利尔吗？我来这里，不过是要报你在'尤尼乌斯'号上对我开了三枪的仇。你还记得吧，毕竟你都跨越了时间与空间的概念，几次三番在我面前横加阻挠……"

普艾希亚皱紧眉头，绝不尝试在那人说话的间隙露出一丝懈怠。

"我不知道你又在说什么疯话。事实上，若是你在这里杀了我，"普艾希亚抵抗着强大的收束力，"拉艾瓦魔块的下落你也无处可寻。"

"是吗？"门芙哈蒂将空中的普艾希亚往炮火更密集的地方猛地一拽，那道由密集的空移力形成的防护瞬间被拉扯开去，只见普艾希亚的身后拖出一长串质量残像似的身影，在空中奔跑了起来，而上方的自动射击仍然没有转移对象，照着原先的位置不停轰击着。

"又或者你的狭缝生物小伙伴蒂露西早早就和我做了一笔交易。"门芙哈蒂冷笑着将三只手的指节活动着，发出咯咯的声响，"恐怕你对此毫不知悉。"

地面忽然剧烈地晃动起来，对于这样的异动，门芙哈蒂并没特别在意。一阵摇晃之后，空地上就只剩下座舰尾舰发出的风啸声了。

"但愿你此前打准了算盘。"当这个突如其来却又熟悉的声音的距离忽然发生了变化时，门芙哈蒂几乎没有花时间来提高警觉——外骨骼搭载上的近卫单元很快向周围释放出极为浓重的探知粒子，而普艾希亚的手缓缓搭在了自己的头颅上。在这一刻，门芙哈蒂仍然无法相信，就连外骨骼头盔上的探知粒子回馈机关也没有任何反应，好像普艾希亚是个没有实在质量的灵体一般游移在自己的身边。

"小小花招。"悄然发动第三魔块的力量，肩膀上的第三只手微微震颤起来，普艾希亚的手开始裂解，从指尖开始直到腕骨，紧接着整条手臂开始变得脆弱——直到半边身子慢慢垮塌下去，身体忽地散发开去。利用现象魔块生成的质量拟态，实际上却也是不怎么新奇的小把戏……可那种不安感却没有消除掉，门芙哈蒂紧接着发动体内的第二魔块，一个身影被从无处寻觅的深空中拉拽回来，在空中爆散开去。一如当时在飞泉神殿那样,这个毫无灵魂的躯干只是普艾希亚掩饰行动的诱饵,而至于实体实际的动作⋯⋯觉察到了的门芙哈蒂只是缓缓将脚踮起,向后猛地一跳。

一道波光从天而降,精确击中了踮脚跳开前的位置,普艾希亚的白瞳中闪过对手破灭的景象,但在那之上有无数缠绕着的虚影,恐怕是第二存续魔块对门芙哈蒂的作用。调整姿态,在向前发出一道青蓝色的奔涌雷电时,对方轻松将外骨骼的压力臂释放出来,夹住了普艾希亚的身体,狠狠砸摔在地面上。空气中发出刺耳的怪响,两股第三终焉魔块的力量相互碰撞,两张普南利尔人的脸正面无表情地对视着,对峙着。

蓝紫色的旋涡很快冲破了夜色,即使远在依在堡的半斜瞭望塔,帕克特·荣格也能看见那股扭打在一起的能量,彼此互不示弱,咬颈相杀。

“并没有料到会是这样势均力敌的场面吧,拉·普艾希亚?你借此多少能理解了,没有普南利尔力量的凡人多么渴望这一切。”门芙哈蒂狞笑着,将第二魔块的力量混掺到自己本已超卓的空移力之中,那双凝视自己的蓝紫色眼眸中的纯白,着实令她感到气愤万分,将那不屈的身形从站立缓缓压垮,再看着那对眼睛里逐渐露出一丝力不从心的不甘,可比摧毁六七个阿基耶星都更使自己感到舒畅。

“别小看人。”普艾希亚咬紧牙关,抵抗着手臂因外骨骼钳压带来的剧痛,发出阵阵的低吼声,她在门芙哈蒂的狞笑中看见了那一丝小小的机会,猛一抬身,随着蝴蝶贝菲从自己胸口的香囊里飞出,第一始初魔块的力量瞬间注入,正趁着对方露出那无法理解的惊喜之际,掉转了空移奔涌的方向,直直地抛射向空中巨大战舰的舰桥。

“你以为我在乎吗?”门芙哈蒂丝毫不管不顾头顶座舰传来的爆破声响,从僵持的对峙中解脱出一只手的自由,狠狠地按住那淡金色的发顶,连同普艾希亚的整个身体一起向下一摁,地面上便有了两摊淡淡的血。

强撑着破碎的膝盖,普艾希亚仍旧抬起头,用空移力牵动着体内所剩无多的第三终焉魔块释放出闪鸣的雷电,将门芙哈蒂释下的巨大重压死死顶住。普艾希亚左手徐徐抬起,而那上面的压钳似乎快要钳入骨腱,在苍白皮肤的女人面前缓缓引导着贝菲竭力释放出的第一始初魔块之力,她虚弱地高举着,仿佛一座暴风雨中伫立的灯塔。

那道徐徐升起的淡蓝辉光,仿佛在石谷镇拉艾瓦圣堂钟楼所见的一般,不断辉映着,就像是在温柔惬意地呼吸尼宁特洁净的空气。

“哈哈哈哈哈,小拉·普艾希亚。”门芙哈蒂轻蔑地看着眼前拼尽全力和自己苦苦抗衡的阿基耶女孩,“亲眼见到魔块蝶之后,我确信一切都会循次进入好的发展,可都与你无关了。你还想尝试什么？用这股从希拉示或是别处的自己那里继承来的无能之力来向我证明适格？"

"无所谓，我知道我难以战胜你……但我已经得手了。"看见门芙哈蒂的座舰在空移余震中发出毁灭的呜咽，普艾希亚笑着说，"尼宁特……依在堡，朋友们……我尽力了。"

"小杂种……！"

巨大战舰迫降撞击林地发出的震波与火光撼动了整个依在堡的边郊，两艘援护尾舰以极快的速度更换目标，朝着依在堡的位置呼啸着喷行而去，而在依在堡方向的天空中，只看到每一块浮动的流云都在熊熊的烈火中燃烧着，源能闪耀。见到此景，普艾希亚那一度因疼痛而麻木的脸上，露出了一丝淡淡的微笑。

那是一句普南利尔神话典故中启示英雄谭的记载：

> 我何故徒指废骸尘烟与荒芜？是为灯，引幻世侠雄，仗剑来助。

一个身影，从远处全速冲了过来，手中挥着一柄残损的钢剑，黑发如闪焰般跳动，眉宇间目光如炬。

奔跑，灵魂深处感受着跨越时间的召唤，这柄剑在手中划过空气，发出叶笛吹鸣一样的呼啸声，凌踪三步并作两步，朝着那股蓝色光柱所在。

人影？撞上外圈的空移力场，这个毫不起眼的家伙应该会在一瞬间暴毙便是了。门芙哈蒂操纵外骨骼轻轻折断了普艾希亚的左手，就像玩具娃娃那样。可对方的抵抗毫无减弱，不如说那残存无几的能量总和似乎也不足以抵挡自己的双重魔块。正当门芙哈蒂开始调谐第三终焉魔块力量的一刹那，一股不知来自何处的白光从自己的侧脸处全力照耀了过来。

"哈啊——！"

竖起一剑，使出一招晴天霹雳，闪耀着白色辉光的透明剑刃带动着瞬而沉重的剑身，仿佛裁纸一般划开了因魔块角力而纷乱奔涌的异能，纵使外骨骼及时反应向着来者射出密集的枪弹，在这锋芒剑气之下也被吹散开去。只见那名黑发青年挂剑在侧，一个旋身将白色光刃旋切过去，门芙哈蒂后腰处的外骨骼被整个切开，向内喷溅的导流液烧穿了防护用的衣物，在一声惊叫中，前一秒还不可一世的门芙哈蒂转身施力欲死死掐灭那个来者的身躯，可剑比念快，凌踪手起剑落，几声脆响之后，外骨骼左肩上的辅手二指连同其上连接的肩盔一起被斜向敲飞了出去。急忙解除魔块的驱策,向着一个安全的方向拉开一段极长的间距,门芙哈蒂打量着眼前陌生的黑发青年—— 一个浑身泥土、衣衫破烂的男人,竟用手中那把耀目怪剑和精湛剑术将自己险些迫入死地。

"你没事吧? 不,我得阻止那家伙!"凌踪死死盯着眼前的对手,那个因愤怒而扭曲的苍白人形,正将身上喷洒电浆的外骨骼懊恼地脱落下去,向着自己不断释放出杀意——自从石谷镇守城一役之后,那种从人身上冒出的纯粹杀戮恶念在凌踪眼中逐渐变得可视了。

"先别大意,凌踪。"普艾希亚以空移力扶直身子,膝盖以下的小腿表面似乎已没有了一处完整的皮肤,受创的左臂也无力地低垂下去。那灼人的雪白双瞳依然迫使门芙哈蒂在气急败坏之余,感到了一丝捎带敬畏的惊惧。

"别看她现在这样,这家伙依然可以轻松毁灭任何阻挡在她面前的障碍。我会先用尽全力扛住她的袭击,你必须乘机攻其不备。"

脑袋里忽然闪过一个画面,眼前这位苍白女子在废墟中落着泪,急匆匆从死去的姐妹身上卸下一只手来,脸上是瘆人的笑容。而那身边尽是同胞的尸首,即使在这一幕的上一秒,这人也与那破碎的世界逃不开半点干系。

竖起长剑,银白色的丝线缠绕着剑体,凌踪向前试探着挪了挪脚步,沉住了气,心中快速选定了一个突进的角度:"那,是时候放倒这家伙了。"

"看准她的动作,冷静寻找破绽。"普艾希亚直直地指着门芙哈蒂的位置,一连串的青蓝色火花在对方的面门上炸开,普艾希亚轻轻抬起自己的身体,在空中灵巧地利用悬浮回避着隐约可见的第三终焉魔块异能射弹。

门芙哈蒂咕哝着卷起一阵带着电光的怨风,将可怖的力量齐齐刮向起步冲锋的凌踪。早料到对方会横着一剑试着斩开这股流动,展开第二存续魔块的秘能,将整股流动变成持续的奔涌,在普艾希亚身旁的贝菲见状向下猛地一冲,用蝶翼中细碎的鳞粉扑打在赛菲尔的周身,因而那股奔涌没有将其中的凌踪冲成碎片,而是将人整个吹飞出去,在空无一物的空气中画出了一道道冒着等离子花火的久久不散的焦痕。

"我需要再帮助你一下,凭你的剑,完全可以刺穿那层笼罩在她身上的粒子浓雾,那样普艾希亚就会有机会生还。"贝菲嘀咕着,将拉艾瓦魔块中的力量传输到凌踪的剑体中,两种素未谋面的能量似乎结合在了一起,在凌踪看来是极不可思议的。"首先我得离她足够近,她正在阻止我这么做。"凌踪趁着对方改换目标的间隙快步向前,顶着时不时卷起的异能烈风，却很难从地面上接近门芙哈蒂所处的位置。

在空中，两个宿命的对手再次展开了激烈的对决，似乎穷极了魔块能量最低限度的点滴，普艾希亚只是勉强利用着自己天赋的全部优势和门芙哈蒂暴戾的来袭构成均势，这如同拔河一般的角力却是偏向门芙哈蒂这一边的。即使身处高空，也难以从散射的乱流中全身而退，普艾希亚不断移换着位置以牵制住门芙哈蒂的攻击，只是再这样下去，这场角力将会在耗能竭尽的一瞬间分出胜负。

青紫色的电光穿越了究极的角力，在不断向门芙哈蒂处试探。力量难以超越，拼尽全力，普艾希亚低吼着，把两枚魔块释放蓄能形成的涡流顶在空中，骨骼连同发梢一并在空中震颤着，仿同决意与其殊死一搏。

"你们真是让我感到费解……比起接下来要发生的，为何不趁刚才选择接受更为体面的结局呢？"苍白的脸庞目光迟滞，两股力量显然在她的身上发生了一些不太寻常的变动，普艾希亚在觉察到的一瞬间瞪圆了双眼，以极快的速度冲向了那个渐渐发出透明弧光的疯癫恶首——

"星核……来不及了！"一阵爆散开来的魔块能量将普艾希亚掀飞了出去，在一瞬间将整个林地的时间停滞了下来。第二存续魔块、第三终焉魔块在门芙哈蒂的双手中发出黑色的光芒。那是光，却是漆黑的颜色，凌踪印象中只见过一次这样诡异的光芒，就连薇妮亚的黑色光束刀和这令人觉得不祥的射线都完全不在一个档次上，身体难以动弹，只是直面这光芒，似乎心智都无法正常地运作。脚下的星球本身似乎发出了某种频段的哀鸣，在祈求这个行为的终止，而在发起者的念头里，这样的力量却恰是使用的时候。

周围的光线似乎都被这漆黑的双物吞吃进去，普艾希亚再无抵挡这份力量的余力，被紧紧握压在高空中，发出痛苦的呻吟声。凌踪强撑着身体，用闪光的长剑像劈开流水那般分开漆黑的浆流，从腰包中甩出里比尼的插片，沙哑地说："积极分析周遭数据以及协助我锁定源头。"

"数据正在分析。缺乏参考，无法识别距离中的具体对象，但可以提供方位预测。"

"别开玩笑了。更换算法，里比尼。我要知道那家伙的位置，连接到那块外骨骼上我刚贴的定位器，她不可能逃得掉。现在发出定位波，让我看到反馈！"

投影荧幕上忽然出现了一大片锥形的光点，凌踪难以相信自己的眼睛，看了一眼周围的浓雾，思考了片刻。这并不是那个门芙哈蒂的戏法。

"定位范围缩小至以我为中心三十米半径的圆周。"

凌踪第一次从里比尼中听到了正在分析的提示音,更让自己感到费解的是,在这漆黑的山洪中,那个持有两个魔块的元凶却不见了踪影,他匆忙看了看四周,直到看到自己的右边,一张苍白的脸面朝着自己,急促的呼吸都在面见的这一瞬间惊吓得出现了短暂的停止。

"你是下一个。"

数不清的人影从黑雾中冲出,凌踪挥动长剑,以惊人的速度斩杀着来敌。那些灰色的质量残影不断包围着自己,直到一排白亮的光芒从它们的下方燃起——凌踪将弹丸经由左手的空洞化为白炽,甩在地上,那些高热的霰弹击碎了灰色的残影,而当白色的利剑刺穿了最后一个从黑雾中蹿出的来敌时,轰隆声自面前传来,凌踪竖起长剑,一手抵住,却被所来的不知何物撞倒在原地。

山洪瞬间变成了海啸,在密不透光的黑影浆流中,晕眩中的凌踪双手死死压着唯一能够抵抗的物件,那单薄却又于急流中阻挡一方的剑体。心中惴惴不安于那句恐怖的念词,而看向空中原先普艾希亚所在的方向,也尽是一片黑暗。

自星核处抽提未经处理的原始能量过于强盛,只是蛮横地驱策这股强烈的崩毁之力,门芙哈蒂在大笑中庆幸自己终于达到了如今的巅峰造诣。

"去,快回到她身边去,护她周全,你做得到吗,蝴蝶?"劈开黑影,凌踪用衣衫遮住自己的口鼻,以防那些污浊的能量损害自己的身体。在这夜幕下的飓风中,他努力用肉眼辨识着对手的重影。

"我这就去!"贝菲也只是朝着那个大概的方向扑棱过去,冲入迷雾,却仿佛像是迷失了。

"劝你收手,门芙哈蒂……"普艾希亚吐着鲜血,看着眼前的苍白女子用锐利的掌尖顶住自己的喉管,并用另一只手引起的空移力揉弄着自己的脏器——那双眼里毫无怜悯,只有胜利的喜悦。仿佛只是为了达到这一步,做了许多赘余而无谓的铺垫,而那张嘴微微开口时,说出了一句让自己怒不可遏的话语。

"理解吗?当阿基耶的星核终有一日要遵从莱德计划向着星圈狭缝中不断喷涌这所谓黑色的灾祸时,你最珍爱的拉·希拉示·波启卡也不过是作壁上观的既得利益者。而在这里,你也一样将看着这颗野蛮的星球步上阿基耶的后尘。"

"你,闭嘴!"普艾希亚感觉自己的心脏被其他脏器猛烈地撞击着,意识渐渐远离,维持意识的唯一信念,是对眼前之人的盛怒与自身难以为继的不屈。

"因为她只有不作为,才能争取到边德林格中间教团的舆论支持,好来实现她脑中空洞又不切实际的仁慈。但亲手毁灭一个世界,使其以更合理的形式在宏大撒巴莱亚星区时空中重生,那可有大半尽是我的功劳。"门芙哈蒂笑着,将普艾希亚痛苦挣扎的身影映入眼帘,要知道在派出那一小队搜探士兵与特定人物接头的时候,这样可爱的表情可是经由投影银幕在自己的晚餐时间收看到的。亲眼目睹,确实能一了在狼狈离开阿基耶星都时落下的缺憾。

"我,只是用一次无关痛痒的变革,从阿基耶腐朽的果壳里剥取出了普南利尔真正的希望啊。"门芙哈蒂讥笑着,捏紧了手中的小小心脏,"……种子!!!"

脆弱,无力,那徒有实体的绵薄之物,以生体纤维草草织就的凡人器官,它就这么爆裂开来了。不,不是从这小姑娘……而是从……自己的体内。

"很高兴,你放下戒备了,你这个杀千刀的混账玩意儿……"

与普艾希亚别无二致的声音从背后传进了门芙哈蒂的头脑中。这扰人的声响着实让人痛苦,它凭什么就可以一而再再而三地折磨一个真正的莱亚意志支持者?在这个节点,隔着整个脑袋,鼻腔里竟然还能闻到狭缝生物的腥臭味。那是在世界的边缘手刃了千千万万个狭缝生物,才得以深刻记忆的难忘滋味。

"想必你就是那个来自未来的拉·普艾希亚,我没猜错吧?说,你都做了些什么,竟然凭空惹了一身世界狭缝的气味?"门芙哈蒂捂着自己的心口,那之中的手渐渐抽了出去,而这样的伤害还不足以使自己的机能停摆,看着那两方不断释放星核源质的魔块,自己仍然是普南利尔唯一的选择。

"谁是普艾希亚了?竖起耳朵听好了,畜生。"那声音中透露着极大的愤怒,在这个愤怒交织起来的狭小空间里,新仇旧怨化作一次次痛击,将门芙哈蒂毫无防备的后背打得千疮百孔。

"蒂露西·佐星·霍格姆曼,你亲手屠灭的佐星狭缝里最后的遗民,你死之前给我牢牢记住我的名字,牢牢地记住了!"

蒂露西从狭缝中探出身来,随即将门芙哈蒂握住普艾希亚的手齐齐切断,而对方好像没有乖乖就范的意图,抽开身子,将浑浊的意念对准背叛自己的叛变者,咆哮着,怒吼着。

"低贱的家伙……你居然,你居然背叛我!!"

"你这杀人魔……有本事像当年那样,在我的族人簇拥下用博加蒙之锚带着你的夫君脱遁出去,且再还原下当时那个虚伪歉疚的表情,让我好借这一次机会看个痛快?"

蒂露西将纯粹青蓝的电弧一瞬拍入身隔百米之远的门芙哈蒂体内,只见黑色的浆流在这道能量的催化下开始变质。那个集合了两种无双能量的霸主在奸笑中痛苦地翻滚,只是这样的攻击并没有特别奏效。蒂露西怒上心头,将一根导管从身后的狭缝中扯出,连接在了自己的背后,忍住剧痛,将仿佛可以炸穿星球的震爆透过自己传导到了弑族仇人的躯体中。顿时黑色的浓浆蒸发开去,挥舞着第二存续魔块的门芙哈蒂在狰狞的表情中全力击中了蒂露西的左颊,一口白色的血浆和几颗碎裂的牙齿从摇晃的头侧喷出,一瞬间蒂露西的双眼变得十分模糊,发出了剧烈的电波声,一把拽开身后的狭缝,蒂露西凶恶地看着门芙哈蒂,嘴里喘着粗气。

身后的狭缝里悬停着一方熟悉的魔块,越过那些管线与闸门,普艾希亚模糊的视线里确实看见了这未曾遗失的物件。当普艾希亚回过神来和偏头看向自己的蒂露西对上视线的时候,只见那个和自己一模一样却又截然不同的蒂露西·佐星·霍格姆曼朝自己努了努嘴。

"之后再解释。"

心领神会。

"就爽快地承认吧,凭你们几个,杀不了我。"酝酿着下一次,这将是最后一次杀招,门芙哈蒂看着在气流中勉强维持着悬停的两人——在第三终焉魔块与第二存续魔块的结合奔流下足以被歼灭的对象。

"好好接下我这股复仇的青雷吧!门芙哈蒂·霍勒斯!"

呐喊着,在这一瞬间,普艾希亚和蒂露西双双将自己的全力使了出来,而在门芙哈蒂看来,这两股力量在积蓄已久的结合奔流还未就绪之际,光凭空移力也足以抵挡——事实确是如此,在两人疲惫的表情中,门芙哈蒂高举残手,将双魔块的能量汇聚在了一起,发出放肆的笑声:"就这点能耐,你们还徒劳地喊出来?"

"看见了!"

腾起的白光冲破了稀薄的黑浆,是在高空中落下的一道如同尼宁特双星般辉耀的光束。

"已锁定目标,手腕偏正角度……完毕!"

"啊——!照亮她,夸克!"

　　裹挟着穿透一切的青色电光,手抵剑格,凌踪将披着霞彩的长剑自上一劈而下,喷薄的白雷将滚滚浓雾中苍白的人形一分为二。

　　一声雷响瞬间穿越了整个格罗细姆森林,甚至身在迦巴迪尔王都仍熟睡之人,也因这夜雷的炸响睁开了眼。

　　"没结……"

　　只是发出了几个音节,身拥星光世界的再塑者,辉黑之普南利尔名号的门芙哈蒂·霍勒斯在白雷渐渐息止中开始坠落,砸击在了空旷的地面上,连同两团漆黑不断消散的光球,散落一地。

　　远处的指挥舰在青紫色的电流中不断燃烧着,将那处空地整片照亮了。门芙哈蒂身旁的光球不断频闪着,似乎在未料及之中接连打出了一阵特殊的信号,在这一刻,在场所有人都吃了一惊。

　　"在这给我……等着。"那破碎微张的嘴唇里仍说出了最后一句话。

　　"魔块!"可还没等凌踪接近门芙哈蒂的身边,一股回旋塌缩的爆炸将碎裂开来的门芙哈蒂完全毁灭在了原地。远方的天空中,一条细不可见的媒介触动了一个巨大的弧口,即使此时的蒂露西、普艾希亚和凌踪已经全力扑向腾空的两尊魔块,但夜空中的两个光团也没有给在场的任何人一点挽留的机会。

　　"博加蒙杖,是撒巴莱亚人的博加蒙神杖……那该死的破棍子!"望着那摊逐渐消融的碎块渐渐消失,蒂露西破口大骂着,忽然醒悟过来什么,便快速一把抱起了在身边瘫倒的普艾希亚,匆忙打开了一道通往自己庇护所的狭隘的空间缝道……

　　结束了,此处这场决定生死的战斗。

　　"放下她!"一声大喝从背后传来。

　　蒂露西闻声回头,只看到那个黑发青年面朝自己,如临大敌。

　　"拜托,事已至此,我这么做是在帮她。"

　　凌踪举起剑,确切地说也不再是剑,也不是那根颓破的钢棒了,在手里的只是一块和周围的碎石手感毫无区别的卵石。手中无剑,尽管如此,也还是紧张地看着眼前的身影,不敢懈怠。

　　"你要把她带去哪儿?"

　　蒂露西抿起嘴,不耐烦地回头,凌踪这才惊觉,除了漆黑的瞳孔,蒂露西的面孔竟也和普艾希亚全然相同。

"治病,救人,懂不懂?她的战斗已经结束了,乖乖,你有想问的可以之后问啊!"蒂露西似乎也不管这么多了,一脚迈进狭缝,将普艾希亚平放在一张特意清出来的杂物桌上,七手八脚地从魔块连接着的管道中搜罗着特定的口径。

"骨头、肌腱、内脏,被门芙哈蒂那家伙拆得一塌糊涂。好姑娘,你可真是拼啊,嘻嘻。"

紧张兮兮的青年愣是跟着一路小跑进到了狭缝之中。构造特殊的狭小空间仿佛是潜艇的内舱一般,在一股冲眼刺鼻的芳香合剂气味中,凌踪几乎无法感受到氧气的成分。用带泥的袖口掩住鼻子,觉察到烂泥的味道也好闻不到哪里去……只是担心而已,愣是在狭缝入口边站着观察,打量着蒂露西的每一个行为,直到过了一段时间,才稍稍放下警惕。

"普艾希亚。"凌踪压低声音。

"我……我听着。"

"这之后我真的有许多问题想当面问你。"

"……好啊。"普艾希亚睁开双眼,向对方微微笑了笑。

"唠什么唠,叽叽歪歪的。必须得要脱衣服处理了,喂,你,给我滚出去。"

"电视人,要知道我不信任你。"贝菲闪耀着蝶翼,如临大敌地看着眼前一脸严肃的蒂露西。而对方一脸歉疚地看着自己,随即,脸上的表情猛然出现了一个多云转雷雨。

"你们俩反应都慢半拍的吗?你信不信任关我屁事。可你只要算是个公的,就给我从这里滚出去。狭缝通道这儿可是我的私人空间,该怎么做也是我说了算。"

贝菲被和普艾希亚长得一模一样的家伙一把拎起自己的蝶翼,接着往外头焦臭的荒地上猛地一掷,正气不打一处来,只见凌踪的屁股上愣是横着挨了一脚,也被从那里头没好气地赶了出来,那狭缝的口子就像从里头拉上了拉链一样无法打开,外头只剩下一人一蝴蝶面面相觑。

"看来,就是这么一个情况。那我们就收拾一下东西,然后回依在堡,你没有意见吧?"

"嗯。"贝菲悬停在凌踪的肩头,找了处合适的位置栖下。

"还真有点累人。"凌踪活动了一下缺氧酸胀的手臂,"不过,我长这么大,还是第一次和蝴蝶说话。"

"我不叫蝴蝶,凌踪先生,你称呼我贝菲如何?"

"好哇。"

凌踪肩膀上搭着一只蝴蝶，小心翼翼地躲开天空中穿梭着的撒巴莱亚监视僚机。穿过荒原，青年偶尔弯腰在地面上捡拾着些什么，左顾右盼，好像忽然有了什么主意，拔步朝着依在堡相反的方向赶去，身影消失在了林线的深处。

"幸亏你们来了。"

"对不起，我说，对不起，普艾希亚。刚才人多，我也不好意思说这话。"

包扎着伤口，蒂露西别开脑袋，愣是使几句简单的道歉显得毫无诚意。

"没关系。"普艾希亚咬着牙，忍着因蒂露西将合剂针管植入自己的后背而引起的剧痛，宽慰地看着眼前的她和某种意义上的"自己"。

"所以，我想了想。从这以后，直到你准备离开这个破地方的时候，再叫我一声就可以。你待在这儿，短时间内魔块的维护和看管我来负责，就算是赔礼了。"拔出普艾希亚手臂上的碎屑，用从邻近集镇收集来的药膏小心翼翼地涂抹上去——这种活还真是第一次干，难免有些粗糙，每当涂了几下后，就还是忍不住去确认普艾希亚脸上的微小表情，事关疼痛几何。"之后你我再无瓜葛，我也好在这个狭小地方靠这些瓶罐管道里收集来……存下来的余能度过余生。"

"要知道，你还是可以跟着我，蒂露西。"普艾希亚笑了笑，在蒂露西的眼里其实有了些泪花，只不过和自己一样睫毛长长的，也藏得住泪光，"我会帮你找到你失散的族人，它们一定在新的家园等待你的回归。"

"别闹了。我完全可以在这个世界快活地生存下去，你知道的，小丑马克西姆之类的，我还可以用那些身份。只是，我必须为作为电视人时的狂妄而买单。对你，我不能奢求更多……我欠你的。"

"我既往不咎，蒂露西。对那些之前你伤害过的人，我会陪你一起去寻求谅解。"

"你真愿意这么做？"蒂露西睁大了眼睛，她想起一些事，一些很重要的事，一些被自己忘却了的事。

"那当然。既然我当初在佐星狭缝选择帮你，那我可得负责到底。"

"臭好人，你这臭好人……该死的，你别说话，傻姑娘。接下来是你的左手……你还在给什么人提供大量的辉映吗？快停下吧，别在这个节点继续做这种耗竭心力的危险举动，要知道你的命依然很要紧。"蒂露西皱着眉头，将稍稍弯折的手臂复位，并将一根带着刺针触头的管线搭接到受损的皮肤上，看着第一始初魔块的余能缓缓治愈着像破布娃娃一般的躯体。

"唔……恐怕在这个问题上我得再坚持坚持。"

"你总是把简单的事情往麻烦里整,普艾希亚!"擦了擦眼睛,蒂露西对着普艾希亚深可见骨的伤口做了一个深呼吸,"不过,见你没死透,你爱怎样倒也无所谓了。"

"真有你的,蒂露西。"

"这么些年,她可能是真的希望我叫她的本名蒂露西吧。"普艾希亚心想,"还真是……"

"就请再等等我……仍在依在堡坚守的各位。我很快就来。"

第14章

凯伯因与帕克特

依在堡。

这根烟已经叼在嘴上烧了老半天了。

薇妮亚把烟从嘴里一吐,在地上用鞋跟一踩,搓出一串橙红色的火星。

也就拿了这一支,抱怨再多也没有意义。战争的逼近只是时间上的问题,老天爷,可没有什么比这个更让人等得焦心了。

"弓弩手就位!"

"堡门护卫就位!"

"凯歌骑士团就位!"

翁路休骑着一匹黑色军马从人头攒动的中庭跑过,检查着各个细节……这座本来完好如铁壁的城堡,如今就像件打满了补丁的破衣烂衫。

"军士,在这道白银星光的障壁下,你们将无畏地冲锋,无畏地杀敌,我们终要再相见,与我们的王一起,以普南利尔之名!"

"拿下这一仗! 兄弟姐妹们!"挥起佩刀,老侯爵在人们的呐喊中竭力高呼,"荣光,为了底特拉伦!"

"荣光,为了底特拉伦!!"

手持巨盾的剑卫成列从难以修补的城墙缺口冲了出去,成了新的城墙,弓手拉满臂膊,以最高的角度射出蔽星的箭雨,与在空中射来的无数光点对峙着。

巨大的两艘航宙舰,从依在堡的南部一左一右拉开阵势,船舷下挂载的主炮猛烈地轰击着,巨大的爆破却鲜有出现在依在堡四周的,在瞭望塔顶的金发青年全力迎击着来袭的炮火,穷尽目力阻挡着所有飞行的弹丸——包括那些散放着绿色光谱的毒雾投弹。帕克特使用内己法不断监视着依在堡的天空,将源术构筑的屏障顶向主力舰持续照射的歼击镭射,眼看着箭雨不断向着远处射倒一批又一批黑压压的人群,帕克特一拍掌,形成大量的云雾笼罩住那些在空中肆意喷发的炮口,虽在这么远的距离难以造成伤害,浓重的云雾使得对方难以照准,也达到了减轻防御负担的目的。

"眼镜,近空出现的船舰,就交给我来处理。专心应付远程状况,你擅长这个。"安诺内茵随后切换到了薇妮亚的芯片频段,"目击两艘。正西,西北。"

"好的,正西,西北。"那些巨大战舰的位置在中庭直对的城墙下凭感官难以确认,不过经这下提醒却是对方位和数量有个数了。左脚靴底在厚重的武器架上轻轻一踹,两枚赤红色的飞弹便从四个发射筒之中的两个呼啸而出,仿佛有驾驶员一般,在空中快速穿越火网,披着两团旋转的烟雾不断提升速度。这些玩意设计来就是了干掉些皮厚难缠的巨大东西,本来该是全由自己来亲手操作的,得亏临时赶来的安诺在上头搭了把手,对付两艘航宙舰的周天防护时才得以省下不少工夫,多少是件好事。

安诺内茵手持一柄连着环形目镜的导引仪,用手不断校正着宽松打袖锁扣上投射出的陀螺光球:打袖的造型十分精美,仿若轻柔绸丝的半透纤维,只消使用者振臂轻轻一扬,抛击命中的一端便能在坚固的锻钢甲壳上打出一个半尺深的凹坑。至于微粒万向投影,只是锁扣上的一个小小功能,这一自安诺内茵离开凯伯因商会之后便一直使用的常时兵器如今已经使用熟练——拜在绝境钢卫中度过的那段艰难时光所赐。

在最后一节助推脱离后,飞弹就像是两道亮粉色的激光穿透了天幕,却在战舰厚重的周天防护力场缓缓地展开时略微受阻减速。受到牵制的对舰飞弹虽在命中后发出了豆子掉入空铁罐般不起眼的声响,仍然一举破坏了悬挂在巨大撒巴莱亚战舰船首下的沉重主炮。另一发照准舰桥的飞弹在急速穿过主炮爆炸的烟雾后仍然没能赶上舰桥保护上升的节点,紧贴舰腹在航宙舰拟星片器的运转库下方忽然转上,还没等近卫系统迎击,整个运转库下层的仓储一瞬间爆燃起来。然而撒巴莱亚航宙舰并不是什么脆弱的物件,运转库的损伤很快被从内部抑制住,将主炮的供能转设到下舷。那些雷火并未息止,整个依在堡的高空仿若下起了一场不断燃烧的火雨,而在城堡外围的底特拉伦士兵们已经和手持利刃的撒巴莱亚属国军们冲撞在了一起,搏命厮杀着。

顶着云梯的撒巴莱亚军士毫无料想这城墙破碎的废墟之中还能冲出一支像样的抵

抗力量来,向着一边齐齐丢下云梯,却不敌在翁路休授意下手持短剑纵入乱阵中的刺杀队,还没来得及重组起像样的防线,便被尽数扑杀在了敌阵的最前沿。多数撒巴莱亚人也没料到后方的炮火和箭矢会被一道屏障阻隔在外,直到几个机敏的黑袖战械师将搭载着重炮的轮车推到了前线,那可怖的重弹轰然击碎了城墙上成排的人体,再将幽怨的呼啸风声吹进了将士们的脊髓之中。

守军中的许多人还没有见识过撒巴莱亚重炮这般惊人的威力,此前只从那些从石谷退驻依在堡的幸存者口中听闻这些兵器的厉害之处,如今亲眼见到身边的活人被隔着前庭、中庭的距离和山岩构筑的射击垛一齐被射飞,砸到城堡的门楼上,喉中登时变得气不能入。

"火石架！火石架！"翁路休猛地将手中佩刀一甩,"放！"

只看到城墙靠后的边沿对着前线阵地抛射出一轮燃烧着的石堆,射程也刚好对上了源术屏障内百米左右的想定落点。那些在欢声笑语中填装重炮的撒巴莱亚军士匆忙躲入炮身两旁的盾墙,不料滚烫燃烧的石堆在命中的瞬间飞溅开去,虽没能击穿盾墙,却将重炮附近的弹药车大多砸碎在地,没经燃烧多久,那些重炮炮弹便在后方的阵地炸裂开去,紧接着被多种爆燃纷纷烧着了的撒巴莱亚军士们号啕着从成片的盾墙后面滚出,挣扎了没多久,便在熊熊烈火的炙烤中翻覆倒地。

"干得好！"老侯爵大吼着,生怕在场有一个人没能听见,"现在,再装填！所有城墙弓弩手复位,不要怕死,更不要怕那些将死之人,听令,起身！底特拉伦人们,预备队,向前冲锋！"

"哦啊——！"

矫健的军士们从被拉开的尖刺木闸中腾跃而出,手执轻盾与长剑,向着阵地中血战的先遣队兄弟姐妹们飞奔而去——赶在阵线被黑压压的敌群冲溃之前,和重获新生般的箭雨一齐撞进战场,对着黑头盔的顽敌们大力砍杀。

随着两发拖着红色尾焰的飞弹即刻命中了右侧航宙舰的侧舷和主炮,帕克特登时觉得维持屏障的压力减轻了一些,一边赞叹于普艾希亚赠予涌动的强力,另一边则小心翼翼地处理着屏障各处的舒压:哪怕是交战的最前沿,也绝不让移动的屏障妨碍到底特拉伦军士们的战斗。他高举着双手,费力地维持着巨大的屏障,低吼着,试图忽视上半身因源能奔涌而引起的阵阵酸痛……但帕克特深知,当下这就是他的战斗。

"要知道下面攻过来的只不过是些撒巴莱亚属国军里的炮灰而已,薇妮亚。"望了望塔顶,安诺内茵卸下导引仪,在身边的空地上从插片袋里缓缓析构出一门造型如同摩托车框架般的大型照射炮,"我认为首要任务是尽快解决天上的麻烦。"

"自不必说。不过我可不会想带炮箱这种东西出门,顺带一提,安诺,在你边上听得多了,我开始能认出'闪电七'社那默认开机的声音了。"薇妮亚向武器台输入着复杂的指示,两侧的飞弹舱便开始执行稍早之前的指示,在抛出弹架之后,将一发新的单兵对舰飞弹装填进去,"广告曲还挺好听,嗒嗒嗒嗒……嗒嗒的。"

"……你就没一个音在对的调上。我问你,你凭这点辎重就想着去找托卡马克·塔西那个老狐狸算账,我能不能说你一句有关你脑子不太好使的话哩?"随着屏幕上的"闪电七"符号变成了复杂的投影数据面板,拎起自己的炮箱"浪子唐顿",安诺内茵轻轻一耸肩膀,灰色的战盔从项圈上的插片处快速展开,绕过那根身为依尔菲克与生俱来的蓝色长角与另一根金属包覆的断角,从钢板中将一块带着虹膜反射的前盔挂下,放出一阵调整气密用的烟雾,完成了装配。

"你不能。"薇妮亚笑了笑。

"这么说来,在勒克莱尔时,那个列辛也给你行了个大大的方便——到头来你却是个口风不紧的家伙。"薇妮亚努了努嘴,一踹踏板,按着帽檐,看着两枚对舰飞弹向着战场平行的方向划曳过去,在敌阵的正上空抛下燃料舱,随着一阵声爆的气浪掀起,飞弹加速迂回着,就像蝮蛇般窥伺着,等待某个机会,好直捣撒巴莱亚航宙舰那张牙舞爪却意外地十分脆弱的舰体底部,"我本没什么理由参加这样的战斗,只不过开始和几个有意思的家伙同行之后,我改了些主意。何况,要是从这里去到更接近勒克莱尔核心的地方,光凭我自己是做不到的。"

只听到那头的安诺内茵冷笑了一声。

"亏你有这自知之明。先问问你,去时空界结找你老妈要用到的钥匙,也包括上面塔顶的那个? 我看他像极了。"

"呃,你能这么想是最好的,因为他确实是,真是巧了。"借着武器台的顶缘向上一跃,隐约能看见两个灵活的光点在密集的火网中游走着,而一发几乎瞬间命中敌舰防护力场的透明脉冲,如同一壶冲散麦麸的热水将大名鼎鼎的撒巴莱亚式周天防护力场驱散开了一个震撼的巨口,两发渐次加速到极致的飞弹在一瞬间钻进了空洞,重创了战舰的尾部,隔着老远就能望见航宙舰的灯光瞬间黑了一下,或许是启动了备用能源。摇摇晃晃的巨大战舰就像是在这一瞬间发起了弥天大怒,丝毫不管不顾实弹与光子舷炮的过热或过载,启用饱和火力向着依在堡的方向扫射过来。战机舱脱离了主要舰体,数不清的飞行器开始从下挂的舱门里弹射出来,弹射甲板的供能区在此前飞弹命中时受到了不小的损害,比起边上那艘同样释放着大量飞行器的航宙舰来看,发射速度显然要慢上许多。

不过对方也清楚依在堡上空这一面坚盾的性质,转而寻找起障壁防守的薄弱处来。这一举动也丝毫没有瞒过薇妮亚的眼睛——大量飞行器和尾舰的行进逐渐降低高度,似乎找到了它们寻求已久的进攻良机。

快速拆下武器台中几个重要的单元,薇妮亚忽然转头,开始朝向依在堡斜靠山坡的另一面狂奔起来。

"薇妮亚,看见敌舰一瞬间的抖动了,现在西北的那艘是投影诱饵。尚不清楚他们的目的。"安诺内茵拎起炮箱开始向平台的后方移动,当跑到一扇木门前时,止住脚步,推开木门,朝着塔楼的螺旋楼梯深处大吼一声,"眼镜,小心背后那片区域!"

惊出一身冷汗,帕克特猛一回头,双星方向的地平线尽头忽然出现了一群黑压压的密集点阵,不断拉高,仿佛形成了一次摧枯拉朽的海啸……

"谢谢……不用这么大声,我已注意到了!"

下面那个长角的人早就跑远了,也犯不着纳闷,帕克特揉了揉酸疼的肩膀,方才意识到自己施放和维持源术并不需要非得把手摆出一个特别帅气的姿势,忽然有那么一个瞬间觉得自己十分愚蠢,当时墨兽只是看着自己偷乐却不说破罢了。只是太阳穴深处好像有那种被源能涌动撞击的不适感,但较之于荒法之原的源能纹痕反噬心智所引发的钻心剧痛,这种感受便也不值一提了。

师出名门,现在自己的忍耐力简直到了人类中的巅峰。

"在耗尽之前,我要替这座依在堡全部挡下来。"

"用我所有的源能,若它能穷尽,嘿嘿。"抹了抹脸,帕克特爽朗地笑了。

这确实像是故事中的英雄会干的事。高举银盾,抵挡恶龙的龙焰。而身旁的两名战士,正如蓄势待发的屠龙之剑。

格罗细姆森林。

"这之后我一定要抱着枕头睡上三天两夜,我决不允许任何人打扰我。"

"看得出你十分疲累了,凌踪先生。你不考虑先回到依在堡吗?"

一个扛着破损外骨骼的青年和一只发着幽幽荧光的蝴蝶在茂密的树林中穿行着,

青年抬头远望依在堡方向巨大屏障映出的天辉,熟练地使用手中的一柄破剑劈开碍事的枝杈。

"现在行进的方向正好是我赶过来的那条路,看见那边的溪沟了吗?那条灌木丛里拖出来的那条尾巴。现在往左边接着走,那里是一条宽阔的林道,之前差点迷了路,现在不是回去的时候,贝菲。"

"看见了……那是被撒巴莱亚人驯化的野兽吧。"贝菲扑棱了几下,"话说你想好了吗?就这样沿路摸过去,很有可能遭遇撒巴莱亚属国军防止突围所设下的伏兵。"

"我来这里,是为了印证我的一个猜测。我之前听翁路休先生说过,有人正在赶往这里解围的路上。"

当时在浓雾中释放定位波时,感受到那如潮水般的锥形反应点。站在大路中央,凌踪将破剑插进泥地,撑着腰看着夜幕中的地平线,感受着周围渐渐迫近的声响。

终于来了。

"好多人……他们就是你在等的人?"蝴蝶飞上树梢,它在那里放眼望去,似乎在赫里斯星和居拉尔双星之下,林线的缝隙中尽是米色旗帜与闪耀着钢铁银光的人马。

"是的,按照我的预想,他们会是这场决战的胜负手。喂!停下!停下!"凌踪鼓足劲,朝面前的人们高喊着。

"停马!"

"全军听令!停止行进!"

张弓搭箭,一群装备精良的骑士从两边的林子里团团围了上来,用长矛与佩剑在中军之前形成了一道坚实的围篱。

"何人阻我,可知军前误事当处死罪?"看着眼前以双手拦着大路身着底特拉伦军服的青年,马上那位英气逼人的将领拔出马鞍边的佩剑,正色道。

"你原本是怎么想的?听从情报那样从这一侧冲进战场给依在堡解围?"凌踪放下双手,"我得通知你现在计划有变,我以命作保。"

看着这个遍体鳞伤的青年神色镇定,似乎成竹在胸,将领摆了摆手,一旁的骑弓手们也稍稍垂下胳膊,静听着两人间接下来要发生的对话。

"没时间互报名号了。告诉我,你的计划有变是什么意思?"

"借我一匹马。随我先动起来,想赢吗?那就路上给你解释。"

翻身上马,凌踪疼得低喘一声,又从一旁的刀剑侍卫处接来一把好剑,一拍马颈,随着后面军令官一声大喝，整支见头不见尾的大军便向着格罗细姆森林的西南方向开拔。

"看到那些天上的攻城火炮了吗，这位……"

"贾那摩。"将领快马加鞭，隔着两名侍卫向着凌踪报上名号。

"贾那摩先生。这样讲吧，我们要从他们的正后方绕过去，彻底废了他们的后方阵地。"黑发青年一甩缰绳，"现在正是良机。必须快，要以这样强大的冲锋军势一口气毁灭他们。"

"别听他的，贾那摩王子殿下，依在堡可能会因为我们这样绕上远路而陷入更大的危险！"一旁的副官急得满头大汗。

"我看过翁路休侯爵差人连夜送来的石谷镇围城战的汇报，"鬓发被强风吹至脑后，带领着这支铁军的统领毅然决然，"先捣了对方的援阵，不错！这样的攻法我允下了。赫里斯弓骑出列！"

几匹速度奇快的骏马从一旁的骑阵中迈出，单独在全军正前方汇成一支小队，背上整齐的裹布长弓排成一列，等候着统领的差遣。

"前去灭哨！"

"得令！"

凌踪看着这支由王子亲兵构成的别动队轻拍骏马斜着全速冲向撒巴莱亚的后阵，暗自为他们的举动捏了一把冷汗。

直到随着军队慢慢迫近了与防壁垂直的地点，凌踪才发现，树林中零散躺着不少属国军的暗哨，而那些装备精良的黑盔哨兵似乎都是在没能觉察到来者的情况下，被从极远处用一支支修长的木矢穿喉而毙的。

"先提醒你，贾那摩先生。"凌踪拔出佩剑，另一只把着缰绳的手指着前方黑压压的森林，"依在堡阵线的两军相持仍在继续，但我们要做的是彻底歼灭他们的后军。"

远处的火光已经到了足以目视的距离，骑兵们架起长枪，准备朝敌阵发起一轮致命冲击。

"当然了。"贾那摩高举寒剑，"全军听令！踩碎那些侵略者的尸体，再向着荣耀屹立的依在堡发起援攻！"

星光穿过逐渐稀疏的树影，照亮了王子身后无数的旗帜、蓝盔与刃尖。

尼宁特人闻而生畏的底特拉伦迦巴迪尔卫国军，及其整个大陆最优秀的骑士团，即将在此发起冲锋！

仿若山鹿怒鸣，枪间号角吹响。

"唯有胜利！"

"荣光底特拉伦！"

铁蹄卷土，杀声震天！

底特拉伦王国南领，依在堡。

覆上面盔，一名威武的骑士向后高撑盾牌，放声大呼起来：

"为城内组织战线争取时间！战士们，举起刀剑随我进攻吧！"

"底特拉伦，凯歌骑士团，此世荣光，与诸位长存！"

"杀啊——！"

城门缓缓打开。重炮的弹丸砸入城门的金属中，未炸裂开便下落的炮丸被疾驰而出的重甲战马一蹄顶开，随即从中庭的先端拥出了一群身穿迦巴迪尔辉蓝甲胄的底特拉伦骑士，高擎着飘扬的底特拉伦军旗与凯歌骑士团的骏马衔矛旗，越过决口处盾卫构成的防线，向着步战阵地扎了进去，像洪水一般冲垮了撒巴莱亚攻势。翁路休在城头紧张地注视着，在他的授意下，骑士团在一轮正面的冲锋之后，很快折返回来，虽小有损失，但依然保持建制。见状，侯爵高呼一声，两侧早已摩拳擦掌的步兵团高举手中寒光四射的利刃，向着被冲垮的前线杀将过去，大多数属国军士兵还在重蹄踏地的耳鸣声中找不着北，就被依在堡常驻训练有素的步兵团连砍带劈，斩卒诛将。

早有了准备，早期待在依在堡与石谷进犯之敌决一胜负，翁路休看着战线缓缓向着屏障推进过去，心中多了几分把握。敌方军团虽然占据优势，听闻还有精锐预备在后，老侯爵意图收缩，若难以再推进，便号令回撤，好使部队在城墙近处得到更多掩护，纵使对方是如石谷守军所说的甲胄猛士足可以一当十，想来在遇上底特拉伦枪矛和劲弩的时候，也难免是要交待性命出来的。

只是这些轻装敌兵仿佛没有了穷尽，翁路休时刻犹豫着是否要将前线已经七进七出至精疲力竭的凯歌骑士们收势休整，一咬牙，便指挥中庭旁侧待命的枪矛手团向着城外突击出去。飞梭的枪矛快速压倒了成片嘶吼着扑来的撒巴莱亚士兵，即使暴露在如此不利的境况下，枪矛手团依然不断从这一个方向发起猛攻。

"这些还能算是人类吗？"翁路休心想，"这帮热爱杀戮的家伙的双亲乃至祖国到底是处于一种什么样的完蛋状况？"只见一阵强光，影子被一下缩短到了一人的大小，一回头,只看到令人窒息的满眼的光点。瞭望塔的另一侧有个瘦削的影子仍然站定着,应对试图将这世界毁灭至熔蚀状态的地狱舰队。几道光线从平台与稍远处的山壁上照向天幕,无数燃烧的火球在天空中爆炸下落着……

"加戈领主,您看到了吗? 在这里发生的战争。多亏了异邦人的帮助,我们现竟与眼前强敌在攻势中相持不下! 但士兵们撑不了太久了,这座城也撑不了太久了!"

"我们坚守,直至迦巴迪尔卫国军转道来援——"翁路休猛地一捶身前的射击垛,"或者任何援军,能把那种恶心的脏污从我们的国土上抹掉,直到高歌底特拉伦的荣光……奋战吧! 各位!"

"和他们拼了!!!"军士们高喊着,随着吹响的冲锋长号一齐扎进了黑压压的敌阵,与侵略者们厮杀起来。

"乖乖,咱们捅了马蜂窝啦。我得去帮忙,这些为保家卫国热血澎湃起来的兵士们老实说可根本不是撒巴莱亚真正精锐的对手。"

"闭上你的破嘴,现在后悔没有带足够的装备了吧。"安诺内茵全身覆盖着灰黑色的铠甲,蓝色的长角在夜幕中发出淡淡的荧光:手中的照射炮向着远处透明的战舰射出崩解力场的脉冲,用膝盖一顶,炮口下方的副炮口上下连接的指示灯闪烁着,炮身随着充能剧烈地抖动起来,黑色的手甲紧握着摇晃的栓杆,登时照射炮安定了下来,随着薇妮亚标记灯的就位,一发旋转着的光弹从狭窄的炮门处喷薄而出,从舰首直通后舱,避开了"闪电七"社资料中撒巴莱亚军舰拟星片器舱室的位置。如果那玩意儿被"浪子唐顿"的能量炮命中产生不良反应炸裂开来,半个凹陷的尼宁特大陆形成的深坑填灌毫无疑问会使这颗星球的海底山脉尽数裸露在外。

"该带的我可是都带了。对了,需要我提醒你吗,安诺? 费瑟夫能源装置在这个破地方只会进入储能不可逆的衰减与消耗中,像你这样再打上几发……哦,不。"薇妮亚用手轻轻捂住嘴,露出抱歉的表情,"你真得换块小型反应堆了。"

只见安诺内茵的腿甲嘭的一声掉落在地上,安诺内茵皱起眉头看了看自己手里的爱炮"浪子唐顿",稍稍叹了口气。

"好吧。"依尔菲克少女歪了歪头,"反正所有的撒巴莱亚军舰都在这里了,在找不到打通星脉的方法之前,谁也别想离开这里。没错吧?"

"没错。"薇妮亚耸了耸肩,看向远处的战线。

那里万分需要帮助。薇妮亚十分清楚,撒巴莱亚属国军正在将他们的精锐派往正面战场。

"那就先让那艘战舰见鬼去吧。"

对着第二艘航宙舰猛地一抬炮口,稍作瞄准,一发脉冲弹准确无误地瓦解了周天防护力场,依旧喷着浓烟的主炮使这艘战舰的目标十分明显,换作在绝境钢卫的时候,这样的撒巴莱亚伤残舰只被老成员们称为"曼拓靶",照例说射击这样的船舰还能失手脱靶的话,就得自觉去曼拓·卡夫卡队长的轨道赌场里发上一个月的牌,没有假期,没有薪资。

"你省省吧,别到时候连件能穿的衣服都挂不住。"薇妮亚眯着眼,看着眼前这头被称为绝境钢卫最凶恶的"一角冥王"气上眉头——

上次看到安诺内茵如此大动肝火的时候,薇妮亚心想,是在自己生日的那天,自己喝醉了酒后整个人滑倒在安诺做了两天一夜的蛋糕塔上。那时的安诺内茵一把将醉醺醺的薇妮亚从蛋糕堆里拽出来,狠狠地在她的屁股上踢了一脚。因此,安诺内茵当场获得了绝境钢卫老板的赏识……毕竟在这宏时空里,没有人胆大到敢踢一个凯伯因的屁股,更何况这么做的人也是个凯伯因。

扣下扳机,"浪子唐顿"中发出的粒子光束朝着想定的方向急速飞去,径直击穿了舰首下舰桥的位置,但似乎没能将战舰整个瘫痪,再起一炮,"闪电七"系统的关机声从平台的角落上响了起来,透过耳麦传到了帽檐下面。敌舰摇晃着下坠,却在将要迫降之际忽然抬升,在用瞄具观察了好一会儿之后,薇妮亚才松了口气。

"它们正在迫降,干得好。这样,战舰的星片器引擎就能保住了。"

一阵金属撞地的声响后,果然,那头忽然就没了动静。

动气……动气害人不浅啊。

"八成你是把费瑟夫反应堆给打熄火了吧?等着,我把备用的能源盒递给你。"薇妮亚双手换位射击着空中不断试着闯进屏障,从塔下接近顶端的无人僚机,角度可以说是非常刁钻。比起那些有人的机型,这种科技恶魔的产物反而难缠得多——保持一个速度和频率射击的时间过长,就会给对方学习上传的机会。久而久之,再熟练的枪手也会射失目标,单纯是因为忽视了这些玩意儿的可怕之处。

"你不如省点力气去对付那些撒巴莱亚人吧,那些家伙要开始动真格了。"

"咱们已经帮这地方解决了几个超级大麻烦,拿着,备用的单兵能源盒。用一盒少一盒,从现在开始精打细算,直到有再续上能源的机会。"

　　大量的飞行器从远处快速逼近了依在堡的山壁,只见对方一把抢过能源盒,在腰带的锁扣上猛地一拍,那些松松垮垮的裙子和袖子就又有了支撑。换作平时,只要不被棘手的攻击命中,五六天内都不需要更换新的能源盒,比起常规的能源盒,从薇妮亚这里拿到的似乎还要更小一号。

　　"你是不是故意给我这种小容量的? 我就知道,死抠鬼。还有,你递枪给别人的时候倒是先退膛啊,亏你在勒克莱尔还是个正牌军呢,一堆陋习,活像个兵油子!"安诺内茵一脸不悦地将插片快速塞回到插片盒中,赶在插片盒变得烫手自熔之前。她端起凯鲁步枪,毫不犹豫地凭经验向着空中打出了理论上最容易且确保命中的第一枪。

　　"亏你们做到了啊! 太棒了!"大喊声从高处的塔楼传来,只稍稍探了一下脑袋,便很快缩了回去。

　　帕克特瞧见了,从迫降的船舰处飞来一阵黑压压的乌云……

　　"是冲着那家伙来的,击坠它们!"安诺内茵松了松握麻了的手,又将枪身上面的握把紧紧捏在手中。一把压住枪身,依尔菲克少女将枪口的光束朝逼近的机影猛地射去:"数量太多了!"

　　薇妮亚应付着四周像飞蝇一般梭行着的无人机炮,手中的两支枪管打得热烟滚滚,而面对从迫降处蜂拥而来寻找障壁源头的无人机阵,仅凭姐妹二人实在难以招架。

　　"见鬼了,见鬼了!"捏了捏鼻梁定神,帕克特将注意力从高塔下方集中到围绕着依在堡的无人机群上。这些东西对自己而言反而是容易对付的,在强力的源能支持下,几乎只需要将源能压缩成团输送到预定的位置,然后转化成为恰当的形式使它在释放的同时构成破坏。

　　但渐渐地,这些东西就像是看穿了自己的技法,以更大的数量与更诡异的运动方式逐渐逼近塔楼。

　　源术如今在供能充足的情况下,运用时不再需要充能,和在无陆之海时驾驭高浓度环绕的源质有所区别,源质在这里甚至称不上稀薄,必须通过投射来形成对应的介质轨道,然后凭靠对源能的理解来引导施放源术。源能屏障便是最好的例子,构成屏障的前期工作就像是用炭笔描出一张带光影的薄网,再用多色奔涌的源能填平那些网格间的空隙。

　　"离我远点!!"

　　一次次地引导,旋转着炮管的无人飞行器还没对空无一物中连续形成的能量攻击产生逻辑,便成串被爆炸的震波击落下去。只是简单地理解源质,普艾希亚交由自己的这部分能量大多是接近一种青蓝色雷光的源质,用其来阻挡射击和隔离人群有着卓越的效果。帕克特看着两架战机从高空朝着依在堡中庭俯冲下去,凭空在空中画出一道电纹,两台圆桌大小的无人机便坠毁在一排帐篷边沿,所幸没有伤及无辜。

只见在浓烟之中,一个缠满绷带的人影在另一个人的陪同下匆忙披上大衣,不顾周围人的劝阻向着中庭快步走去,一回头,旋转的炮门对准了自己的身体,射出一连串震耳欲聋的机炮——帕克特一口气在身前砸出一个陷入砖面的屏障,弹丸的碎屑从边上弹散开去,几乎就要沿着正面的切角把整座塔楼的顶端用炮火锯断。

"我的上帝啊!"

背后,身侧,红色的准星灯围绕着自己。面前的飞行器在光束的射击下坠毁了下去,帕克特一转身,试图用内己法再次构成攻击,然而注意力无法集中到距离极远的余量屏障进行解除,只有顶着一面逐渐碎裂开来的屏障苦苦支撑着,耳膜几乎要被密集的扫射震破了。这个位置是薇妮亚和安诺内茵射击援护的死角,这些该死的飞行器在边沿巧妙地伸出探视镜,观察着凯伯因们的弹道,跟着凯伯因的跑动不断转移着射击瞭望塔的位置。

"别死啊!"将发红的双枪丢在一边,薇妮亚咬了咬牙,朝武器台伸出了手。

一把拔出骑枪,旋转瞄具,单手朝着空中猛地一扣扳机,骑枪弹在空中画出一道之字形的轨迹,环绕着烟尘萦回的瞭望塔急速击穿了三架飞行器,第四架与第五架在前三架的击毁学习数据上传的一瞬间避开了骑枪弹,对着帕克特不断射击着,仿佛直到最后一颗机炮弹射空之前都不会停息——

"我撑不住了!"只有那么一秒,帕克特考虑过解除环绕依在堡的屏障,可想起凌踪在路上所说的在石谷镇驻守时被撒巴莱亚炮火压制时守军中的惨象,咬紧了牙关。

"轰——!"剧烈的摇晃伴随着地壳中发出的鸣响打乱了战场上的一切动态,从格罗细姆森林的方向传来了星球撞击般的巨响,而过于剧烈的晃动使得依在堡受到炮击的半侧直接坍塌下去,同样也包括早已摇摇欲坠的瞭望塔,只感觉手臂和脸上忽然传过一阵滚烫的感觉,屏障在空中飞行的无人机不间断的射击下破碎开去,帕克特正因剧烈的摇晃跌倒在地,手臂上被生生射去了一块皮肉,而脸上也被机炮弹溅起的飞石蹭出一道血痕,向外不住地流着鲜血。

方才接近塔楼的无人机很快被凯伯因姐妹逐个击坠,然而剩下为数不多的无人机似乎找准了进攻的目标,齐刷刷地向着帕克特所在的地方射去弹丸。

"怎么回事?!"摇晃越来越剧烈,安诺内茵和薇妮亚见状向着两个方向跑向发出机炮射击火光的地方,鞋跟紧紧抵着经过的平面,在不断抖动的山壁院落的碎砖中寻找落点不断跳跃着,目的只有一个。

"源能的供给也越来越弱了……格罗细姆森林那里到底发生了什么?"帕克特暗暗感觉自己的大腿处也受了不小的炮伤,苦苦维持着笼罩着依在堡的屏障,背抵砖面,向已经崩塌倾斜的瞭望塔外壁失衡滑了下去,只觉得背后和身上火辣辣的。手里紧紧握着从脚边抄起的背囊,里头在不断的磕碰之中发出瓶罐碎裂的声音,鼻孔和嘴角也在不停地淌血……

他止不住地开始侧滚起来,猛地用手挡住后脑,一下撞在一块隆起的碎砖上,本就受伤的手臂血流如注……那道宽大复杂的屏障依然坚持着,而自己身前的屏障却消失殆尽。机炮沿着斜坡一路扫下,帕克特按动太阳穴,奋力地从剧烈的晃动与无法施放源术的窘况中寻求解脱……当机炮将一大块碎石震入他被血染满的金发中时,一切抵抗都失去了意义。

"疼……"

"发现目标。"鱼群透镜及时通译了从飞行器中传出的信号声,帕克特挣扎着撑起身体——右手仍然能够动弹,猛地一推身子向更低的斜坡滚了下去,顾不得狼狈,青年由着两脚朝天落入一个石堆的边角处,也不知道自己到底出了什么毛病,即使在这种时候,仍然使用存量无几的源能保护着已经半为废墟的依在堡,尽管大脑沟回之间的意识都快消散了。

两声枪响,薇妮亚从斜坡上冲了过去,一把从空中夺过一团用油布包裹的包袱,再起三枪,用手中的西塔光束单元快枪射毁了四五架蜂拥过来的无人机。白发蓝角的少女随后端着步枪从另一边冲了上来,不断朝着四周射击着,在纷乱的机炮中闪躲寻找着掩体。

"小心爆破!"

一团火红色的斗篷裹着一个按着兜帽的身影沿着斜坡滚了下来,帕克特伸出手,从那边伸来的手中接过那个包袱——长着奇怪肉眼的怪书和半截断裂的木杖。一声闷响之后,四散的飞行器零件向着周围散落开去。

"他们刻意袭击这里是冲着这包东西,如果我猜得没错,大概就是这半根曾经带着他们来到这里的神叨木杖了。先不管他们来这里的本意是什么了，怎么样，靠自己能出来吗？"

"腿……断了。"

"没事，我背你。先深呼吸，清空气道，然后把手给我。"

朝薇妮亚伸出还能勉强动弹的右手，帕克特满眼血丝，整张脸都被砖灰铺满了，不断咳嗽着，从碎石砾中试着撑起身来，又跌坐回去。

"我的包……"

"那种东西回来再捡也可以……你放心。"薇妮亚一把把满身疮痍的源术师从废墟中拽起，轻轻蹲下，扛在了肩上。她挽了挽头发，手指小心避开了帕克特受伤的脸颊。

"我的包……"帕克特指着远处被射断了肩带的旅行包，那上面破了一个大口子，原本鼓鼓囊囊的背袋里现在只能说是几乎空空了。薇妮亚几步跳过去，弯腰一捡，把破开的口子稍稍折叠，拎在手中。

"快点，我去追击不远处那只摇摇晃晃迫降了的大鸟，你们赶紧离开这里……决不能让这些飞行器继续运作。"从瞭望塔的废墟上跳落下去，安诺内茵在肩膀上挂起两把短托步枪，向着空中盘旋着的无人机群不断射击，可那些无人机就像是接收到了什么命令，不断向着方才格罗细姆森林发出动静的位置行进着，似乎对薇妮亚和帕克特登时失去了兴趣，"趁还来得及，去援助正面的战场。"

不知道普艾希亚和凌踪那边发生了什么，但这些杀人机器转而朝那边赶过去，实在是帮了这里的大忙……

薇妮亚环绕着废墟在浓重的烟尘中持续检视着。安诺内茵见状向薇妮亚使了个眼色，两人往反方向跑了出去，薇妮亚借着地势从平台上一路跑到安全的中庭。从废墟后头陆陆续续钻出几个底特拉伦的士兵来，看着薇妮亚，生怕自己说的话对方难以听懂，比了几个手势，便把受伤的帕克特从薇妮亚肩上接过，谨慎地向下两步并作一步地将人扶去位于依在堡底层的医护区。

"还真是……"薇妮亚看了眼渐渐关上的平台木门，又看了看远处在翁路休指挥下在依在堡外与屏障内困住的敌人不断交战的底特拉伦战士们……筑起了一道铁血屏障，整理了一下领口，眼光如炬，"一个个的英雄好汉。"

紧了紧手套，一个小小的带着喷嘴的插片助推阀带着黑色的插片旋转着从极远的后院飞回到薇妮亚微张的双指中。轻轻夹住，将来物塞回到插片袋中，薇妮亚从腰间取下两柄西塔光束单位,在对侧的腰包中一划,拔出两柄闪着红色薄光的长刀,抖落一些刺鼻的沙灰。

"这堆破粉扬尘都快呛得我产生仙境幻觉了。"

"嗯？尘……仙境幻觉。尘幻,哦。"薇妮亚像是拿定了什么主意,暗自微微笑了笑。

"这支小队就叫尘幻。撒巴莱亚,从今天开始给我记好了。"

从中庭顺势而下,轻掩帽檐,烈焰凤凰从燃尽的古堡中拖烟而出,三步并作两步蹿上城墙,拍了拍翁路休侯爵僵硬的肩膀,从城墙上头飞跃出去。

"先生！放轻松,活百年！"俏皮的声音在楼宇间回响着。

"这闺女！"翁路休胡子一翘,几乎凝固的嘴角边露出一丝难得的笑容。

"凯歌骑士团,冲锋！"为首的骑士罩上被汗水浸湿的面盔,高擎军旗,一甩缰绳,伙同身旁的甲胄骑士们跟上薇妮亚冲刺的步伐,高举长枪,与薇妮亚一齐撞进厮杀正酣的敌阵,一举撞飞了一整排对此毫无防备的属国军士兵。

从天而降的刀锋像龙卷风一样撕碎了入侵者们的阵线,其中混有不少精锐的撒巴莱亚黑铁卫。就连刀斧都还没举到胸口,迷茫中只知仰面倒下。那对火红双刀精准地在混乱的杀阵中开出一块净地,但凡是驻足欣赏了一会儿短袍下腾起的战舞,有心或无心,皆断了呼吸。

骑士们甚至无须再回至城前拉起冲量,只是向前突进,将本就拥挤的撒巴莱亚属国军们冲杀驱赶到薇妮亚的四周,任由那道赤红龙卷撕裂着所有妄图向前逼近的人潮——没有任何人物能够围困住薇妮亚·凯伯因。

只有一件事在凯伯因中无人不知,即使是旧TCC时期的"霸剑"桑泊布·以劳恩或是大名鼎鼎的"范夫卡极光"西博文·凯伯因,实力皆不如这位凯伯因中的凯伯因——天选女武神。她既有父亲西博文·凯伯因的武勇,又有母亲获德露娜·康沃翠斯的细腻,茫茫星海中虽仍是一只尚未成熟的凤雏,却早已受宏时空勒克莱尔轨道星区中的万众瞩目。烈焰凤凰,名副其实。

杀声震天,底特拉伦的铁血男儿们纷纷跳进战线,抛下重盾,双手持剑与敌人拼杀开去。从城内不断冲出后援,翁路休不断整编着包扎好伤口仍可一战的兵员,手执枪矛誓为祖国而战的少男少女们,甚至第一次拿起钢剑板盾的农妇们,在一声令下拥出大开的城门,从两侧翼支援而去。

"冲啊！荣光……底特拉伦!!"身披重甲的骑士单手提着大剑向着重炮阵地冲了进

去,战马的胸骨被重炮的钢管撞陷进去,跪翻在地。而上头的骑士大吼着,抡圆了大剑,猛地将一群黑甲军士砍翻在地,那大吼声使许多人精神一振——正是被潮水般的敌人压制得动弹不得的康夫卡部队,许多人几乎一瞬间认出了鲁耶那堡主那个敦厚结实的背影,纷纷高呼着,举起兵刃向着那人受围的方向突刺过去。

几枚铁弹被有力的大手从人群后面掷出,这些按照凌踪设计图所制造的霰爆弹丸在敌阵中炸裂开来,四散的铁屑飞速击倒了全身覆甲的敌兵,战士们一拥而上,在敌潮中撕开了一道足够掩护前阵回撤的口子。

"支援鲁耶那·西西弗斯伯爵!胜利将属于荣光的底特拉伦!"带着一队身着卫兵制服、手擎军旗的后援赶到,杰森脸上难忍的痛苦的抽搐被满腔的怒火硬压下去。挥起妹妹的佩剑,与身边手执锐矛的护卫们左突右刺,所过之处遍插军旗,那些城外撒巴莱亚属国军们临时搭建的工事被勇武的战士们一口气端垮。最前沿的撒巴莱亚军队不断败下阵来,正欲后撤,却被身后无处可逃的人大力推肩,无法站稳,惊惶之际,已在两军交撞中踉跄送命。

"和他们决一死战!"翁路休带着城中最后一支装备精良的近卫部队杀出城外,正好赶上一支撒巴莱亚小队的骑兵从步战阵线中冲脱出来,不由分说便迎击上去。战马战兽相撞,兵刃交击,几番剑斗下来难较输赢,直到盾卫们拔剑冲了出来,这些茫然不知所措的撒巴莱亚骑士们连人带战兽被盾墙推倒在了城外草地上,未及翻身逃命即被乱剑刺死。

"外面,打得怎样了?"帕克特摘下镜腿弯折的眼镜,稍稍恢复了一些足以对话的意识。只看到不少医官绞着沾满血水的棉布,丢在一旁的废布架上。医官见帕克特睁开了眼睛,按了按他的脖侧:"哇,我的骨头……它还真是白色的,我看见了,我好想吐。"

"你醒得刚好,快松开手,我们刚才没法处理你左臂的伤口,你得把手里这个包袱先放下,别着急,慢慢来。"

手里攥着包裹着博加蒙断杖与魔眼怪书的油布包,只轻轻松开手,油布包掉在了一边的毯子上,帕克特的手还是保持着半握的姿势,僵住了。

"这边开始发起最后总攻了。"医官看了眼门口奔跑的人群,其中不少人提着剑,捂着包扎好的伤口向着城门的方向拥去。

"我记得我们不是在……守城吗?哇……好疼。"帕克特想要揉一揉脑袋,那里面实在肿得发疼,好像有了什么急性炎症一般。

"情况好多了。大家士气高涨,刚才经手的伤患说了,都能听见远处的号角声了。"医官颤抖着嘴角,露出了灿烂的笑容,一丝小小的悲伤就和满脸的疲劳一样无法很好地被粗布面罩遮住。

号角?

"隆德毕德国的军队!隆德毕德国援助我们的军队来了!"传令兵在中庭高喊着,有几分紧张,但还是很兴奋。

"格罗细姆森林西侧有我们的号角!是我们的人!我们的人!"

中庭中高喊欢呼了起来,也不知依在堡的郊外究竟在经历如何激烈的战斗,除了医官外的所有人都放下手中的活,振臂高呼起来。

"赞美普南利尔!"

"赞美普南利尔!底特拉伦的兄弟姐妹们!"对方也来了回应,霎时间守军们的脸上不再有那低沉的死气。

"隆德毕德国卫国军,由尊贵的希德尼·迪苓,隆德毕德女王殿下御驾亲征,闻翁路休·加戈及底特拉伦南方诸领需弛援,前来助阵!"灰头土脸的先阵斥候擦着脸上的泥尘,先是按外交规章敬了一个普南利尔点额礼,又敬了一个隆德毕德国的握拳军礼。

早在依在堡被围之前,驻扎在拉冯·克利多堡的隆德毕德国军队已与撒巴莱亚属国军进行了一场殊死之战,伤亡惨重。直至约度因人响应协约与隆德毕德国残军前呼后应,在几轮艰苦的困斗之后血战险胜,在接到底特拉伦边陲驻屯军力的报告信后,在奇诺·哈里出身的新女王的号令下,全军马不停蹄赶至依在堡,那封傍晚时送出的求援信在半路就遇上了来援的大部队,在确认巨大舰船尽数撤出了依在堡空域时,女王即刻下令大军驰援。

"失礼失敬了。来得正是时候,请从右翼带队包抄,我们要趁天亮前让他们彻底败亡!"翁路休甩掉佩刀上的血浆,掉转马头,正欲向阵地再度冲去。

"慢着,女王有令,是否有堡内百姓需要庇护撤离?"传令兵也已掉转马头,仍是转过身来。

"回报隆德毕德国女王陛下,依在堡实已无须庇护百姓,敌多我寡,此战即是我邦生死存亡之战,感谢友军千里来援。"握紧拳头,翁路休只觉得自己身后的那座城堡,此刻正在发出崇高生命的光辉。

"明白了。右翼请全心交给我军。"传令兵高呼着命令,后头拍马驰来的隆德毕德国长戟骑兵向着右边的林道冲了进去,而后跟上的约度因步兵团狂呼酣战,向着右侧的阵地抵迎上去。空中传来吱呀作响的古怪金属声,定睛一看,喷射着炽热蒸汽的掷弹飞艇正不断自林线开始拉高高度,成排航向敌阵。

"随我杀啊,尼宁特的勇士们!"鲁耶那带着一支从敌人重炮阵地中突围而出的步兵团杀回到人头攒动的前线,横着刺穿了整个撒巴莱亚黑甲精锐的杀戮线,使整支撒巴莱亚部队的后援硬生生断开一截,而新加入战斗的拉冯·克利多堡斧钺战士们策应着不断推进的依在堡盾卫,将大杀四方的黑甲精锐们团团围住。

一道从上至下辉耀的白色光柱从远处渐放晨光的天空中忽然亮起,接着一圈劲风从格罗细姆森林的深处吹拂过来,将底特拉伦士兵的靛蓝披风齐齐吹扬而起。那条壮丽的光束稍纵即逝,想必经历石谷一役的战士对这道特殊的白光并不会感到陌生吧……抵着前阵坚实的屏障,杰森挥手拍了拍马鞍边挂着的簧片弹射器,扬起了嘴角。

"可要得胜归来啊,凌踪小伙。"

再度夹紧马腹,石谷镇的杰森·斯坦森挥剑率部杀入战阵。在经过那阵火红色的龙卷风时,有那么一个刹那,杰森仿佛看见了奥本娜飘摇的身影。只是在这一次之后,这个一直萦绕自己心头的幻象便默默去向往生了。

"我要拼尽全力,与他们一起守下尼宁特。因此,我可能要晚些来找你,奥本娜。"

挥汗如雨,薇妮亚从人海中高高跳起,将两把剑斜着一甩——每一个直排的刃片都在按下脱离钮的一瞬间散开,保留着少量底座供给的扭力能量,朝着撒巴莱亚属国军的面门飞旋而去。半指手套上发出涡轮旋转的声音,将西塔单元别回腰间,薇妮亚喘着气从拥挤的人群中高跳出来,安然无恙,却只能背靠着城墙上的一块木板扶着膝盖休息着。

接通耳麦,那头传来了一阵驱赶人群的声音。

"你在干什么呢,安诺?"

"听着,我搞定了那艘轻度受损的飞船……因此不用再担心任何无人机造成的麻烦。这艘舰船,现在既没法飞起来,也没法正常使用舰桥的指令……它的战斗功能完全报废。此外,我还找到了一个蛮大的旧地牢,看内部走向大概是通向依在堡地下的吧。我把舰桥里还活着的人都赶进去了,之后再对付他们——至少我要缴他们的枪。"

"小心点,那帮撒巴莱亚人可是挖泥洞的高手。"

"里头是堵死的,除非他们能用自己的指甲挖穿石头。"

"这儿需要你。不管你到得及时不及时都好,没别的打算就试着往这里赶过来吧。万一我累坏了,你无论如何得替上。"

"我明白。"退到舰外的安诺内茵熟练地在航宙舰的几个舱门上绕上诡雷绊索,打量了一下这艘巨大的航宙舰。

安诺内茵寻思着,朝着地牢关上的铁栅栏里喊了一句:

"就本着勒克莱尔的人道条约和共识再问上一遍,既然坚持拒绝投降,那你们会想着逃跑吗? 老实回答,撒巴莱亚人。"

地牢里的人骂骂咧咧,完全没把与自己铁窗两隔的对手放在眼里。

"哼,去死吧,和你的伙伴们一起去死吧,你这个断了角的依尔菲克婊子……"几个不同的声音在深处咒骂着,用着极为污秽的星区交际语,边骂边笑,用力踹着牢室的锈门,仿佛这些举动只是诚心为了让安诺内茵感到不悦而为的,"你的同族都死绝了,你不去陪他们吗? 有种把枪还我啊! 有种,你让我出来,就让我一个人出来! 咱们决斗!"

安诺内茵拔开插销,将一枚黏性弹头对准栅栏缝丢了下去,拔出手枪,面无表情地在一阵火花中射掉了所有向上攀爬用的木块,这顶上的栅栏可不是特别坚实。

在发现黏性弹头无法被从紧密贴合的地面上拔除后,那些如同连珠炮般的污言秽语瞬间变成了哭喊和央求,而随着催眠气体在地窖内释放的咝咝声响起,安诺内茵伸了个懒腰,掏了掏侧发间垂下的长耳朵,向着依在堡的方向快步离去。

"在这接着做美梦吧,撒巴莱亚渣滓们。"

一阵白烟混着泔水般的臭味从牢室里喷涌上来,又慢慢在清晨的低压中沉降下去……竖直风道带来的反复咳呛体验想必刻骨难忘,更别说这座古老地牢的锈蚀牢门锁栓竟如此牢固。

"光有几组拟星片器的话还是远远不够,得想办法生擒撒巴莱亚的甬道破穿专员……倘若还都是活着的。"只听到凌乱的惨叫声和沉重的咬合怪响,薇妮亚站直身子,向着人群再度飞奔起来,像丢棒球一样踮起脚,将一枚插片丢进摇摆撕扯着底特拉伦士兵的撒巴莱亚战兽群里,"也只能希望他们活着被俘。"

沉重的武器台很快挤开喷吐着浓臭异味的战兽,旋回机炮中不断迸发出苍蓝的火光,那些难以劈杀的粗糙四足野兽的体内微微亮了一阵,很快从另一端射出一串急速连续的火链。薇妮亚跳到武器台上,抬脚一踹,一柄旋转弹起的长柄斧镰握在手中,甩开披肩的长发,指着一群战兽后挥着一柄长刀、穿着像猎人模样的瘦削撒鲁蒙族青年,露出狩猎猎人的恶兽才有的笑容："好半天了,才算是等到了。可只有你这个小娘们吗?"

几名凯歌骑士团的骑士驱策着受伤的军马提剑上去,还未等剑落交击,座下的军马连同自己的双腿瞬间被齐齐切断了,骑士在地上惨叫着,被那柄长刀冷酷地插穿了心脏。

"是又如何? 你还能看出谁在这里有些不同?"青年用绿色的复眼看了看眼前裙袍飘飞的薇妮亚,只觉得好笑。脱口而出的撒鲁蒙族语言被通译器词句清晰地转换了过来:"真是一种鲜有的才能……女人,来受死吧。"

"今天的运气,会在谁这儿呢?"

一阵寒光随着这句凯伯因的格言蹿出,也无须再多言语了。

修长的刀身在一瞬间遇到了斧镰的长锋,侧身躲过西塔光束军刀,带着钉刺的冲拳一拳打了上来,却被一只发出涡轮声响的手套死死捏住,只是轻轻一捏,手骨便全部粉碎了。抬起头,看见薇妮亚的脸上滴入眼的汗珠,趁此破绽,撒鲁蒙族青年猛地向后一抖,那件风衣竟然分拆开来,仿同半月弯曲的长铗齐腰一收,却不料被捏住脖子向后一甩,躲闪不及中被自己的分体风衣砍伤了腹部,向下一蹲,坚固的风衣挡住了薇妮亚全力挥下的一刀,撒鲁蒙族青年抓起腰间的电磁弩,向后一抖,方才在那儿的嫣红色人影竟无影无踪。

这是多么可怕,竟然反应足够快来利用自己的破绽……反向诱骗对手!

一根长棍从身侧忽地捅出,点在了弩弦上,电磁弹瞬间击发出去,将稍远处的一名黑甲士兵打得粉身碎骨。拔出短刀,撒鲁蒙族青年嘶叫着,从口器中吐出不知什么液体,压低身子冲向薇妮亚的中身,体侧原本收起的副肢顶出尖锐的针刺,朝着棍子下落的方向猛地格挡。不料那帽檐下的脸上竟露出一丝侥幸得手般的微笑。正感到一丝不安,马靴上的光束马刺随着几乎复眼难辨的快速高踢划烂了青年喷吐着怪液的口器,健壮的下肢还没来得及止住前去的势头,就被一只忽然掏来的手扯去了——空中不断形变的风衣忽然变成了一块普通的破布,从空中飘飞下来,同样的还有薇妮亚手中的定义模块,碎屑在缓缓舒展的手中掉落在地。

"最好告诉我你还有别的把戏。"薇妮亚向后一跳,从空中接过盘旋归来的斧镰武装部,插回到长棍的顶端,发出铿锵有力的锁止声,徐徐指着撒鲁蒙族青年的中身,一如当时对方瞄准自己差不多的部位。

"一口一个娘们,就你这身手,我也没见你爷们到哪儿去。"

"勒……克莱尔,勒克莱尔怪物!!"

钉刺在一瞬间迸发出来,捂着被灼热的激光烧毁的面部,那撒鲁蒙族青年咆哮着架起短刀,随着三五只吕伦歌战兽一并冲了上来,顶着忽然扑面而来的热源……

蓝色的武装部燃料光束从斧镰尖端的喷口处射放出来,水平缓移。密集的武装台机炮火链这才聚焦到这个角度,可这之中也没有什么需要识别锁定的对象了。

"人造的超越神器,是吗?"掸了掸手上的碎屑,薇妮亚抹去额头上的汗水,从身边抄起一块随处可见的盾牌,横放在地上,撑着地坐了下去,从腰包中摸了一会儿,将一颗浓缩水珠塞进自己的嘴里,荡了一荡,"沃哈计划的延伸。托卡马克·塔西,这令人不安的家伙。"

接下来是在树林后面的撒巴莱亚指挥小组,或者说仍然像毒刺一样蜇扰着尼宁特战士们的罪魁祸首。

"看来还没完呢。"

薇妮亚一把抓住从身后伸来的一只握着振动刀刃的粗手,手套的指节上再次鸣响金属片飞旋的脆响,整段手骨连同上面的腕带一并被齐齐捏碎,紧急解除光学迷彩试图断腕自保的撒巴莱亚精锐还没来得及反应过来,便被自己断手中握着的振动刀戳飞出去。

四五个人见状只好同时围攻上去,而当看见那对火红色的眼瞳从帽檐下随着西塔光束左轮的枪口一齐找准了自己的眉心时,早已是躲闪不及。

"再来啊!"

朝着空无一物的方向猛地一踹,一个影子便在逐渐变亮的空气中捂住肚子卧倒在地。那些毫无踪迹的撒巴莱亚特种部队的士兵将薇妮亚围作一团,枪声大作,而所对准的地方只剩下一枚起开插销的震爆弹,短暂延时之后便会炸响开来。

甩干光束军刀上的烫血,薇妮亚·凯伯因将军刀举至半空,直直指着又一处乍一看空无一物的所在。一个转身加垫步,出手一刀,白烟随着一张涂着特殊涂料的人脸从刀尖冒了出来。

"这么说吧,我感觉得到你在那儿。"薇妮亚甩了甩手,将光束刀架在身前。

"别扯谎了,凯伯因……你究竟植入了哪种型号的芯片?"那张人脸瞬间变得惨白,鼻孔张缩着,只见出气而无进气。

"这问题问得好。我只是有坚持每天晨跑的习惯,希望你对我的回答感到满意。"

"你……"那瞠目结舌的人跪坐在地,接着便仰面倒下了。

跳上一根斜插进地里的断木,薇妮亚扶正帽檐,朝着远处高喊起来。

"还有多少人,看得见的,或是看不见的,你们听好了。"

听闻此话,不少撒巴莱亚的精锐从藏身的树林里走了出来,打量着眼前这个气焰嚣张的勒克莱尔姑娘。五十对一,精锐们交换了一下眼色,这下赢面很大。

"都在这儿呢,小妮子。"

薇妮亚见势冷笑一声,从帽檐底下露出了猎人般冷峻的眼神。

"来,放马过来。"

底特拉伦士兵们夺回了险些被战兽冲击溃散的阵地,向着隆德毕德国飞行艇掷弹轰炸的区域一路挺进,开始对压缩在林地外围的大量敌兵施加围攻压力。在这场也许一个人需要对阵三十多人的生死战役下,尼宁特两方势力的军队仅仅是为了同一个信念,竟在无优势的血战下转守为攻。

四处可见的尸首和仍然在动弹却无人搬运的伤员,底特拉伦和隆德毕德国骑士团骑士们和战马的尸体,倒地的数不清的撒巴莱亚入侵者……在升起的恒星光辉下反射着猩红光泽的坚块……

天空中的屏障逐渐消退,树林里的躁动便又开始抽动着指挥者们的神经。翁路休眯着眼睛,看着那片像是受了诅咒似的林地,那里不断地冲出撒巴莱亚的军队……

"奶奶的。"鲁耶那捂着再度绽裂的肩伤,一瘸一拐地走到翁路休边上,在晨光中看着那股漆黑的潮水再一次吞没了靛蓝色的披风们,捏紧了拳头。

"不如再去一回。这里不差我们两个远望的家伙,我们只有接着去加入拼杀,才对一切或有帮助。"

"那你扶我坐上来,我的马被放倒了。"鲁耶那朝边上啐了一口混着血液的痰。

"好吧,既然你的爱马死了。"翁路休伸出大手,先是解下战马上多余的披挂,再将体态臃肿的昔日战友拉上马背上的后鞍,竟一度想起了曾经在南方边境与隆德毕德国的总将厮杀如醋的岁月,除了须发皆白,仿佛没有什么改换,"那就委屈它一下!"

"吁,好马。"鲁耶那从皮带上取下链锤,在空中抡出一个圆弧,"荣光底特拉伦。"

"荣光底特拉伦,吾友。"

战马迈着沉重的步子,喷着粗气,小跑起来。只听到隆隆的声响,回头一看,一个穿着轻便甲胄的女子带着一支披坚执锐的骑兵队从后面快速赶上,定睛一看,原来带头那位便是传闻中处事精悍的隆德毕德国新任女王，希德尼·迪苓。

"贵邦南方的老将军们，久仰了。"精明的视线只是打量了一下被血染满的披挂，便认出了这两个鲜有随从跟随的人物的正身，"你们二位这是？"

"久仰久仰。说得好像你和咱们较量过似的，约度因人。"鲁耶那疼到喘着大气，却也不忘在外交辞令上酸上对方一把，"看来女王陛下是没见过战场上两人同骑一匹马的场面。"

"瞧这胖球说的什么屁话呢，请见谅。"翁路休稍稍点了点头，"都是战场上的老家伙，不像当年，敢情还希望这是最后一次上战场来了，实在煎熬得很。"

"希望底特拉伦的王子也能赴约赶来，扛下这一役。"希德尼面色凝重地向前一挥手，后面轻快的骠骑兵们扬起长斧，绝尘而去。

"就事论事，得谢谢您亲自率兵来援。"翁路休说罢，露出同志间会意的微笑。

"随我拔剑。"皱紧眉头，希德尼高呼着，率领着骑兵们加入战斗。翁路休高擎手中佩刀，挥开晨雾，呐喊着劈杀着右面的散敌，而鲁耶那则跳下马去，拎住属国军兵士厚重的盾牌，将对方的盔顶连着头壳一并砸扁下去。

"荣光尼宁特！荣光普南利尔！"底特拉伦号手们高喝着，从战车上探出长枪，正好与隆德毕德国的战车并驾齐驱，对方见状微微颔首，引颈高呼："是为尼宁特之兴盛！普南利尔之荣华！"

"冲啊——！"

激烈的拼杀持续了约半小时之久，精疲力竭的军士们光是挥舞剑刃也难以一击毙敌，抵着盾牌，绝望地看着林线，耳朵除了喊杀声，早就对其他的声音麻痹了。依在堡外变成了一片铁血汪洋，无数战士且战且退，面对凶残野蛮的成批黑甲精锐，即使经验再为老到的骑士们在耗尽体力的境况下也难以招架，齐齐败下阵来。

绝望仿佛是持续的，所有人都疲累不堪，那些妇孺用农具和难以握持的兵刃与满眼血红的敌兵搏杀在一起，正欲起身，腿却难以使上力气……

这种压力累加着，隆德毕德国的援军也渐渐从右翼溃散开去，前肩中箭的女王在军士的搀扶下离开战场，而底特拉伦的两位爵爷也都身负重伤，其中鲁耶那爵爷已在与黑甲精锐的较量后流血昏迷不醒。翁路休爵爷那一匹浑身斧伤的爱马在阵地中嘶鸣仆倒下去，若不是那位红袍红发的英武女子半路杀出手搭救，两位爵爷恐怕也只是刀剑下的亡魂了。

黑潮，绝望。

薇妮亚看着眼前不知何时才能穷尽的敌潮，咬紧牙关。

这时，一匹白马在黑色的潮水中混杂着，仿佛一副全黑的画作中沾上一个错放的色点，那白色的马上骑着一个穿着石谷镇哨兵装束的黑发青年，手上架着一条绿色的外臂，而他的正后方，另一匹白马呼啸而出，随后则是如海潮般的靛蓝色。

"是……"翁路休回头，睁开满是血糊的右眼，声音颤抖着，"卫国军……"

"贾那摩王子殿下来了!!"

金黄色镶边的旗帜下，一名穿着镂空方领的褐发男子手执宝剑，引着一群银盔蓝甲的甲胄骑兵从林地里拥出，回头的撒巴莱亚人见状齐齐被冲杀在地，成排的枪矛从林道的高坡射出，将那些方才享受着碾压杀戮的撒巴莱亚黑甲精锐射得残肢缺首。这支如同灵光乍现般的援军中不少人手持着一些击发雷火的怪异军械，仔细一看，似乎尽是从敌人处缴获而来，却好似天生知晓用法，对着惊惶之中的敌群一阵猛轰。

这不可能，王子他分明深陷王都敌人的威逼，怎能做到亲自带着卫国军来援？抹了抹眼睛，侯爵的喉管及全身不断地颤抖起来。

"是殿下……是底特拉伦未来的君王，贾那摩·威尔·迦巴迪尔!"翁路休轻启裂唇，从湿糯的口中喊出激动的话音，"是那位王子亲征了！他来依在堡了！"

固若金汤的撒巴莱亚阵线于瞬间垮塌崩毁了。那些依靠杀戮和冲击积攒起的士气并没有持续很久，在认识到后援所剩无几与来敌气势汹汹之时，不少人丢盔弃甲，开始寻找活路，却为时已晚。

"撞飞他们！我骄傲的骑士们，我伟大的战士们，底特拉伦人!"贾那摩一勒缰绳，数不清的英勇骑士从他的骏马两旁鱼贯而出，"与我一起全力战斗！"

靛蓝色的骑士们以绝对的武力斩杀着四散溃逃的撒巴莱亚军士，比起从依在堡外依稀射出的箭矢，枪矛排列后构成的压制仿佛是日光化作了急流，将那股活动中的脏污尽数平息了下去。依然是血战，王子率领的迦巴迪尔卫国军应势承接下了主力迎敌的任务，与两位异人和三个国度的志士们一起，用铁血与豪意为在这片土地上高奏的战歌画上了胜利的终止符。

原来那股黑潮也能有穷尽。眼看那位先从林地里蹿出来的白马骑兵费尽千辛万苦终于到了自己的跟前，他甩干剑刃上的血污，娴熟地从马镫上借力翻身下马——就像一场梦一样。那暗淡的眼窝浮肿无色，似乎下一秒就会因为疲惫而昏睡过去。

"翁路休先生，我在返程时守在林道上，这才遇见了卫国军的诸位。于是我建议那位王子殿下从后面包抄过来……在敌人的后援那里也是一场苦战，显然浪费了战场上宝贵的时间，对不住您和坚守的将士了。不过……"凌踪卸下肩膀上的外骨骼，丢在一旁，支吾着拨开汗湿粘在额头上的刘海，露出歉疚却喜悦的表情，"我们胜利了。"

翁路休苍老的脸上则满是说不出的兴奋，试想这位先生与王子亲率卫国军的出现简直是依在堡久待未至的捷报，而这一切终于发生了。将凌踪拥入怀中，垂老低沉的声音激动地颤抖着。

"谢谢你，谢谢你们……"

随着三股号角合成的声响在依在堡浓烟密布的上空响起，依在堡一役宣告落幕。长号垂鸣，击剑相贺。

整个战场上不同出身的人们拥抱在一起，泪流满面，为存活而欣喜，为胜利而高喝。从地平线高悬而下的，即是尼宁特双星初露的曙光。

战士们三五成群，在依在堡的残垣断壁间呐喊落泪，欢庆着胜利的到来。

"喂，我回来了。喂，喂。"

对方并没有搭理。跨过杂乱的阵地，依尔菲克少女三步并作两步，挨到那位姊妹的身旁。

搭着薇妮亚的肩膀，安诺内茵看了看这张靠在墙上帽檐下的脸，竟是半带着笑容睡着了。

倒是件怪事，安诺内茵背起薇妮亚时发现后裤腰上居然有个硌手的物件，愣是往腰间一摸，从薇妮亚后头的裤兜里找出一个和她胸前别着的一模一样的戴维德利徽章来。

两枚打印徽章……这也就是说，她早就为此准备了整整两套装备？

安诺内茵一时也无话可说，事实说明薇妮亚并非无准备而来，且她为了胜下此役已是拼尽了全力。

战事渐息。看了一眼冒着滚滚浓烟的城堡与旷野，依尔菲克少女缓缓摇了摇头。也好，是该休息一下了。

第15章

以尘幻之名，星徽锋起

正午时分。

依在堡的修复被暂时搁置在一边，大量的人力在搬运着凌乱战场上的生者与死者。前者去往军营，累垮了的医官们终于盼来了接班的人员，来自约度因和隆德毕德国的医护人员们很快扩展了医疗营地，费尽全部的心力，将那些徘徊在死亡边缘的人们拉回到生者的喜悦中来——他们需要看到这些，哪怕一眼。

后者去往两片划出的地块：在一边，底特拉伦人、隆德毕德人以及约度因人各自举行着仪式不同的悼念，唯有约度因人是被从商镇驶来的马车队运了回去，他们坚信只有身归故里才能安抚这些度过一辈子雇佣军旅生活的灵魂。事实上，他们也无不受到了这样的待遇。送来物资的驮车倘若成了空车，多半会成队运送遗体回到那个丰饶的国度，不完全因为人道安排上的缘故，也为了一趟下来不错的报酬。

"是不是得我再说一次，小兔崽子，你好大的胆子，敢把我女儿反锁在依在堡的臭地窖里头！"在一群士兵簇拥中的高大男子就差没把眼珠子瞪出来了，而在他吹胡子瞪眼的对面，则是一个战战兢兢、满脸憔悴的毛头少年。

"纳布大叔，你，你听我解释，当时的情况太突然，我只想让婕露丝远离危险。"

"所以你也不先喊别人帮忙，一拍脑门就来偷卫国军铁匠的工具？你长点心吧，蠢小子！"纳布的脸上青筋交错，但也不好发火，一再向周围的兵士们努嘴示歉。

"对，对不起！地窖的通道口被震塌了，也不知里头婕露丝的情况怎么样了，请各位兵大爷……无论如何帮帮她吧！"哈连比跪坐在地上，不断地叩着首。

"哎呀！你这，你这……婕露丝！我的亲闺女啊！！"一把扯掉自己的围兜，纳布心疼地哭号起来。

"别劳心了老伙计，"一个戴着蓝盔的士兵上前按了按纳布的肩膀，"你女儿倒是早跑出来了，我们的兵士从侧道下到地牢去接收敌人俘虏的时候还多亏她帮忙引了路。你这闺女可机灵得很，听到敌人的动静便躲在岩石后头好久！方才叫人去打了招呼，她很快就会过来了。"

"啊，谢，谢谢您！"纳布登时涕泪交错，一把捉住身旁的哈连比，一个劲地按着他给周围的兵士们致礼，只见穿着一身脏兮兮长裙的少女气冲冲地从远方跑了过来，从兵士们让出的过道里提裙走过，猛地一巴掌甩在哈连比的脸上。

"哈连比！你再这么丢下人家自己跑了，我，我让我爸亲手剁了你！"

"你也听见她说的话了吧，你这臭小子！"

紧紧抱住泣不成声的哈连比，婕露丝登时哭得撕心裂肺，这一下可把在场的人给吓住了，纳布看了看自己的女儿，除了惹了一身脏污，却是周身无恙，他一把将两个相拥痛哭的孩子揽在怀里。

"哎呀！活着就好，三女神祝福你们，我祝福你们！"

衣篮丢落在地，只见一个憔悴的女子甩下一切急匆匆地跑了过来，缠满麻布的右腿步子趔趄着，声嘶力竭的呼喊中仿佛丢了魂一般。

"孩子，傻孩子！我找你半天了，我找你半天了！"

"……妈！我没事，妈！"哈连比惊叫着，当西丽卡抱上自己时，稍稍休止的眼泪再次夺眶而出，因忧愁而黯淡的眼神中，仿佛又映出了希望的光泽。

"只是爷爷，爷爷他没了！爷爷他没法跑起来，爷爷他……普艾希亚我也见着了，她没事，你们也没事，我真的……"农妇哽咽着，紧紧抱着自己的孩子，生怕再失去他。

"凯因叔叔！"纳布鼻子一酸，也哭成泪人。

因是重逢，或为永别，人便泣不成声。

担架被从人群外抬了进来，开道的人呵斥着，径直引着队伍进到了一个宽敞的帐篷里，聚集起来的医官们讨论了一阵子，便和端着水盆和干净麻布的工人们一道拥了进去。

不一会儿，大多数进去的人都被轰了出来，也没闲着，很快就汇入周围的帐篷中，各展所能忙活起来。

"也亏了威廉那好孩子在驿站疏通了关系，不然以我当时那速度去到依在堡，石谷镇剩下的伤兵兄弟们还真可能赶不上那群黑盔畜生围城……"

拔了拔自己小胡子上凝着的血块，拿起水杯，石谷镇的兵队长咕嘟咕嘟向着肚子里灌了半杯水，只觉得方才处理伤口后平复下去的阵痛又返上眉头。

"杰森，你说这算什么，我就这样睡了一觉，弟兄们死的死、伤的伤，我，我……"老汉萨急哭了眼，扶着缠满绷带的兵队长，小力摇晃着。虽是小力，但也是很疼的。

"还不撒手！哎！你，你听我说，汉萨·巴百达，这场战斗是连贯的，你亲身参与过，我保证没有一个兄弟会不感激你的贡献。"杰森·斯坦森咬着牙，忍着左右两边都在疼的地方，硬摆着架子，要不是那老胳膊老腿的摇了犯不着，换作别人在这种时候晃自己，早动手把他皮给活扒了。

"我理解，可我……"老汉萨泪眼朦胧，其实也是高兴的，只是平日里一个拘谨严肃的老兵这下扭扭捏捏的，让疼到闭着眼的杰森实在受不太住。帐篷帘子一掀，似乎一个新医官匆匆跑了进来，接过负责给杰森包扎的活来。

"啧……就这样随便包扎包扎就可以了，不碍事。"前阵子换旧绷带也没觉着那么疼，正想睁眼看看那厢是个什么花脚郎中，一抬头，只见那男人穿了一身便装，站在杰森的跟前。

"曼……曼佛里镇长?!"

"别说镇长镇长的。我当不动咯。"曼佛里笑着将一个小勋章挂在杰森的领口上，招招手唤来在一旁等着的护士，"所以要指望你，你这小伙年纪轻轻，却已深得石谷百姓们的人心。"

"是，但您这手包扎技术是真不如人家姑娘。"杰森心里美滋滋的，凡是镇长给自己授勋，八成还是提了薪酬，虽是孤儿出身，没什么光宗耀祖的门楣，到底还是件喜气事儿。

"石谷镇之后要在格罗细姆森林那边的大荒地上暂驻，留作一个小的篷车集镇。旧的石谷镇还得等着时日慢慢修缮，届时再考虑将镇上的居民们带回去，来，这是委任状，这个是从陛下那里要来的任命，你看清楚了，杰森·斯坦森。"曼佛里的脸庞上满是笑意，拍了拍杰森的肩膀，把他疼得从椅子上跳了起来。

"不论往后新旧石谷，到我这把年纪之前，你都是镇长。不过也不好说，我当兵的年份比你长些，打仗是个苦累活。只是别再把石谷卷进去了，用心守护好它。"曼佛里眨了眨眼，从帐篷里走了出去。剩下满脸不知所措的杰森，在看到了几名忽然随侍在旁的镇长助理之后，更加不知所措。

"让我单独出去走走。汉萨，你把手给我撒开，你们这些老头真是要命。我怎么成镇长了？我会个啥啊，我？"

披上件衣服，提上一直没离身过的小包袱，杰森愣是带着哭腔套上靴子拔步离去。

老兵笑着放开了手，丝毫没有挽留的意思。要知道这么些年到了石谷跟着这位年轻的队长，混这么久才知道他如此受上头赏识，想必兄弟姐妹们的待遇也要跟着往上爬一阶了。这是喜事，天大的喜事。

"新镇长好。"抱着衣篮的石谷妇女们先是毕恭毕敬地行礼，随后笑逐颜开。"你们……实在辛苦了！"谁知道这种问候该怎么回答，杰森拎着包穿过熙攘的中庭，小心避开那些从后山搬运着大铁壳子的赤膊工人，在一个小小的棚屋外，顺着电焊响动找到了他想找的声音的源头。

"凌踪老弟，方便进来吗？"杰森叩了叩门，其实半只脚已经在门里了。

"听说你当上镇长了，恭喜啊。"凌踪掀起手制的面罩，从一堆焦烟中露出白皙的脸庞来。

"啧。我才刚知道，你又是从哪儿听到的，臭小子……喏，你放我这儿的东西，我给你带了老远了，从石谷到这地方，现在还你。"放下包袱，杰森尽量用手指解开了包袱上的捆带，露出那个小小的角时，看样子凌踪才想起自己之前有什么东西交给了这位新任镇长。

"实在辛苦你了。"只见凌踪轻轻推开桌上那段从门芙哈蒂那儿捡回来的外骨骼，那整段结构已经被拆开了一半有余——同样的还有一块连着端口的面板，旁边悬浮着一个说不清是啥的小玩意儿，还有一堆小光点和一个蛮大的光点……真的是什么都看不真切、看不明白，抬头一看，凌踪又在那伏案忙开了。

"你小子有空真得告诉我，你们这帮异邦人成日里在捣鼓的都是些什么玩意儿。那这样，你忙吧，我得找别人寒暄去。"杰森只见到这个隔了半日却披着件更脏衣服的家伙忽地把头上的面罩盖上，又在那用喷射柄不断整出一堆火花来……活像个用偏方治瘟疫的疯大夫。杰森留步，朝着凌踪又看了一眼。

"还有，谢谢你。"

抬起面罩，方才闯入的那人的脚步声早就远了。

"大哥,不敲门进来无所谓,但出去——"

"倒是记得帮我带个门啊……"凌踪抱怨着,起身把门关上,扶着面罩叹了口气,却在原地呆住了。

"打扰了。"

漂亮的蓝紫色眼睛盯着自己,那双雪白的眼瞳在这个自己尤为喜爱的脏乱空间下反衬出一种别样的无瑕,淡金色的头发下不再是伤痕累累的面容,而是那个自己几次看下来之后觉得有些可爱的小巧脸庞。

"你呃……你又是从哪儿进来的?"凌踪假装摸了摸脑袋,其实自己是知道的,那股味道是狭缝空间里头十分特别的……

凌踪见她从座位上站起身来,随后自己的脖子被一双小手环抱,本想向后退一步,脚却情不自禁地向前迈出一步。手挽住对方的腰际,不知为何,心中波澜万千。轻轻离开对方的薄唇后,两个年轻人都低下头去。

"你真的……不容易,普艾希亚。"

"也没什么……希望你往后别太勉强自己,凌踪先生。"普艾希亚红着脸,却强装着镇定,只看到面前的凌踪愣是往后一颠,一屁股跌坐在满是灰尘的地面上,撞起一层淡淡的尘烟浮泡。

"你不嫌我,那个,衣服脏,哦。好了,我知道了……还有,你怎么知道我叫凌踪的?"完全不知道自己在叽里咕噜说些什么,只想快点把脸上的热度降下去,凌踪用手臂笨拙地掩着嘴,试着回想起刚才发生了什么,脑中却是一片空白。贝菲悄悄躲在普艾希亚身后,向凌踪投以鼓劲的眼光。

"小秘密。还有,我会帮助你的,事关你的返乡之途。"普艾希亚抬头望了青年一眼,也不见凌踪应答,他只是转身默默地拿起万用工具,继续伏在案头,捣鼓着那支装配先进的外骨骼。

不善言表,像块木头。

"那,薇妮亚和她的新伙伴好像有重要的话要对我们说。所以你要是准备好了,就赶到帕克特的帐篷那里去。往这里过去医护区的第五排,从左至右的第三个帐篷。"轻轻迈过凌踪,推开门,娇小的身影在门口礼节性地猫了一下,"这就帮你把门带上。"

"帅气!凌踪兄弟,咱们回见!"小贝菲俏皮的声音透过门缝传了进来。

门是关上了,但凌踪心里有点想叫刚才那人回来……也许……不,自己的心此时还难以平静。

缓缓站起身，将万用工具关停收起，整理着桌面上的杂物——凌踪拿起杰森方才送来的簧片弹射器，若有所思地看了看自己左手空洞的纹痕。

脑海中一直萦绕着的那个淡金色头发的人影，此刻似乎和普艾希亚正好对上了。

熄灭摇摇晃晃的汽灯，从少许日光中脱下厚重的外套，拎了拎里头那件汗淋淋的短衫。凌踪推开棚屋的门，看见形形色色的人正从木质的架子上往下吊运着报废的无人飞行器，孩子们拿着上头散落下来的光学准镜奔跑着互相嬉闹。

甚至连那些最不起眼的小散热片也没被放过，看着妇人们捡起篮子里的各色金属碎片往自己的发髻上东插西别，一群顽童在地面上踢着转轮机炮还在散发着荧光的炮环和弹丸，无师自通地将气闸开开闭闭，发出金属的鸣响。凌踪心里只是泛起一阵嘀咕……

好在那堆由废旧机器堆成的垃圾山方面是打过招呼了。危险的元件由大人们早早地拆除出来送到了严密看管的库房中，调皮天真的孩子们并不会因为有机会玩弄这些废旧的兵器部件而受伤。

圣歌响起。司祭们低唱着，低唱着。

繁华欢笑

为生而歌

清晨黄昏共夜晚

晌午星辉伴深宵

慈爱世界挥手

丰饶世界惜别

愿河海湖泊中

藏尤西米泪眼

神将世界嘱托后

瞑目便是重逢时

万灵终去往

万灵终去往

"万灵终去往,万灵终去往。"唱词念述着,以一个沉稳的声调。

那人在这里奔走了一整个夜晚,若没有记错,凌晨时分,推着板车将烈士的遗体运上马车时,也在人群中见过他奔波的身影。

"凌踪,你也听到这圣歌了吧?"

身着便装的长发男子走到身旁,只见他的身后跟着一胖一瘦两个侍卫,罗伊·麦格林以及莫凡·索里夫,一度在敌人后阵中大杀四方的他们此刻与效忠的那位大人一样身着便衣,微微致意,谦恭肃穆地随侍在后。

"是啊。"凌踪点了点头。看着熊熊燃烧的火堆将牺牲将士们的遗体化作飞扬的尘灰,依在堡的午后竟在温暖无风的气候下变得一度沉郁。

"它,听起来实在很悲伤。"凌踪鼻子有些发酸,用手轻轻搓了搓,平复了一下心情。

"要知道,即使我害怕听到它,听得多便学会了。"

底特拉伦的王子贾那摩·威尔·迦巴迪尔缓缓转过身来,对凌踪致上王室礼,也不知如何回应是好,凌踪只好微微回鞠一躬。

"不必拘礼。听说你来自外邦,我对您在战场上的武勇印象深刻,凌踪先生。"

"若不是你们及时赶到,这场战斗真不知道该怎么收尾。"凌踪看着飘摇直上的轻烟,那之下的躯体及其所能承载的一切皆已燃尽,以所有换来了一个众人所倾向的结果。是的,一个结果。想必比起自己而言,身旁这位底特拉伦未来的君主是更深有感触的。全境以北的国土悉数沦陷,直到如今,也不见他英伟的脸庞上那焦愁的眉头绽开过。

"也感谢隆德毕德国的希德尼女王。您的到来,也向我们展示了我等求取多年的意志。"贾那摩让开些许身来,轻轻扶着刚刚包扎好伤口闻讯赶来的希德尼·迪苓,眼中满是大战得助的谢意以及同僚相见的欣喜。

没有战争,没有隔阂,拥抱和平,长此以往。停留在年轻统治者与不少将领心中的这个概念,距离真正实现仍很遥远。

圣歌之中,似乎所有的人都伫立致哀着,战火造成的伤痛,火焰带着灰尘飞向天际,灵魂或许也被引渡到了至善的某处。

"可真费了不少劲,若不是成了隆德毕德国的女王,我还真不知道像这样的状况会害死多少无辜的百姓,固守成见的尼宁特建制派束手束脚,即使现在也没有加入战事的念头,即使整个国土都在那些黑旗下熊熊燃烧。"希德尼轻掩着受伤的嘴角,从身旁的女侍卫手中接过一包沉甸甸的用锦缎包裹着的物件,抽出一根,朝凌踪缓缓递了过去。

"尝尝吧，听人说你忙着收集东西，也有半天没进食了。"

延铁根……凌踪摆了摆手，但半推半就下，还是拿在了手中。这到处派发奇怪食用植物根茎的行为究竟像极了谁，凌踪不费多大力就想起了同行的那个金毛眼镜。

"还是在奇诺·哈里经营商会时留下的念想，我希望你不介意这些当地充饥用的粗粮。"

原来如此。凌踪反应了过来。

往嘴里一塞，怪异的味道蔓延开来。胜利的喜悦逐渐爬上了两位大人的脸颊，低垂的神情仿佛因凌踪脸上的微动而松弛开来。凌踪匆匆打了个招呼，向着帐篷的方向走开了。

"也好，容我换身体面衣服，再去那个帐篷。"贾那摩只一示意，两名随身侍卫牵过希德尼身旁伤痕累累的骏马，向一旁的马厩引了过去。

"但愿不会打搅到那里病患的休息，我听闻你们有人负了重伤，正想过去慰问一番。此外，刚刚和贾那摩殿下的佐臣谈妥，百姓和军队们越冬用的粮食和薪柴都已经筹措到了，也需分几日从不同渠道集聚过来。照这架势，不日军中便能抛开各自的成见了。"隆德毕德国的新女王身体力行，并没有把身上的创伤当一回事，在贴身侍女的一番耳语下只好端起架子，稍稍皱了皱眉头，去到一座仍成形状的石屋中更衣休整。

"仍然要克服许多阻力，"贾那摩对着一位左臂甲上镶着一枚黄色水晶块的隆德毕德国将军致了一个王室礼，"不过好在有您随侍在那位女王大人身边，我丝毫不担心。"

"可昨不比今，殿下。"只见对方会意一笑。

"就去听听异邦人发起召集的具体内容吧。或许是个好的契机，这样的机会是当下尼宁特人无比需要的。"

　　　　余生尚久无涯可期

　　　　诚祷之诗诵唱

　　　　随护佑长风直向天际

　　　　慈爱世界挥手

　　　　丰饶世界惜别

　　　　愿河海湖泊中

　　　　藏尤西米泪眼

神将世界嘱托后
瞑目便是重逢时
万灵终去往
万灵终去往

　　从城门外的空地上，普南利尔的圣歌再度响起，传进了帕克特宽敞的帐篷里。

　　哭哭啼啼的声音伴随着沉重的祷告，司祭们大声地念出皮质名单上密密麻麻的名字，每当一轮十个名字被念罢后，一旁的司仪便挥手摇动普南利尔神标形状的风铃，象征引导着伟大的灵魂去向三女神眷顾的往生之境。

　　还未睁眼，帕克特便听闻昨夜的战争已经告一段落。对死者的哀悼仍在继续，在这份沉重的安静中，帐篷里忽然陆续闯进来一些人，帕克特试图睁眼，正午的双星光芒直直地照进自己脆弱的眼球，他瞬即打消了这个鲁莽的念头。眯着眼睛，只看见凌踪虎头虎脑地从帐篷外探进身来，而色彩抢眼的薇妮亚脱下帽子，站在原地，闭着双眼。提着编织篮的安诺内茵不断叹着气，把整个帐篷里的氛围变得极为怪异。

　　"帕克特。你为我们付出了太多，是时候让普……等等，普南利？"薇妮亚被身旁没好气的蒂露西紧接着耳语了一阵，恍然大悟，"啊，普南利尔的光辉渐渐指引你洁净的心性了，好好休息。赞美普南利尔。"薇妮亚故意拉低了八度，紧接着擦了擦眼睛，那里面旱如沙漠。这一段话念毕之后，只见蒂露西不断地窃笑着。

　　"要知道，他正听着呢。"蒂露西咧开了嘴，可是早早就把帕克特眼角细微的颤动收入眼底。

　　"哎？话说你……你并不是普艾希亚吧……啊，我之前可没注意，居然有两个……哦，原来你们不是同一个人。"看着薇妮亚似乎在内心里有了某种解释，蒂露西和普艾希亚相视了一会儿，无言中对着另一个自己点了点头。空气突然安静，仿佛这一帐篷的人都在期待着下一个致辞者的动静。

　　安诺内茵缓缓将一条熏肉肠食之无味的肠衣挂在了帕克特床边的眼镜上，嘴里塞着一些从伙房提篮里捞出来的别的小零嘴，吧唧吧唧地嚼着。

　　"哎呀！把那玩意儿拿开，你看看，你都干了什么，我的眼镜！它现在油死了！"帕克特连忙翻身一把抓起眼镜，用随手找到的绒布擦了擦，上头依旧是油滋滋的，始终没法擦清晰——帕克特的面部表情一下变得狰狞起来，"咳，我知道你们照顾我不便走动，选在这里开会，不过，我还是得说，能再见到你们真好。"

"依在堡这一役下来，你可成了大名鼎鼎的英雄，帕克特老弟。"薇妮亚伸手正想拍打帕克特的肩膀，却被医官和站在一旁的凌踪猛地拦住了，细想之下，才恍然作罢，"补充，人见人爱。"

"我也很高兴再见到你。"凌踪拍拍衣角笑了笑，"快点好起来，我觉得我们有很多工作可以一起处理。"

"之前用急救仪扫描过你的伤势，你这伤吃点东西是没什么妨碍的。"安诺内茵将提篮放在床上，递过去一块质料精细的干净绒布，"这是给你的。"

"原来是这样。哦，稍等。"和一旁的王室侍卫耳语之后的薇妮亚抬手戴上帽子，轻轻拉开门帘，引着翁路休拄着拐杖一瘸一拐地从门帘中走了进来，一起进来的还有那位穿着镂空方领斗篷的王子陛下。

"贾那摩·威尔·迦巴迪尔，有幸见过各位。"

一名肩膀上包着药布的女子随后进帐，双眼疲惫，在面前打了一个免礼的手势。

"希德尼·迪苓……噢，帕克特！"

只见帕克特嘴里刚叼起来的面包愣是整块掉在了被褥上，和来者面面相觑，一时皆不知说出什么话来。

"是你啊！等等，你成了隆德毕德国的女王？！"

"我得说，帕克特，你没有坐上去拉冯·克利多堡的马车这事，我当时还纳闷了许久，"希德尼转忧为喜，"一来不知道你遇到了这样一群异人伙伴，自然也没料到你成了依在堡里底特拉伦百姓们有口皆碑的英雄——臭小子，还真有你的。他们都叫你什么来着？尤西米的骑士！"

"你才是，怎么忽然就成了这副扮相……"帕克特正四处寻找着希德尼时常别在耳畔铅笔头的去处，才恍然大悟对方已经改换身份，再紧接着想起在奇诺·哈里商镇的迪苓商会里看见的豪华婚纱，一切都在缠满止血布却仍然工作的脑袋里串了起来。随后从身旁的背囊里焦急地摸索着，终于眉开眼笑，将一枚熔铸特殊的特拉伦银币轻轻握在手中。

"我得谢谢你借我的额外运气，我才化险为夷，希德尼女王……大人。"

"你居然还留着它……真是太棒了。普南利尔在上，依我看，有它在，你的运气可是永远坏不了。"希德尼身旁的侍女纷纷笑逐颜开——出身约度因国的她们自然知道幸运银币的功用，而见这位大难不死的异人仍将银币随身保管，逐一向边德林格女神祈佑的鸿运表示感恩。

"没想到你们之前就认识，"薇妮亚打量着身边这位新入帐的来客，一抬头，却发现对方的眼神和自己正对上了，"呃，由衷感到这是件好事。"

仿佛被对方精明巧算的眼光洞穿了，身为凯伯因的薇妮亚只感到一丝微妙的气氛悬浮在视线之中，连忙清了清嗓子，向希德尼女王颔首致意。对方只是笑了笑，似乎有几分领情的意味。

"此次尊家来也是受诸位邀约，还请这位薇妮亚·凯伯因细说有关早前知会的打算。"希德尼轻轻掀起帐篷，两位和帕克特一般"满身披挂"的老将从篷布边猫着腰钻了进来，简单做了自我介绍。他们忙着和身旁的凌踪低头耳语一阵，在确认没有错过重要的事务之时方才卸下防备，围站在薇妮亚一侧。

"感谢各位能够受邀赴约，对阵撒巴莱亚恶徒一役中在诸位与尼宁特联军百姓们的通力合作之下，闪溃敌军，大战告捷，在此也要深表庆贺。对此，在场的每一个人，都是这片大陆的英雄。"薇妮亚向着众人投去目光，所见无不欣慰。

掌声雷动，不仅帐篷内，就连帷帐之外，听闻此言的兵士、百姓和伤员们纷纷喝彩高呼，称颂着依在堡一役奇迹般的凯旋。

"然而战事未平，余寇仍猖。底特拉伦北境、隆德毕德国东境仍在敌军的严密控制下，盼望着荣光复得。我要特别提到的是，现已缴获确保一艘可以操作且功能完备的撒巴莱亚军舰。上面的幸存乘员已经收监拘押起来，如果加以修缮——假使修缮妥当，这对于清理底特拉伦境内乃至整个尼宁特大陆的撒巴莱亚余孽是有极大便利的。"薇妮亚丢出一块投影模组，上面密密麻麻的等高线中，标示着一处频闪着的定位信号，"还有，可以确信的是，仍然有大量的撒巴莱亚军士潜伏在沦陷区，根据蒂露西和普艾希亚提供的情报看，总的军势下，敌方仍存有来时兵力的半数有余。大型航宙舰虽被击沉，但还有两艘大型的尾舰仍然处在敌人的指挥下，还不能就此放松警惕。"

语罢，帐内帐外一时陷入了沉默。鲁耶那心中明白，这些鞠躬尽瘁的人若要从惨烈战事的损失中恢复过来，还需要大把时日。

"刚才我和这位，空间战备相关的专家安诺内茵前去实地勘察过了。是的，一切都符合我刚说的情况，所以我们需要想方设法，组织足够的人员前往那里进行修复维护等工作。如果可以有幸请来隆德毕德国与底特拉伦国合适的工匠配合整备，相信不日即可恢复航行，往日的阵痛也可化作明日的利剑，在此向各位做个简短的备忘。接下来的内容就交由拉·普艾希亚。"

让开讲演的位置，淡金色头发的少女走到众人跟前，颔了颔首，意表礼节。

"拉·普艾希亚，见过各位。我和这位蒂露西·佐星·霍格姆曼，想方设法定位到了撒巴莱亚所使用的破穿道具，博加蒙杖另一段断杖大体的下落，它所在之地暂时归属于敌占区边沿，且在不断更换位置。有很大的可能已经被撒巴莱亚军截获，需要足够人手进行勘察回收。两件事的办成都需要小组快速直接的默契协作，事关阻止对方开通星脉进行破穿航行获得撒巴莱亚聚合意志的后援，不论刚才薇妮亚提到的或是我所补充的，这些都是首要的待办事项。"普艾希亚面色严肃，用空移力在空中摆出一个尼宁特大陆的沙盘来，博加蒙神杖预估的位置上有一枚底特拉伦银币，那是在接近迦巴迪尔以北的方向，出身北境的翁路休即刻指出这是难以行军的蛮荒之地。至于断杖究竟落在什么人的手中，谁都未可知晓。

"知道在哪儿就好办了。"安诺内茵笑了笑，"剩下的只需要人去那附近拿，至于这事，根本难不倒我们一行人。"

"各位，我在此有个大胆却直爽的提议。"薇妮亚高举从安诺内茵手中接过的勒克莱尔戴维德利徽章，高耸的三塔虽远在维度另侧，在日光的造影下，在雪白的帐篷布上映照出一个熟悉的图案。在场的许多人对此并不陌生，也并不感到意外。

巨大的空心三角和三个独立倾斜的三棱，乍一看，竟然和普南利尔神标的形状一模一样。

"现在聚集在这里的所有人，从今天开始，就以'尘幻'联合的名义团结在一起。不论身处何处，不论身处何时，就此起誓，以荣誉，以生命，捍卫身后的一切世界。"紧握着单手，薇妮亚先是面对了一阵平淡的缄默，然而当呼喝声从身旁的人群中奔涌开来之时，一度冲破了方才战况军情所迫下的低沉，众人纷纷振臂助威，喊声震天，响彻云霄。

反响出乎意料地热烈，帐内的诸位无不期许着盟约的缔结，对于其中的不少人来说，这一刻早就期待已久了。即使谁都明白，"尘幻"之盟只是个美好的雏胎，面前仍有多艰阻难，但仍为苦等盛世的军民信众们带来了笃定的信号。

"可否向盟下诸位解释一下'尘幻'的意思。"安诺内茵舒了口气。屋中的视线聚焦在薇妮亚自信的嘴角上，齐齐等待着。

"尘幻"，该是怎样的尘，又是何样的幻？

　　"我等即是临危挽救尘世所需之森幻，"甩起嫣红色的长发，凯伯因将戴维德利徽章紧握在手中，"以及将是平息顽邪尘嚣所需之焰幻。"

　　伸出手，帕克特微笑着将手指向薇妮亚的拳头，紧接着凌踪、普艾希亚和蒂露西也缓缓举手。

　　当翁路休、鲁耶那、安诺内茵、希德尼以及贾那摩一并将食指引向薇妮亚的誓言之手时，那些从欢呼和呐喊中伸出的手影在帐篷边的蜡烛造影下汇聚成了一个整体，仿佛一颗照向苍白空旷世界的有形恒星。

　　于是，在众人的一致起誓下——三相誓章辉耀，尘幻传说开启。传奇，也一并延续。

第16章

黎明时分的出航

"我之所以信任各位,"整理着袖子,高大的男子在宽阔的舰船甲板上来回踱步,"是因为各位清楚,且和我的想法达成一致,撒巴莱亚的行动必须受到进一步的限制,即使对其中曾功勋卓著的旧世代成员仍抱有期望,亦不代表他们可以漠视神圣的宏时空规章,借助甬道肆意妄为。根据可靠的情报,托卡马克·塔西正在私自集聚冲击封闭闸锁的军势,而这一行为,便是对我等前TCC成员巨大的挑衅!"西博文·凯伯因背着手,看着面前军队般训练有素的乘员们,心中满是决然。

"那道闸锁,决不能再次被开启!"

"就和当年TCC时期我们聚集起来所做的一样,我们将再度成为这宏时空一切繁荣的捍卫者。我们将前往撒巴莱亚聚合意志的边境,与我们的前成员托卡马克·塔西,如今的撒巴莱亚统帅发起对谈。"

"哈诺!"

舰桥外不少宇航员正在指挥僚机向内搬运着贵重的仪器和操作台,将新生TCC小队的航宙旗舰——"百年救星"号的大脑和心脏激活起来。只需要经过短暂的测试,重复一遍已经在凯伯因船坞中操演多次的流程。

星片器引擎倒数启动的一瞬间,整个巨大空间坞被碎屑般的光点充斥着,装配员们穿梭在这些碎星般的光粒中,不断记录着维护仪表上更新的读数。

"即刻,全员登舰。"

"哈诺!"

　　缓缓移出空间坞，"百年救星"号灰黑色的外壳闪耀着异金属的光芒，汇入一支由百余艘凯伯因航宙舰构成的史诗舰队中。

　　"这两个男人果然各自偏执于过去的阴影，好在荻德露娜大人您早就料到了这点。"

　　黝黑皮肤的男子扶着额头，看着舷窗外洋洋洒洒的远征舰队，那宏伟的场面在他眼中，却仿佛是一团激愤下倾巢追敌的蜂群，"你还没有做好准备去面对最坏的情况，西博文·凯伯因，甚至比你现如今的对手，往日的朋友托卡马克·塔西还要躁进。"

　　"想来之后他亦不会感激我对他爱女的所作所为，"列辛透过屏幕仔细检看着其中一艘技术支援舰，若是自己眼神没差，那无疑是载着改装后的"神曲"装置的破穿定航舰。若是想要准确去往薇妮亚·凯伯因被送去的遥远世界，这东西确实是必不可少的，"但我也没料到，现为人父的西博文·凯伯因仍能鼓起如此勇气。"

　　一发枪弹穿过舱室，在穿梭机的舱壁上击出一处不小的坑洼来。

　　"真以为我自始至终找不到你的所在吗，自称赫伦·勒克莱尔的议长？"枪口冒着白烟，从那之后渐渐现出了一个身着将军服装的人影来。哈德曼·普拉斯玛，银鸟哈德曼。

　　"我在这等你许久了，哈德曼。作为我离开这里前最后挑选的交谈对象，你再合适不过了。"

　　质量投影的头颅处出现了一个枪眼，而那似有似无的创伤丝毫没有影响到列辛流利发言。

　　"油腔滑调……听着，我会把你的本体从这儿揪出来，然后让你后悔送出那些滑稽可笑的伪劣'钥匙'。统帅大人将会利用他手中真正的'钥匙'打开那道闸锁，不费吹灰之力，你和你的同僚白费心机了……勒克莱尔人！"

　　"瞧瞧你，一脸狰狞的样子，哈德曼银鸟——"列辛面朝来者，笑容难抑，"欢迎你，来到我的真相房间。"

　　"你又知道些什么了？"哈德曼小心地搜查着舱室里的角角落落，手中的手枪毫不晃动，随时准备对舱室中跳出的机关发起精准射击。

　　"从鲁贡骑兵团副官的尸首被人发现在太空中漂流时，不少勒克莱尔人就开始盯着你了。"列辛笑了笑，"我只是顺道加速了这个进程，以让勒克莱尔与撒巴莱亚构成的天平更为平衡。"

　　"这就是我为什么必须找到你……你这家伙，似乎游离在我们与勒克莱尔人的势力之外，而你此前对我们撒巴莱亚聚合意志的行动所发起的干涉，在我看来是赤裸裸的敌对行为。"

"哈德曼·普拉斯马。你很自信,自信到接触我之后主动局限情报扩散的范围,不曾向你的统帅汇报哪怕一次你所见的情形。当然,这就是为什么你能来到这个小房间,只身一人,得以聆听到令你大失所望的真相。"列辛的全真投影在房间中定格了许久,过了一小会儿,才重新动作起来。

"少废话。"哈德曼额头上冒起汗珠,事实上,在这个舱室中全然没有生命存在的迹象,而来时的闸门却被锁住了。确如列辛所说,这是一个为他设下的密室,自己居然蠢到一路追查到这里,深陷其中。

不过,退无可退。

整个撒巴莱亚多年来潜藏在勒克莱尔中的情报机关暴露无遗,而自己在里应外合下统帅的试探攻势结束后,失去了撤离此地的最后机会。比起饮弹自尽,也许对列辛追查到底,才能让自己感到心安。

"作为极少数知道闸锁对面情况的人,你或许应该更惜命一些。不过,我欣赏你的品德。你口风很紧,和你的统帅一样,自那时以来,一直良好遵守着TCC解散时的沉默誓约。"

"你不应该早就死了吗,列辛·法拉加?"哈德曼缓缓上前,用脚移开房间地上凌乱的粒子纸张,"我记得你,你曾经也是我在TCC时一起共事的同事。既然你把这里叫作真相房间,那么告诉我,我现在看到的你,究竟是亡魂,还是骗人的预录制把戏?你究竟是什么?"

列辛沉默了许久,对房间里满头冷汗的来客微微启齿。

"我是亡魂。是的,我已经死了。但事实上,我还没死成。"

"亡魂怎会开口说话?"银鸟端起手枪,步步紧逼,丝毫不敢大意,"你听着,我不知道你是什么人,但是我得告诉你,任何时候,勒克莱尔都可以在一声令下毁灭,只要统帅授意。"

"你说的倒也是事实。但你觉得,像他这样处事果决的人,为何还要放着勒克莱尔留存至今?"列辛指着舷窗外逐渐通过破穿涵洞离开的舰队,"你说要以勒克莱尔议会的安危来要挟我,我只想反问你这样一个问题:在我向你自私地分享这个真相房间存在的意义之前,你可否就这个问题稍稍思考一下?"

将枪伸进舱室一处可能藏人的拐角,猛地扣下扳机,满墙的火星溅射开去,却也不见列辛的投影消退。

"……看来勒克莱尔的存在,对统帅而言是必要的。"

"你之前从来没有思考过这个问题,对吧?"列辛的投影捂着眼睛笑了起来,"瞧你,到现在才想明白自己被抛弃的原因。"

"没人能质疑我对托卡马克的忠诚。"哈德曼汗流满面,顺着列辛的说法思考,他此时内心已经非常明白,他是如何一步步沦为棋子,再到现在沦为弃子的。

"他在下意识地为自己制造对手,就是因为他深深明白一个道理。"

列辛从一旁的抽屉里拿出一张画满格子的棋盘,在哈德曼的注视中,将盛有白子、黑子的陶罐打开,一下接一下地在棋盘上轮流放置起来。

"和自己对弈,就等于同时接纳了身为对弈一方的自己在终局必然会输的这个事实,因此这种对弈永远产生不了真正意义上的胜者。"列辛将一颗被黑方吃掉的白色棋子握在手中,伸手递给面前的哈德曼,"所以,这就是他的所想。他想成为胜者,也情愿成为败者,对弈的终极,就是使人在矛盾交击间,促成一方升往更高段阶。"

接过棋子,哈德曼冷汗透背,竟一时间说不出任何话来。他想起了当时在闸锁对面的所有恐惧……那种无力、无奈与无助。

"现在你明白,我不是你们的敌人了?"

"难道你的这番话能够解释,你此前在勒克莱尔期间的所有行为吗?"哈德曼持枪的手微微颤抖,对于一个老练的战士而言,这本是绝无可能发生的事……"全然不尊重这场对弈,不过是个在对弈时伸手帮棋的局外人……粗鄙,无礼……"

"听完接下来这句话,你就会明白的。"列辛摸了摸额头,那上面的弹孔在手的擦拭下消失无踪。

"托卡马克·塔西毫无疑问是这个宏时空最优秀的棋手。我?我只不过是他承认聘请的下棋教练,专职负责为他介绍不同的对手。他从来是来者不拒,这便是我乐意担任教练一职的主要原因,至于我有什么资格来当他的教练——"列辛将一颗黑子落在定局之位,在这一局围棋终局的一瞬间,他快速将所有棋子各自放回陶罐,再起一局,"我们师出同门,我无疑是最了解他的人。而我们共同的师傅,正是当年TCC的无冕领袖,你我都曾尽力辅佐的那位天下逸才。"

"……荻德露娜·康沃翠斯!是她!"哈德曼四下寻找着记忆中的片段,只想起这位如同传奇般的伟大领袖——内心恍然大悟,却又对事实惊愕不已。

真相彻骨地冰寒,竟使哈德曼这老将如坐针毡。转身欲走,坚实的胳膊却被列辛的全真影像一把拉住了。

"先别急着出去。我问问你,在知晓了这样真相后的你,还能否在离开这里后做到三缄其口,贯彻忠诚?"列辛笑了笑,指着哈德曼胸口纹着的勒克莱尔徽章,眼神就像刀片一样切开了哈德曼颤抖不安的躯体,"你很明白,除了在这里自行了断,出去后你还有何路可走? 如今那些如同种子般的'钥匙'已经播向星海,而够格成为棋盘对弈的对手也正纷纷向着你的主子赶来……你,又是什么?"

"混……混账东西!"哈德曼惊慌失措,气喘不已。他三步并作两步,将手中的枪丢向舱室,惊叫着转身向着穿梭机的舱门外跑去。匆忙间覆上面盔,哈德曼顾不上自己凌乱的心率,猛地向自己的铁铠始祖鸟一跃——

"混账东西!!!"

一道光束赶在始祖鸟启动之前从不知何处的深空射放过来,尚未等哈德曼坐稳身子,半截穿梭机和铁铠始祖鸟瞬间被极高热射线吞没进去,在一声短暂的惨叫声中,银鸟所搭乘的座驾和列辛的穿梭机双双在光束震爆中化为飘浮在真空中四散的齑粉。

"我希望你对此情况感到满意,获德露娜大人。"

从座位上站起身,列辛抹开脖颈上的识别导输器软管,从一旁的桌台上拿起那尊有着三个怪异缺口的圆环。看着"百年救星"号的尾焰粒子在拟真仪的屏显中不断消散,轻轻舒了一口气。

这种感觉,像是无数次醒来。

"如此便是给几把'钥匙'的启程帮了一个大忙。而接下来我等需要在这'未来'去做的事情只有一件,即引导宏时空——去往它命中注定的对弈。"

顷刻间物换星移,列辛所处的一切似乎尽是虚幻,当一切稳定下来时,则是一处小小的暗室。几台耗能巨大的仪器发着微弱的光芒,从全功率运作状态中解放出来。

身处在一个巨大的演算战略中心的中央,无数宇宙公民正在其中推演着战事的进程,而当看到列辛从暗室中现身的一刹那,虽没有顿时停下手中的工作,成员们却做到了将注意力完整集中在这位议长所在的方向——

"赫伦·勒克莱尔将进入赫伦式折跃破穿至'最后隧道'边际的进程,请各位即刻就位,进入对驻守地带的全面战备状态。"

"全体注意。"

警报声大作,这座大如星系的要塞响应着圆环的脉动,在无法料想的状态中浮动着。

"全体注意。"

圆环碎裂开来，亦是在列辛的手中变成了一堆破碎掉落的绿荧棱条。对此，这位赫伦·勒克莱尔议长的脸上甚至没有一丝惋惜，仿佛所发生的一切皆是不得不为的举动。

我们拼上了一切，只为了让这个宏时空仍有一线生机。

深空，甚至是冰冷的，期待某件事情发生的一片毫无意义的空间，只是为一个必要的存在腾出了一个位置，无数破碎的文明废墟在名为最后隧道的空间内飘飞着，诉说着当年TCC时期，文明联合于这条赫伦时空甬道中进行的极为壮烈的抵抗。

就这样凭空从一道光线中出现了这座奇大无比的星河级航宙要塞，完整地填补了这个隧道中浩大的亏空，仿佛这座超越概念的要塞终属于此。四射的光谱照射与呼啸而出的侦测战机打破了这片死地的寂静，而寂静对于这座要塞而言却是无比的短暂。

"只要再撑过一段时间，他们就会来到这里，来到他们注定的未来，所有丝线收束的终点。"列辛打量着决战所用的场地，这个时间顺数完全违背常理的怪异之境。顶端那一圈被无数怪异符号围绕的锁闸中央，是一个巨大的感叹号模样的印记。"来到这座天命要塞：赫伦·代达维亚。"

"不过对于'钥匙'一行人来说，这一路途恐怕是用了很久吧。"

气流，亦从空无一物的底端，传来了一枚小小的光子。

那枚微小而洁白的光子，却好像一个点光源般的存在，逐渐扩散开来。这比光要快不知几倍的"光"一瞬间穿越了两端间无穷的距离，让整座要塞意识到其期待已久的抵达。

看着从隧道底端不断冉冉升起的无穷白光，列辛紧绷的表情上慢慢展露出了欣慰的笑容。手不经意地抬起，拥抱着那道温和的光束，不觉间眼眶中竟流下了滚滚的热泪。

"到头来，相信我们所有的牺牲将不会白费。"

"全体注意。已确认到观测目标突破最后障壁。"

来吧。

解开那道沉痛的闸锁，

来让我们直面洪流中的命运吧。